雪山飛狐
金庸

前頁圖片／唐棣作。唐棣，元朝人，字子華，浙江吳興人，幼時曾承趙孟頫指授。該圖高峯聳立，積雪森寒，前頁圖片爲原圖之上半部。

清雍正帝繪像

上圖／清雍正

唐太宗李世民繪像，原藏故宮南薰殿。

唐代高昌的「聯珠對鴨紋錦」：吐魯番出土文物，同墓中並有高昌延壽十六年（公元六三九年）的墓志等。

唐代高昌的手抄「論語鄭玄注」：吐魯番出土，可見當時高昌已深受漢族文化的影響。較高文化的影響，往往不是政治、種族、宗教等力量所能抗拒的。

論語公冶萇第五　孔氏本　鄭氏注
子謂公冶萇可妻也雖在縲紲之中非其罪以其子
公治萇孔子弟子縲紲徽默之屬所以執縛罪人之
繩索治萇嘗以他仁之罪為執法吏所并制時仁或辱之故孔子憐
有道不廢邦無道免於刑戮以其兄之子妻之
蓋僔之子男容悅
之字一名韜也　子謂子賤君子哉若仁　子賤孔子弟子宓不
齊之字若仁者此仁也
無君子者斯焉取斯也　魯若無君子之仁此仁
於何取此道而學行之也　子貢問曰
如子曰汝器　何如者自敏
何所像似　曰何器曰瑚璉　瑚璉黍稷之
曰瑚璉卅曰
食之生若去汝有
養仁之器也　或曰雍也仁而不佞　雍孔子弟子仲弓之名
佞者口才捷利之也　子曰
佞御仁以口給屢憎於仁不知其仁焉用佞　屢數也
也我今
雍當何用此佞佞者應仁以口給故數見憎惡
子使漆
彫

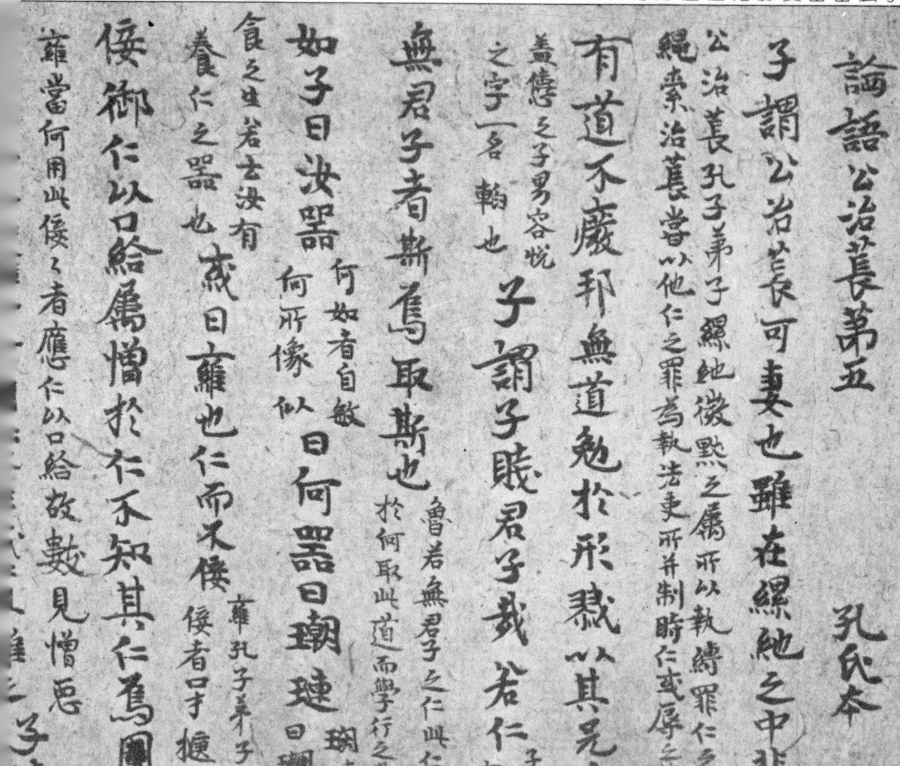

唐代高昌縣對西域都護府所上的稟牒：唐太宗派侯君集征服高昌國，設高昌縣，屬西域都護府管轄。古高昌國在今新疆吐魯番一帶。此文件在吐魯番出土。

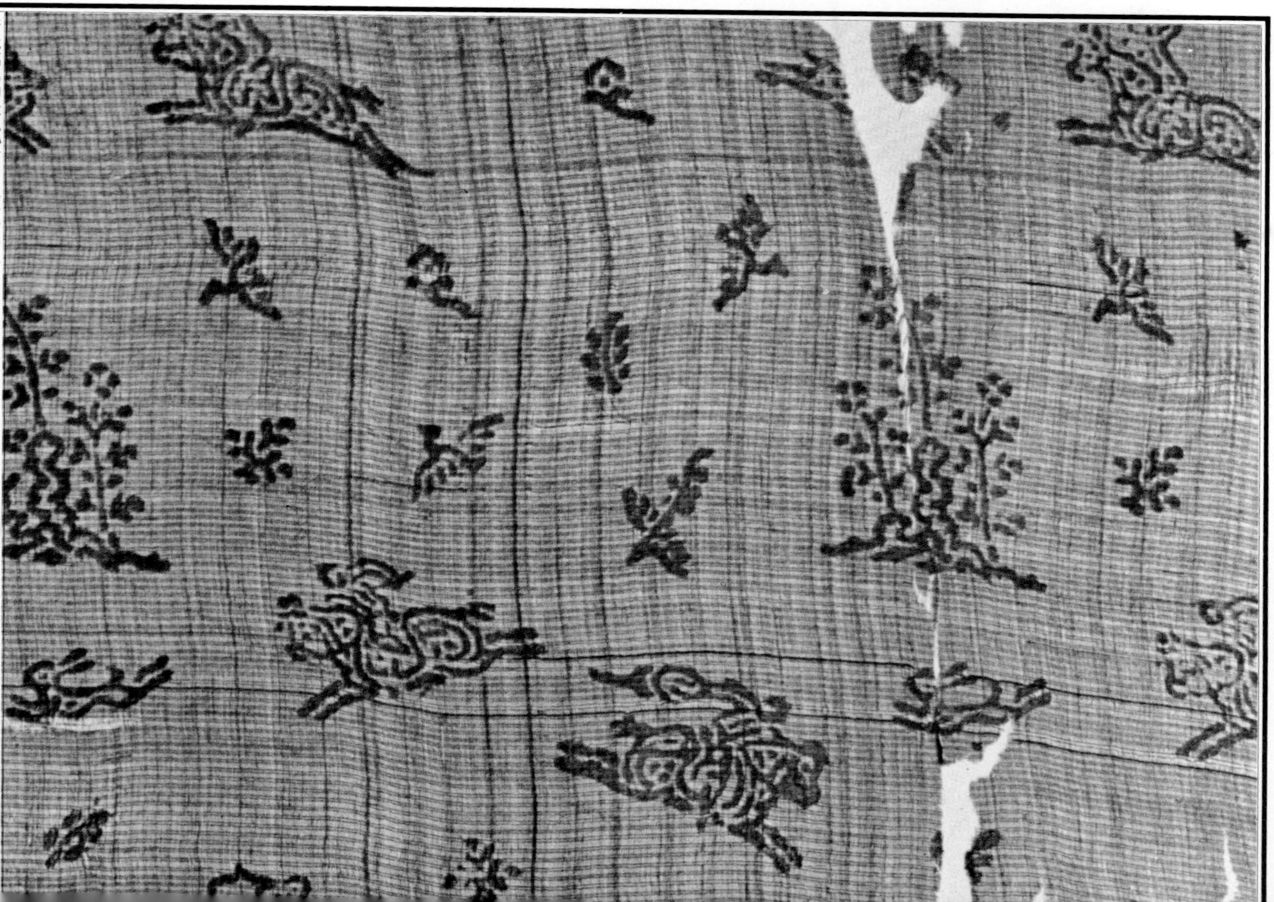

唐代高昌的緣色紗布：吐魯番出土。
下圖／唐代高昌的花紋錦鞋：吐魯番出土。織錦是漢族文化，而鞋子是當地居民的形式可說是兩種文化的結合。

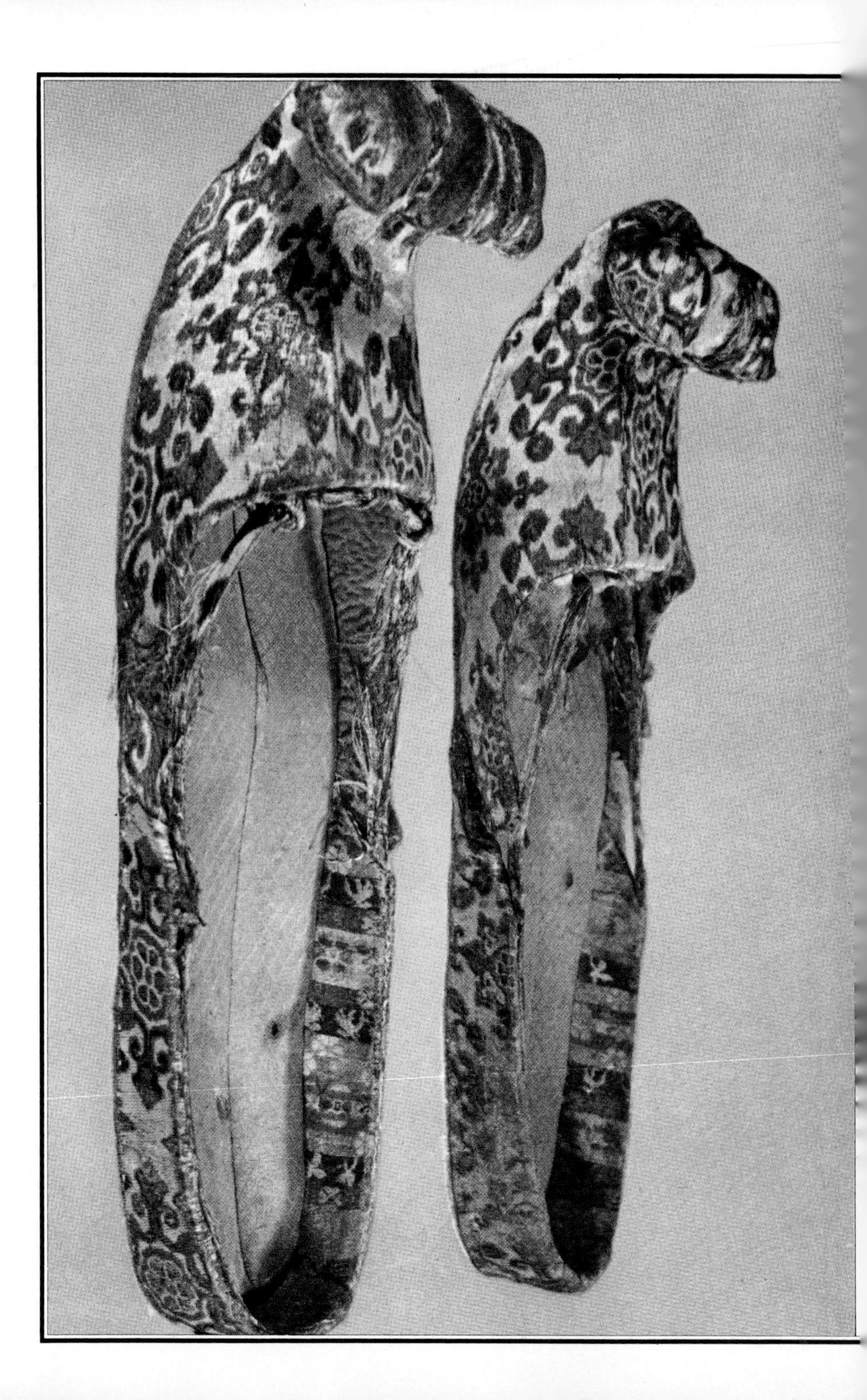

右圖／清雍正帝（世宗）塑像：原藏北京故宮壽星殿。左圖／雍正的詩及字：他的詩和書法似比他兒子乾隆要高明的多。

雍正的書法：雍正是佛教徒，對佛經頗有研究，曾從二十部主要佛經輯成一部「經海一滴」，所選顯得有相當眼光。圖爲他所撰「經海一滴」序文的一頁。

並已屆於寶城。但莫執義上之文。隨語生解。要須探詮下之旨。契會本宗。言言冥合真心。一一消歸自己。將積此衆滴。定到須彌之高廣。且舉此一滴。已同渤澥之清涼矣。是爲序。

雍正十三年乙卯二月十五日御筆

作者在古董店中購得這個陶像，由此而構思了「雪山飛狐」中李自成軍刀的故事。

以下四頁圖片錄自 Bridge 雙月刊，該刊在紐約出版，自第一卷第四期起連載「雪山飛狐」英文譯文。其插畫爲西洋風格，另有意趣。

FLYING FOX OF SNOW MOUNTAIN

A Novel of the Martial Arts

by Chin Yung
translated by Robin Wu

For those who are not familiar with the term "the world of the martial arts," it is a world peopled by men and women skilled in offensive and defensive combat. Different styles of fighting distinguish the different schools in the martial world. Some may specialize in sword-fighting, others may concentrate on whips or darts, or any other paraphernalia that has the potentiality of inflicting mortal death. Within each school, a fraternity of members (men and women are equals in this world) develops, bound together by loyalty. Terms such as "martial brother" or "martial uncle" do not denote family ties. Rather, they denote respect for skill.

–Robin Wu

Part 1

Whisk! An arrow flies from behind a mountain in the east. The shrill sound of the arrow testifies to the strength of the shooter's wrist. The arrow pierces the neck of a swallow in flight and sends it tumbling from the sky to the snow-covered ground below.

From the west, four horsemen ride across the snow. They stop at the sound of the arrow. Marveling at such a feat, they wait to see who the shooter is; but nobody emerges from behind the mountain. One of the four horsemen, a tall, lean and elderly man, sensing the shooter has gone the opposite way, rides forward to check.

The other three follow. When they come to the other side of the mountain, they can only faintly see five horsemen a mile away. "Something is suspicious here," says the elderly man.

Another elderly man, Yin Chi, nods in agreement. He goes over to where the bird has fallen and picks it up with his whip. He examines the arrow and lets out a cry. The other three quickly join him to take a look at the arrow. "They are here," the first elderly man, Yuan Shih-chung, says, "Let's go after them!"

Yuan Shih-chung, nicknamed the "Seven-Star Hand," is a member of the North Faction of the Heaven-Dragon School. The other two, younger horsemen, also belong to this faction. One is its head protector, Tsao Yun-chi. The other, Tsao's martial-brother, is Chou Yun-yang. Yin Chi, the other elderly man, is head protector of the South Faction of the Heaven-Dragon School. He is here at the invitation of the North Faction. These two factions were originally one a long time ago. A quarrel for supreme control between two brothers in the family's later history split the Heaven-Dragon School into two.

After a distance of seven to eight miles, they once again catch sight of the five horsemen. Tsao shouts to them, "Stop!" The shout is unheeded. "If you don't stop, I'll have to make you stop," Tsao shouts again. One of the five stops this time; the other four keep on going. The loner turns around and points an arrow directly at Tsao, who doesn't take it too seriously, trusting his own skill.

"Martial Tu, I presume? " asks Tsao.

"Watch out for the arrow," comes the reply. When the bow is released, there is not one, but three, arrows coming directly at Tsao. Tsao gives his horse a stinging whip. And as the horse rears in pain, Tsao intercepts two of the arrows with his whip. The middle one barely zips through under the horse's belly. The stranger laughs, turns around, and speeds away.

Tsao is for pursuit, but Seven-Star Hand Yuan restrains him, "Be patient. He won't fly away." Yuan picks up the three arrows. They all match the one that shot down the swallow. Yin Chi murmurs, "It's really him." Tsao says spitefully, "Let's see what martial sister has to say now! Where is she? I'm going to take a look."

When Pao Shu first accepted his host's invitation, he had set his mind to active combat, thinking he'd be the only helper. But now upon learning that his host has invited so many others, all of them no strangers to the ear, he regrets his own coming. What is more insulting, neither the host nor his three martial brothers are here to welcome him.

"This Gold-Face Buddha, I know he's a close friend of your master. Obviously, he would want to invite him personally. But why did his martial brothers have to go along too? "Pao Shu asks.

"The other three did not go with master. They went to Peking to invite Martial Fan Pang-chu."

"Martial Fan is coming too? Tell me, by the way, how many helpers does Flying Fox of Snow Mountain have? "

"I heard he does not have anyone. He's coming alone."

Meanwhile, Liu the dartsman's mind is occupied elsewhere. He is the only one in the room who knows that Martial Fan has been at odds with the Imperial Court lately. Last month the emperor personally signed the order for his arrest. Eighteen of the court's finest martialmen were assigned the task, and by the latest account, he is in jail. The whole affair was carried out with the utmost secrecy. Only a handful know about it. Liu knows because he was one of the eighteen assigned the task. He wonders why the host's martial brothers did not go to Shansi Province where Fan usually lives and instead went to Peking where he is now. Is it because they know he's in jail there? And if it is, why have they gone there to invite him?

Catching Liu's changing expression at the mention of Martial Fan, Pao Shu asks him, "Does Martial Liu know Martial Fan?"

"Oh no " Liu hurriedly corrects his expression. "Junior here only knows that Martial Fan is one of the best martialmen around and that at one time he slew a tiger barehanded."

Pao Shu turns to Yu, the house guard. "What kind of person is this Flying Fox of Snow Mountain? And what kind of vendetta does your master have against him? "

"Master never mentioned the matter. Humble servant dares not inquire."

Presently dinner and wine are served. Even in this remote hideaway, a sumptuous feast can be commanded. Whatever hidden or open hostility there was quickly melts amidst the steaming dishes and refreshing wines. The Rev. Pao Shu, in particular, seems to enjoy the spirits.

In the midst of this epicurean enjoyment, a fiery explosion shatters the tranquility. A rocket explodes and as the smoke disperses, the image of a flying fox emerges.

"Flying Fox of Snow Mountain has arrived! "cries Pao Shu.

"Master has not yet returned," Yu beseeches him. "Since the other side has arrived, I pray that Rev. Pao Shu will assume everything under his control."

"There's no need to fear as long as I am here. You may invite him up."

"There's something humble servant dares not say."

"You have my permission."

"Flying Fox, despite his skill, cannot possibly come up this steep hill by himself. Humble servant's wish is to have Rev. Pao Shu go down and inform him that master is not at home."

"You bring him up. I can handle him."

"That's not what humble servant fears. What he fears is that Flying Fox's presence will disturb the peace of master's mother. Humble servant will not know how to face master when he comes back."

"Are you trying to imply that I cannot handle him?"

"Oh no! Humble servant dares not."

"Well, then, bring him up! "

The guard has no other recourse than to give instructions to bring Flying Fox up and to take precautionary measures to insure the continuing peace of the domain of his master's mother.

"Guest is here!" informs the guard.

All eyes are riveted to the door. As it swings open, there come into view two young boys. They are of the same height, age about twelve or thirteen, wearing white mink jackets, and each sporting a small pigtail on top of his head. Each carries a long sword strapped behind his back. They are extremely handsome and it is hard to tell one from the other except that the one on the right carries his sword behind his right shoulder and the one on the left carries it behind his left shoulder and holds a ceremonial box.

As the two boys advance into the room, two pearls, each the size of a thumb, can be seen on each side of their heads.

Observing that Pao Shu has the central position in the group, the two boys give him a respectful bow, one holding high the ceremonial box as he bows. Yu, the house guard, takes the box, opens it, and hands it to Pao Shu. In it contains a red slip of paper, on which is written the following words in thick black ink: "Junior Flying Fox pays his respects. He will be at the meeting on Snow Mountain today at noon."

"Has your master arrived?" asks Pao Shu.

"Master says he will be here exactly at noon," replies one boy. "He's afraid the host here is waiting impatiently, so he has sent this message along first."

Pao Shu, like everyone else, is taken by the innocent good looks of these two boys. He asks, "Are you two twins?"

"Yes," they answer, as they bow again and begin to take leave. "Won t you stay to have something to eat?" offers Yu.

"No, thank you. Without our master's permission, we dare not stay."

Jade-Face Tien takes some fruits from the fruit basket and offers them to the boys.

"Here. Take some of these then."

"Thank you," they smile.

"What are you two unbearded boys carrying the long swords for? Don't tell me you know swordsmanship too?" Tsao snickers, angered by Tien's kindness towards them.

"We do not know," the two boys reply in unison, somewhat taken aback by this sudden intrusion of rudeness.

"Why put on an act then?" continues Tsao. "Leave the swords to me." So saying, he reaches out for their two swords. Surprised, the twins find their sheaths empty before they can do anything about it.

Waving the two swords in triumph, Tsao laughs, "You two..." Before he can finish what he is saying, the twins grapple his neck, one on the right side, the other on the left, and with a coordinating kick on Tsao's legs, send him somersaulting. Tsao falls squarely on his behind. As he springs up and tries to frighten the twins with the swords, somehow, with a speed quicker than the eye, the twins repeat the same trick on him and Tsao suffers another backside defeat.

Infuriated and embarrassed, Tsao is ready to turn what began as play into a deadly game. But as he drives forward with a frontal attack, the twins somehow are once again at his back. Attempting to avoid another fiasco, Tsao throws his weight back, hoping to jerk off the twins and knifing them at the same time with a backward swordplay.

However, as he leans back, the twins release their grip on his neck. And with Tsao tumbling backward uncontrollably, the twins give him a little help by kicking his heels into the air. This time Tsao lands flat on his back, hurt more than ever, and loses the hold of the swords in the process, which are quickly retrieved by the twins.

The fighting would have ended then and there if it were not for Chou's insistence on challenging the twins to regain some of the lost pride suffered by the North Faction of the Heaven-Dragon School. After all, how will it sound if word gets out to the martial world that the head protector of the North Faction was upstaged by two thirteen-year-olds? The twins have

.o other recourse but to defend. But it soon becomes clear that Chou, even together with Tsao, cannot effect an advantageous position over the twins. Other members of the North Faction, disregarding propriety, begin to enter the lopsided contest so as to finish it off as quickly as possible. But there's something inexplicable about the twins. Their skills seem to improve markedly as the number of their opponents increases.

Martial Yuan, realizing how absurd the situation must seem to bystanders, decides to employ those treacherous techniques used only under the most perilous circumstances and thereby save whatever face is now left of the Heaven-Dragon School. He misses one of the boys literally, by a hair's breadth. Although the boy is not hurt physically, the pearl on the right side of his head is cut in two. At the sight of the broken pearl, the boy is almost moved to tears. He looks helplessly at his brother.

"Go after him! "cries his brother.

The twins, so far using only defensive combat, change their tactic and begin to wage an offensive attack. It is now an entirely new game. The boy with the lost pearl charges relentlessly at Yuan, screaming all the while, "Give me back my pearl! "More than anything, Yuan now wishes he has the pearl. Several times he wants to beg for a halt to the fighting, but pride stops him.

Seeing the situation going from bad to worse, Yu the house guard whispers to Pao Shu, "Rev. Pao Shu, please get the whole thing over with."

"Yeah," says Pao Shu half-heartedly. While he is deliberating his next step, a blue smoke signal arises from below the mountain. The guard knows that his master's helpers are here. He hurries to order the basket lowered to take them up, muttering to himself, "This Pao Shu is just full of words. When the time comes, all he can do is say 'Yeah.' It's a good thing master's other friends are here."

Yu is impatient to see what famous personage is coming up in the basket. He peers down as the basket is coming up. At first, all he can see is just an indistinguishable glob. When the basket nears the top, the glob turns out to be basketfuls of food and toys.

"Maybe they are gifts for the master," he mutters puzzled.

After emptying the basket, he lowers it again. This time three women come up on it, two of them fortyish looking, the other not more than sixteen years old. The young girl is first to speak.

"You must be Yu the house guard. I've heard people talk about your long neck. That's how I recognize you."

Ordinarily Yu dislikes comments about his neck, but the girl says it in such a winning way that he does not feel insulted.

"My name is Chin Erh," the young girl introduces herself. "This is Madame Chou; she's milady's nurse. And this is Madame Han, milady's cook. Would you please lower the basket down again to fetch milady?"

Chin Erh the maid is rather talkative and inquisitive.

"This hill is so high. There are no flowers here. Milady probably will not like it here. Don't you get lonely up here?"

"Oh, oh. What have we got here? " Yu worries.

"Can you tell me who your lady is?"

"Guess. I guessed you right away."

Before he knows what to answer, Chin Erh has already turned her attention to a kitten which has just gotten out of the basket and is running around.

Yu, worrying about the situation inside the house, leaves word with the other servants to take care of the ladies. Inside the house, he finds the situation not much changed. Yuan is still being cornered by the bereaved boy.

"I'd better do something about this," Yu is thinking. "Otherwise master will surely scold me for putting the guests in such dire straits." He thereupon goes into another room ,to fetch a sword.

"If little brother will not stop," he warns, "this house will be most unceremonious."

"My master only ordered me to deliver a note, " the boy replies. "He did not order me to fight. If I am given back my pearl, then I'll let him go."

Yu is about to say something, but another person is already speaking.

"Oh! Please don't fight. Please! I just don't like people fighting all the time." The voice is clear and velvety, softening the hearts of the listeners. In the doorway, stands a young girl, her skin whiter than snow and her eyes crystal like mercury. Although her face does not have exceptional beauty, her graceful bearing makes up for what nature has failed to endow.

"What is the problem here? " she asks gently.

"He won't give me back my pearl," the young boy explains, pointing at Yuan.

"What pearl? "

"This one," he replies, as he picks up half of the pearl. "See, he broke it in half. I want him to give me back a whole one."

"Oh! This is such a lovely pearl! I wish I have another one like it to give to you. I have an idea!" Turning to her maid she says, "Bring me my pair

雪山飛狐

金庸著

金庸作品集⑬

雪山飛狐

Flying Fox of the Snowy Mountain

作　　者／金　　庸

平裝版封面設計／霍榮齡　典藏版封面設計／霍榮齡
內頁插畫／王司馬　內頁圖片構成／霍榮齡．潘清芬．陳銘

發行人／王榮文
出版．發行／遠流出版事業股份有限公司
臺北市汀州路3段184號7樓之5
電話／365-1212　傳眞／365-7979
郵撥／0189456-1
站址／http://www.YLib.com.tw/JINYONG
E-mail:YLib@yuanliou.ylib.com.tw

印　　刷／優文印刷有限公司
□1987年2月1日　初版一刷
□1997年5月1日　三版二刷（套）

平裝版　每冊250元　（本作品全一冊）
〔典藏版「金庸作品集」全套36冊，不分售〕

行政院新聞局局版臺業字第1295號

ISBN　957-32-2922-6
Printed in Taiwan

「金庸作品集」台灣版序

金庸

小說是寫給人看的。小說的內容是人。

小說寫一個人、幾個人、一羣人、或成千成萬人的性格和感情。他們的性格和感情從橫面的環境中反映出來，從縱面的遭遇中反映出來，從人與人之間的交往與關係中反映出來。長篇小說中似乎只有「魯濱遜飄流記」，才只寫一個人，寫他與自然之間的關係，但寫到後來，終於也出現了一個僕人「星期五」。只寫一個人的短篇小說多些，寫一個人在與環境的接觸中表現他外在的世界，內心的世界，尤其是內心世界。

西洋傳統的小說理論分別從環境、人物、情節三個方面去分析一篇作品。由於小說作者不同的個性與才能，往往有不同的偏重。

基本上，武俠小說與別的小說一樣，也是寫人，只不過環境是古代的，人物是有武功的，情節偏重於激烈的鬥爭。任何小說都有它所特別側重的一面。愛情小說寫男女之間與性有關的感情，寫實小說描繪一個特定時代的環境，「三國演義」與「水滸」一類小說敘述大羣人物的鬥爭經歷，現代小說的重點往往放在人物的心理過程上。

小說是藝術的一種，藝術的基本內容是人的感情，主要形式是美，廣義的、美學上的美。在小說，那是語言文筆之美、安排結構之美，關鍵在於怎樣將人物的內心世界通過某種形式而表現出來。甚麼形式都可以，或者是作者主觀的剖析，或者是客觀的敘述故事，從人物的行動和言語中客觀的表達。

讀者閱讀一部小說，是將小說的內容與自己的心理狀態結合起來。同樣一部小說，有的人感到強烈的震動，有的人卻覺得無聊厭倦。讀者的個性與感情，與小說中所表現的個性與感情相接觸，產生了「化學反應」。

武俠小說只是表現人情的一種特定形式。好像作曲家要表現一種情緒，用鋼琴、小提琴、交響樂、或歌唱的形式都可以，畫家可以選擇油畫、水彩、水墨、或漫畫的形式。問題不在採取什麼形式，而是表現的手法好不好，能不能和讀者、聽者、觀賞者的心靈相溝通，能不能使他的心產生共鳴。小說是藝術形式之一，有好的藝術，也有不好的藝術。

好或者不好，在藝術上是屬於美的範疇，不屬於眞或善的範疇。判斷美的標準是美，是感情，不是科學上的眞或不眞，道德上的善或不善，也不是經濟上的值錢不值錢，政治上對統治者的有利或有害。當然，任何藝術作品都會發生社會影響，自也可以用社會影響的價值去估量，不過那是另一種評價。

在中世紀的歐洲，基督教的勢力及於一切，所以我們到歐美的博物院去參觀，見到所有中世紀的繪畫都以聖經爲題材，表現女性的人體之美，也必須通過聖母的形象。直到文藝復興之後，凡人的形象才在繪畫和文學中表現出來，所謂文藝復興，是在文藝上復興希臘、羅馬時代對「人」的描寫，而不再集中於描寫神與聖人。

中國人的文藝觀，長期來是「文以載道」，那和中世紀歐洲黑暗時代的文藝思想是一致的，用「善或不善」的標準來衡量文藝。「詩經」中的情歌，要牽強附會地解釋爲諷刺君主或歌頌后妃。陶淵明的「閒情賦」，司馬光、歐陽修、晏殊的相思愛戀之詞，或者惋惜地評之爲白璧之玷，或者好意地解釋爲另有所指。他們不相信文藝所表現的是感情，認爲文字的唯一功能只是爲政治或社會價值服務。

我寫武俠小說，只是塑造一些人物，描寫他們在特定的武俠環境（古代的、沒有法治的、以武力來解決爭端的社會）中的遭遇。當時的社會和現代社會已大不相同，人的性格和感情卻沒有多大變化。古代人的悲歡離合、喜怒哀樂，仍能在現代讀者的心靈中引起相應的情緒。讀者們當然可以覺得表現的手法拙劣，技巧不夠成熟，描寫殊不深刻，以美學觀點來看是低級的藝術作品。無論如何，我不想載甚麼道。我在寫武俠小說的同時，也寫政治評論，也寫與哲學、宗教有關的文字。涉及思想的文字，是訴諸讀者理智的，對這些文字，才有是非、眞假的判斷，讀者或許同意，或許只部份同意，或許完全反對。

對於小說，我希望讀者們只說喜歡或不喜歡，只說受到感動或覺得厭煩。我最高興的是讀者喜愛或憎恨我小說中的某些人物，如果有了那種感情，表示我小說中的人物已和讀者的心靈發生聯繫了。小說作者最大的企求，莫過於創造一些人物，使得他們在讀者心中變成活生生的、有血有肉的人。藝術是創造，音樂創造美的聲音，繪畫創造美的視覺形象，小說是想創造人物。假使只求如實反映外在世界，那麼有了錄音機、照相機，何必再要音樂、繪畫？有了報紙、歷史書、記錄電視片、社會調查統計、醫生的病歷紀錄、黨部與警察局的人事檔案，何必再要小說？

一九八六・二・六　於香港

目錄

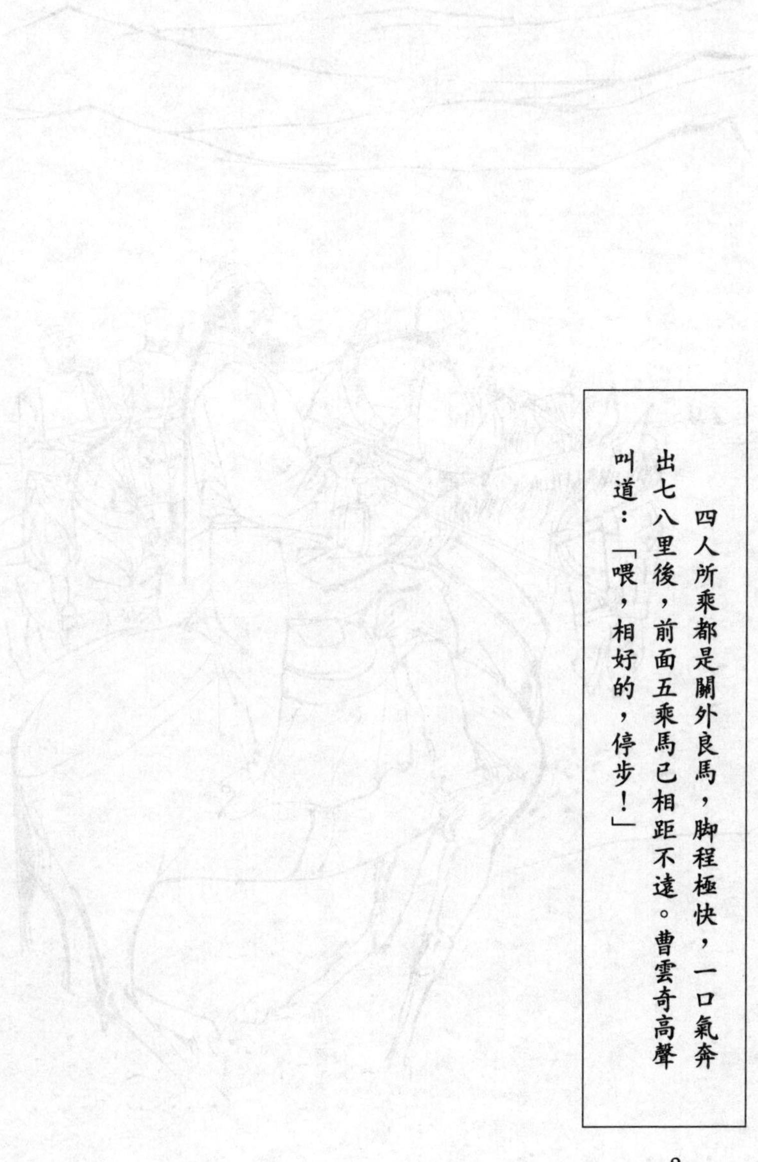

四人所乘都是關外良馬，腳程極快，一口氣奔出七八里後，前面五乘馬已相距不遠。曹雲奇高聲叫道：「喂，相好的，停步！」

一

颼的一聲，一枝羽箭從東邊山坳後射了出來，嗚嗚聲響，劃過長空，穿入一頭飛雁頸中。大雁帶着羽箭在空中打了幾個觔斗，落在雪地。

西首數十丈外，四騎馬踏着皚皚白雪，奔馳正急。馬上乘客聽得箭聲，不約而同的一齊勒馬。四匹馬都是身高肥膘的良駒，一受羈勒，立時止步。乘者騎術既精，牲口也都久經訓練，這一勒馬，顯得鞍上胯下，相得益彰。四人眼見大雁中箭跌下，心中都喝一聲采，要瞧那發箭的是何等樣人物。

等了半晌，山坳中始終無人出來，卻聽得一陣馬蹄聲響，射箭之人竟自走了。四個乘客中一個身材瘦長、神色剽悍的老者微微皺眉，縱馬奔向山坳，其餘三人跟着過去。轉過山邊，只見前面里許外五騎馬奔馳正急，鐵蹄濺雪，銀鬣乘風，眼見已追趕不上。那老者一擺手，說道：「殷師兄，這可有點兒邪門。」

那「殷師兄」也是個老者，身形微胖，留着兩撇髭鬚，身披貂皮外套，氣派是個富商模樣，聽那瘦長老者如此說，點了點頭，勒馬回到大雁之旁，馬鞭揮出，拍的一聲，抽向雪地，待得馬鞭提起，鞭梢已將大雁捲了上來。他左手拿着箭桿一看，失聲叫道：「啊！」

三人聽到叫聲，一齊縱馬馳近。那「殷師兄」連雁帶箭向那老者擲去，叫道：「阮師兄，請看！」瘦長老者伸左手一抄，接了過來，一看羽箭，大叫：「在這裏了，快追！」勒轉馬頭，當先追了下去。

這茫茫山坡上一片白雪，四下並無行人，追蹤最是容易不過。其餘二人都是壯年，一個身高膀濶，坐在一匹高頭大馬之上，更是顯得威武；另一個中等身材，臉色青白，一個鼻子卻凍得通紅。四人齊聲唿哨，四匹馬噴氣成霧，忽喇喇放蹄趕去。

這是清朝乾隆四十五年三月十五。這日子在江南早已繁花如錦，在這關外長白山下的苦寒之地，卻是積雪初融，渾沒春日氣象。東方紅日甫從山後升起，淡黃的陽光照在身上，殊無暖意。

山中雖冷，但四名乘者縱馬急馳之下，不久人人頭上冒汗。

那高身材的男子將外氅脫了下來，放在鞍頭。他身穿青綢面皮袍，腰懸長劍，眉頭深鎖，滿臉怒容，眼中竟似要噴出火來，不住價的催馬狂奔。

這人是遼東天龍門北宗新接任的掌門人「騰龍劍」曹雲奇。天龍門掌劍雙絕，他所學都已頗有所成。白臉漢子是他師弟「迴龍劍」周雲陽。高瘦老者是他們師叔「七星手」阮士中，在天龍北宗算得是第一高手。那富商模樣的老者則是天龍門南宗的掌門人「威震天南」殷吉，此次之事與天龍門南北兩宗俱有重大干係，是以他千里迢迢，遠來關外。

四人胯下所乘都是關外良馬，脚程極快，一口氣奔出七八里後，前面五乘馬已相距不遠。曹雲奇高聲叫道：「喂，相好的，停步！」那五人全不理會，反而縱馬奔得更快。曹雲奇厲聲喝道：「再不停步，莫怪我們無禮了！」

只聽得前面一人舌頭打滾，都的一聲，勒馬轉身，其餘四人卻仍是繼續奔馳。曹雲奇一馬當先，但見那人彎弓搭箭，箭尖指向他的胸口。曹雲奇藝高人膽大，竟不將他利箭放在心上，揚鞭大呼：「喂，是陶世兄麼？」

那人面目英俊，雙眉斜飛，二十三四歲年紀，一身勁裝結束，聽得曹雲奇叫聲，縱聲大笑，叫道：「看箭！」颼颼颼連響，三枝羽箭分上中下三路連珠射到。

曹雲奇沒料到他三箭來得如此迅捷，心中微微一驚，馬鞭疾甩出去，打掉了上路與中路射來的兩箭，接着一提馬韁，那馬向上一躍，第三枝箭貼着馬肚子從四腿間穿了過去，相差只是數寸。那青年哈哈一笑，撥轉馬頭，向前便跑。

曹雲奇鐵青着臉，縱馬欲趕。阮士中叫道：「雲奇，沉住了氣，不怕他飛上天去。」縱身下馬，拾起雪地裏的三枝羽箭，果然與適才射雁的一般無異。殷吉沉着臉哼了一聲，說道：「果眞是這小子！」曹雲奇道：「等一下師妹，瞧她更有甚麼話說？」

四人候了一頓飯功夫，不聽得來路上有馬蹄聲響。曹雲奇焦躁起來，道：「我瞧瞧去！」拍馬趕回。阮士中望着他的背影，嘆了一口氣，說道：「也眞難怪得他。」殷吉道：「阮師兄，你說甚麼？」阮士中搖了搖頭，卻不答話。

曹雲奇奔出數里，只見一匹灰馬空身站在雪地裏，一個白衣女郎一足跪在地下，似在雪中尋找甚麼。曹雲奇叫道：「師妹，甚麼事？」

那女郎不答，忽然站直身子，手中拿着一根黃澄澄之物，在日光下閃閃發光。曹雲奇走近身去，接了過來，見是一枝黃金鑄成的小筆，長約三寸，筆尖鋒利，打造得甚是精緻，筆桿上刻着一個小小的「安」字。這枝金筆看來既是玩物，卻也可作暗器之用，不禁微微皺眉，說道：「那裏來的？」

那女郎道：「你們走後，我隨後跟來，奔到這裏，忽然有一乘馬從後追來，那馬好快，只一會兒就從我身旁掠過。馬上乘客手一揚，拋來了這枝小筆，將我……將我……」說到這裏，忽然臉上暈紅，囁嚅着說不下去了。

曹雲奇凝望着她，只見她凝脂般的雪膚之下，隱隱透出一層胭脂之色，雙睫微垂，一股女兒羞態，嬌艷無倫，不由得胸中一蕩，隨即疑雲大起，問道：「你可知咱們追的是誰？」那女郎道：「誰啊？」曹雲奇冷冷的道：「哼，你當眞不知？」那女郎抬起頭來，道：「我怎會知道？」曹雲奇道：「是你的心上人。」那女郎衝口而道：「陶子安？」這話一出口，登時滿臉紅暈。曹雲奇眉間有如罩上了一層黑雲，叫道：「我一說是你的心上人，你就接口說陶子安！」

那女郎聽他這麼說，臉上更加紅了，淚水在一雙明澄清澈的眼中滾來滾去，頓足叫道：「他……他……」曹雲奇道：「他……他怎麼？」那女郎道：「他是我沒過門的丈夫，自然是我心上人。」曹雲奇大怒，刷的一聲，拔出長劍。那女郎反而走上一步，叫道：「你有種就將我殺了。」曹雲奇咬着牙齒，望着她微微抬起的臉，心中柔情頓起，叫道：「罷啦，罷啦！」回手一劍，猛往自己心口扎去。

那女郎出手好快，反手拔劍，迴臂疾格，噹的一聲，雙劍相交，迸出了數星火花。曹雲奇恨恨的道：「你既已不將我放在心上，何必又讓我在這世上多受苦楚？」那女郎緩緩還劍入鞘，低聲道：「你早知道，是爹爹將我許配給他，難道是我自己作的主麼？」曹雲奇雙眉一揚，說道：「我願跟你浪迹天涯，在荒島深山之中隱居廝守，你怎又不肯？」那女郎嘆了一口氣道：「師哥，我知道你對我一片痴心，我又不是傻子，怎能不念着你的好處。可是你執掌我天龍北宗門戶，若是做出這等事來，天龍門聲名掃地，在江湖上顏面何存？」

曹雲奇大聲叫道：「我就是為你粉身碎骨，也是甘願。天塌下來我也不理，管他甚麼掌門不掌門。」那女郎微微一笑，輕輕握住他手，說道：「師哥，我就是不愛你這個霹靂火爆、不顧一切的脾氣呢。」

曹雲奇給她這麼一說，再也發作不得，嘆了一口氣，說道：「你怎麼又把他給的玩意兒當作寶貝似的？」那女郎道：「誰說是他給的？我幾時見過他來？」

曹雲奇道：「哼，這樣值錢的玩意兒，還有人眞的當作暗器打麼？這筆上不明明刻着他的名字？若不是他，又是誰給你的？」那女郎嗔道：「你既愛這麼瞎疑心，乘早別跟我說話。」縱到灰馬身旁，一躍上鞍，韁繩一提，那馬放蹄便奔。

曹雲奇忙上馬追去，伸皮靴猛踢坐騎肚腹，片刻間便追上了，身子一探，右手拉住了灰馬的轡頭，叫道：「師妹，你聽我說。」那女郎舉起馬鞭，往他手上抽去，喝道：「放開！

給人家瞧見了成甚麼樣子？」曹雲奇卻不放手，拍的一聲，手背上登時起了一條血痕。

那女郎心有不忍，道：「你何苦又來惹我？」曹雲奇道：「是我不好，你再打吧！」那女郎嫣然一笑，道：「我手酸，打不動啦。」曹雲奇笑道：「我跟你搥搥。」伸手去拉她手臂。那女郎迎頭一鞭，曹雲奇頭一偏，這一次把鞭子躲開了，笑道：「你手怎麼又不酸啦？」那女郎扳起了臉，說道：「我叫你別碰我。」

曹雲奇陪笑道：「好，那麼你說這金筆到底那裏來的。」那女郎笑道：「是我心上人給的。不是他給，還有誰給？難道是你給我的？」曹雲奇心頭一酸，熱血上湧，又要發作，但見她笑靨如花，紅唇微微顫動，露出一口玉石般的牙齒，怒氣登時沉了下去。

那女郎瞪了他一眼，輕輕嘆了口氣，柔聲道：「師哥，我從小得你盡心照顧。你待我真比親生哥哥還好。我又不是全無心肝之人，怎不想報答？何況我們……只是，我實在好生為難。你一向關心我、愛護我，現下爹爹不幸慘死，我天龍門面臨成敗興亡的重大關頭，你怎麼反而不肯體諒我了？」曹雲奇呆了半晌，再無話說，左手一揮，說道：「你總是對的，我總是錯的，走吧！」

那女郎嫣然一笑，道：「且慢！」摸出一塊手帕，給他抹去滿額汗水，道：「大雪地裏，出了汗不抹去，莫着了涼。」曹雲奇心中甜甜的說不出的受用，滿腔怒氣登時化為烏有，揮鞭在那女郎的灰馬臀上輕輕一鞭。二人雙騎，並肩馳去。

那女郎名叫田青文，年紀雖輕，在關外武林中卻已頗有名聲。因她容貌美麗，性又機伶，遼東武林中公送她一個外號，叫作「錦毛貂」。那貂鼠在雪地中行走如飛，聰明伶俐，「錦毛」

二字，自是形容她的美貌了。她父親田歸農逝世未久，是以她一身縞素，戴着重孝。

兩人急奔一陣，追上了殷吉、阮士中、周雲陽三人。阮士中向曹雲奇橫了一眼，說道：「去了這麼久，見到甚麼了？」曹雲奇臉一紅，道：「沒見甚麼。」雙腿一夾，縱馬快跑。

又奔出數里，山勢漸陡，雪積得厚厚的，馬蹄一溜一滑，四人不敢催，鬆馬韁緩行。轉過兩個山坳，山道更是險峻。忽聽左首一聲馬嘶，曹雲奇右足在馬鐙上一點，斜身飛出，落在一株大松樹後面，先藏身形，再縱目向前望去。只見山坡邊幾株樹上繫着五匹馬，雪地裏一行足印，筆直上山。曹雲奇叫道：「兩位師叔，小賊逃上山啦，咱們快追。」

殷吉向來謹愼，說道：「對方若是故意引誘咱們來此，只怕山中設了埋伏。」曹雲奇道：「就是龍潭虎穴，今日也要闖他一闖！」殷吉聽他說得魯莽，頗爲不快，向阮士中道：「阮師兄，你說怎地？」阮士中還未答話，田青文搶着道：「有威震天南殷師叔在此，就有再厲害的埋伏，也不用怕。」殷吉微微一笑，道：「瞧他們神情，走得極是匆忙，似乎又不是設伏。這樣吧，」一手指右首，說道：「咱們從這邊繞道上山，轉過來攻他們一個出其不意。」

曹雲奇叫道：「好，此計大妙！」

殷吉等都下了馬，將馬匹繫在大松樹下，翻起長衣下襟縛在腰裏，展開輕功提縱術，從山坡右首上山。這一帶樹木叢生，山石嶙峋，行走甚是不便，但多了一層掩蔽，卻不易爲敵人發覺。五人初時魚貫而行，一個緊接一個，時候一長，漸漸分出了功夫高下。殷吉與阮士中並肩在前，曹雲奇墮後丈餘，田青文與周雲陽又在後數丈。曹雲奇心想：「殷師叔是南宗掌門，號稱威震天南，不知他南宗的功夫與我北宗到底誰高誰低？今日倒要領教領教。」一提氣，足下加勁，倏忽搶在殷阮二人前頭。

只聽殷吉讚道：「曹世兄，好俊身手啊，當眞是英雄出在年少。」曹雲奇怕他追上，不敢回頭，只道：「請殷師叔多加指點。」口中這麼說，脚下絲毫不停，奔了一陣，似乎聽得脚步聲息，回頭一望，不禁嚇了一跳，原來殷吉、阮士中兩人就在他身後不遠，忙加快脚步，急衝數丈。

殷吉微微一笑，不疾不徐的跟在後面。山上積雪更厚，道路崎嶇，行走自是費力。只過了半枝香功夫，曹雲奇漸漸慢了下來，忽覺後腦微微溫熱，似乎有人呼氣，正要回頭，右肩上有人輕輕一拍，聽得殷吉笑道：「小夥子，加把勁兒！」曹雲奇一驚，提氣向前猛衝。這一衝雖把殷阮兩人拋下了十多丈，但已然心浮氣粗，頭上冒汗。他伸袖一擦額上汗水，想起適才田青文給自己擦汗的情景，嘴裏間不由得露出微笑，但聽得背後踏雪之聲，殷吉兩人又趕了上來。

殷吉見曹雲奇這麼一衝一慢，早知他輕功遠不是自己對手，只是七星手阮士中一聲不響的並肩而行，自己跑得快，他也快，自己跑得慢了，他跟着放慢脚步，看來尙是遊刃有餘，未盡全力，心道：「你們師叔姪倆今兒考較老兒來着。」當下猛吸一口氣，施展數十年勤修苦練的輕功，在白雪山坡上宛似足不點地般滑了上去。

天龍門創自清初，原本一支，到康熙年間，掌門人的兩個大弟子不和，待掌門人一死，便分爲南北兩宗。南宗以輕捷剽悍爲尙，北宗卻注重沉穩狠辣。兩宗武功本源架式完全相同，使用之時，卻頗有異處。這上山的輕功原是南宗所擅，殷吉人雖肥胖，一施展本門心法，竟然矯捷勝於猿猴，片刻之間，已趕出曹雲奇一里有餘。阮士中卻仍是不即不離的與他並肩而行。殷吉數次放快，要想將他拋落，但每次只搶前數丈，阮士中又穩穩的追將上來。

眼見離峯頂只兩三里路程，殷吉笑道：「阮師兄，咱倆比比脚力，瞧誰先上峯頂。」阮士中道：「我那裏趕得上殷師兄？」殷吉道：「別客氣啦！」話一出口，如箭離弦般疾衝而上，不到片刻，離峯頂已只數丈，回頭見阮士中在自己身後約有丈許，一提氣，正要衝上，阮士中突然一縱而起，落在他的身旁，低聲道：「那邊有人！」伸手向峯左樹叢中一指。殷吉心中一寒：「此人輕功，果然在我之上。」見他彎腰低頭，輕輕向樹叢中走去，當下跟隨在後。

兩人走到樹後，躲在一塊凸出的大石之後，探頭向前望去，只見下面谷中刀劍閃光，有五個人聚在谷底。三人手執兵刃，分別守住三條通路，自是怕人闖進，另外兩人一揮鋼鋤，一舞鐵鏟，正在一株大樹下用力挖掘。顯是兩人心知強敵追隨在後，時機迫促，是以四隻手臂一刻不停，此起彼落，忙碌異常。

殷吉低聲道：「果然是飲馬川的陶氏父子。那三人是誰？」阮士中輕聲道：「飲馬川的三個寨主，都是硬手。」殷吉道：「正合適，五個對五個。」

阮士中道：「殷師兄，你我同雲奇三人自然不怕，雲陽和青文卻弱了。先出其不意的宰他一兩個，餘下的就好辦。」殷吉皺眉道：「若是江湖上傳揚出去，說我天龍門暗施偷襲，豈不教天下英雄恥笑？」阮士中冷冷的道：「為田師兄報仇，斬草除根，一個也不留下。咱們自己不說，沒人知道。」殷吉道：「陶氏父子當眞這麼難對付麼？」

阮士中點點頭，隔了片刻，說道：「平手相鬥，小弟沒必勝把握。」殷吉知道北宗自掌門人田歸農去世後，阮士中已是門中第一高手，聽說田歸農在日，也自忌憚他三分，適才上山較勁，他似乎有心相讓，才成了個不勝不敗之局，若出全力，只怕自己要輸，於是點了點頭道：「小弟是客，自當由阮師兄主持大局。」

阮士中心道：「哼，你要做英雄，由我做小人就是。」當下不再說話。這時曹雲奇已經趕到，再過一會，周雲陽、田青文二人也先後來了。阮士中低聲道：「殷師兄、雲奇和我各發毒錐，幹了把風的三人，再圍攻陶氏父子。雲陽與青文待我們出手之後，再行上前。」四人聽了，當卽放輕脚步，彎腰從山石後慢慢掩近。

田青文跟在阮士中身後，低聲叫道：「阮師叔！」阮士中停步道：「怎麼？」田青文道：「陶氏父子要捉活的。」阮士中雙眼一翻，露出一對白睛，低沉着嗓子道：「你還要迴護陶子安那小賊？」田青文道：「我總覺得不是他。」阮士中臉色鐵青，將插在腰帶上的那枝羽箭拔了出來，遞在她手裏，道：「你自己比一比去！這是那小賊適才射雁的箭。」

田青文接過羽箭，只看了一眼，不由得兩手發顫。曹雲奇在她身旁，一直瞧她的時候多，望敵人的時候少，見了她這副神情，不禁又喜又怒，喜的是眼見陶子安性命難保，怒的是她對那小賊顯然情意甚深。他脾氣暴躁，越想越惱，正待出言譏刺，阮士中在他肩頭一拍，向着在東首把守的那人背心一指。

這時田青文與周雲陽已伏下身子，停步不進。阮殷曹三人各自認定了一名敵手，每人手中都暗扣三枚毒錐，悄悄走近。那毒錐是天龍門世代相傳的絕技，發出時既準且快，而且毒性猛烈，被打中了三個時辰斃命，厲害無比，江湖上送它一個名號，叫作「追命毒龍錐」。

曹雲奇心想：「師叔要我打東首那人，我卻要用毒錐先送了陶子安那小賊的性命，既報師門深仇，又拔了眼中之釘。若是待會將他活捉，夜長夢多，不知師妹又會生出甚麼古怪來。」算計已定，越走越近，眼見離敵人已不足五十步，當下伏低身子，凝望着陶子安一起一伏的背影，只待阮士中揮手發號，三錐立時激射而出。

錚的一聲，陶子安手中的鋼鋤撞到了土中一件鐵器。阮士中高舉左手，正要下落，猛聽得嗤嗤嗤數聲連響，旁邊雪地裏忽然射出七八件暗器，分向陶子安等五人打去。

這些暗器突如其來的從地底下鑽出，事先沒半分朕兆，眞是匪夷所思，古怪之極。陶氏父子武功了得，暗器雖近身而發，來得奇特無比，但仗着眼明手快，還是各舉鋤鏟打落。望風的三人中一人仰天一摔，滾入山溝之中，兩枚袖箭分從頭頸頂邊擦過，僥倖逃得性命。其餘兩人卻哼也沒哼一聲，一枚鋼鏢、一柄飛刀都正中後心，撲在雪地裏再不動彈。

這一下變起倉卒，陶氏父子固然大出意料之外，阮士中等也是驚愕不已。

陶子安的父親「鎭關東」陶百歲罵道：「鼠輩，敢施暗算！」這一聲宛若憑空起了個響雷，威猛無比。只見身側雪地中刀光閃動，從地底下躍出四人。

原來這四人早知陶氏父子要到此處，在雪下挖了土坑，已等候數日。四人守在坑中，坑上用樹枝蓋了，白雪遮住，只露出了幾個小孔透氣，旁人那裏知曉？

陶氏父子抛下鋤鏟，急從身邊取出兵刃。陶百歲使的是一根十六斤重的鋼鞭，陶子安則用單刀。那滾在山溝裏的馬寨主怕敵人跟着襲擊，在山溝中連滾數滾，這才躍起，他手中本來拿着一對鏈子錘。

看敵人時，見當先一人身形瘦削，漆黑一團，認得是北京平通鏢局的總鏢頭熊元獻，此人精熟地堂刀功夫。飲馬川山寨曾刦過他鏢局的一枝大鏢，熊元獻使盡心機，始終沒能要回，是以雙方結下樑子。另一個女子，約莫三十二三歲年紀，馬寨主識得她是雙刀鄭三娘。她丈夫本是平通鏢局的鏢頭，在飲馬川衆寨主刦鏢時刀傷殞命。此外是一個胖大和尚，手使戒刀；一個紫膛臉漢子，使一對鐵拐，均不相識。想來都是平通鏢局邀來的好手，埋伏在這裏以報昔日之仇了。

陶百歲喝道：「我道是誰？原來是老夫手下敗將。除了姓熊的鼠輩，武林之中，原也沒人能做這下賤勾當。」這話雖是斥罵熊元獻，但殷吉聽了，不禁臉上一熱，斜眼看阮士中時，只見他雙目凝視谷中敵對雙方，對這句話直如不聞。

熊元獻細聲細氣的道：「陶寨主，在下跟你引見引見。這位是山東百會寺的靜智大師。這位是京中一等侍衛劉元鶴劉大人，是在下的同門師兄。你們多親近親近。」陶百歲身材魁偉，聲若雷震，熊元獻恰與他相反，一個陽剛，一個陰柔，兩人倒似天生了的對頭。

陶百歲罵道：「好小子，一齊上吧，咱們兵刃上親近親近。」鋼鞭在空中虛擊一鞭，呼呼風響，足見膂力驚人。熊元獻不動聲色，低低的道：「在下是陶寨主手下敗將，不敢跟你動手，只求見賜一物。」陶百歲怒道：「甚麼？」熊元獻向他們挖掘的土坑一指，道：「就是這裏的東西。」

陶百歲一捋滿腮灰白鬍子，更不打話，劈面就是一鞭。熊元獻閃身避過，叫道：「且慢動手。」陶百歲喝道：「又有甚麼話說？」熊元獻道：「在下已在此處相候三日三夜，專等陶寨主到來。若是不瞧尊駕父子金面，此物早就取了。這裏的東西本來不是飲馬川之物，一向由天龍門經管，現下換換主兒，亦無不該。」陶子安道：「熊鏢頭說得好漂亮的說兒。這雪山上千里冰封，你們若是早知埋藏之處，還不早就取了去？」

那鄭三娘一心要報殺夫之仇，叫道：「多說甚麼？動手吧！」話聲未畢，三柄飛刀刷刷刷接連向馬寨主射去。馬寨主鏈子雙鍾飛起，將兩柄飛刀打落，眼見第三柄來得更是勁急，直取胸口，當下雙手一崩，雙鍾之間的鐵鏈橫在當胸，正好將飛刀擋落，左鍾一縮，右鍾已撲面打出。鄭三娘身形靈動，矮身低頭，雙刀一招「旋風勢」，直撲進懷。馬寨主左鍾飛出，消去了這招。

這兩人一動上手，那和尚揮戒刀直取陶百歲。鎮關東不避反迎，鐵鞭橫打，刀鞭相交，迸出星星火花。和尚只覺手臂酸麻，刀鋒已給打出一個缺口。陶子安舞刀奔向熊元獻。六人分作三對，在雪地裏性命相撲。劉元鶴手執雙拐，在旁掠陣，眼見那和尚不是陶百歲對手，叫道：「大師退下，讓我來會會鎮關東。」那和尚兀自戀戰。劉元鶴跨上一步，右膀在靜智和尚肩頭一撞。那和尚立足不住，跌出三步，忽覺金刃劈風，一刀向腦門劈來，急忙縮頭躲閃，原來是陶子安抽空砍了他一刀。靜智嚇出一身冷汗，驚怒之下，挺刀與熊元獻雙鬥陶子安。

劉元鶴武功比師弟強得多，陶百歲鐵鞭橫掃，他竟硬接硬架，鐵拐一立，鐵鞭碰鐵拐，噹的一聲大響。劉元鶴不動聲色，右拐一沉，拐頭鎖住敵人鞭身，左拐摟頭蓋了下來。陶百歲與他數招一過，已知今日遇到勁敵，當下抖擻精神，使開六合鞭法，單鞭鬥雙拐，猛砸狠打。

時候一長，劉元鶴漸佔上風，陶百歲已是招架多，還手少。陶子安以一敵二，更是形迫勢蹙，心想眼前唯一指望，是馬寨主速下殺手擊斃鄭三娘，將熊元獻接過，自己就能俟機殺了和尚。但鄭三娘也已瞧明白戰局大勢，只要自己盡力支撐，陶氏父子不免先後送命，當下只守不攻，雙刀守得嚴密異常，馬寨主雙錘雖如狂風暴雨般連環進攻，卻始終傷她不得。再拆數十招，鄭三娘究是女流，愈來愈是力氣不加，不住向後退避。馬寨主踏步上前追擊，突見鄭三娘左刀一幌，露出老大一個空門，不禁大喜，搶上一步，揮錘擊下，驀地裏右足足底突然一虛，竟已踏在熊元獻等先前藏身的土坑之中。這坑大半仍被白雪淹沒，激鬥之際，未加留神，鄭三娘有意引他過去。他這一足踏空，身子向前一跌，暗叫不好，待要躍起，鄭三娘一刀疾砍，登時將他左肩卸落。

馬寨主慘叫一聲，暈了過去，鄭三娘右手補上一刀，將他砍死在坑中。陶子安聽到馬寨主叫聲，情知不妙，但被熊元獻與靜智兩人纏住了，自顧尚且不暇，那能分手救人？鄭三娘喘了幾口氣，理一理鬢髮，取出一塊白布手帕包在頭上，舞動雙刀上前夾擊陶百歲。

那陶百歲若是年輕上二十歲，劉元鶴原不是他的敵手。他向以力大招猛見長，現下年紀一老，精力究已衰退，與劉元鶴單打獨鬥已相形見絀，再加上一個鄭三娘在旁偷襲騷擾，更是險象環生。

鬥到酣處，劉元鶴叫一聲：「着！」一招「龍翔鳳舞」，雙拐齊至。陶百歲揮鞭擋住，卻見鄭三娘雙刀圈轉，也是兩樣兵刃同時攻到。陶百歲一條鞭架不開四般兵刃，大喝一聲，飛左脚將鄭三娘踢了個觔斗，但左脅上終於被她刀鋒劃了一個大口子。片刻之間，傷口流出的鮮血將雪地染得殷紅一片。但這老兒勇悍異常，舞鞭酣戰，毫不示怯。

陶子安眼見情勢險惡，心知今日有敗無勝，當下疾攻三刀，乘靜智退開兩步，隨即向後一躍，叫道：「罷啦，我父子認輸就是。你們要寶還是要命？」鄭三娘揮刀向陶百歲進攻，叫道：「寶也要，命也要。」熊元獻心裏卻另有計較，他去年失了一枝大鏢，賠得傾家蕩產，心想與其殺他父子，不如叫飲馬川獻出金銀贖命，於是叫道：「大家且住，我有話說。」

劉元鶴為人精細，鄭三娘一向聽總鏢頭的吩咐，聽他如此說，各自向旁躍開。那靜智卻是個莽和尚，鬥得興發，那裏還肯罷手，一柄戒刀使得如風車相似，直向陶子安迫將過去。熊元獻連叫：「靜智大師，靜智大師。」靜智宛如未聞。陶子安一聲冷笑，將單刀往地下一拋，挺胸道：「你敢殺我？」

靜智舉起戒刀，正要一刀砍下，突然見他如此，不禁一呆，戒刀舉在半空，卻不落下。陶子安罵道：「賊禿！」迎面一拳，正中鼻樑。靜智出其不意，身子一幌，一交坐在地下，一摸自己鼻子，滿手都是鼻血。這一來叫他如何不怒，一聲吼叫，爬起身來，向陶子安猛撲過去。熊元獻伸臂拉住，叫道：「且慢！」

只見陶子安躍入坑中，揮動鋼鋤掘了幾下，隨即拋開鋤頭，捧着一隻兩尺來長的長方鐵盒縱身而上。劉元鶴等面上各現喜色，向陶子安走近幾步。

阮士中低聲向殷吉道：「殷師兄，你與雲奇發錐傷人，我去搶寶。」殷吉低聲道：「傷那一邊的人？」阮士中左手中間三指捲曲，伸出拇指與小指，做個「六」字的手勢。意思說六個人全傷。殷吉心道：「好狠毒！」點了點頭，扣緊手中的毒錐，斜眼看曹雲奇時，只見他雙眼盯着陶子安，看來這些時候之中，他眼光始終未有一瞬離開過此人。

陶子安捧着鐵盒，朗聲說道：「今日我父子中了詭計，這武林至寶麼，嘿嘿，自當雙手奉上。只是在下有一事不明，倒要領教。」熊元獻瞇着一雙小眼，道：「少寨主有何吩咐？」陶子安道：「你們怎知這鐵盒埋在此處？又怎知我們這幾日要來挖取？」熊元獻道：「少寨主既想知道，跟你說了，也是不妨。天龍門田老掌門封劍之日，大宴賓朋。少寨主是田門快壻，那一定是到的了。」陶子安點了點頭。熊元獻指着劉元鶴道：「我這位師兄當日也是座上賓客，只是少寨主英雄年少，沒把劉師兄放在眼裏。」陶子安冷笑道：「哈哈，我岳丈宴請好朋友，原來請到了奸細。」

熊元獻並不動怒，仍是細聲細氣的道：「言重了。劉師兄久仰尊駕英名，不免對少寨主多看了幾眼，那也是飲馬川威名遠播之故啊。那日少寨主一舉一動，沒曾離了劉師兄的眼睛。」陶子安道：「妙極，妙極！這盒兒該當獻給劉大人的了。」雙手前伸，將鐵盒遞了出去。

劉元鶴眉不揚，肉不動，伸手去接。陶子安突然在鐵盒邊上一掀，颼颼颼三聲，三枝短箭從鐵盒中疾飛而出，向劉元鶴當胸射去。兩人相距不到三尺，急切間那能閃避？

好個劉元鶴，身手果真不凡，危急中順手拉住靜智在身前一擋。只聽一聲慘呼，兩枝短箭一齊釘入那和尚的咽喉，立時氣絕。第三枝箭偏在一旁，卻射入了熊元獻左肩，直沒至羽，受傷也自不輕。

這個變故，比適才熊元獻等偷襲來得更是奇特。田青文忍不住「啊」的一聲叫了出來。劉元鶴一聽背後有人，顧不得與陶氏父子動手，躍向山石，先護住背心，這才轉身察看。

阮士中叫道：「動手！」縱身撲了下去。曹雲奇手一揚，三枚毒錐對準陶子安射出。田青文早知他心意，一見他揚手發錐，立卽挺肩往他左肩撞去。曹雲奇身子一側，怒喝：「幹甚麼？」三錐準頭全偏，都落入雪地之中。

殷吉的毒錐本待射向劉元鶴，只是田青文一出聲，被他立時知覺，此人應變極快，竟然無機可乘。阮士中大叫：「物歸原主。」左手五指如鉤，抓向陶子安雙目，右手五指已抓住鐵盒邊緣。

劉元鶴鐵拐一立，與殷吉的長劍搭上了手。兩人在田歸農的筵席中曾會過面，都知對方是武學名家，此刻數招一過，心中各自佩服。

周雲陽挺劍奔向熊元獻。田青文的單劍與鄭三娘雙刀戰在一起。曹雲奇長劍閃動，不去鬥閒在一旁的陶百歲，卻向陶子安胸口刺去，一招「白虹貫日」，身隨劍至，竟是拚命的打法，兇狠異常。

陶子安沒持兵刃，只得放手鬆開鐵盒，後躍避開，俯身搶起單刀，反身來奪。阮士中左手抱住盒子，陰沉着臉罵道：「好小子，放暗箭害死岳丈，原來是看中了我天龍門的至寶。」陶子安叫道：「誰說我害了岳父？」揮刀猛攻，急着要奪回鐵盒。

但這鐵盒一入七星手阮士中之手，莫說曹雲奇在旁仗劍相助，就是單憑阮士中一雙肉掌，陶子安也休想奪得回去。陶百歲叫道：「姓阮的，這鐵盒是田親家親手交與我兒，你是不服，還是怎地？」大聲叫嚷，揮鞭向阮士中頭頂擊落。阮士中一躍丈餘，縱到田青文的身旁，舉盒向鄭三娘迎面一揚。鄭三娘適才見盒中放出暗器，只怕又有短箭射出，忙矮身閃避。那知阮士中只是虛張聲勢，待田青文擺脫糾纏，當即將鐵盒交在她手中，說道：「護住盒兒，讓我對付敵人。」

他手中一空，立即返身來鬥陶百歲。這天龍北宗第一高手果然武功了得，陶百歲雖然鞭沉力猛，卻被他一雙空手迫得連連倒退。熊元獻肩頭中箭，被周雲陽一柄長劍迫住了，始終緩不出手來去拔箭，那箭留在肉裏，一用勁半邊身子劇痛難當。只有劉元鶴卻與殷吉鬥了個旗鼓相當。

田青文抱住鐵盒，施開輕功，疾向西北方奔去。陶子安舉刀向曹雲奇猛劈，見他提劍封門，這一刀竟不劈下，忽地轉身，向田青文追去。

曹雲奇大怒，隨後急趕，只追出數步，斜刺裏雙刀砍到，原來是鄭三娘從旁截住。曹雲奇心中焦躁，連進險招。那知鄭三娘的武藝雖不甚精，卻練就了一套專門守禦的刀法，只要這套「鐵門閂」刀法使開了，六六三十六招之內，對方功夫再高，也是不易取勝。曹雲奇連變三路劍法，一時竟奈何她不得。

田青文奔出里許，見陶子安隨後跟來，正合心意，轉過一個山坡，站定身子，似嗔似笑的道：「你追我幹麼？」陶子安道：「妹子，咱們合力對付了那幾個奸賊，自己的事總好商量。」田青文道：「誰是你的妹子？你幹麼害我爹爹？」陶子安突然在雪地裏雙膝跪倒，指天立誓，大聲道：「皇天在上，若是我陶子安害了天龍門田老掌門，叫我日後萬箭攢身，亂刀分屍！」

田青文臉上露出笑容，伸手拉着他臂膀，柔聲道：「不是你就好啦。我也早知不是你，他們……他們……」陶子安躍起身來，握住她左手，說道：「妹子……」剛叫得一聲，忽見田青文臉上變色，知道背後來了人，急忙轉身，只聽一人喝道：「你們兩個，在這裏鬼鬼祟祟的幹甚麼？」田青文怒道：「甚麼鬼鬼祟祟？你給我口裏放乾淨些。」

陶子安一回頭，見是曹雲奇趕到，叫道：「曹師兄，你莫誤會。」曹雲奇圓睜雙目，喝道：「誤會你媽個屁！」提劍分心便刺，陶子安只得舉刀招架。

兩人鬥了數合，雪地裏脚步聲響，鄭三娘如風奔來。曹雲奇罵道：「臭婆娘，纏個沒完沒了。」反手就是一劍。鄭三娘左刀擋架，右手回了一刀。陶子安叫道：「鄭三娘，咱倆併肩子上，先殺了這蠻漢再說。」

他一語甫畢，一招「抽樑換柱」，左手虛托，刀鋒從橫裏向曹雲奇反劈過去。曹雲奇以一敵二，絲毫不懼。他有意要在心上人之前賣弄本事，劍走偏鋒，反而連連進招。陶子安讚道：「好劍法！」身形一矮，一招「上步撩陰」向他胯下揮去。鄭三娘心想他定然豎劍相架，上盤勢必空虛，當即雙刀向曹雲奇肩頭砍落。不料陶子安這一刀揮到中途，突然轉為「退步斬馬刀」，手腕一翻，一刀砍在鄭三娘腿上，喝道：「躺下。」

這一招毒辣異常，比鄭三娘再強數倍的高手，也是難以防備，教她如何閃避得了？她腿上劇痛，向後便跌。陶子安搶上一步，舉刀往她頸中砍下。呼的一聲，曹雲奇長劍遞出，將他單刀架開，叫道：「你要不要臉？」陶子安笑道：「兵不厭詐，我是有心助你。」

曹雲奇正要喝罵，劉元鶴、殷吉、陶百歲、阮士中等已先後趕到。原來他們都掛念着鐵盒，眼見田青文抱着盒子奔開，不願無謂纏戰，一待敵人攻勢略緩，都抽空追來。陶子安叫道：「爹，天龍門是好朋友。你別跟阮師叔動手。」

陶百歲尚未答話，曹雲奇高聲叫道：「你害死我恩師，誰跟你是好朋友？」刷刷刷，向他疾刺三劍。陶子安擋開兩劍，第三劍險險避不開去，身子向左急閃，劍刃在右頰邊貼面而過，只要差得兩寸，那便是穿頭破腦之禍。他嚇得臉無血色，忽聽田青文叫聲：「小心！」一枚暗器從身旁飛了過去，緊接着風聲微響，後臀上已吃了一刀。

原來鄭三娘受傷後倒地不起，心中又恨又悔：「他飲馬川是我殺夫大仇，這小賊又是素來詭計多端，我怎能信他的話，不加提防？」忽見陶子安避劍後退，正是偷襲良機，當即奮身躍起，揮刀往他頭頂砍去。田青文眼明手快，急發一錐，搶先釘中她的右肩。幸得這一錐，才救了陶子安的性命，鄭三娘那刀砍得低了，只中了他的後臀。

鄭三娘身中毒錐，又向後跌。陶子安罵聲：「賤人！」單刀脫手，對準她胸口猛擲下去，這一擲勢勁力疾，相距又近，眼見得一刀要將她釘在地下，突然空中嗤的一聲急響，一枚暗器從遠處飛來，正好打在刀上，噹的一聲，單刀盪開，斜斜的插入鄭三娘身旁雪地之中。

劉元鶴、阮士中等均正注目鐵盒，或亟欲刦奪、或旨在守護，忽聽這暗器破空之聲響得怪異，都是一驚，但見這暗器遠飛而至，落點既準，勁力又重，竟將單刀打在一旁。各人一驚之下，齊向暗器來路望去，只見一個花白鬍子的老僧右手拿着一串念珠，唸道：「善哉，善哉！」快步走來，俯身拾起一物，串在念珠繩上，原來他適才所發暗器只是一粒念珠。

這串念珠看來份量不輕，黑黝黝的似是鑌鐵鑄，但這和尚從數丈外彈來，小小一粒念珠竟能撞開一把八九斤重的鋼刀，指力實是非同小可。衆人驚愕之下，都眼睜睜的望着他。

但見他一對三角眼，塌鼻歪嘴，一雙白眉斜斜下垂，容貌極是詭異，雙眼佈滿紅絲，單看相貌，倒似是個市井老光棍，那想得到武功竟是如此高強。

那僧人伸手扶起鄭三娘，拔下她肩頭的毒錐，只見傷口中噴出黑血，鄭三娘大聲呻吟。那僧人從懷中取出一粒紅色藥丸，塞在她的口裏，向衆人逐個望去，自言自語說道：「這藥丸只可暫時止痛。毒龍錐是天龍門獨門暗器，和尚可救她不得。」他眼光停在阮士中臉上，說道：「這位施主是天龍門高手了？不看僧面看佛面，敢請慈悲則個。」說着合十行禮。

阮士中和鄭三娘本不相識，原無仇怨，眼見那僧人如此本領，若是不允拿出解藥，今日決討不了好去，他是個久歷江湖之人，當硬則硬，當軟則軟，眼見那僧人合十躬身，立即還禮，道：「大師吩咐，自當遵命。」從懷中取出兩個小瓶，在一個瓶裏倒出十粒黑色小丸，給鄭三娘服了，將另一個瓶子遞給田青文道：「給她敷上。」田青文接過藥瓶，將鐵盒交給師叔，自去給鄭三娘敷藥。

那僧人道：「施主慈悲。」又打了一躬，說道：「請問各位在此互鬥，卻是爲了何事？天下沒解不開的樑子，和尚老了臉皮，倒想作個調人，嘿嘿。」

眾人相互望了一眼，有的沉吟不語，有的臉現怒容。曹雲奇指着陶子安罵道：「這小賊害死我師父，偷了我天龍門的鎮門之寶。大師，你說該不該找他償命？」說着手中長劍虛劈，劍刃震動，嗡嗡作聲。

那老僧問道：「尊師是那一位？」曹雲奇道：「先師是敝門北宗掌門，姓田。」那老僧「啊喲」一聲，說道：「原來歸農去世了，可惜啊可惜。」語氣之中，似乎識得田歸農，而口稱「歸農」，竟然自居尊長。田青文剛給鄭三娘敷完藥，聽那老僧如此說，上前盈盈拜倒，哭道：「求大師給先父報仇，找到眞兇。」

那老僧尚未回答，曹雲奇已叫了起來：「甚麼眞兇假兇？這裏有贓有證，這小賊難道還不是眞兇？」陶子安只是冷笑，並不答話。陶百歲卻忍不住了，喝道：「田親家跟我數十年交情，兩家又是至親，我們怎能害他？」

曹雲奇道：「就是爲了盜寶啊！」陶百歲大怒，縱上前去就是一鞭。曹雲奇正要還手，突見那老僧左手揮出，在陶百歲右腕上輕輕一勾，鋼鞭猛然反激回去。陶百歲只覺手掌心一震，虎口劇痛，竟然拿揑不住，急忙撒手向旁躍開，拍的一聲，鋼鞭跌在雪地，埋入了半截。

眾人本來圍在僧人身周，突見鋼鞭飛起跌落，各自向後躍開，登時在那僧人身旁留出好大一個圓圈，各人眼睜睜的望着這和尙，都是好生詫異，暗想：「鎭關東素以膂力剛猛稱雄武林，怎麼給他這般輕描淡寫的一勾一帶，竟然連兵刃也撒手了？」

陶百歲滿臉通紅，叫道：「好和尙，原來你是天龍門邀來的幫手。」那老僧微微一笑，道：「施主恁大年紀，仍是這等火氣。不錯，和尙確是受人之邀，才到長白山來。不過邀請和尚的，倒不是天龍門。」天龍門諸人與陶氏父子俱吃一驚，心道：「怪不得他相救鄭三娘。他既是平通鏢局的幫手，這鐵盒兒可就難保了。」阮士中退後一步。殷吉與曹雲奇雙劍上前，護在他左右兩側。

那僧人宛如未見，續道：「此間一無柴火，二無酒飯，寒氣好生難熬。那主人的莊子離此不遠，各位都算是和尚的朋友，不如同去歇脚。那主人見到大羣英雄好漢降臨，一定開心，他媽的，大家同去擾他一頓！」說罷呵呵而笑，對衆人適才的浴血惡鬥，似乎全不放在心上。

衆人見他面目雖然醜陋，說話倒是和氣，出家人口出「他媽的」三字，未免有些突兀，但這些豪客聽在耳裏，反感親切自在，提防之心消了大半。

殷吉道：「不知大師所說的主人，是那一位前輩？」那老僧道：「這主人不許和尚說他名字。和尚生來好客，既然出口邀請，若有那一位不給面子，和尚可要大感臉上無光了。」

劉元鶴見這老僧處處透着古怪，心中嘀咕，微一拱手，說道：「大師莫怪，下官失陪了。」說罷返身便奔。那老僧笑道：「在這荒山野地之中，居然還能見到一位官老爺，好福氣啊，他媽的好福氣。」他待劉元鶴奔出一陣，緩緩說完這幾句話，斗然間身形幌動，隨後追去。只見他在雪地裏縱跳疾奔，身法極其難看，又笨又怪，令人不由得好笑。

但儘管他身形又似肥鴨，又似蛤蟆，片刻之間，竟已抄在劉元鶴身前，笑道：「和尚要對不住官老爺了。」不待劉元鶴答話，左手兜了個圈子，忽然翻了過來，抓住他的右腕。

劉元鶴斗感半身酸麻，知道自己胡裏胡塗的已被他扣住脈門，情急之下，左手出掌往老僧擊去。那老僧左手拇指與食指拿着他的右腕，見他左掌擊來，左手提着他右臂一舉，中指、無名指、小指三根手指鈎出，搭上了他左腕。這一來，他一隻手將劉元鶴雙手一齊抓住，右手提着念珠，一竄一跳的回來。

眾人見劉元鶴雙手就如被一副鐵銬牢牢銬着，身不由主的給那老僧拖回，都是又驚又喜，驚的是這老僧功夫之高，甚為罕見，喜的是他並非平通鏢局所邀的幫手。那老僧拉着劉元鶴走到眾人身前，說道：「劉大人已答應賞臉，各位請吧。」

有劉元鶴的榜樣在前，卽令有人心存疑懼，也不敢再出言相拒，自討沒趣。只見那老僧握着劉元鶴的手腕，緩緩向前，走出數步，忽然轉身道：「甚麼聲音？」眾人停步側耳一聽，但聽得來路上隱隱傳來一陣氣喘吆喝之聲，似乎有人在奮力搏擊。阮士中斗然醒悟，叫道：「雲奇，快去相助雲陽。」曹雲奇叫道：「啊喲，我竟忘了。」挺劍向來路奔回。

那老僧仍不放開劉元鶴，拉着他一齊趕去，只趕出十餘丈，劉元鶴足下功夫已相形見絀。他雖提氣狂奔，仍是不及那老僧快捷，可是雙手被握，縱然用力掙扎，那老僧五根又瘦又長的手指竟未放鬆半點。再奔數步，那老僧又搶前半尺，這一來，劉元鶴立足不穩，身子向前仰跌下去，雙臂夾在耳旁舉過頭頂，被那老僧在雪地裏拖曳而行。他又氣又急，欲待飛脚向那老僧踢去，但那老僧越拖越快，自己站立尚且不能，那裏說得上發足踢敵？

倏忽之間，眾人已回到坑邊，只見周雲陽與熊元獻摟抱着在雪地裏滾來滾去。兩人兵刃均已脫手，貼身肉搏，連拳脚也使用不上，肘撞膝蹬、頭頂口咬，打得狼狽不堪，那裏像甚麼武林中的好手相鬥，直如市井潑婦當街廝打一般。曹雲奇仗劍上前，要待往熊元獻身上刺去，但兩人翻滾纏打，只怕誤傷了師弟，急切間下手不得。

那老僧走上幾步，右手抓住周雲陽背心，提了起來。周熊兩人手脚都相互勾纏，提起一人，將另一人也帶了上來。兩人打得興發，雖然身子臨空，仍是毆擊不休。那老僧哈哈大笑，右手一振，兩人手足都是一痳，砰的一響，熊元獻摔出了五尺之外。那老僧將周雲陽放在地下，這才鬆了劉元鶴的手腕。劉元鶴給他抓得久了，手臂一時之間竟難以彎曲，仍是高舉過頭，過了一會才慢慢放下，只見雙腕上指印深入肉裏，心中不禁駭然。

那老僧道：「他奶奶的，大夥兒快走，還來得及去擾主人一頓早飯。」衆人相互瞧了一眼，一齊跟在他的身後。鄭三娘腿上傷重，熊元獻顧不得男女之嫌，將她揹在背上。陶氏父子、周雲陽等均各負傷。但見雪地裏一道殷紅血迹，引向北去。

行出數里，傷者哼哼唧唧，都有些難以支持。田青文從背囊中取出一件替換的布衫，撕碎了先給周雲陽裹傷，又給陶氏父子包紮。曹雲奇哼了一聲，待要發話。田青文橫目使個眼色，曹雲奇雖不明她意思，終明忍住了口邊言語。

又行里許，轉過一個山坡，地下白雪更深，直沒至膝，行走好生爲難，衆人雖然都有武功，但亦感不易拔足，各自心想：「不知那主人之家還有多遠？」那老僧似知各人心意，指着左側一座筆立的山峯道：「不遠了，就在那上面。」

英雄
敵手

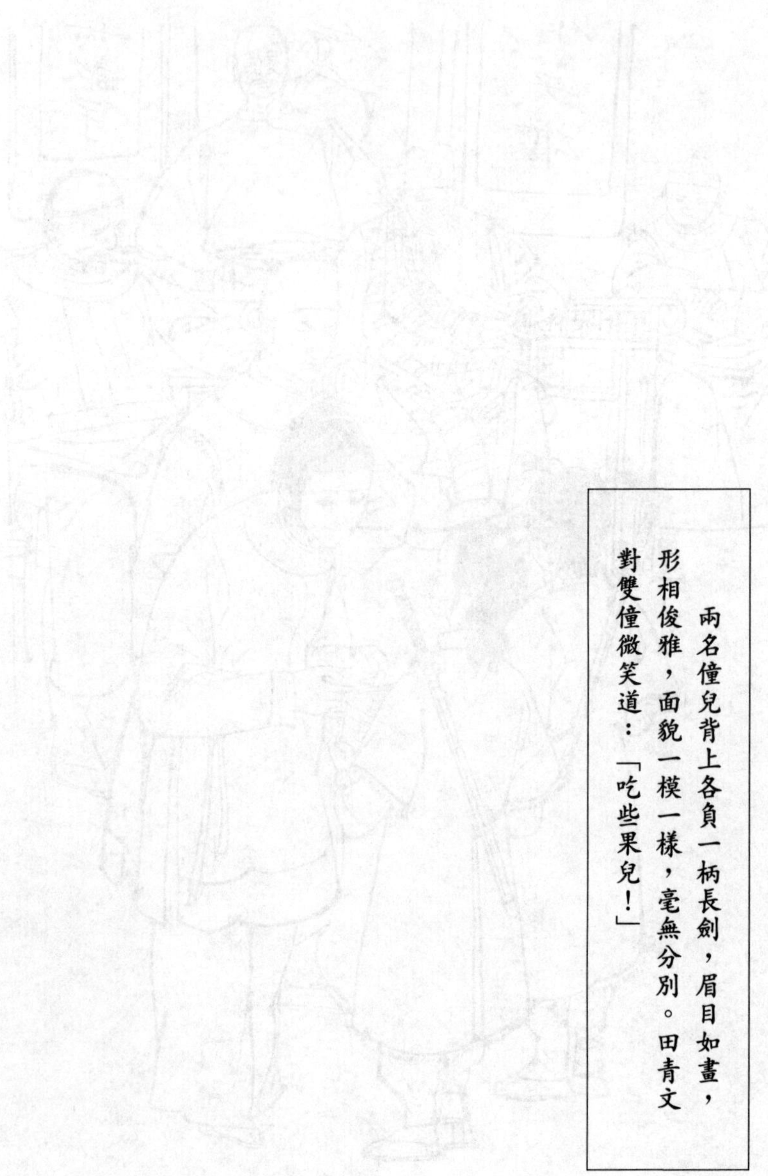

兩名僮兒背上各負一柄長劍，眉目如畫，形相俊雅，面貌一模一樣，毫無分別。田青文對雙僮微笑道：「吃些果兒！」

二

衆人一望山峯，不禁倒抽一口涼氣，全身冷了半截。那山峯雖非奇高，但宛如一根筆管般豎立在羣山之中，陡削異常，莫說是人，即令猿猴也是不易上去，心中都將信將疑：「本領高強之人就算能爬得上去，可是在這陡峯的絕頂之上，難道還會有人居住不成？」

那老僧微微一笑，在前引路，又轉過兩個山坡，進了一座大松林。林中松樹都是數百年的老樹，枝柯交橫，樹頂上壓了數尺厚的白雪，是以林中雪少，反而好走。這座松林好長，走了半個時辰方始過完，一出松林，即到山峯脚下。

衆人仰望山峯，此時近觀，更覺驚心動魄，心想即在夏日，亦難爬上，眼前滿峯是雪，若是冒險攀援，十成中倒有九成要跌個粉身碎骨。

只聽一陣山風過去，吹得松樹枝葉相撞，有似秋潮夜至。衆人浪迹江湖，都見過不少大陣大仗，但此刻立在這山峯之下，竟不自禁的忽感膽怯。那老僧從懷中取出一個花筒火箭，幌火摺點着了。嗤的一聲輕響，火箭衝天而起，放出一道藍烟，久久不散。

眾人知道這是江湖上通消息的訊號，只是這火箭飛得如此之高，藍烟在空中又停留這麼久，卻是極爲罕見。眾人仰望峯頂，察看有何動靜。

過了片刻，只見峯頂出現一個黑點，迅速異常的滑了下來，越近越大，待得滑到半山，已看清楚是一隻極大的竹籃。籃上繫着竹索，原來是山峯上放下來接客之用。

竹籃落到眾人面前，停住不動。那老僧道：「這籃子坐得三人，讓兩位女客先上去，還可再坐一位男客。那一個坐？和尚不揩女施主的油，我是不坐的，哈哈。」眾人均想：「這和尚武功極高，說話卻恁地粗魯無聊。」

田青文扶着鄭三娘坐入籃中，心道：「我既先上了去，曹師哥定要乘機相害子安。若是我叫子安同上，師叔面前須不好看。」於是向曹雲奇招手道：「師哥，你跟我一起上。」曹雲奇受寵若驚，向陶子安望了一眼，得意之情，見於顏色，當下跨進籃去，在田青文身旁坐下，拉着竹索，用力搖了幾下。

只覺籃子幌動，登時向峯頂升了上去。曹田鄭三人就如憑虛御風、騰雲駕霧一般，心中空蕩蕩的甚不好受。籃到峯腰，田青文向下一望，只見山下眾人已縮成了小點，原來這山峯遠望似不甚高，其實壁立千仞，卻是非同小可。田青文只感頭暈目眩，當即閉眼，不敢再看。

約莫一盞茶時分，籃子升到了峯頂。曹雲奇跨出竹籃，扶田鄭二人出來。只見山峯旁好大三個絞盤，互以竹索牽連，三盤互絞，升降竹籃，十餘名壯漢扳動三個絞盤，又將籃子放了下去。籃子上下數次，那老僧與羣豪都上了峯頂。絞盤旁站着兩名灰衣漢子，先見曹雲奇等均不理睬，直到老僧上來，這才趨前躬身行禮。

那老僧笑道：「和尚沒通知主人，就帶了幾個朋友來吃白食了。哈哈！」一個長頸闊額的中年漢子躬身道：「既是寶樹大師的朋友，敝上自是十分歡迎。」衆人心道：「原來這老僧叫作寶樹。」

但見那漢子團團向衆人作了個四方揖，說道：「敝上因事出門，沒能恭迎嘉賓，請各位英雄恕罪。」衆人急忙還禮，心中各自納罕：「這人身居雪峯絕頂，衣衫單薄，卻沒絲毫怕冷的模樣，自然是內功不弱。可是聽他語氣，卻是為人傭僕下走，那他的主人又是何等英雄人物？」

只見寶樹臉上微有訝色，問道：「你主人不在家麼？怎麼在這當口還出門？」那漢子道：「敝上七日前出門，到寧古塔去了。」寶樹道：「寧古塔？去幹甚麼？」那漢子向阮士中等望了一眼，似乎不便相告。寶樹道：「但說不妨。」那漢子道：「主人說對頭厲害，只怕到時敵他不住，所以趕赴寧古塔，去請金面佛上山助拳。」

衆人一聽「金面佛」三字，都嚇了一跳。此人是武林前輩，二十年來江湖上號稱「打遍天下無敵手」。為了這七個字外號，不知給他招來多少強仇，樹上多少勁敵，可是他武功也真高，不論是那一門那一派的好手，無不一一輸在他的手裏。近十年他銷聲匿迹，武林中不再聽到訊息，有人傳言他已在西域病死，但無人親見，也只是將信將疑。這時忽聽得他非但尚在人世，而且此間主人正去邀他上山，人人登時都感不安。

原來這金面佛武功既高，為人又是嫉惡如仇，若是有誰幹了不端行逕，他不知道便罷，只要給他聽到了，定要找上門來理會，作惡之人，輕則損折一手一足，重則殞命，決然逃遁不了。上山這夥人個個做過或大或小的虧心事，猛然間聽到「金面佛」三字，如何不心驚肉跳？

寶樹微微一笑，說道：「你主人也忒煞小心了，諒那雪山飛狐有多大本領，用得着這等費事？」那漢子道：「有大師遠來助拳，咱們原已穩操勝券。但聽說那飛狐確是兇狡無比。敝上說有備無患，多幾個幫手，也免得讓那飛狐走了。」衆人又各尋思：「雪山飛狐又是甚麼厲害脚色？」

寶樹和那漢子說着話，當先而行，轉過了幾株雪松。只見前面一座五開間極大的石屋，屋前屋後都是白雪。

衆人進了大門，走過一道長廊，來到前廳。那廳極大，四角各生着一盆大炭火。廳上居中掛着一副木板對聯，寫着廿二個大字：

不來遼東　大言天下無敵手

邂逅冀北　方信世間有英雄

上欵是「希孟仁兄正之」，下欵是「妄人苗人鳳深慚昔年狂言醉後塗鴉」。

衆人都是江湖草莽，也不明白對聯上的字是甚麼意思，似乎這苗人鳳對自己的外號感到慚愧。每個字都深入木裏，當是用利器剜刻而成。

寶樹臉色微變，說道：「你家主人跟金面佛交情可深得很哪。」那長頸漢子道：「是！我們莊主跟苗大俠已相交數十年。」寶樹「哦」了一聲。

劉元鶴一顆心更是怦怦跳動，暗道：「來到苗人鳳朋友的家裏啦。我這條老命看來已送了九成。」片刻之間，兩隻手掌中都是冷汗淋漓。

各人分別坐下，那名漢子命人獻上茶來，站在下首相陪。

寶樹說道：「這金面佛當年號稱『打遍天下無敵手』，原也太過狂妄。瞧這副對聯，他自己也知錯了。」那長頸漢子道：「不，我家主人言道，這是苗大俠自謙。其實若不是太累贅了些，苗大俠這外號之上，只怕還得加上『古往今來』四字。」寶樹哼了一聲，冷笑道：「嘿！佛經上說，當年佛祖釋迦牟尼降世，一落地便自稱『天上天下，唯我一人稱獨尊』，這句話跟『古往今來，打遍天下無敵手』，倒配得上對兒。」

曹雲奇聽他言中有譏刺之意，放聲大笑。那長頸漢子怒目相視，說道：「貴客放尊重些。」曹雲奇愕然道：「怎麼？」那漢子道：「若是金面佛知你笑他，只怕貴客須不方便。」曹雲奇道：「武學之道無窮，要知天外有天，人上有人。他也是血肉之軀，就算本領再高，怎稱得『打遍天下無敵手』七字？」那漢子道：「小人見識鄙陋，不明世事。只是敝上說稱得，想來必定稱得。」曹雲奇聽他言語謙下，神色卻極是不恭，心中怒氣上沖，心想：「我是一派掌門，焉能受你這低三下四的傭僕之氣？」當即冷笑道：「天下除了金面佛，想來貴主人算得第一了？嘿嘿，可笑！」那漢子道：「這個豈敢！」伸手在曹雲奇所坐的椅背上輕輕一拍。曹雲奇只感椅子一震，身子向上一彈。他手中正拿着茶碗，這一下出其不意，茶碗脫手掉落，眼見要在地下跌得粉碎，那漢子俯身一抄，已將茶碗接住，道：「貴客小心了。」曹雲奇滿臉通紅，轉過頭不理。那漢子自行將茶碗放在几上。

寶樹對這事視若不見，向那長頸漢子道：「除了金面佛跟老衲之外，你主人還約了誰來助拳？」那漢子道：「主人臨去時吩咐小人，說青藏派玄冥子道長、崑崙山靈清居士、河南太極門蔣老拳師這幾位，日內都要上山，囑咐小人好好侍奉。大師第一位到，足見盛情，敝上知道了，必定感激得緊。」

寶樹大師受此間主人之邀，只道自己一到，便有天大的棘手之事也必迎刃而解，豈知除了自己之外，主人還邀了這許多成名人物。這些人自己雖大都未見過面，卻都素來聞名，無一不是武林中頂兒尖兒的高手，早知主人邀了這許多人，倒不如不來了，那金面佛苗人鳳更是遠而避之的爲妙，兼之自己遠來相助，主人卻不在家接客，未免甚是不敬，心下不快，說道：「老衲固然不中用，但金面佛一到，還有辦不了的事嗎？何必再另約旁人？」那漢子道：「敝上言道，乘此機會，和衆家英雄聚聚。興漢丐幫的范幫主也要來。」寶樹一凜，道：「范幫主也來？那飛狐到底約了多少幫手？」那漢子道：「聽說他不約幫手，就只孤身一人。」

阮士中、殷吉、陶百歲等均是久歷江湖之人，一聽雪山飛狐孤身來犯，而這裏主人布置了許多一等一的高手之外，還要去請金面佛與丐幫范幫主來助拳，都想這雪山飛狐就算有三頭六臂，也用不着對他如此大動干戈。眼見這寶樹和尙武功如此了得，單是他一人，多半也足以應付，何況我們上得山來，到時也不會袖手旁觀，只不過當時主人料不到會有這許多不速之客而已。

其中劉元鶴心中，卻如十五個吊桶打水，七上八下。原來丐幫素來與朝廷作對，在幫名上加上「興漢」二字，稱爲「興漢丐幫」，顯是有反淸之意。上個月御前侍衛總管賽總管親率大內侍衛十八高手，將范幫主擒住關入天牢。這事做得甚是機密，江湖上知者極少。劉元鶴自己就是這大內十八高手之一。今日胡裏胡塗的深入虎穴，定然是凶多吉少。

寶樹見劉元鶴聽到范幫主之名時，臉色微變，問道：「劉大人識得范幫主麼？」劉元鶴忙道：「不識。在下只知范幫主是北道上響噹噹的英雄好漢，當年赤手空拳，曾以『龍爪擒拿手』抓死過兩頭猛虎。」

寶樹微微一笑，不再理他，轉頭問那長頸漢子道：「那雪山飛狐到底是何等樣人？他與你家主人又結下了甚麼樑子？」那漢子道：「主人不曾說起，小的不敢多問。」

說話之間，僮僕奉上飯酒，在這雪山絕頂，居然肴精酒美，大出衆人意料之外。那長頸漢子道：「主人娘子多謝各位光臨，各位多飲幾杯。」衆人謝了。

席上曹雲奇與陶子安怒目相向，熊元獻與周雲陽各自磨拳擦掌，陶百歲對鄭三娘恨不得一鞭打去，雖然共桌飲食，卻是各懷心病。只有寶樹言笑自若，大塊吃肉，大碗喝酒，滿嘴粗言穢語，那裏像個出家人的模樣？

酒過數巡，一名僕人捧上一盤熱氣騰騰的饅頭，各人累了半日，早就餓了，見到饅頭，都是大合心意，正要伸手去拿，忽聽得空中嗤的一聲響，衆人一齊抬頭，只見一枚火箭橫過天空，射到高處，微微一頓，忽然炸了開來，火花四濺，原來是個彩色繽紛的烟花，緩緩散開，隱約是一隻生了翅膀的狐狸。寶樹推席而起，叫道：「雪山飛狐到了。」

衆人盡皆變色。那長頸漢子向寶樹請了個安，說道：「敝上未回，對頭忽然來到，此間一切，全仗大師主持。」寶樹道：「有我呢，你不用慌。便請他上來吧。」那漢子躊躇道：

那漢子道：「這雪峯天險，諒那飛狐無法上來。小人想請大師下去跟他說，主人並不在家。」寶樹說：「你吊他上來，我會對付。」那漢子道：「就怕他上峯之後，驚動了主母，小的沒臉來見主人。」

寶樹臉一沉，說道：「你怕我對付不了飛狐麼？」那長頸漢子忙又請了個安，道：「小的不敢。」寶樹道：「你讓他上來就是。」那漢子無奈，只得應了，悄悄與另一名侍僕說了幾句話，想是叫他多加提防，保護主母。

寶樹瞧在眼裏，微微冷笑，卻不言語，命人撤了席。各人散坐喝茶，只喝了一盞茶，那長頸漢子高聲報道：「客人到！」兩扇大門「呀」的一聲開了。

衆人停盞不飲，凝目望着大門，卻見門中並肩進來兩名僮兒。這兩名僮兒一般高矮，約莫十三四歲年紀，身穿白色貂裘，頭頂用紅絲結着兩根豎立的小辮，背上各負一柄長劍。這兩人眉目如畫，形相俊雅，最奇的是面貌一模一樣，毫無分別，只是走在右邊那僮兒的劍柄斜在右肩，另一個僮兒的劍柄斜在左肩，手中多捧了一隻拜盒。

衆人見了這兩個僮兒的模樣，都感愕然，心中卻均是一寬，本以爲來的是那窮兇極惡的「雪山飛狐」，那知卻是兩個小小孩童。待這兩人走近，只見兩人每根小辮兒上各繫一顆明珠，四顆珠子都是小指頭般大小，發出淡淡光采。熊元獻是鏢局的鏢頭，陶百歲久在綠林，識別寶物的眼光均高，一見四顆大珠，都是怦然心動：「這四顆寶珠可貴重得很哪，兩人所穿的貂裘沒一根雜毛，也是難得之極。就算是大富大貴之家，也未必有此珍物。」

兩個僮兒見寶樹坐在正中，上前躬身行禮，左邊那僮兒高舉拜盒。那長頸漢子接了過來，打開盒子，呈到寶樹面前。寶樹見盒中是一張大紅帖子，取出一看，見上面濃墨寫着一行字道：「晚生胡斐謹拜。雪峯之會，謹於今日午時踐約。」字迹甚是雄勁挺拔。

寶樹見了「胡斐」兩字，心中一動：「嗯，飛狐的外號，原來是將他名字倒轉而成。」當下點了點頭道：「你家主人到了麼？」右邊那僮兒道：「主人說午時準到，因恐賢主人久候，特命小的前來投刺。」他說話語聲清脆，童音未脫。寶樹見兩童生得可愛，問道：「你們是雙生兄弟麼？」那僮兒道：「是。」說着行了一禮，轉身便出。那長頸漢子道：「兄弟少留，吃些點心再去。」右邊那童子道：「多謝大哥，未得家主之命，不敢逗留。」田青文從果盤裏取了些果子，遞給兩人，微笑道：「那麼吃些果兒。」左邊那僮兒接了，道：「多謝姑娘。」

曹雲奇最是妒忌，兼之性如烈火，半分兒都忍耐不得，見田青文對兩人神態親密，心中怒氣已生，冷笑道：「小小孩童，居然背負長劍，難道你們也會劍術麼？」兩僮愕然向他望了一眼，齊聲道：「小的不會。」曹雲奇喝道：「那麼裝模作樣的背着劍幹麼？給我留下了。」伸出雙手，去抓兩人背上長劍的劍柄。

兩個僮兒絕未想到此時有人要奪他們兵器，曹雲奇出手又是極快，只聽刷刷兩聲，衆人眼前青光閃動，兩柄長劍脫鞘而出，都已被他搶在手中。曹雲奇哈哈一笑，道：「你兩個小……」第五字未出口，兩個僮兒一齊縱起，一出左手，一出右手，迅速之極的按在曹雲奇頸中。兩人同時向前一扳，曹雲奇待要招架，雙脚被兩人一出左脚、一出右脚的一勾，登時身不由主的在空中翻了半個觔斗，拍的一聲，結結實實的摔在地下。

他奪劍固快，這一交摔得更快，衆人一愕之下，兩僮向前撲上，要奪回他手中長劍。曹雲奇豈是弱者，適才只因未及防備，方着了道兒，他一落地立即縱起，雙劍豎立，要將兩僮嚇退。不料兩僮一縱，不知怎的，一人一手又已攀在他的頸中，一扳一勾，招式便和先前的全無分別，曹雲奇又是拍的摔了一交。

第一交還可說是給兩僮攻其無備，這第二交卻摔得更重。他是天龍門的掌門，正當年富力壯，兩僮站着只及到他的胸口，二次又跌，教他臉上如何下得來？狂怒之下，殺心頓起，人未縱起，左劍下垂，右劍突然橫劈，要將兩個僮兒立斃劍下。

田青文見他這一招是本門中的殺手「二郎擔山」，招數狠辣，即令武功高強之人，一時也難以招架，眼見這一雙玉雪可愛的孩子要死於非命，忙叫道：「師哥，休下殺招。」

曹雲奇揮劍削出，聽得田青文叫喊，他雖素來聽從這師妹的言語，但招已遞出，急切間收劍不及，當下腕力一沉，心想在兩個小子胸口留個記號也就罷了。那知左邊的僮兒忽從他腋下鑽到右邊，右邊的僮兒卻鑽到了左邊。他一劍登時削空，正要收招再發，突覺兩旁人影閃動，兩個小小的身軀又已撲到。

曹雲奇吃過兩次苦頭，可是長劍在外，倏忽間難以迴刺，眼見這怪招又來，仍是無法拆架閃避，當即雙劍撒手，平掌向外推出，喝一聲「去！」兩掌上各用了十成力，兩個僮兒只要給掌緣掃上了，也非得受傷不可。突見人影一閃，兩個僮兒忽然不見，急忙轉過身來，只見左僮矮身竄到右邊，右僮矮身竄到左邊，眼睛一花，項頸又被兩人攀住。

危急之下，他腰背用力，使勁向後急仰，存心要將兩僮向後甩跌出去。勁力剛一甩出，斗覺頸上兩隻小手忽然放開，一驚之下，知道不妙，急忙收勁站直，卻已不及，兩僮又是一出左足，一出右足，在他雙脚後跟向前一挑。曹雲奇自己使力大了，本已站立不住，再被兩人這一挑，大罵「直娘賊」聲中，騰的一下，仰天一交。這一下只跌得他脊骨如要斷折，挺身要待站起，腰上使不出勁，竟又仰跌。

周雲陽搶步上前，伸手扶起。兩個僮兒已乘機拾起長劍。曹雲奇本是紫膛臉皮，這時氣得紫中發黑，拔出腰中佩劍，一招「白虹貫日」，呼的一聲，逕向左僮刺去。周雲陽見師兄接連三番的摔跌，知道兩個僮兒年紀雖幼，卻是極不好鬥，對方共有二人，自己上前相助，也算不得理虧，當下跟着出劍，向右僮發招。

左僮向右僮使個眼色，兩人舉劍架開，突然同時躍後三步。左僮叫道：「大和尚，小人奉主人之命前來下書，並沒得罪這兩位，為甚麼定要打架？」寶樹微微一笑，說道：「這兩位要考較一下你們的功夫，並無惡意。你們就陪着練練。」左僮道：「如此請爺們指點。」兩人雙劍起處，與曹周二人鬥在一起。

這莊子中傭僕婢女，個個都會武功，聽說對方兩個下書的僮兒在廳上與人動手，紛紛走出來，站在廊下觀鬥。

只見一個僮兒左手持劍，另一個右手持劍，兩人進退趨避，簡直便是一人，雙劍連環進擊，緊密無比。看來兩人自小起始學劍，就是練這門雙劍合璧的劍術。難得的是那左僮左手使劍，竟和右僮的右手一般靈便，定是天生擅用左手。

曹周師兄弟二人連變劍招，始終奈何不了兩個孩子。轉眼間鬥了數十合，曹周二人雖無敗象，卻也半點佔不到上風。

阮士中心中焦躁，細看二僮武術家數，也不過是一路少林派的達摩劍法，毫無出奇之處，只是或刺或架，交叉攻防，出擊的無後顧之憂，守禦的絕迴攻之念，不論攻守，俱可全力以赴而已，自忖以一雙肉掌可以奪下二僮兵刃，眼見兩個師姪久鬥不下，天龍北宗的威名搖搖欲墜。當即喝道：「兩個孩子果然了得。雲奇、雲陽退下，老夫跟他們玩玩。」

曹周二人聽得師叔叫喚，答應一聲，要待退開，那知二僮出劍奇快，頃刻之間，雙劍俱是進手招數。曹周只得揮劍擋架，但二僮一劍跟着一劍，綿綿不盡，擋開了第一劍，第二劍又不得不擋，十餘招過去，竟爾不能抽身。

田青文心道：「待我接應兩位師兄下來，讓阮師叔制住這兩個小娃娃。阮師叔武功何等厲害，自然一出手便抓住了四根小辮子。」挺劍上前，叫道：「兩位師哥下來。」她見左僮正向曹雲奇接連進攻，當即揮劍架開他的一劍，豈知這僮兒第二劍出招時竟是一劍雙擊，既刺曹雲奇的眼角，又刺田青文左肩。田青文只得招架，這一來，她接替不下師兄，反而連自己也給纏上了。曹雲奇愈鬥愈怒，心想：「我天龍北宗劍術向來有名，今日以我三人合力，還鬥不過兩個小小孩童，江湖上傳言開去，天龍北宗顏面何存？」想到此處，出手加重。

右僮見長兄受逼，迴劍向曹雲奇刺去。曹雲奇轉身擋開，左僮已發劍攻向周雲陽。二人在倏忽之間調了對手，這一下轉換迅速之極，身法又極美妙，旁觀衆人不自禁的齊聲喝采。

殷吉低聲道：「阮師兄，還是你上去。他們三個勝不了。」阮士中點點頭，勒了勒腰帶。叫道：「讓我來玩玩。」一縱身，已欺到右僮身邊，左指點他肩頭「巨骨穴」，右手以大擒拿手逕來奪劍。旁人見他身法快捷，出手狠辣，都不禁爲這僮兒擔心，卻見劍光閃動，左僮的劍尖指到了阮士中後心。

阮士中一心奪劍，又想左僮有周雲陽敵住，並未想到他會忽施偷襲，只聽田青文急叫：「師叔，後面！」阮士中忙向左閃避，卻聽嗤的一聲，後襟已劃破了一道口子。那左僮叫道：「這位爺小心了。」看來他還是有心相讓。

阮士中心頭一躁，面紅過耳，但他久經大敵，適才這一挫折，反而使他沉住了氣，當下不敢冒進，展開大擒拿手法，鎖、錯、閉、分，尋瑕抵隙，來奪二僮手中兵刃。他在這雙肉掌上下了數十年苦功，施展開來果然不同尋常。但說也奇怪，曹周二人迎敵之時，二僮並未佔到上風，現下加多阮田二人，卻仍然是鬥了個旗鼓相當。

殷吉心想：「南北二宗同氣連枝，若是北宗折了銳氣，我南宗也無光采。今日之局，縱讓旁人說個以多勝少，總也比落敗好些。」長劍出鞘，一招「流星趕月」，人未搶入圈子，劍鋒卻已指向左僮胸口。右僮叫道：「又來了一個。」橫劍迴指，點向他的手腕。殷吉一凜，心道：「這兩個孩兒連環救應，果已練得出神入化。」手腕一沉，避開了這一劍。避開這一劍並不爲難，但他攻向左僮的劍勢，卻也因此而卸。

大廳上六柄長劍、一對肉掌，打得呼呼風響，一鬥數十合，仍是個不勝不敗之局。

陶子安見田青文臉現紅暈，連伸幾次袖口抹汗，叫道：「青妹，你歇歇，我來替你。」當即揮刀上前。曹雲奇喝道：「誰要你討好！」長劍擋開右僮刺來劍招，左手握拳，卻往陶子安鼻上擊去。陶子安一笑，滑開三步，繞到了左僮身後。他雖腿上負傷，刀法仍是極爲精妙，但二僮的劍術怪異無比，敵人愈衆，竟似威力相應而增。陶子安旣須防備曹雲奇襲擊，又得對付二僮出其不意遞來的劍招，竟爾鬧了個手忙脚亂。

陶百歲慢慢走近，提着鋼鞭保護兒子。刀光劍影之中，曹雲奇猛地一劍向陶子安劈去。陶百歲怒吼一聲，揮鞭架開，跟着向曹雲奇進招。旁觀衆人見戰局變幻，不由得都是暗暗稱奇。

熊元獻當阮士中下場時見他將鐵盒放在懷內，心想不如上前助戰，混水摸魚，乘機下手，搶奪鐵盒也好，殺了陶氏父子報仇也好，當下叫道：「好熱鬧啊，劉師兄，咱哥兒倆也上！」劉元鶴與他自小同在師門，彼此知心，一聽他叫喚，已明其意，雙拐擺動，靠向阮士中身畔。

那左僮那想得到這許多敵手各有圖謀，見劉元鶴、熊元獻加入戰團，竟爾先發制人，出劍向兩人直攻，雙僮劍術雖精，但以二敵九，本來無論如何非敗不可，只是九個人各懷異心，所使招數，倒是攻敵者少，互相牽制防範者多。

田青文見劉熊二人手上與雙僮相鬥，目光卻不住往師叔身上瞟去，已知存心不善，叫道：「阮師叔，留神鐵盒。」阮士中久鬥不下，早已心中焦躁，尋思：「我等九個大人，還打不倒兩個小孩，今日可算是丟足了臉。若是鐵盒再失，以後更難做人了。」微一疏神，只覺一股勁風掠面而過，原來是右僮架開曹雲奇、周雲陽的雙劍後，抽空向他劈了一劍。

阮士中心中一凜，暗道：「左右是沒了臉面。」斜身側閃，手腕翻處，已將長劍拔在手裏。這九人之中，論到武功原是數他爲首。這時將天龍劍法使將開來，只聽叮噹聲響，陶氏父子、劉熊師兄弟等人的兵刃都被他碰了開去。殷吉護住門戶，退在後面，乘機觀摩北宗劍術的秘奧。

阮士中見衆人漸漸退開，自己身旁空了數尺，長劍使動時更爲靈便，精神一振，踏前兩步，一招「雲中探爪」，往右僮當頭疾劈下去。這一招快捷異常，右僮手中長劍正與劉元鶴鐵拐相交，忽見劍到，急忙矮身相避，只聽刷的一響，小辮上的一顆明珠已被利劍削爲兩半，跌在地下。

雙僮同時變色。右僮叫了聲：「哥哥！」小嘴扁了，似乎就要哭出聲來。

阮士中哈哈一笑，突見眼前白影幌動，雙僮交叉移位，叮叮數響，周雲陽與熊元獻的兵刃已被削斷。兩人大驚之下，急忙躍出圈子，但見雙僮手中已各多了一柄精光耀眼的匕首。

左僮叫道：「你找他算帳。」右手匕首翻處，叮叮兩響，又已將曹雲奇與殷吉手中長劍削斷，原來這匕首竟是砍金切玉的寶劍。曹雲奇後退稍慢，嗤的一聲，左脅被匕首劃過，腰中革帶連着劍鞘斷爲數截。

右僮右手長劍，左手匕首，向阮士中欺身直攻。這時他雙刃在手，劍法大異。阮士中又驚又怒，一時瞧不清他的劍路，但覺那匕首刺過來時寒氣迫人，不敢以劍相碰，只得不住退後。右僮不理旁人，着着進迫。

左僮與兄弟背脊靠着背脊，一人將餘敵盡數接過，讓兄弟與阮士中單打獨鬥，拆了數招，陶百歲的鋼鞭又被削斷一截。劉元鶴、陶子安不敢迫近，只是繞着圈子遊鬥。殷吉、曹雲奇、周雲陽、田青文四人見阮士中被迫到了屋角，已是退無可退，都是焦急異常，要待上前救援，一來三人手中兵刃已斷，二來也闖不過左僮那一關。

寶樹在旁瞧着雙僮劍法，心中暗暗稱奇，初時見雙僮與曹雲奇等相鬥，劍術也只平平，但當敵手漸多，雙僮劍上威力竟跟着增強。此時亮出匕首，情勢更是大變。左僮長劍連幌，逼得敵對衆人手忙脚亂，轉眼間陶子安與劉元鶴的兵刃又被削斷。與左僮相鬥的八人之中，就只田青文一人手中長劍完好無缺，顯然並非她功夫獨到，而是左僮感她相贈果子之情，手下容讓。

阮士中背靠牆角，負隅力戰，只見右僮長劍逕刺自己前胸，當下應以一招「騰蛟起鳳」。這是一招洗勢。劍訣有云：「高來洗、低來擊，裏來掩，外來抹，中來刺。」這「洗、擊、掩、抹、刺」五字，是各家劍術共通的要訣。阮士中見敵劍高刺，以「洗」字訣相應，原本不錯，那知雙劍相交，突覺手腕一沉，己劍被敵劍直壓下去。阮士中大喜，心想：「你劍術雖精，腕力豈有我強？」當下運勁反擊。右僮右手劍一縮，左手匕首倏地揮出，噹的一聲，將他長劍削爲兩截。

阮士中大吃一驚，立將半截斷劍迎面擲去。右僮低頭閃開，長劍左右疾刺，將他封閉於屋角，出來不得。殷吉、曹雲奇、周雲陽齊聲大叫，暗器紛紛出手。左僮竄高躍低，右手連揮，將十多枚毒龍錐盡數接去。原來他匕首的柄底裝有一個小小網兜，專接敵人暗器。

七星手阮士中兵刃雖失，拳脚功夫仍極厲害，他是江湖老手，雖敗不亂，當下以一雙肉掌沉着應敵，只是右僮那匕首寒光耀眼，只要被刃尖掃上一下，只怕手掌立時就給割了下來。他最怕的還不是對方武功怪異，而是那匕首實在太過鋒利，當下只有竭力閃避，不敢出手還招。

右僮不住叫道：「賠我的珠兒，賠我的珠兒。」阮士中心中一百二十個願意賠珠，可是一來無珠可賠，二來這臉上又如何下得來？

寶樹見局勢極是尷尬，再僵持片刻，若是那孩童當眞惱了，一匕首就會在阮士中胸膛上刺個透明窟窿。他是自己邀上山來的客人，豈能讓對頭的僮僕欺辱？只是這兩個孩童的武功甚爲怪異，單獨而論，固然不及阮士中，只怕連劉元鶴、陶百歲也有不及，但二人一聯手，竟是遇強愈強，自己若是揷手，一個應付不了，豈非自取其辱？

當他沉吟難決之時，阮士中處境已更加狼狽。但見他衣衫碎裂，滿臉血汚，胸前臂上，被右僮長劍割了一條條傷痕。他幾次險些兒要脫口求饒，終於強行忍住。右僮只叫：「你賠不賠我珠兒？」那長頸僕人走到寶樹身邊，低聲道：「大師，請你出手打發了兩個小娃娃。」寶樹「嗯」了一聲，心中沉吟未定，忽聽嗤的一聲響，雪峯外一道藍燄衝天而起。那長頸僕人知是主人所約的幫手到了，心中大喜：「這和尙先把話兒說得滿了，事到臨頭卻支支吾吾，幸好又有主人的朋友趕到。」忙奔出門去，放籃迎賓。

不來遼東大言天下
邂逅冀北方信世間有英雄

苗若蘭從內堂出來，說道：「大師，那雪山飛狐要把咱們都困死在這兒？」寶樹沉着臉道：「正是。大夥兒坐上了一條船，得想個法兒下峯。」

二

這長頸漢子是山莊的管家，姓于，本也是江湖上的一把好手，甚是精明幹練。他見竹籃吊到山腰，便探頭下望，要瞧來援的是那一位英雄。初時但見籃中黑黝黝的幾堆東西，似乎並非人形，待吊到臨近，見是幾隻箱籠，另有些花盆、香爐之屬，把吊籃裝得滿滿的沒一點空隙。于管家不禁大奇：「難道是給主人送禮來了？」

二次吊上來的是三個女人。兩個四十來歲，都是僕婦打扮。另一個十五六歲年紀，圓圓的一雙大眼，左頰上有個酒窩兒，看模樣是個丫鬟。她不等竹籃停好，便卽跨出，向于管家望了一眼，笑道：「這位定是于大哥了。你的頭頸長，我聽人說過的。」一口京片子，聲音極是清脆。于管家生平最不喜歡別人說他頭頸，但見她滿臉笑容，倒也生不出氣，只得笑着點了點頭。

那丫鬟道：「我叫琴兒。她是周奶媽，小姐吃她奶長大的。這位是韓嬸子，小姐就愛吃她燒的菜。你快放吊籃去接小姐上來。」于管家待要詢問是誰家的小姐，琴兒卻咭咭咯咯的說個不停，一面在籃中搬出鳥籠、狸貓、鸚鵡架、蘭花瓶等許許多多又古怪又瑣碎的物事，手中忙着，嘴裏也不閒着，說道：「這山峯眞高，唉，山頂上沒甚麼花兒草兒，我想小姐一定不喜歡。于大哥，你整天在這裏住，不氣悶嗎？」

于管家眉頭一皺，心道：「主人正要全力應付強敵，卻從那裏鑽出這門子囉唆個沒完沒了的人家來？」問道：「你家貴姓？是我們親戚麼？」

琴兒說道：「你猜猜看，怎麼我一見就知你是于大哥，你卻連我家小姐姓甚麼也不知道呢？我若是不說我叫琴兒，擔保你猜上一千年，也猜不到我叫甚麼。啊，別亂跑，小心小姐生氣。」于管家一呆，卻見她俯身抱起一隻小貓，原來她最後幾句話是跟貓兒說的。

于管家幫她把吊籃中的物事取了出來。琴兒說道：「啊唷，你別弄亂了！這箱子裏全是小姐的書，這樣倒過來，書就亂啦。唉，唉，不行。這蘭花聞不得男人氣。小姐說蘭花最是清雅，男人家走近去，它當晚就要謝了。」

于管家忙將手中捧着的一小盆蘭花放下，猛聽得背後一人吟道：「欲取鳴琴彈，恨無知音賞。」聲音甚是怪異。

他嚇了一跳，急忙回頭，雙掌橫胸，擺了迎敵的架式，卻見吟詩的是架上那頭白鸚鵡。他又好氣又好笑，命人放吊籃接小姐上來。那奶媽卻說要先開箱子，取塊皮裘在籃中墊好，免得小姐嫌籃底硬了，坐得不舒服。她慢吞吞的取鑰匙，開箱子，又跟韓嬸子商量該墊銀狐的還是水貂的。于管家再也忍耐不住，又掛念廳上激鬥情勢，不知阮士中性命如何，當下向一名僕人囑咐好好招呼小姐，自行奔進廳去。

他出外迎賓，去了好一陣子，廳上相鬥的情勢卻沒多大變動。阮士中仍被右僮迫在屋角之中，只是情形更爲狼狽，左脚鞋子已然跌落，頭上本來盤着的辮子也給割去了半截，頭髮散了開來。曹雲奇、殷吉、周雲陽等已從莊上傭僕處借得兵刃，數次猛撲上前救援，始終被左僮攔住，反而與阮士中越離越遠。

劉元鶴等本想乘機刦奪鐵盒，但在左僮的匕首上吃了幾次虧，只得退在後面。各人心中卻兀自不服氣，眼見雙僮手上招數實在並不怎麼出奇，內力修爲更是十分有限，只不過仗着兩把鋒利絕倫的匕首，一套攻守呼應的劍法，竟將一羣江湖豪士制得縛手縛脚。

于管家看了一會，心想：「主人出門之時，把莊上的事都交了給我，現下賓客在莊上如此受人欺辱，主人顏面何存？我拚死也要救了這姓阮的。」當下奔到自已房中，取了當年在江湖上所用的紫金刀，轉回大廳，再看了看雙僮的招式，叫道：「兩位小兄弟再不住手，我們玉筆山莊可要無禮了。」右僮叫道：「主人差我們來下書，又沒叫我們跟人打架。他只要賠了我的珠兒，我們馬上就饒他了。」說着踏上一步，嗤的一劍，阮士中左肩又給劃破了一道口子。

于管家正要接話，只聽背後一個女子聲音說道：「啊喲，別打架！別打架！我就最不愛人家動刀動槍的。」這幾句話聲音不響，可是嬌柔無倫，聽在耳裏，人人覺得眞是說不出的受用，不由自主的都回過頭去。

只見一個黃衣少女笑吟吟的站在門口，膚光勝雪，雙目猶似一泓清水，在各人臉上轉了幾轉。這少女容貌秀麗之極，當眞如明珠生暈、美玉瑩光，眉目間隱然有一股書卷的清氣。

廳上這些人都是浪迹江湖的武林豪客，斗然間與這樣一個文秀少女相遇，宛似走進了另一個世界，不自禁的爲她一副清雅高華的氣派所懾，各似自慚形穢，不敢褻瀆。

兩個僮兒卻對那少女毫不理會，乘着殷吉等人一怔之間，叮叮噹噹一陣響，又將他們手中兵刃逐一削斷。

那少女道：「兩個小兄弟別胡鬧啦，把人家身上傷成這個樣子，可有多難看。」右僮道：「他不肯賠我的珠兒。」那少女道：「甚麼珠兒？」右僮劍尖指住阮士中胸膛，俯身拾起半邊明珠，哭喪着臉道：「你瞧，是他弄壞的，我要他賠。」那少女走近身去，接過一看，道：「啊，這珠兒當眞好，我也賠不起。這樣吧，琴兒，」回頭對身後小丫鬟道：「取我那對玉馬兒來，給了這兩個小兄弟。」琴兒心中不願，說道：「小姐。」那少女笑道：「偏你就有這麼小氣。你瞧兩個小兄弟多俊，佩了玉馬，那才叫相得益彰呢。」

兩僮對望一眼，只見琴兒打開一隻描金箱子，取出一對錦囊交給少女。那少女解開一隻錦囊，拿出一隻小小玉馬，馬口裏有絲縧爲韁。那少女替右僮掛在腰帶上，又把另一隻錦囊中所裝的玉馬遞給了左僮。左僮請安道謝，接在手裏，只見那玉馬晶光瑩潔，刻工精緻異常，馬作奔躍之狀，形體雖小，卻是貌相神駿，眞的非凡品。他一見之下，便十分喜歡，只是不明那少女來歷，心下一時未決，不知是否該當受此重禮。右僮又在牆畔撿起另一半邊珠兒，說道：「我這顆是夜明寶珠，和哥哥的是一對兒。就算有玉馬，總是不齊全啦！」說着十分懊惱。

那少女一見兩人相貌打扮，已知這對雙生兄弟相親相愛，毀了明珠事小，不痛快的是在將兩人飾物弄成異樣，配不成對，當下拿起玉馬，將兩個半邊明珠放在玉馬雙眼之上，說道：「我有一個主意，將半邊珠兒崁在玉馬眼上。珠子既能夜明，玉馬晚上兩眼放光，豈不好看？」左僮大喜，從辮兒上摘下珠子，伸匕首剖成兩半，說道：「兄弟，咱倆的珠兒和玉馬都一模一樣啦。」右僮回嗔作喜，向少女連連道謝，又向阮士中請了個安，道：「行啦，你老別生氣。」阮士中滿身血汚，心中惱怒異常，卻又不敢出聲罣罵。

右僮拉着左僮的手，便要走出。左僮向那少女道：「多謝姑娘厚賜。請問姑娘尊姓，主人問起，好有對答。」那少女道：「你家主人是誰？」左僮道：「家主姓胡。」

那少女一聽，登時臉上變色，道：「原來你們是雪山飛狐的家僮。」兩僮一齊躬身道：「正是！」那少女緩緩說道：「我姓苗。你家主人問起，就說這對玉馬是金面佛苗爺的女兒給的！」

此言一出，羣豪無不動容。金面佛威名赫赫，萬想不到他的女兒竟是這樣一個嬌柔靦覥的少女。瞧她神氣，若非侯門巨室的小姐，就是世代書香人家的閨女，那裏像是江湖大俠之女。雙僮對望一眼，齊把玉馬放在几上，一言不發的轉身出廳。

那少女微微一笑，也不言語。琴兒歡天喜地的收起玉馬，說道：「小姐，這兩個孩兒不識好歹，小姐賞賜這樣好的東西，他們都不要，要是我啊……」那少女笑道：「別多說啦，也不怕人家笑咱們寒蠢。」

寶樹大師越衆而前，朗聲說道：「原來姑娘是苗大俠的千金，令尊可好？」那少女道：

「多謝。家嚴託福安康。請問大師上下?」寶樹微笑道:「老衲寶樹。姑娘芳名是甚麼?」

那少女名叫苗若蘭,聽了這話頓然臉上一紅,心想:「我的名字,怎胡亂跟人說得的?」當下不答問話,說道:「各位請寬坐,晚輩要進內堂拜見伯母。」說着向羣豪撿衽行禮。

衆人震於她父親的名頭,那敢有絲毫怠慢,都恭恭敬敬的還禮,均想:「這位姑娘沒半點仗勢欺人的驕態,當眞難得。」苗若蘭待衆人都坐下了,又告罪一遍,這才入內。只見大門外進來七八名家丁僕婦,抬着鋪蓋箱籠等物,看來都是跟來服侍苗小姐的。陶百歲、陶子安父子對望一眼,心中都想:「若是我父子在道上遇見這一批人,定然當作是官宦豪富的眷屬,勢必動手行刦,這亂子可就闖得大了。」

阮士中伸袖拭抹身上血汚,幸好右僮並非眞欲傷他,每道傷口都只淺淺的劃破皮肉,並無大碍。田青文走近相助,取出金創藥給他止血。阮士中撕開左胸衣襟,讓她裹傷,忽然間噹啷一響,那隻鐵盒落在地下。羣豪不約而同的一齊躍起,伸手都來搶奪。

阮士中站得最近,左手劃了個圈子,擋開衆人,立卽俯身拾盒,手指剛觸到盒面,突覺一股大力在肩頭一撞,身不由主的跌開數步,待得拿樁站定,抬起頭來,只見鐵盒已捧在寶樹手中。

羣豪都怕他本領了得,只眼睜睜的望着他,沒人敢開口說話。

隔了片刻,曹雲奇道:「大師,這隻盒子是我天龍門的鎭門之寶,請你還來。」寶樹笑道:「你說這是貴派鎭門之寶,那麼盒中是何寶物,寶物是何來歷,你旣是天龍掌門,就該知道。只須說得明白,就拿去罷!」說着雙手托了鐵盒,向前伸出。

曹雲奇滿臉通紅，雙手伸出了一半，不敢去接，又不好意思縮回，停在空中，慢慢垂下。原來他只見師父對鐵盒十分珍視，守藏嚴密，卻從未見他打開過盒蓋，別說寶物來歷，連是甚麼寶物也不知道。阮士中、殷吉雖是天龍門的前輩高手，也是面面相覷，說不出個所以。周雲陽忽道：「我們自然知道，那是一柄寶刀。」

他在天龍門中論武功只是二流脚色，素來不得師父寵愛，爲人又非幹練，突然說出這句話來，阮士中等都是一驚，心想：「你知道甚麼？乘早別胡說八道。」那知寶樹卻道：「不錯，是一柄寶刀。你可知這口刀原來是誰的？怎麼落入天龍門之手？」

阮士中等不料周雲陽居然一語中的，無不大爲詫異，一齊注目，等他再說。卻見他青白色的臉上紅了一紅，隨即又轉青色，悻悻的道：「這是我天龍門祖傳下來的，誰得了寶刀，誰就做掌門。」殷吉接口道：「不錯。這是本門寶刀，南北兩宗輪流掌管。」

寶樹搖頭道：「不對，不對！我料你們也不會知道。」周雲陽道：「難道你就知道了？」寶樹道：「二十年前，我就知道。雪山飛狐與此間莊主的爭端，也就由此而起。中間若不是有這些瓜葛，老衲又何必邀各位上山？」

天龍羣豪、陶氏父子、劉熊師兄弟等都吃了一驚，心想：「這老和尚果然不懷好意，原來也想刦奪這盒中寶刀。我們今日身陷絕地，那可是有死無生了。」衆人想到此處，只聽刷的一聲，一人亮出了兵刃，接着刷刷，叮叮一陣響聲過去，羣豪已各執兵刃將寶樹圍住。阮士中等兵刃被雙僮削斷了的，也俯身把斷刀斷劍搶在手裏。

寶樹在人叢中緩緩轉了個圈子，微笑道：「各位要跟老和尚動手麼？」羣豪怒目而視，無人接口。這時站得近了，人人看得清楚，寶樹雖然鬍子花白，臉有皺紋，但雙目炯炯，年紀其實也不甚大。

劉元鶴退後一步，叫道：「大夥兒齊上，先殺老和尚。咱們自己的事，下了山慢慢商量。」他只覺在山峯上多耽一刻，便多一分危險。羣豪都感在這山莊中坐立不安，劉元鶴的話正合心意。正要一湧而上，忽聽門外砰的一聲巨響，似是開了一炮。

衆人愕然相顧。隔了片刻，于管家匆匆從外奔進，臉有驚惶之色，叫道：「各位，大事不妙！」曹雲奇叫道：「雪山飛狐到了麼？」于管家道：「那倒不是。我們上下山峯的長索和絞盤，都給人家毀了。」衆人嚇了一跳，七張八嘴的問道：「那怎麼會？」「沒第二條索兒了麼？」「有沒別的法兒下去？」于管家道：「峯上就只這條長索，小人一時不察，竟然給飛狐手下那兩個僮兒毀了。」寶樹變色道：「怎麼毀的？」

于管家道：「弟兄們縋了那兩個小鬼頭下峯，都進屋休息，忽聽到爆炸之聲，搶出去看時，見絞盤和長索已炸得粉碎。定是這兩個天殺的小鬼在絞盤中放了炸藥，將藥引通下山峯，點了火燒上來的。」衆人一呆，紛紛搶出門去，果見絞盤炸成了碎片，長索東一段西一段散得滿地。幸好絞盤旁的漢子都已走開，無人死傷。

殷吉問寶樹道：「大師，飛狐此舉有何用意？」寶樹道：「那有甚麼難猜？他要咱們盡數餓死在這峯上。」殷吉道：「咱們跟他無怨無仇。」寶樹道：「他可與此間的主人仇深似海。再說，鐵盒在你們手裏，那就是跟他結上了樑子。」殷吉道：「飛狐也要這鐵盒？」寶樹道：「可不是嗎？」

眾人一想到兩個僮兒怪異的武功，心中都是一般的念頭：「僮兒已是這般了得，正主兒更不用說了。」默默跟着寶樹回進大廳。

只見苗若蘭已從內堂出來，說道：「大師，那雪山飛狐要把咱們都困死在這兒？」寶樹沉着臉道：「正是。大夥兒坐上了一條船，得想個法兒下峯。」苗若蘭道：「那不用躭心，我爹爹日內就會上來，自能救咱們下去。」眾人一想，金面佛苗人鳳的女兒在此，他豈能袖手不顧？不由得頓感寬心。只有劉元鶴暗暗搖頭，卻也不便明言。

寶樹道：「苗大俠雖然武功蓋世，但這雪峯幾百丈高，一時之間怎能上來？」苗若蘭道：「既有人能上來建了莊子，我爹爹怎會上不來？」寶樹道：「夏天峯上冰融雪消，上來不難。這時候正當嚴寒，要待雪消，少說也得三個月。管家，這山上貯備了幾個月糧食？」于管家道：「下山採購糧食的管家預計後日能回。此間所貯糧食本來還可用得二十多天，現下添了各位賓客與苗小姐帶來的僕婦使女，算來只有十日之糧了。」

眾人臉上變色，默然不語，心中都在咒罵雪山飛狐歹毒。

曹雲奇忽道：「咱們慢慢從山峯上溜下去……」只說了半句話，便知不妥，忙即住口。這山峯陡峭無比，只怕溜不到兩三丈，立時便摔下去了。旁人一齊瞧着他，均想：「這人草包之極。」曹雲奇見了各人眼色，不由得脹紅了臉。

苗若蘭道：「若是大家終於不免餓死，也得知道個緣由。大師，到底雪山飛狐跟咱們有何仇寃？他有甚麼本事，叫此間主人這生忌憚？這鐵盒又有甚麼干係？」

這一問代衆人說出了心頭之話。羣豪拴命爭奪鐵盒，有人還因此喪生，可是除了知道盒中藏有重寶之外，沒一個說得出原委，當下一齊望着寶樹，盼他解釋。

寶樹道：「好，事已至此，急也無用。大家開誠布公說個明白，齊心合力，也許能想得出下山的法子。若是自相火併殘殺，只有死得更快，正好中了飛狐的奸計。」羣豪轟然稱是，團團坐下。

此時山上寒氣漸增，于管家命人在爐中加柴添火。各人靜聽寶樹說話。

寶樹端起蓋碗，喝了一口茶，先讚聲：「好茶！」這才說道：「此事當眞說來話長。咱們先看看盒中的寶刀可好？」衆人齊聲叫好。寶樹將鐵盒遞給曹雲奇，說道：「閣下是天龍北宗掌門，請打開給大家瞧瞧。」

曹雲奇想起陶子安曾從盒中射出短箭，傷人性命，只怕盒內更藏有甚麼暗器，雙手將盒子接過，卻不敢去揭盒蓋。寶樹笑嘻嘻的瞧着他，一語不發。

衆人見盒上生滿了鐵銹，斑斕駁雜，腐蝕凹凹凸凸，顯是百年以上的古物，卻也不見有何異處。

曹雲奇心想：「我若不敢動手開盒，豈不教陶子安這賊小覷了。」一咬牙，伸右手去揭盒蓋。那知一揭之下，盒蓋紋絲不動，凝目察看，盒上並無鎖孔鈕絆，不知何以竟揭它不開，當下雙手加勁，那鐵盒宛似用一塊整鐵鑄成，全無動靜。

田青見他脹得滿臉通紅，知道盒中必有機括，如此蠻開硬揭非但無用，只怕反而受傷，低聲道：「周師哥，你來開吧。」周雲陽神色遲疑，道：「我……我不知……」田青文從曹雲奇手中接過鐵盒，放在周雲陽手中，柔聲道：「我知道你會的。」周雲陽向她瞪了一眼，將鐵盒放在桌上，伸手摸着盒蓋，不向上揭，卻在四角挨次掀了三掀，然後伸拇指在盒底正中向上一按，拍的一聲，盒蓋彈了開來。

阮士中與曹雲奇同時向他橫了一眼，心中嘀咕：「你怎麼會開啓此盒？」立卽轉頭望盒，只見盒中果有一柄短刀，套在鞘中。曹雲奇「哦」的一聲。這口寶刀，他當年曾見師父使過，曾削斷過不少英雄豪傑的兵刃。

寶樹伸手拿起短刀，指着刀鞘上刻着的一行字道：「衆位請看。」只見那刀鞘生滿銅綠鐵銹，除了鑲有一塊紅寶石外，只是平平無奇的一把舊刀，鞘身刻着兩行字道：

殺一人如殺我父

淫一人如淫我母

這十四個字極爲平易淺白，卻自有一股豪意俠氣，躍然而出。

寶樹道：「各位可知這十四個字的來歷麼？」衆人都道：「不知。」寶樹道：「這是闖王李自成所遺下的軍令。這一柄刀，就是李闖王當年指揮百萬大軍、轉戰千里的軍刀。」

衆人一聽，一齊離席而起，望着寶樹手中托着的這口短刀，心中將信將疑。此時距李闖王已有一百餘年，可是在草莽羣豪心中，闖王的聲威仍是顯赫無比。寶樹道：「各位不信，請看此面。」說着將刀鞘翻了過來。只見這一邊刻着「奉天倡義」四字。寶樹道：「李闖王當年的稱號，便叫做奉天倡義大元帥。」羣豪這才信服。

寶樹又道：「當年九十八寨響馬、二十四家寨主結義起事，羣推李自成爲大元帥。他後來稱為闖王，轉戰十餘年，終於攻破北京，建大順國號。崇禎皇帝迫得吊死煤山。若非漢奸吳三桂賣國，引清兵入關，這天下就是姓李的了。自古草莽英雄，從未有如闖王這般威風的。」他嘆了一口氣道：「唉，只可惜他剛成大事，轉眼成空。崇禎十七年三月闖王破北京，四月出京迎戰清兵，月底兵敗西奔。這花花江山從此送進了滿清韃子的手裏。」

劉元鶴向他瞪了一眼，心道：「這和尚好大膽，竟敢出此大逆不道之言。」寶樹緩緩還刀入盒，說道：「闖王與吳三桂大戰時中箭重傷，從北京退到山西、陝西，清兵和吳三桂一路追來，又退到河南、湖廣，將士自相殘殺，部屬四散。後來退到武昌府通山縣九宮山，敵兵重重圍困，幾次衝殺不出，終於英雄到了末路。」

苗若蘭望着盒中軍刀，想像闖王當年的英烈雄風，不禁神往，待想到他兵敗身死，又自黯然。

寶樹道：「闖王身邊有四名衛士，個個武藝高強，一直赤膽忠心的保他。這四名衛士一個姓胡，一個姓苗，一個姓范，一個姓田，軍中稱為胡苗范田。」

殷吉、田青文等一聽到「胡苗范田」四字，已知這四名衛士必與今日之事有重大關連。田青文斜眼望了苗若蘭一眼，只見她拿着一根撥火棒輕輕撥着爐中炭火，兀自出神，她白玉般的臉頰被火光一映，微現紅暈。

寶樹抬頭望着屋頂，說道：「這四大衛士跟着闖王出死入生，不知經歷過多少艱險，也不知救過闖王多少次性命。闖王自將他們待作心腹。這四人之中，又以那姓胡的武功最強，人最能幹，闖王軍中稱他為『飛天狐狸』！」衆人聽到這裏，都是「哦」的一聲。

寶樹繼續說他的故事：「闖王被圍在九宮山上，危急萬分，眼見派出去求援的使者一到山脚，就被敵軍截住殺死，只得派姓苗、姓范、姓田三名衞士黑夜裏衝出去求救。姓胡的留下保護闖王。不料等到苗范田三名衞士領得援軍前來救駕，闖王卻已被害身死了。

「三名衞士大哭一場，那姓范的當場就要自刎殉主。但另外兩名衞士說道，該當先報這血海深仇。三人在九宮山四下裏打聽闖王殉難的詳情，那姓胡的衞士似乎尚在人間。三人心想此人武藝蓋世，足智多謀，若得有他主持，闖王大仇可報。當下分頭探訪他的下落。

「武林中古老相傳，只因這番找尋，生出一場軒然大波來。苗范田三人日後將當時情景，都詳詳細細說給了自己的兒子知道，並立下家規，每一代都須將這番話傳給後嗣，好教苗范田三家子孫，世世代代不忘此事。」

寶樹說到這裏，眼望苗若蘭，說道：「老和尚是外人，只知道個大畧。苗姑娘若肯給我們說說，定然詳細得多。」衆人心中均想：「原來苗人鳳父女便是這姓苗衞士的後代。」

苗若蘭眼望火盆，說道：「在我七歲那一年，有一晚見爹爹磨洗長劍。我說我怕刀劍，要爹爹收起了別玩。爹說這柄劍還得殺一個人，才能收起永遠不用。我摟住他頭頸，求他不要殺人，他就跟我說了一個故事。

「他說許多許多年以前，老百姓都窮得沒飯吃、沒衣穿，大家只好吃樹皮草根。連樹皮草根也吃完了，只好吃泥巴，很多人都餓死了。做媽媽的沒飯吃，生不出奶，許多小孩子也都在媽媽懷裏餓死了。可是官府還是要向老百姓徵糧，財主還要向窮人迫租催債。老百姓拿不出，又有許多人給官府殺了，給財主捉去關起來。爹爹教我唱了一個歌兒。說是那時候一位文武雙全的公子作的。要不要我唸出來啊？」

衆人齊聲道：「請姑娘唸。」寶樹聽她說「文武雙全的公子」七字，知道必是李自成手下的大將李岩，只聽她唸道：

「年來蝗旱苦頻仍，嚼齧禾苗歲不登。米價升騰增數倍，黎民處處不聊生。草根木葉權充腹，兒女呱呱相向哭。釜甑塵飛爨絕烟，數日難求一餐粥。官府徵糧縱虎差，豪家索債如狼豺。可憐殘喘存呼吸，魂魄先歸泉壤埋。骷髏遍地積如山，業重難過飢餓關。能不教人數行淚？淚洒還成點血斑。」

此時正當乾隆中葉，雖稱太平盛世，可是每年水災旱災，老百姓日子也不好過。衆人聽她一字一句，唸得字正腔圓，聲音中充滿了悽楚之情，想起在江湖上的所見所聞，都不禁聳然動容。

苗若蘭道：「我爹爹說，到後來老百姓實在再也捱不下去了，終於有一位大英雄出來，領着他們打到北京。但可惜這位英雄做了皇帝之後，處事不當，也沒有善待百姓，手下的衆將軍，反而去害百姓，搶百姓的東西，於是老百姓又不服那英雄了。他以爲老百姓的心都向着那位做歌兒的公子，便將那公子殺了。這樣一來，他手下的人都亂了起來。這位大英雄沒多久就給奸人害死。」說到這裏，長長嘆了口氣，過了一會，才道：「他手下的三名衞士去找尋另一個衞士，要他出個主意，給這位大英雄報仇。

「這時候異族人來做了皇帝，到處捉拿那位大英雄的朋友。這三個衞士沒法安身，只得喬裝改扮。一個扮成賣藥的江湖郎中，一個扮成叫化子，另一個力氣最大，就扮成了脚夫。他們和那第四個衞士是結義兄弟，數十年來同甘共苦，眞比親兄弟還要好。他們時時刻刻想念他。可是找了七八年，竟沒半點音訊，想來他定是在保護那位大英雄的時候戰死了，三個人都是十分傷心。」

衆人聽她說話的語氣聲調，就似是給小孩子講故事一般，料是學着當年父親的口吻，均想：素聞金面佛外號中雖有個「佛」字，爲人卻是嫉惡如仇，出手狠辣，可是對女兒卻是這般溫柔慈愛。只聽她道：「再過幾年，他們決定不再尋訪這位義兄了。三人一商量，都說害死大英雄的那個漢奸現在封了王，在雲南享福，決意去刺死他，好替大英雄和義兄報仇。於是三個人動身到雲南去。」

劉元鶴、熊元獻師兄弟對望了一眼，心知她所說的漢奸，就是爵封平西親王的吳三桂。

苗若蘭又道：「三人到了昆明，在大漢奸的居所前後探訪明白。三月初五那天晚上，三人帶了兵刃暗器，越牆進去。那大漢奸防備得十分周密，三個人剛進去，就給衞士發覺了。那三人武藝高強，一動手，二十多個衞士或死或傷，阻擋不住，被他們衝進了臥室。眼見那大漢奸逃走不了，那知旁邊突然閃出一人，擋在大漢奸面前。三人一看，不禁大吃一驚，原來這人就是他們尋訪了多年的義兄。這人武功比他們高，保護着大漢奸，不許三人殺他。三個人又驚又怒，和他動起手來。不久外面又湧進數十名衞士，三人寡不敵衆，只得逃走。脚夫公公卻失手被擒。

「大漢奸親自審問。脚夫公公破口大罵，罵他將漢人江山送給了韃子。大漢奸打折了他雙腿，關在牢裏。那個義兄大概想想不好意思，偷偷到牢中放了他出去。脚夫公公與郎中公公、化子公公會面後，三個人抱頭痛哭，眞想不到這個結義兄長居然會變節投敵。三人暗中再一打聽，竟查出一件更加叫人痛恨萬分的事來，原來當日三人從九宮山衝出去求救，那義兄等了幾天不見援兵，竟親手將大英雄害死，向敵人投降。滿清皇帝封了他一個大官，眼下已在那大漢奸手下做到提督。」

衆人聽到這裏，臉上一齊變色。他們都曾聽說闖王是在九宮山爲人所害，有的說是老百姓殺的，有的說是官軍殺的，卻不知兇手竟是他的心腹衞士。

苗若蘭嘆了一口氣，說道：「三個人訪查確實，決意去跟他算帳。只是三人本就難以勝他，現下脚夫公公受了傷，更加不是敵手。正在躊躇，忽然那義兄派人送來一封信，約三人三月十五晚間在滇池飲酒。

「三人知他必有詭計，但想他對三人的住處動靜知道得清清楚楚，在此處他大權在握，要避也避不了。事已至此，就是龍潭虎穴，也只好去闖。到了那日，三人身上暗帶兵刃，到滇池邊赴約。只見他早在那裏等候，孤身一人，並沒帶親隨衞兵，穿的也是一身粗布青衣，就和當年四人同在軍中時所穿的一樣，四人在小酒店裏買了些熟肉、燒鷄、饅頭，打了十幾斤白酒，上船到滇池中賞月飲食。

「四人一面喝酒，一面說些從前同在軍中的豪事勝概。那三人見他絕口不提那位大英雄的名字，也就忍着不說。但見他一大碗一大碗的喝酒，眼見月至中天，他仰天叫道：『三位兄弟，咱們久別重逢，我今日好歡喜啊！』

這樣一句豪氣奔放的話，從一個溫柔文雅的少女口中說出來，未免顯得不倫不類，可是衆人爲故事中外弛內張的情勢所懾，皆未在意。

只聽她又道：「那位扮成郎中的公公再也忍耐不住，冷笑道：『你做了大官，身享榮華富貴，自然歡喜。只不知元帥爺現下心中如何？』那位大英雄後來做了皇帝，不過四個衞士一直叫他作元帥爺。

「那義兄嘆了口氣道：『唉，元帥爺定然寂寞得緊。待此間大事一了，我就指點三位兄弟去拜見元帥爺。』

「三人一聽，個個怒氣衝天，心道：『好哇，你還想殺我們三人，叫我們去陰曹地府和元帥爺相會。』脚夫公公伸手入懷，就要去摸刀子。郎中公公向他使個眼色，提起酒壺向義兄斟了杯酒。說道：『那日九宮山頭別後，元帥爺到底怎樣了？』那義兄雙眉一揚，說道：『今日約三位兄弟來，就是要說這回事。』叫化公公忽然伸手向他背後一指，叫道：『咦，是誰來了？』

「那義兄轉頭去看，叫化公公與郎中公公雙刀齊出，一刀砍斷了他的右臂，一刀斬在他背心，深入數寸。那義兄大叫一聲，回過頭來，左臂連伸，已將兩人刀子奪下，拋入了滇池，手掌一探，已抓住了郎中公公的胸口穴道，臉色蒼白，喝道：『咱四人義結金蘭，幹麼……幹麼施暗算傷我？』郎中公公被他這一抓，登時動彈不得。脚夫公公挺刀叫道：『你害死元帥爺，賣主求榮，還有臉提到義氣兩字？』

「那義兄飛起一脚，將他手中刀子踢去，大笑道：『好，好！有義氣，有義氣。』三人見他一臂被斬，身受重傷，竟然還是如此神勇，不禁都驚得呆了。那義兄笑聲甫畢，忽然流下淚來，說道：『可惜，可惜我大事不成！』隨卽放鬆了郎中公公。叫化公公怕他再施毒手，猛出一拳，正中他的胸膛。這一拳使的是重手法，力道驚人，那義兄『哇』的一聲，噴出一口鮮血，忽地提起左掌，擊在船舷之上，只擊得木屑紛飛，船舷缺了一塊。他苦笑道：『我雖受重傷，要殺你們，仍是易如反掌。但你們是我好兄弟，我怎捨得啊！』

「那三人一齊退在船梢，並肩而立，防他暴起傷人。那義兄嘆道：『今日之事，千萬不可洩漏。若是給我兒子知道，你們三個不是他的對手。我當自刎而死，以免你們負個戕害義兄的惡名。』說着抽出單刀，在頸中一割，一交俯跌下去。脚夫公公心中不忍，搶上去扶住，叫道：『大哥！』那義兄道：『好兄弟，做哥哥的去了。元帥爺的軍刀大有干係，他……老人家是在石門峽……』這句話沒說完，咽喉流血，死在船中。

「三人望着他的屍身，又是難過，又是痛快，只見他用來自刎的那柄刀上刻着十四個字，認得就是那位大英雄的軍刀了。」

衆人聽到此處，眼光一齊轉過去望着寶樹手中的那柄短刀。劉元鶴忽然搖頭道：「我不信。」陶百歲怒喝：「你知道甚麼？」劉元鶴道：「那李自成流血千里，殺人如痲，怎會下這十四字軍令？」衆人一怔，不知所對。

于管家忽然接口道：「闖王殺人如痲，是誰見來？」劉元鶴道：「人人都這般說，難道是假？」于管家道：「你們居官之人，自然說他胡亂殺人。其實闖王殺的只是貪官汚吏、土豪劣紳。這些本就算不得是人。『殺一人如殺我父』之令，是不許部屬妄殺一個好人，這話一些兒也不錯。」

劉元鶴欲待再辯，但見他英氣逼人，頓然住口不說。熊元獻意欲打開僵局，道：「苗姑娘，後來怎樣？請你說下去。」

苗若蘭道：「脚夫公公說道：『他說元帥爺在石門峽，那是甚麼意思？』郎中公公道：『難道他說元帥爺葬在石門峽？』叫化公公搖頭道：『這人奸惡之極，臨死還要騙人。』原來大英雄死後，漢奸將他的遺體送到北京去領賞。皇帝將大英雄的首級掛在城門上號令示衆。三名衞士冒了奇險，將首級盜來，早已葬在一個險峻萬分、人迹不到的所在。那義兄說他在石門峽，三人自然不信。

「三人殺了義兄後，又去行刺那大漢奸，但大漢奸防範周密，數次行刺都不成功，而他們大義殺兄的事，卻在江湖上傳開來了。武林中的英雄好漢聽到，都翹起大拇指，讚一聲：『殺得好！』消息傳到了那義兄的家鄉，他兒子十分悲傷，就趕到昆明來替父親報仇。」

陶百歲接口道：「那做兒子的這就不是了。雖然說父仇不共戴天，但他父親做了奸惡之事，人人得而誅之，這仇不報也罷。」

苗若蘭道：「我爹當時也這樣說，可是那兒子的想法卻大大不同。他到了昆明，不久就在一座破廟之中找到三人，動起手來。這兒子武功得到父親眞傳，那三人果然不是對手，鬥了不到半個時辰，三人被他一一打倒。

「那兒子道：『三位叔叔，我爹爹忍恥負辱，甘願負一個賣主求榮的惡名，你們怎懂得其中深義？瞧着你們和我爹爹結義一場，今日饒了你們性命。快快回家去料理後事，明年三月十五是我爹爹死忌，我當來登門拜訪。』他說了這番話後，奪了那大英雄的軍刀，揚長而去。

「這時已是隆冬，那三人當即北上，將三家家屬聚在一起，詳詳細細的將當日舟中喋血之事說了。大家都道：『他害死大英雄，保護大漢奸，自己又做異族人手下的大官，還能有甚麼深意？他兒子強辭狡辯，說出話來沒人能信。』江湖朋友得到訊息，紛紛趕來仗義相助。

「到了三月十五那天晚上，那兒子果然孤身趕到。」

衆人眼望苗若蘭，等她繼續述說，卻見小丫頭琴兒走將過來，手裏捧了一個套着錦緞套子的白銅小火爐，放在她的懷裏。

苗若蘭低聲道：「去點一盤香。」琴兒答應了，不一會捧來一個白玉香爐，放在她身旁几上。只見一縷青烟，從香爐頂上彫着的鳳凰嘴中裊裊吐出，衆人隨即聞到淡淡幽香，似蘭非蘭，似麝似麝，聞着甚是舒泰。

苗若蘭道：「我獨自個在房，點這素馨。這裏人多，怎麼又點這個？」琴兒笑道：「我當眞胡塗啦。」捧起香爐，去換了一盤香出來。苗若蘭道：「這裏風從北來，北邊雖然沒窗，但山頂風大，總有些風兒漏進來。你瞧這香爐放對了麼？」琴兒一笑，將小几端到西北角放下，又給小姐泡了一碗茶，這才走開。

衆人都想：「金面佛苗人鳳身爲一代大俠，卻把個女兒嬌縱成這般模樣。」只見她慢慢拿起蓋碗，揭開蓋子，瞧了瞧碗中的茶葉與玫瑰花，輕輕啜了一口，緩緩放下，衆人只道她要說故事了，那知道她卻說：「我有些兒頭痛，要進去休息一會。諸位伯伯叔叔請寬座。」

說着站起身來，入內去了。

衆人相顧啞然。曹雲奇第一個忍耐不住，正要發作，田青文向他使個眼色。曹雲奇話到口邊，又嚥了下去。苗若蘭進去不久，隨即出來，只見她換了一件淡綠皮襖，一條鵝黃色百摺裙，臉上洗去了初上山時的脂粉，更顯得淡雅宜人，風致天然。原來她並非當眞頭痛，卻是去換衣洗臉。琴兒跟隨在後，拿了一個銀狐墊子放在椅上。苗若蘭慢慢坐下，這才啓朱唇、發皓齒，緩緩說道：「這天晚上，郎中公公家裏大開筵席，請了一百多位江湖上成名的英雄豪傑，靜候那義兄的兒子到來。等到初更時分，只聽得托的一聲響，筵席前已多了一人。廳上好手甚多，卻沒一個瞧清楚他是怎麼進來的。只見他約莫二十歲上下年紀，身穿粗布麻衣，頭戴白帽，手裏拿着一根哭喪棒，背上斜插單刀。他不理旁人，逕向郎中、叫化、脚夫三個公公說道：『三位叔父，請借個僻靜處所說話。』

「三位公公尙未答話，峨嵋派的一位前輩英雄叫道：『男子漢大丈夫，有話要說便說，何須鬼鬼祟祟？你父賣主求榮，我瞧你也非善類，定是欲施奸計。三位大哥，莫上了這小賊的當。』只聽得拍拍拍、拍拍拍六聲響，那人臉上吃了六記耳光，哇的一聲，口吐鮮血，數十枚牙齒都撒在地下。

「席上羣豪一齊站起，驚愕之下，大廳中百餘人竟爾悄無聲息，均想：此人身法怎地如此快法？那峨嵋派的名宿受此重創，嚇得話也說不出口。那兒子縱上前去打人時羣豪並未看清，退回原處時仍是一幌卽回，這一瞬之間倏忽來去，竟似並未移動過身子。那三位公公與他父親數十年同食共宿，知道這是他家傳的『飛天神行』輕功絕技，只是他青出於藍，似乎猶勝乃父。那兒子道：『三位叔叔，若是我要相害，在昆明古廟之中何必放手？現下我有幾句要緊話說，旁人聽了甚是不便。』

「三人一想不錯。那郎中公公當下領他走進內堂一間小房。大廳上百餘位英雄好漢停杯相顧，側耳傾聽內堂動靜。

「約莫過了一頓飯功夫，四人相偕出來。郎中公公向羣雄作了個四方揖，說道：『多謝各位光臨，足見江湖義氣。』羣雄正要還禮，卻見他一橫刀在頸中一劃，登時自刎而死。羣雄大驚，待要搶上去救援，卻見叫化公公與脚夫公公搶過刀來，先後自刎。這個奇變來得突然之極，羣雄中雖有不少高手，卻沒一個來得及阻攔。

「那義兒的兒子跪下來向三具屍體拜了幾拜，拾起三人用以自刎的短刀，一躍上屋。羣雄大叫：『莫走了奸賊！』紛紛上屋追趕，那人早已不見了蹤影。

「三位公公的子女抱着父親的屍身，放聲大哭。羣雄探詢三人家屬奴僕，竟沒一個得知這四人在密室中說些甚麼，更不知那兒子施了甚麼奸計，逼得三人當衆自殺。羣雄見三位英雄屍橫當地，個個氣憤塡膺，立誓要替三人報仇。

「只是那兒子從此銷聲匿迹，不知躱到了何處。三位公公的子女由羣雄撫養成人。羣雄憐他們的父親仗義報主，卻落得慘遭橫禍，是以無不用心撫育教導。三家子女本已從父親學過家傳武功，有了根基，再得明師指點，到後來融會貫通，各自卓然成家。」她說到這裏，輕輕嘆了口氣，喟然道：「他們武功越強，報仇之心愈切。練了武功到底對人是禍是福，我可實在想不明白。」

寶樹見她望着爐火只是出神，衆人卻急欲聽下文，於是接口道：「苗姑娘這故事說得極是動聽。她雖不提名道姓，各位自然也都知道，故事中的義兄，是闖王第一衞士姓胡的飛天狐狸，那脚夫公公姓苗，化子公公姓范，郎中公公姓田。三家後人學得絕技後各樹一幟，苗家武功稱爲苗家劍，姓范的成爲興漢丐幫中的頭腦，姓田的到後來建立了天龍門。」阮士中、殷吉雖是天龍前輩，但本門的來歷卻到此刻方知，不由得暗自慚愧。

寶樹又道：「這苗范田三家後代，二十餘年後終於找到了那姓胡的兒子。那時他正身患重病，當被三家逼得自殺。從此四家後人輾轉報復，百餘年來，沒一家的子孫能得善終。我自己就親眼見過這四家後人一場驚心動魄的惡鬥。」

苗若蘭抬起頭來，望着寶樹道：「大師，這故事我知道，你別說了。」寶樹道：「這些朋友們卻不知道，你說給大夥兒聽吧。」苗若蘭搖頭道：「那一年爹爹跟我說了這四位公公的故事之後，接着又說了一個故事。他說爲了這件事，他迫得還要殺一個人，須得磨利那柄劍。只是這故事太悲慘了，我一想起心裏就難受，眞願我從來沒聽爹說過。」她沉默了半晌，道：「這件事發生的時候，還在我出世之前的十年。不知那個可憐的孩子怎樣了，我眞盼望他好好的活着。」

衆人面面相覷，不知她所說的「可憐孩子」是甚麼人，又怎與眼前之事有關？衆人望望苗若蘭，又望望寶樹，靜待兩人之中有誰來解開這個疑團。

忽然之間，站在一旁侍候茶水的一個僕人說道：「小姐，你好心有好報。想來那個可憐的孩子定是好好的活着。」他話聲甚是嘶啞。衆人一齊轉頭望去，只見他白髮蕭索，年紀已老，缺了一條右臂，用左手托着茶盤，一條粗大的刀疤從右眉起斜過鼻子，一直延到左邊嘴角。衆人心想：「此人受此重傷，居然還能挨了下來，實是不易。」

苗若蘭嘆道：「我聽了爹爹講的故事之後，常常暗中祝告，求老天爺保佑這孩子長大成人。只是我盼望他不要學武，要像我這樣，一點武藝也不會才好。」

衆人一怔，都感奇怪：「瞧她這副文雅秀氣的樣兒，自是不會武藝，但她是『打遍天下無敵手』金面佛苗大俠的愛女，難道她父親竟不傳授一兩手絕技給她？」

苗若蘭一見衆人臉色，已知大家心意，說道：「我爹說道，百餘年來，胡苗范田四家子孫怨怨相報，沒一代能得善終。任他武藝如何高強，一生不是忙着去殺人報仇，就是防人前來報仇。一年之中，難得有幾個月安樂飯吃，就算活到了七八十歲高齡，還是給仇家一刀殺死。練了武功非但不能防身，反足以致禍。所以我爹立下一條家訓，自他以後，苗門的子孫不許學武。他也決不收一個弟子。我爹說道：縱然他將來給仇人殺了，苗家子弟不會武藝，自然無法為他報仇。那麼這百餘年來愈積愈重的血債，愈來愈是糾纏不清的寃孽，或許就可一筆勾銷了。」寶樹合十道：「善哉，善哉！苗大俠能如此大徹大悟，甘願讓蓋世無雙的苗家劍劍法自他而絕，雖是武林的大損失，卻也是一件大大善事。」

苗若蘭見那臉有刀疤的僕人目中發出異光，心中微感奇怪，向寶樹道：「我進去歇歇，大師跟各位伯伯叔叔，失陪了。」說着襝衽行禮，進了內堂。

寶樹道：「苗姑娘心地仁善，不忍再聽此事。她既有意避開，老衲就跟各位說說。」

這一日自清晨起到此刻，只不過幾個時辰，日未過午，但各人已經歷了許多怪異之事，心中存了不少疑團，都是急欲明白眞相。

只聽寶樹說道：「自從闖王的四大衞士相互仇殺以後，四家子孫百餘年來斫殺不休。只是那姓胡的賣主求榮，爲武林同道所共棄，所以每次大爭鬥，胡家子孫勢孤，十九落在下風。可是胡家的家傳武功當眞厲害無比，每隔三四十年，胡家定有一兩個傑出的子弟出來爲上代報仇，不論是勝是敗，總是掀起了滿天腥風血雨。

「苗范田三家雖然人衆力強、得道多助，但胡家常在暗中忽施襲擊，令人防不勝防。雍正初年，苗范田三家爲了爭奪掌管闖王的軍刀，起了爭執。偏巧胡家又出了一對武功極高的兄弟，一口氣傷了三家十多人。三家急了，由田家出面，邀請江湖好手，才齊心合力殺了胡氏兄弟。這一年大江南北的英雄豪傑聚會洛陽，結盟立誓，從此闖王軍刀由天龍門田氏執掌，若是胡家後人再來尋釁生事，由天龍田氏拿這口軍刀號召江湖好漢，共同對付。天下英雄只要見到軍刀，不論身有天大的要事，都得擱下了應召赴義。

「這件事過得久了，後人也漸漸淡忘了。只是天龍門掌門對這口寶刀始終十分重視。聽說天龍門後來分爲南宗北宗，兩宗每隔十年，輪流掌管。阮師兄、殷師兄，我說得可對麼？」

阮士中和殷吉齊聲道：「大師說得不錯。」

寶樹笑了笑道：「事隔多年，天龍門門下雖然都知這刀是本門的鎭門之寶，但此刀到底來歷如何，卻已極少有人考究。時日久了，原也難怪。只是和尙有一事不明，卻要請教曹兄。」曹雲奇大聲道：「甚麼事？」寶樹道：「老衲曾聽人說過，天龍門新舊掌門交替之時，老掌門必將此刀來歷說與新掌門知曉。怎地曹兄榮爲掌門，竟然不知，難道田歸農田老掌門忘了這一條門規麼？」

曹雲奇脹紅了臉，待要說話，田青文接口道：「寒門不幸，先父突然去世，來不及跟曹師哥詳言。」寶樹道：「這就是了。唉，此刀我已第二次瞧見。首次見到之時，屈指算來已是二十七年之前的事了。」田青文心道：「苗姑娘約莫十七八歲年紀，她說那場慘事發生在她出世之前十年，正是二十七年之前。那麼這和尚見到此刀，看來會與苗姑娘所說的事有關。」

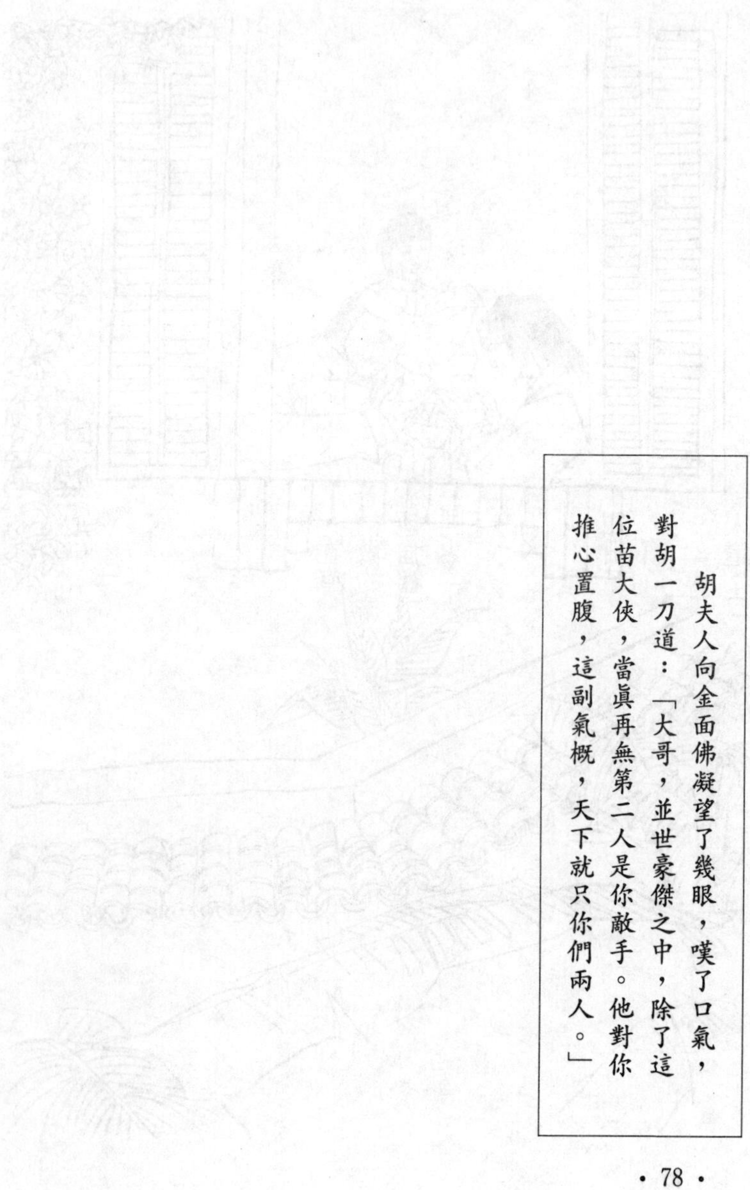

胡夫人向金面佛凝望了幾眼，嘆了口氣，對胡一刀道：「大哥，並世豪傑之中，除了這位苗大俠，當眞再無第二人是你敵手。他對你推心置腹，這副氣概，天下就只你們兩人。」

四

只聽寶樹說道：「那時老衲尚未出家，在直隸滄州鄉下的一個小鎮上行醫為生。滄州民風好武，少年子弟大都學過三拳兩脚。老衲做的是跌打醫生，也學過一點武藝。那小鎮地處偏僻，只五六百居民。老衲靠一點兒醫道勉強餬口，自然養不起家，說不上娶妻生子。

「那一年臘月，老衲喝了三碗冷麵湯睡了，正在做夢發了大財，他媽的要娶個美貌老婆，忽聽得嘭嘭嘭一陣響，有人用力打門。

「屋子外北風颳得正緊，我炕裏早熄了火，被子又薄，實在不想起來，好夢給人驚醒了，更是沒好氣。但敲門聲越來越響，有人大叫：『大夫，大夫！』那人是關西口音，不是本地人，再不開門，瞧來就要破門而入。我不知出了甚麼事，忙披衣起來，剛拔開門閂，砰的一響，大門就給人用力推開，不是我閃得快，額角準教給大門撞起一個老大瘤子。只見火光一幌，一條漢子手執火把，撞了進來，叫道：『大夫，請你快去。』

「我道：『甚麼事？老兄是誰？』那人道：『有人生了急病！』他不答我第二句話，左手一揮，噹的一響，在桌上丟了一錠大銀。這錠銀子足足有二十兩重，我在鄉下給人醫病，總是幾十文幾百文的醫金，那裏見過一出手就是二十兩一隻的大元寶？心中又驚又喜，忙收了銀子，穿衣着鞋。那漢子不住口的催促。我一面穿衣，一面瞧他相貌，但見他神情粗豪，一副會家子的模樣，只是臉帶憂色。

「他不等我扣好衣鈕，一手替我挽了藥箱，一手拉了我手就走。我道：『待我掩上了門。』他道：『給偷了甚麼，都賠你的。』拉着我急步而行，走進了平安客店。那是鎮上只此一家的客店，專供來往北京的驢夫脚夫住宿，地方雖不算小，可是又黑又髒。我想此人恁地豪富，怎能在這般地方歇足？念頭尚未轉完，他已拉着我走進店堂。大堂上燭火點得明晃晃地，坐着四五個漢子。拉着我手的那人叫道：『大夫來啦！』各人臉現喜色，擁着我走進東廂房。

「我一進門，不由得嚇了一跳，只見炕上並排躺着四個人，都是滿身血污。我叫那漢子拿燭火移近細看，見那四人都受了重傷，有的臉上受到刀砍，有的手臂被斬去一截。我問道：『怎麼傷成這樣子？給強人害的麼？』那漢子厲聲道：『你快給治傷，另有重謝。可不許多管閒事，亂說亂問。』我心道：『好傢伙，這麼兇！』但見他們個個狠霸霸的，身上又各帶兵刃，不敢再問，替四人上了金創藥，止血包紮定當。

「那漢子道：『這邊還有。』領我走到西廂，炕上也有三個受傷的躺着，身上也都是兵刃的新傷。我給上藥止了血，又給他們服些寧神減疼的湯藥。七個人先後都睡着了。

「那幾個漢子見我用藥有效，對我就客氣些了，不再像初時那般兇狠。他們叫店伴在東廂房用門板給我搭一張床，以防傷勢如有變化，隨時可以醫治。

「睡到鷄鳴時分，門外馬蹄聲響，奔到店前，那一批漢子一齊出去迎接。我裝睡偷看，只見進來了兩人，一個叫化子打扮，雙目炯炯有神，另一個面目清秀，年紀不大。這兩人走到炕邊察看傷者。受傷的人忙忍痛坐起，對兩人極是恭敬。我聽他們叫那化子為范幫主，叫那青年為田相公。」

他說到這裏，頓了一頓，向田青文道：「我初見令尊的時候，姑娘還沒出世呢。令尊為人是很精明的，那天早晨他那副果斷幹練的模樣，今日猶在目前。」田青文眼圈兒一紅，垂下了頭。

寶樹道：「沒受傷的幾個漢子之中，有一人低聲說道：『范幫主，田相公，張家兄弟從關外一路跟隨這點子夫妻南來，查得確確實實，鐵盒兒確是在點子身上。』」衆人聽到「鐵盒兒」三字，相互望了一眼，都想：「說到正題啦。」

寶樹道：「范幫主點了點頭。那漢子又道：『咱們都候在唐官屯接應，派人給您兩位和金面佛苗大俠送信。不料給那點子瞧破了。他一人攔在道上，說道：「我跟你們素不相識，一路跟着我作甚？你們是苗范田三家派來的是不是？」張大哥道：「你知道就好啦。」那點子臉一沉，夾手將張大哥的刀奪了去，折為兩段，拋在地下，說道：「我不想多傷人命，快滾吧！」我們見點子手下厲害，一擁而上。張大哥卻飛脚去踢他娘子的大肚子。那點子大怒，說道：「我本欲相饒，你們竟如此無禮！」搶了一把刀，一口氣傷了我們七人。』

「田相公道：『他還說了些甚麼話？』那漢子道：『那點子本來還要傷人，他娘子在車中叫道：「算啦，給你沒出世的孩子積積德吧！」那點子笑了笑，雙手一拗，將那柄刀折斷了。』田相公向范幫主望了一眼，問道：『你瞧清楚了？當眞是用手折斷的？』那漢子道：

『是，小人當時正在他身旁，瞧得清清楚楚。』田相公嗯了一聲，抬起了頭出神。范幫主道：

『賢弟不用耽心，苗大俠定能對付得了他。』

「那漢子道：『他到江南去，定要打從此處過。兩位守在這裏，管教他逃不了。』范田二人臉色鄭重，一面低聲商量，慢慢走了出去。

「我等他們出去後，這才假裝醒來，起身給七個傷者換藥。我心裏想：『那點子不知是誰，他可是手下容情。這七人傷勢雖重，卻個個沒傷到要害。』

「這天傍晚，大家正在廳上吃飯，一個漢子奔了進來，叫道：『來啦！』衆人臉上變色，抛下筷子飯碗，抽出兵刃，搶了出去。我悄悄跟在後面，心中害怕，可也想瞧個熱鬧。

「只見大道上塵土飛揚，一輛大車遠遠駛來。范田二位率衆迎了上去。我跟在最後。那大車駛到衆人面前，就停住了。范幫主叫道：『姓胡的，出來吧。』祇聽得車簾內一人說道：

『叫化兒來討賞是不是？好，每個人施捨一文！』眼見黃光連閃，衆人啊喲、啊喲的幾聲叫，先後摔倒。范田兩位武功高，沒摔倒，但手腕上還是各中了一枚金錢鏢，一杖一劍，撒手落在地下。田相公叫道：『范大哥，扯呼！』

「范幫主身手好生了得，彎腰拾起鐵杖，如風般搶到倒在地下的幾名漢子身旁，要給他們解開穴道。我學跌打之時，師父教過人身的三十六道大穴，所以范幫主伸手解穴，我也懂得一點兒。那知他推拿按揑，忙個不了，倒在地下的人竟是絲毫不動。車中那人笑道：『很好，一文錢不夠，每人再賞一文。』又是十幾枚銅錢一枚跟着一枚撒出來，每人穴道上中了一下，登時四肢活動，紛紛站起身來。

「田相公橫劍護身，叫道：『姓胡的，今日我們甘拜下風，你有種就別逃。』車中那人並不回答，但聽得嗤的一聲，一枚銅錢從車中激射而出，正打在他劍尖之上，錚的一響，那劍直飛出去，揷在土中。田相公舉起持劍的右手，虎口上流出血來。

「他見敵人如此厲害，臉色大變，手一揮，與范幫主率領衆人奔回客店，揹起七個傷者，上馬向南馳去。田相公臨去之時，又給了我二十兩銀子。我見他這等慷慨，確是位豪俠君子，心想：『車中定是個窮兇極惡的歹徒，否則像田相公這樣的好人，怎會和他結仇？』正要回家，只見那輛大車駛到了客店門口停下。我好奇心起，要瞧瞧那歹徒怎生模樣，當下躲在櫃枱後面，望着車門。

「只見門簾掀開，車中出來一條大漢，這人生得當眞兇惡，一張黑漆臉皮，滿腮濃髯，頭髮卻又不結辮子，蓬蓬鬆鬆的堆在頭上。我一見他的模樣，就嚇了一跳，心想：『你奶奶的，從那裏鑽出來的惡鬼？』只想快些離開客店回家，但說也奇怪，兩隻眼睛望住了它，竟然不能避開。我心中暗罵：『大白日見了鬼，莫非這人有妖法？』

「只聽那人說道：『勞駕，掌櫃的，這兒那裏有醫生？』掌櫃的向我一指，說道：『這個就是醫生。』我雙手亂搖，忙道：『不，不……』那人笑道：『別怕，我不會將你煮熟來吃了。』我道：『我……我……』那人沉着臉道：『若是要吃你，也只生吃。』我更加怕了，那人卻哈哈大笑起來。我這才知道他原來是說笑，心想：『你講笑話，也得揀揀人，老子是給你消遣的麼？』但想是這麼想，嘴裏卻那敢說出來？

「那人說道：『掌櫃的，給我兩間乾淨的上房。我娘子要生產，快去找個穩婆來。』他眉頭一皺，說道：『路上驚動了胎氣，祇怕是難產。醫生，請你別走開。』掌櫃的聽說要在他店裏生產，弄髒屋子，自然老大不願意，但見了他這副兇霸霸的模樣，半句也不敢多說，可是鎮上做穩婆的劉婆婆前幾天死啦，掌櫃的只得跟他說實話。那人模樣更可怕了，摸出一錠大銀，抛在桌上，道：『掌櫃的，勞你駕到別處去找一個，越快越好。』我心想：『怎麼這批人一出手都是二十兩銀子？』

「那惡鬼模樣的人等掌櫃安排好了房間，從車中扶下一個女人來。這女人全身裹在皮裘之中，只露出了一張臉蛋。這一男一女哪，打個比方，那就是貂蟬嫁給了張飛。我一見那女子如此美法，不禁又嚇了一跳，心下琢磨：『這定是一位官家的千金小姐，不知怎地被逼嫁給了這個惡鬼？是了，定是他搶來做押寨夫人的。』不知怎的，我起了個怪念頭：『這位夫人和田相公才是一對兒，說不定是這惡鬼搶了田相公的，他兩人才結下仇怨。』

「沒過中午，那位夫人就額頭冒汗，哼哼唧唧的叫痛。那惡鬼焦急得很，要親自去找穩婆，那夫人卻又拉着他手，不許他走開。到未牌時分，小孩兒要出來，實在等不得了。那惡鬼要我接生，我自然不肯。你們想，我一個堂堂男子漢，給婦道人家接生怎麼成？那是一千一萬個晦氣，這種事一做，這一生一世就注定倒足了霉。

「那惡鬼道：『你接嘛，這裏有二百兩銀子。不接嘛，那也由你。』他伸手一拍，將方桌的角兒拍下了一塊。我想：『性命要緊。再說，這二百兩銀子，做十年跌打醫生也賺不到，倒霉一次又有何妨？』當下給那夫人接下一個白白胖胖的小子。

「這小子哭得好響，臉上全是毛，眼睛睜得大大的，生下來就是一副兇相，倒眞像他爹，日後長大了十九也是個歹人。

「那惡鬼很是開心，當眞就捧給我十隻二十兩的大元寶。那夫人又給了我一錠黃金，總值得八九十兩銀子。那惡鬼又捧出一盤銀子，客店中從掌櫃到灶下燒火的，每人都送了十兩。這一下大夥兒可就樂開啦。那惡鬼拉着大夥兒喝酒，連打雜的、掃地的小廝，都教上了桌。大家管他叫胡大爺。他說道：『我姓胡，生平只要遇到做壞事的，立時一刀殺了，所以名字叫作胡一刀。你們別大爺長大爺短的，我也是窮漢出身。打從惡霸那裏搶了些錢財，算甚麼大爺？叫我胡大哥得啦！』

「我早知他不是好人，他果然自己說了出來。大夥不敢叫他『大哥』，他卻逼着非叫不可。後來大夥兒酒喝多了，大了膽子，就跟他大哥長、大哥短起來。這一晚他不放我回家，要我陪他喝酒。喝到二更時分，別人都醉倒了，只有我酒量好，還陪着他一碗一碗的灌。他越喝興致越高，進房去抱了兒子出來，用指頭蘸了酒給他吮。這小子生下不到一天，吮着烈酒非但不哭，反而舐得津津有味，眞是天生的酒鬼。

「就在那時，南邊忽然傳來馬蹄聲響，一共有二三十匹馬，很快的奔近來，到了店門口就止住了。跟着就聽得拍門聲響。掌櫃的早醉得胡塗啦，跌跌撞撞的去開門。門一打開，進來了二三十條漢子，個個身上帶着兵刃。這些人在門口排成一列，默不作聲。只有其中一人走上前來，在一張桌旁坐下，從背上解下一個黃布包袱，放在桌上。燭光下看得分明，包袱上用黑絲綫繡着七個字：『打遍天下無敵手』。」

眾人聽到這裏，都抬起頭來，望了望廳中對聯上「大言天下無敵手」和「苗人鳳」等字。

寶樹道：「苗大俠這七字外號，直到現下，我還是覺得有點兒過於目中無人。那天晚上見到，自然十分驚訝。只見他身材極高極瘦，宛似一條竹篙，面皮蠟黃，滿臉病容，一雙蒲扇般的大手，攤着放在桌上。我說他這對手像破蒲扇，因為手掌瘦得只剩下一根根骨頭。我當時自然不知道他是誰，到後來才知是金面佛苗人鳳苗大俠。

「那胡一刀自顧自逗弄孩子，竟似沒瞧見這許多人進來。苗大俠也是一句話不說，自有他的從人斟上酒來。那幾十個漢子瞪着眼睛瞧胡一刀。他卻只管蘸酒給孩子吮。他蘸一滴酒，仰脖子喝一碗，爺兒倆竟是勸上了酒。

「我心中怦怦亂跳，只想快快離開這是非之地，可是又怎敢移動一步？那時候啊，只要誰稍稍動一動，幾十把刀劍立時就砍將下來，就算不是對準了往我身上招呼，只須挨着一點邊兒，那也非重傷不可。

「胡一刀和苗大俠悶聲不響的，各自喝了十多碗酒，誰也不向誰瞧一眼。忽然房中夫人醒了，叫了聲：『大哥！』那孩子聽到母親聲音，哇的一聲，大哭起來。胡一刀手一顫，嗆啷一聲，酒碗落在地下，跌得粉碎。他臉色立變，抱着孩子站起身來。苗大俠『嘿、嘿、嘿』的冷笑三聲，轉身出門。眾人一齊跟出，片刻之間，馬蹄聲漸漸遠去。我只道一場惡鬥一定是難免的了，那知道孩子這麼一哭，苗大俠居然立刻就走。我和掌櫃、夥計們面面相覷，摸不着半點頭腦。

「胡一刀抱着孩子走進房去，那房間的板壁極薄，只聽夫人問道：『大哥，是誰來了啊？』

胡一刀道：『幾個毛賊，你好好睡罷！別担心。』夫人嘆了口氣，低聲道：『不用騙我，是金面佛來啦。』胡一刀道：『不是的，你別瞎疑心。』夫人道：『那你幹麼說話聲音發抖？你從來不是這樣的。』

「胡一刀不語，隔了片刻說道：『你猜到就算啦。我不會怕他的。』夫人道：『大哥，你千萬別爲了我，爲了孩子躭心。你心裏一怕，就打他不過了。』胡一刀嘆了口長氣，道：『也不知道爲甚麼，我從來天不怕地不怕，今晚抱着孩子，見到金面佛進來，他把包袱往桌上一放，眼角向孩子一幌，我就全身出了一陣冷汗。妹子，你說得不錯，我就是怕金面佛。』夫人道：『你不是自己怕他，是怕他害我，怕他害咱們的孩子。』胡一刀道：『聽說金面佛行俠仗義，江湖上都叫他苗大俠，總不會害女人孩子吧？』他說這幾句話時聲音更加發顫，顯是心裏半分兒也拿不準。我聽了這幾句話，忽然可憐他起來，心想：『這人臉上一副兇像，原來心裏卻害怕得緊。』

「只聽夫人輕聲道：『大哥，你抱了孩子，回家去吧。等我養好身子，到關外尋你。』「胡一刀道：『唉，那怎麼成？要死，咱倆也死在一塊。』夫人嘆道：『早知如此，當年我不阻你南來跟金面佛挑戰倒好。那時你心無牽掛，準能勝他。』胡一刀笑道：『今日相逢，也未必就敗在他手裏。他那個「打遍天下無敵手」的黃包袱，只怕得換換主兒。』他雖然帶笑而說，但聲音總是發顫，卽是隔了一道板壁，仍然聽得出來。

「夫人忽道：『大哥，你答應我一件事。』胡一刀道：『甚麼？』夫人道：『咱們把一切跟金面佛明說了，瞧他怎麼說。他號稱大俠，難道不講道理？』

「胡一刀道：『我在外面一邊喝酒，一邊心中琢磨，十幾條可行的路子都細細想過了。你剛生下孩子，怎能出外？我自己去，一說就僵。倘若有個人能使，你的主意倒也行得。』夫人想了一會，道：『那個醫生倒挺能幹的，口齒伶俐，不如煩他一行。』胡一刀道：『此人貪財，未必可靠。』夫人道：『咱們重重酬謝他就是。』哈哈，老和尚年輕之時，確是好酒貪財，說出來也不怕各位笑話，我一聽『重重酬謝』四字，早就打定了主意：『就是水裏火裏，也要爲他走一遭。』

「他們夫妻倆低聲商量了幾句，胡一刀就出來叫我進房，說道：『明日一早，有人送信來。相煩你跟隨他前去，送我的回信給金面佛苗大俠，就是剛才來喝酒的那位黃臉大爺。』我想此事何難，當下滿口答應。

「次日大清早，果然一個漢子騎馬送了一封信來給胡一刀。我聽夫人唸信，原來是苗大俠約他比武的，要他自擇日子地方。胡一刀寫了一封回信交給我。我向客店掌櫃借了匹馬，跟了那漢子前去。向南走了三十多里，那漢子領我進了一座大屋。苗大俠、范幫主、田相公都在裏面，此外還有四五十人，男的女的、和尚道士都有。

「田相公看了那信，說道：『不必另約日子了，我們明日準到。』我道：『相公還有甚麼吩咐？』田相公道：『你去跟胡一刀說，叫他先買定三口棺材，兩口大的，一口小的，免得大爺們到頭來破費。』我回到客店，把這幾句話對胡一刀夫婦說了，心想他們必定破口大罵，那知他們只對望了一眼，一言不發。兩個人輪流抱着孩子，只管親他疼他，好似自知死期已近，多抱一刻也是好的。

「這一晚我儘做噩夢，一會兒夢見胡一刀將苗大俠殺了，一會兒夢見苗大俠將胡一刀殺了，一會兒又夢見這兩人把我殺了。睡到半夜，忽然給幾下怪聲吵醒，一聽原來是隔壁房裏胡一刀在哭泣。

「我好生奇怪，心想：『瞧他也是個響噹噹的漢子，大丈夫死就死了，事到臨頭，還哭些甚麼？怎地如此膿包？』卻聽他嗚咽着道：『孩子，你生下三天，便成了沒爹沒娘的孤兒，將來有誰疼你？你餓了冷了，誰來管你？你受人欺侮，誰來幫你？』

「起初我還罵他膿包，聽到後來，卻不禁心裏酸了，暗想：這麼兇惡粗豪的一條猛漢子，對小孩兒竟然如此愛憐。他哭了一陣，他夫人忽道：『大哥，你不用傷心。若是你當眞命喪金面佛之手，我決定不死，好好將孩子帶大就是。』胡一刀大喜，道：『妹子，我最放心不下的就是這件事。若是我不幸死了，你怎能活着？現下你肯毅然挑起這副重擔，我就沒甚麼躭憂的了。哈哈，人生自古誰無死？跟這位天下第一高手痛痛快快的大打一場，那也是百年難逢的奇遇啊！』

「我聽了這番話，覺得他眞是個奇人，只聽他大笑了一會，忽又嘆氣道：『妹子，刀劍一割，頸中一痛，甚麼都完事啦。死是很容易的，你活着可就難了。我死了之後，無知無覺，你卻要日日夜夜的傷心難過。唉，我心中眞是捨不得你。』夫人道：『我瞧着孩子，就如瞧着你一般。等他長大了，我叫他學你的樣，甚麼貪官污吏、土豪惡霸，見了就是一刀。』胡一刀道：『我生平的所作所爲，你覺得都沒有錯？要孩子全學我的樣？』夫人道：『都沒有錯！要孩子全學你的樣！』胡一刀道：『好，不論我是死是活，這一生過得無愧天地。這隻鐵盒兒，等孩子過了十六歲生日時交給他。』

「我在門縫中悄悄張望，只見夫人抱着孩子，胡一刀從衣囊中取出一隻鐵盒來，那就是這一隻盒子了。不過那時闖王的軍刀卻在天龍門田家手裏，並非放在盒中。

「那麼盒中放的是甚麼呢？你們定然要問。當時我心中也是老大個疑竇。可是胡一刀不打開盒子，我自然也沒法看到。

『他交代了這些話後，心中無牽無掛，倒頭便睡，片刻間鼾聲大作。這打鼾聲就如雷鳴一般。我知道沒甚麼聽的了，想合眼睡覺，但隔壁那鼾聲實在響得厲害，吵得我怎能睡得着？我心裏想：這位少年夫人千嬌百媚，如花似玉，卻嫁了胡一刀這麼個又粗魯又醜陋的漢子，這本已奇了，居然還死心塌地的敬他愛他，那更是教人說甚麼也想不通。

「第二日天沒亮，夫人出房來吩咐店伴，宰一口豬一口羊，又要殺鷄殺鴨，她親自下厨去做菜。我勸道：『你生孩子沒過三朝，勞碌不得，否則日後腰酸背痛，麻煩可多着了。』她笑了笑道：『眼前的麻煩已夠多了，還管日後呢？』胡一刀見她累得辛苦，也勸她歇歇。夫人也祇是朝他笑笑，自顧自做菜。胡一刀笑道：『好，再吃一次你的妙手烹調，死而無憾。』我這才明白，原來她知夫妻死別在即，無論如何，要再做一次菜給丈夫吃。

「到天色大亮，夫人已做好了二三十個菜，放滿了一桌。胡一刀叫店伴打來幾十斤酒，放懷大喝。夫人抱着孩子坐在他身旁，給他斟酒佈菜，臉上竟自帶着笑容。

「胡一刀一口氣喝了七八碗白乾，用手抓了幾塊羊肉入口，只聽得門外馬蹄聲響，漸漸馳近。胡一刀與夫人對望一眼，笑了一笑，臉上神色都顯得實是難捨難分。胡一刀道：『你人點了點頭，道：『讓我瞧瞧金面佛是甚麼模樣。』夫人點了點頭，道：『讓我瞧瞧金面佛是甚麼模樣。』

「過不多時，馬蹄聲在門外停住，金面佛、范幫主、田相公又帶了那幾十個人進來。胡一刀頭也不抬，說道：『吃罷！』金面佛道：『好！』坐在他的對面，端起碗就要喝酒。田相公忙伸手攔住，說道：『苗大俠，須防酒肉之中有甚古怪。』金面佛道：『素聞胡一刀是鐵錚錚的漢子，行事光明磊落，豈能暗算害我？』舉起碗一仰脖子，一口喝乾，挾塊鷄肉吃了，他吃菜的模樣可比胡一刀斯文得多了。

「夫人向金面佛凝望了幾眼，嘆了口氣，對胡一刀道：『大哥，並世豪傑之中，除了這位苗大俠，當眞再無第二人是你敵手。他對你推心置腹，這副氣概，天下就只你們兩人。』胡一刀哈哈笑道：『妹子，你是女中丈夫，你也算得上一個。』夫人向金面佛道：『苗大俠，你是男兒漢大丈夫，果眞名不虛傳。我丈夫若是死在你手裏，不算枉了。你若是給我丈夫殺了，也不害你一世英名。來，我敬你一碗。』說着斟了兩碗酒，自己先喝了一碗。

「金面佛似乎不愛說話，只雙眉一揚，又說道：『好！』接過酒碗。范幫主一直在旁沉着臉，這時搶上一步，叫道：『苗大俠，須防最毒婦人心。』金面佛眉頭一皺，不去理他，自行將酒喝了。夫人抱着孩子，站起身來，說道：『苗大俠，你有甚麼放不下之事，先跟我說。否則若你一個失手，給我丈夫殺了，你這些朋友，嘿嘿，未必能給你辦甚麼事。』

「金面佛微一沉吟，說道：『四年之前，我有事去了嶺南，家中卻來了一人，自稱是山東武定縣的商劍鳴。』夫人道：『嗯，此人是威震河朔王維揚的弟子，八卦門中好手，八卦掌與八卦刀都很了得。』金面佛道：『不錯。他聽說我有個外號叫作「打遍天下無敵手」，心中不服，找上門來比武。偏巧我不在家，他和我兄弟三言兩語，動起手來，竟下殺手，將我兩個兄弟、一個妹子，全用重手震死。比武有輸有贏，我弟妹學藝不精，死在他的手裏，那也罷了，那知他還將我那不會武藝的弟婦也一掌打死。』夫人道：『此人好橫。你就該去找他啊。』金面佛道：『我兩個兄弟武功不弱，商劍鳴既有此手段，自是勁敵。想我苗家與胡家累世深仇，胡一刀之事未了，不該冒險輕生，是以四年來一直沒上山東武定去。』夫人道：『這件事交給我們就是。』金面佛點點頭，站起身來，抽出佩劍，說道：『胡一刀，來吧。』

「胡一刀只顧吃肉，卻不理他。夫人道：『苗大俠，我丈夫武功雖強，也未必一定能勝你。』金面佛道：『啊，我忘了。胡一刀，你心中有甚麼放不下之事？』胡一刀抹抹嘴，站起身來，說道：『你若殺了我，這孩子日後必定找你報仇。你好好照顧他吧。』我心裏想：『常言道：斬草除根。金面佛若將胡一刀殺了，那肯放過他妻兒？他居然還怕金面佛忘記，特地提上一提。』那知金面佛說道：『你放心，你若不幸失手，這孩子我當自己兒子一般看待。』

「范幫主與田相公皺着眉頭站在一旁，模樣兒顯得好不耐煩。我心中也暗暗納罕：『瞧胡一刀夫婦與金面佛的神情，互相敬重囑託，倒似是極好的朋友，那裏會性命相拚？』

「就在此時，胡一刀從腰間拔出刀來，寒光一閃，叫道：『好朋友，你先請！』金面佛長劍一挺，說聲：『領教！』虛走兩招。田相公叫道：『苗大俠，不用客氣，進招吧！』金面佛突然收劍，回頭說道：『各位通統請出門去！』田相公討了個沒趣，見他臉色嚴重，不敢違背，和范幫主等都退出大廳，站在門口觀戰。

「胡一刀叫道：『好，我進招了。』欺進一步，揮刀當頭猛劈下去。

「金面佛身子斜走，劍鋒圈轉，劍尖顫動，刺向對方右脅。胡一刀道：『我這把刀是寶刀，小心了。』一面說，一面揮刀往劍身砍去。金面佛道：『承教！』手腕振處，劍刃早已避開。我在滄州看人動刀子比武，也不知看了多少，但兩人那麼快的身手，卻從來沒見過。兩人只拆了七八招，我手心中已全是冷汗。

「又拆數招，兩人兵刃倏地相交，嗆啷一聲，金面佛的長劍被削爲兩截。他絲毫不懼，拋下斷劍，要以空手與敵人相搏。胡一刀卻躍出圈子，叫道：『你換柄劍吧！』金面佛道：『不礙事！』田相公卻已將自己的長劍遞了過去。金面佛微一沉吟，說道：『我空手打不過你的單刀，還是用劍的好。』接過長劍，兩人又動起手來。我心想：『滄州的少年子弟比武，明明栽了，還是不肯服氣，定要說幾句話來圓臉。這位金面佛自稱打遍天下無敵手，手上並未輸招，嘴上卻已洩氣，也算得古怪。』後來我才明白，這兩人都是天下一等一的高手，拆了這幾招，心中都已佩服對方，自然不敢相輕。

「這時兩人互轉圈子，離得遠遠的，突然間撲上交換一招兩式，立卽躍開。這般鬥了十多個回合，金面佛斗然一劍刺向胡一刀頭頸。這一劍去勢勁急之極，眼見難以閃避。胡一刀往地下一滾，甩起刀來，噹的一響，又將長劍削斷了。他隨卽躍起，叫道：『對不起！不是我自恃兵器鋒利，實是你這一招太過厲害，非此不能破解。』

「金面佛點點頭道：『不礙事。』田相公又遞了一柄劍上來。他接在手中。胡一刀道：

『喂，你們借一柄刀來。我這刀太利，兩人都顯不出眞功夫。』田相公大喜，當卽在從人手中取過一柄刀交給他。胡一刀掂了一掂。金面佛道：『太輕了吧？』橫過長劍，右手拇指與食指揑住劍尖，拍的一聲，將劍尖折了一截下來。這指力當眞厲害之極。我心中暗暗吃驚。只聽得胡一刀笑道：『苗人鳳，你不肯佔人半點便宜，果然稱得上一個「俠」字。』

「金面佛道：『豈敢，有一事須得跟你明言。』胡一刀道：『說吧。』金面佛道：『我早知你武功卓絕，苗人鳳未必是你對手。可是我在江湖上到處宣揚「打遍天下無敵手」七字，非是苗人鳳不知天高地厚，狂妄無恥……』胡一刀左手一擺，攔住了他的話頭，說道：『我早知你的眞意。你想找我動手，可是無法找到，於是宣揚這七字外號，好激我進關。』他苦笑了一下，道：『現在我進關了。你若是打敗了我，這七字外號名副其實，儘可用得。進招吧！』」

衆人聽到這裏，才知苗人鳳這七字外號的眞意。

只聽寶樹說道：「兩人說了這番話，刀劍閃動，又已鬥在一起。這一次兵刃上扯平，兩人各顯平生絕技，起初兩百餘招中，竟是沒分半點上下。後來胡一刀似乎漸漸落敗，一路刀法全取守勢，范、田諸人臉上均現喜色。只見他守得緊密異常，金面佛四面八方連環進攻，卻奈何不得他半點。突然之間，胡一刀刀法一變，出手全是硬劈硬斫。金面佛滿廳遊走，長劍或刺或擊，也是靈動之極。

「這單刀功夫，我也曾跟師父下過七八年苦功，知道單刀分『天地君親師』五位：刀背為天，刀口為地，柄中為君，護手為親，柄後為師。這五位之中，自以天地兩位為主，看那胡一刀的刀法，天地兩位固然使得出神入化，而君親師三位，竟也能用以攻敵防身。有時金面佛的長劍奇招突生，從出人意料之外的部位刺去，若用刀背刀口，萬難擋架，胡一刀竟會突然掉轉刀鋒，以刀柄打擊劍刃，迫使敵人變招。至於『展、抹、鉤、剁、砍、劈』六字訣，更是變幻莫測。

「劍上的功夫，那時我可不大懂啦。只是胡一刀的刀法如此精奇，而金面佛始終跟他打了個旗鼓相當，自然也是厲害之極。刀劍槍是武學的三大主兵，常言道：『刀如猛虎，劍如飛鳳，槍如遊龍。』這兩人使刀的果如猛虎下山，使劍的也確似鳳凰飛舞，一剛一柔，各有各的本事，誰也勝不了誰。起初我還看得出招數架式，到得後來，只瞧得頭暈目眩，生怕當場摔倒，只好轉過了頭不看。

「那時耳中只聽得刀劍劈風的呼呼之聲，偶而雙刃相交，發出錚的一聲。我向胡一刀的夫人臉上一望，只見她神色平和，竟絲毫不為丈夫的安危擔心。

「我回頭再看胡一刀時，只見他愈打愈是鎮定，臉露笑容，似乎勝算在握。金面佛一張黃黃的面皮上卻不洩露半點心事，既不緊張，亦不氣餒。只見胡一刀着着進逼，金面佛卻不住倒退。范幫主和田相公兩人神色愈來愈是緊張。我心想：『難道金面佛竟要輸在胡一刀手裏？』

「忽聽得拍、拍、拍一陣響，田相公拉開彈弓，一陣連珠彈突然往胡一刀上中下三路射去。胡一刀哈哈大笑，將單刀往地下一摔。金面佛臉一沉，長劍揮動，將彈子都撥了開去，縱到田相公身旁，夾手搶過彈弓，拍的一聲，折成了兩截，遠遠拋在門外，低沉着嗓子道：

『出去！』我好生奇怪：『人家怕你打輸，才好意相助，你卻如此不識好歹。』田相公紫脹了臉皮，怒目向金面佛瞪了一眼，走出門去。

「金面佛拾起單刀，向胡一刀拋去，說道：『咱們再來。』胡一刀伸手接住，順勢一刀揮出，噹的一響，刀劍相交。鬥了一陣，眼見日已過午，胡一刀叫道：『肚子餓啦，你吃不吃飯？』金面佛道：『好，吃一點。』兩人坐在桌邊，旁若無人的吃了起來。胡一刀狼吞虎嚥，一口氣吃了十多個饅頭、兩隻鷄、一隻羊腿。金面佛卻只吃了兩條鷄腿。胡一刀笑道：『你吃得太少，難道內人的烹調手段欠佳麼？』金面佛道：『很好。』挾了一大塊羊肉吃了。

「吃過飯，兩人抹抹嘴再打，不久都施開輕身功夫，滿廳飛奔來去。別瞧胡一刀身子粗壯，進退閃避，竟是靈動異常；金面佛手長腿長，自也不能慢了。這一番撲擊，我看得越加眼花繚亂，忽聽得啊的一聲，胡一刀左足一滑，跪了下去。這原是金面佛進招的良機，他只要一劍劈下，敵手萬難閃避，那知金面佛反向後躍，叫道：『你踏着彈子，小心了！』胡一刀膝未點地，早已站起，道：『不錯！』左手拾起彈子，中指一彈，嗤的一聲，那彈子從門中直飛出去。

「金面佛叫道：『看劍！』挺劍又上。兩人翻翻滾滾，直鬥到夜色朦朧，也不知變換了多少招式，兀自難分勝敗。金面佛躍出圈子，說道：『胡兄，你武藝高強，在下佩服得緊。咱們挑燈夜戰呢，還是明日再決雌雄？』胡一刀笑道：『你讓我多活一天吧！』金面佛道：『不敢！』長劍一伸，一招『丹鳳朝陽』，轉身便走。這『丹鳳朝陽』式雖爲劍招，但他退後三步再使將出來，已變爲行禮致敬。胡一刀豎起刀來，斜斜向上一指，這一招『參拜北斗』，也是向對方致意。兩人初鬥時性命相搏，但打了一日，心中相互欽佩，分手之時，居然都用上了武林中最恭敬的禮節。

「胡一刀待敵人去後，飽餐了一頓，騎上馬疾馳而去。我心想，他必是要到南邊大屋去窺探敵人動靜，說不定要暗施偷襲，只要將金面佛傷了，餘人沒一個是他對手。我滿心要想去跟田相公通風報信，叫他防備，只是害怕撞到胡一刀，卻又不敢出外。

「這一晚隔房雖然沒人打鼾，我可仍是睡不安穩，一直留神傾聽胡一刀回轉的馬蹄聲。但守到半夜，還是沒有聲息。我想，去南邊大屋，快馬奔馳，不用一個時辰便可來回，難道他給金面佛發覺了，寡不敵衆，因而喪命？

「他越是遲歸，我越是不放心，但聽隔壁房裏夫人輕輕唱着歌兒哄孩子，卻一點不爲丈夫耽心，又覺得奇怪。

「到後來晨鷄報曉，五更天時，胡一刀騎着馬回來了。我急忙起來，只見他的坐騎已換了一匹，去時騎青馬，回來時騎的卻是黃馬。那黃馬奔到店前，胡一刀一躍落鞍，那馬幌了幾下，撲地倒了，口吐白沫而死。我過去一看，只見那馬全身大汗淋漓，原來是累死的。瞧這情形，這一晚他竟長途跋涉，不知去了何處。我心想：今日他還要跟金面佛拚鬥，昨晚不好好安睡，養好氣力以備大戰，卻去累了一晚，眞是個怪人。

「這時夫人也已起來，又做了一桌菜。胡一刀竟不再睡，將孩子一拋一拋的玩弄。待得天色大明，金面佛又與田相公等來了。苗胡兩人對喝了三碗酒，沒說甚麼話，踢開櫈子，抽出刀劍就動手。打到天黑，兩人收兵行禮。金面佛道：『胡兄，你今日力氣差了，明日只怕要輸。』胡一刀道：『那也未必。昨晚我沒睡覺，今晚安睡一宵，氣力就長了。』金面佛奇道：『昨晚沒睡覺？那不對。』

「胡一刀笑道：『苗兄，我送你一件物事。』從房裏提出一個包裹，擲了過去。金面佛接過，解開一看，原來是個割下的首級，首級之旁還有七枚金鏢。范幫主向那首級望了一眼，驚叫道：『是八卦刀商劍鳴！』金面佛拿起一枚金鏢，在手裏掂了一掂，份量很沉，見鏢身上刻着四字：『八卦門商』，說道：『昨晚你趕到山東武定縣了？』胡一刀笑道：『累死了五匹馬，總算沒誤了你的約會。』

「我又驚又怕，怔怔的望着胡一刀。從直隸滄州到山東武定，相去近三百里，他一夜之間來回，還割了一個武林大豪的首級，這人行事當眞是神出鬼沒。

「金面佛道：『你用甚麼刀法殺他？』胡一刀道：『此人的八卦刀功夫，確是了得，我接住了他七枚連珠鏢，跟着用「沖天掌蘇秦背劍」這一招，破了他八卦刀法第二十九招「反身劈山」。』金面佛一怔，奇道：『沖天掌蘇秦背劍？這是我苗家劍法啊？』胡一刀笑道：『正是，那是我昨天從你這兒偷學來的功夫。我不用刀，是用劍殺他的。』

「金面佛道：『好！你替苗家報仇，用的是苗家劍法，足見盛情。』胡一刀笑道：『你苗家劍獨步天下，以此劍法殺他何難，在下只是代勞而已。』

「我這時方才明白，胡一刀是處處尊重金面佛。商劍鳴害了苗家四人，胡一刀若是用刀將他殺了，豈非顯得苗家劍不如八卦刀？更加不如胡家刀法？只是他一日之間，能學得苗家劍的絕招，用以殺了另一個武學名家，這番功夫實不由得令人不爲之心寒。他直到這日鬥完，才拿出首級來，毫無居功賣好之意，更是大方磊落，而其自恃不敗，也已明顯得很了。

「我想到此節，范田兩人早已想到。兩人臉色蒼白，互相使了個眼色，轉身便走。金面佛望望夫人手裏抱着的孩子，解下背上的黃包袱，打了開來。我心想這裏面不知裝着些甚麼古怪物事，伸長了脖子一瞧，卻見包袱裏只是幾件尋常衣衫。金面佛將那塊黃布一抖，瞧着布上繡着的七個字，低聲道：『嘿，打遍天下無敵手！胡吹大氣！』伸手抱過孩子，將黃布包在他身上，對胡一刀道：『胡兄，若是你有甚三長兩短，別擔心這孩子有人敢欺侮他。』胡一刀大喜，連連稱謝。

「金面佛去後，胡一刀又飽餐了一頓，這才睡覺，這一睡下來，鼾聲更是驚天動地。

「待到二更時分，忽聽屋頂上脚步聲響，有人叫道：『胡一刀，快滾出來領死！』胡一刀並沒驚醒，仍是鼾聲大作。不久喝罵聲越來越響，人也越來越多。胡一刀如聾了一般，只是沉睡。我想此人武藝雖高，卻是太不機靈，屋外來了許多敵人，竟然毫不驚覺。但說也奇怪，胡一刀固然沒有聽見，夫人明明醒着，卻只低聲哼歌兒哄孩子，對窗外屋頂的叫嚷，也是置之不理。

「屋外那些人儘是吵嚷，卻又不敢闖進屋來，胡一刀則只管打鼾。屋內屋外一唱一和，響成一片。吵了半個時辰，夫人忽然柔聲說道：『孩子，外邊有許多野狗，想吠叫一夜，吵得爹爹睡不成覺，教他明兒跟苗伯伯比武輸了。你說這羣野狗壞不壞？』孩子生下來還只幾天，自然不會說話，只是伊伊啊啊幾聲。夫人道：『眞是乖孩子，你也說野狗壞。讓媽媽去趕走了，好不好？』那孩子又是啊啊幾聲。夫人道：『嗯，你也說好，眞不枉了爹媽疼你。』

她左手抱了孩子，右手從床頭拿起一根綢帶，推開窗子，颼的一下，躍了出去。

「我大吃一驚，瞧不出這樣嬌滴滴的一個女子，輕功竟如此了得。我忙走到窗邊，在窗格紙上刺了一個孔。向外張望，只見屋面上高高矮矮，站了二三十條大漢，手中都拿了兵刃，正在大聲吆喝。夫人右手一揮，一條白綢帶如長蛇也似的伸了出去，捲住一條大漢手上的單刀，一奪一放，那大漢叫聲啊喲，單刀脫手，身子卻從屋面上摔了下去，蓬的一聲，結結實實的跌在地下。

「其餘的漢子嘩然叫嚷，紛紛撲上。月光之下，只見夫人手中的白綢帶就如是一條白龍，盤旋飛舞，縱橫上下，但聽得嗆啷、嗆啷、啊喲、啊喲、砰蓬、砰蓬之聲連響，不到一頓飯功夫，幾十條漢子的兵刃全讓夫人用綢帶奪下，人都摔下了屋頂。這些人那敢再鬥，爬起身來便逃，有些連馬也不敢騎，把牲口撇下也不要了。只把我瞧得目瞪口呆，心驚肉跳。夫人將那些兵刃從屋頂踢在地下，也不撿拾，抱了孩子進屋餵奶。胡一刀始終鼾聲如雷，似乎渾不知有這一回事。

「次日早晨，夫人做了菜，命店伴拾起兵刃，用繩子繫住，一件件都掛在屋簷下，北風一吹，刀啦、劍啦、鍾啦、鞭啦，相互撞擊，叮叮噹噹的十分好聽。

「吃過早飯，金面佛又來啦。他聽得聲音，抬頭一瞧，見了這些兵刃，已知原委，向跟隨他來的衆人狠狠瞪了一眼。那些人低了頭不敢瞧他。金面佛罵道：『不要臉！算甚麼男子漢？都給我滾開！』那些人不敢作聲，都退了幾步。我想，夫人昨晚若要殺了這些人，當眞易如反掌，就算將他們一一點倒，躺在地下，也是毫不爲難，只不過這一來，未免削了金面佛的臉面。

「金面佛道：『胡兄，這批沒出息的傢伙吵得你難以安睡。咱們今日停戰，你好好睡一覺，明日再比。』胡一刀笑道：『是內人打發的，兄弟睡着不知。來吧！』單刀一振，立個門戶。

「金面佛向胡夫人道：『多承夫人手下容情，饒了這些傢伙的性命。』夫人微微一笑。胡一刀與苗人鳳兩人客氣幾句，隨卽刀劍相交。

「這一日打到天黑，仍是不分勝負。金面佛收劍道：『胡兄，今日兄弟不回去啦。想跟你痛飲一番，然後抵足而眠，談論武藝。』胡一刀大笑，叫道：『妙極，妙極。兄弟參研苗兄劍法，尚有許多不明之處，今晚正好領教。』金面佛向范幫主、田相公道：『你們走吧，今晚我住在這裏。』

「范幫主不由得大驚失色，說道：『苗大俠，小心他的奸計……』金面佛冷然道：『我愛怎麼便怎麼，你管得着？』田相公道：『你別忘了殺父之仇，做個不孝子孫。』金面佛臉一沉。范田二人不敢再說，帶着衆人走了。

「這一晚兩人一面喝酒，一面談論武功。金面佛將苗家劍的精要，一招一式講給胡一刀聽。胡一刀也把胡家刀法傾囊以授。兩人越談越投機，眞說得上是相見恨晚。兩人喝幾碗酒，站起來試演幾招，又坐下喝酒。他二人談論的都是最精深的功夫，我雖清清楚楚的聽在耳裏，卻一句也不懂。

「說到半夜，胡一刀叫掌櫃的開了一間上房，他和金面佛當眞同榻而眠。我暗自尋思：

『兩個活人進房，明日房中定然有個死人，卻不知誰先下手？金面佛似乎不是奸險小人，這一回他可要糟了。』

「後來轉念又想，胡一刀粗豪鹵莽，遠不如金面佛精細。兩人武功雖然不相上下，但說到鬥智弄巧，定是金面佛勝了一籌。那麼明日活着出來的，想必是金面佛而不是胡一刀了。

「我好奇心起，悄悄走到他們房外窗邊偷聽。那時兩人談論的已不是武功，而是江湖上的奇聞秘事，和兩人往日的所作所為。有時金面佛說在甚麼地方殺了一個兇徒，有時胡一刀說在甚麼時候救了一個苦人，說到痛快處，一齊拍掌大笑。只把我聽得張大了口合不攏來。我想胡一刀窮兇極惡，做這些事並不奇怪，但金面佛的外號中有個『佛』字，竟然也是這般的殺人不眨眼。

「說到後來，金面佛忽然嘆道：『可惜啊可惜！』胡一刀道：『可惜甚麼？』金面佛道：『倘若你不姓胡，或是我不姓苗，咱倆定然結成生死之交。我苗人鳳一向自負得緊，這一回見了你，那可真是口服心服了。唉，天下雖大，除了胡一刀，苗人鳳再無可交之人。』胡一刀道：『我若死在你手裏，你可和我內人時常談談。她是女中豪傑，遠勝你那些膽小鬼朋友。』金面佛怒道：『哼，這些傢伙那裏配得上做我朋友？』

「他們說來說去，總是不涉及上代結仇之事。偶爾有人把話帶得近了，另一個立即將話頭岔開。這一晚兩人竟沒睡覺，累得我也在窗外站了半夜。院子裏寒風刺骨，把我兩隻脚凍得沒了知覺。到天色大明，金面佛忽然走到窗邊，冷笑道：『哼，聽夠了麼？』但聽得格的一響，胡一刀道：『苗兄，此人還好，饒了他吧！』我只覺得頭上被甚麼東西一撞，登時昏了過去。

「待得醒轉，我已睡在自己炕上，過了老半天，這才想起，定是金面佛發覺我在外偷聽，開窗打了我一拳。若非胡一刀代我求情，我這條小命是早已不在了。我爬下炕來，只覺得腦子昏昏沉沉的，拿鏡子一照，半邊臉全成了紫色，腫起一寸來高。我嚇了一大跳，噹啷一聲，鏡子掉在地下摔得粉碎。

「這一日他二人在堂上比武，我不敢再出去瞧，本來我一直盼望金面佛得勝，但臉上腫起處陣陣發疼，這時卻只想胡一刀給我報仇，在苗人鳳身上砍他媽的一兩刀。到得天黑，隔着板壁聽得金面佛說道：『胡兄，我原想今晚再跟你聯床夜話，只是生怕嫂夫人怪責。明晚若是仍舊不分勝敗，咱們再談一夜如何？』胡一刀哈哈大笑，叫道：『好，好。』

「金面佛辭去後，夫人斟了一碗酒，遞給胡一刀，說道：『恭喜大哥。』胡一刀接過碗來，一口喝乾了，笑道：『恭喜甚麼？』夫人道：『明天你可打敗金面佛了。』胡一刀愕然道：『我跟他拆了數千招，始終瞧不出半點破綻，明天怎能勝他？』夫人微笑道：『我卻看出了一點毛病。孩子，你爹才是打遍天下無敵手啊。』她最後一句話卻是向孩子說的。

「胡一刀忙問：『甚麼毛病？怎麼我沒瞧出來？』夫人道：『他這毛病是在背後，你跟他正面對戰，自然見不到。』胡一刀沉吟不語。夫人道：『你跟他連戰四天，我細細瞧他的劍路，果然門戶嚴密，沒分毫破綻。我看得又驚又怕，心想長此下去，你總有個疏神失手的時候，而他卻始終立於不敗之地。但到今日下午，我才瞧出了他的毛病。他的劍法之中，你說那幾招最厲害？』胡一刀道：『厲害招數很多，好比洗劍懷中抱月、迎門腿反劈華山、提撩劍白鶴舒翅、沖天掌蘇秦背劍……』夫人道：『毛病就是出在提撩劍白鶴舒翅這一招上。』胡一刀道：「這一招以攻爲守，剛中有柔，狠辣得緊啊。』夫人道：『大哥，你用穿手藏刀、進步連環刀、纏身摘心刀這些招式時，他有時會用提撩劍白鶴舒翅反擊。但他在出這一招之前，背心必定微微一聳，似乎有點兒怕癢。』

「胡一刀奇道：『當眞如此？』夫人道：『今日他前後使了兩次，每次背心必聳。明日比武之時，我見到他背心一聳，立即咳嗽，那時你制敵機先，不待他這一招使出，搶先用八方藏刀式強攻，他非撤劍認輸不可。』胡一刀大喜，連叫：『妙計！』我聽了兩人說話，本該去通知金面佛，叫他提防，但一摸到臉上疼處，心想他擊了我這一拳，使了如此重手，輸了也是活該。

「次日比武是第五天了，我臉上的腫稍稍退了些，又站在旁邊觀戰。這天上午夫人沒有咳嗽，想是金面佛沒使這招。中午吃飯之時，夫人給丈夫斟酒，連使幾個眼色，我在旁瞧得清楚，知是叫他誘逼金面佛使出此招，以便乘機取勝。胡一刀搖搖頭，似乎心中不忍。夫人指指孩子，將孩子在櫈上重重一摔，孩子大哭起來。我明白她的用意，那是說你如比武失手，孩子沒了父親，那可終身受苦了。胡一刀聽到孩子啼哭，緩緩點了點頭。

「午後兩人交手，拆了數十招。胡一刀猛砍幾刀，只聽得夫人咳嗽一聲，胡一刀眉頭微皺，不進反退，金面佛果然使了一招提撩劍白鶴舒翅。這一招我本來不識，但昨晚胡一刀與夫人研商定計之時，曾見夫人連使幾次。我心想：『夫人的眼光好厲害。』若是胡一刀依她之計行事，此時已經勝了，但他竟臨時縮手，不是他起了惺惺相惜之意不忍傷害金面佛，那便是覺得有人在旁相助，勝之不武。我忽然想起胡一刀曾囑咐夫人，將來孩子長大，要告訴他一句話，叫他心腸狠些硬些，看來胡一刀面貌雖然兇惡，心腸卻軟，事到臨頭，居然下不了手。

「夫人在孩子手臂上用力一揑，孩子大哭起來。刀劍叮噹相交聲中，雜着孩子的哭聲，忽聽得嘿的一響，夫人又是一聲輕咳。胡一刀踏上一步，八方藏刀式，刀光閃閃，登時把金面佛的劍路盡數封住。

「眼見得金面佛無法抵擋，他那招提撩劍白鶴舒翅只使得出半招。按那劍法，他右手一劍斜刺，左手上揚，就與白鶴將雙翅撲開來一般，但胡一刀搶了先着，金面佛雙手剛要展開，被他左右連環兩刀，金面佛這對臂膀，豈非自行送到刀上去給他砍了下來？

「豈知金面佛的武功，當眞是出神入化，就在這危急之間，他雙臂一曲，劍尖斗然刺向自己胸口。胡一刀大吃一驚，只道他比武輸了，還劍自殺，忙叫道：『苗兄，不可！』

「殊不知金面佛的劍尖在第一日比武之時就已用手指拗斷了的，劍尖本身是鈍頭，他再胸口一運氣，那劍刺在身上，竟然反彈出來。這一招一來變化奇幻，二來胡一刀一心勸他不可自殺，絲毫沒防他竟是出奇制勝，但見長劍一彈，劍柄蹦將出來，正好點在胡一刀胸口的『神藏穴』上。

「這『神藏穴』是人身大穴，一被劍尖點中，胡一刀登時軟倒。金面佛伸手扶住，叫道：『得罪！』胡一刀笑道：『苗兄劍法，鬼神莫測，佩服佩服。』金面佛道：『若非胡兄好意關心，此招何能得手？』兩人坐在桌邊一口氣乾了三碗燒酒。胡一刀哈哈一笑，提起刀來往自己頸中一抹，咽喉中噴出鮮血，伏桌而死。

「我驚得呆了，看夫人時，她臉上竟無悲痛之色，祇道：『苗大俠，請你稍待，我再餵一次奶，讓孩子吃得飽飽的。』走進房去，過了一頓飯時分，重又出來，在孩子臉上深深一吻，笑道：『他吃飽了睡着啦。』將孩子交給金面佛，道：『我本答應咱家大哥，要親手把孩子養大，但這五天之中，親見苗大俠肝膽照人，義重如山，你既答允照顧孩子，我就偷一下懶，不挨這二十年的苦楚了。』說着向金面佛福了幾福，拿過胡一刀的刀來，也是在頸上一割。夫妻倆並排坐在一條長櫈上，夫人拉着胡一刀的手，身子慢慢軟倒，伏在丈夫身上，就此不動了。我不忍再看，回過頭來，見苗大俠臂中抱着的孩子睡得正沉，小臉兒上似乎還露着一絲微笑。」

「客店後面是一條河，水流很急。眼見血漬一直流到河邊，顯是孩子被人一刀殺死，屍身投入河裏，登時被水沖走了。我爹爹又驚又怒，召集了一干人細細盤問，始終查不到兇手是誰。」

五

寶樹說完這故事，大廳中靜寂無聲。羣豪雖然都是心腸剛硬之人，但聽了胡一刀夫婦慷慨就死的事迹，不由得均感惻然。

忽聽一個女子的聲音道：「寶樹大師，怎麼我聽到的故事，卻跟你說的有點兒不同呢？」衆人一齊轉過頭來，見說話的是苗若蘭。大家凝神傾聽寶樹述說，都沒留心她何時又回到了廳上。

寶樹道：「年代久遠，只怕有些地方是老衲記錯了。卻不知令尊是怎麼說？」苗若蘭道：「這件事爹爹曾原原本本對我說過。起先的事，也跟大師說的一樣，只是胡一刀伯伯和胡伯母逝世的情景，卻與大師所說大不相同。」

寶樹臉色微變，「嗯」了一聲，卻不追問。田青文道：「苗姑娘，令尊怎麼說？」

苗若蘭從身邊一隻錦緞盒子中取出一根淡灰色綫香，燃着了插入香爐。衆人隨即聞到一縷幽幽清香。苗若蘭臉上神色莊嚴肅穆，說道：

「我從小見爹爹每到冬天，總是顯得鬱鬱不樂，不論我怎麼逗他歡喜，都難得引他發笑。每年快過年的時候，爹爹總要在一間小室裏供兩個神位，一個寫：『義兄胡公一刀大俠之靈位』，另一個寫：『義嫂胡夫人之靈位』，靈位旁邊還放了一柄單刀，這把刀生滿了鐵銹，也沒甚麼特異。爹爹叫厨子做了滿桌菜，倒十幾碗酒，從十二月廿二起，一連五天，他每晚在靈位邊喝這十幾碗酒，喝到後來，常常痛哭一場。

「起初我問爹爹，靈位上那位胡伯伯是誰，爹爹總是搖頭。有一年爹爹說我年紀大了，能懂事啦，於是把他跟胡伯伯比武的故事說給我聽。比武的經過，寶樹大師說得很詳細了。

「爹爹跟胡伯伯一連比了四天，兩人越打越是投契，誰也不願傷了對方。到第五天上，胡伯母瞧出爹爹背後的破綻，一聲咳嗽，胡伯伯立使八方藏刀式，將我爹爹制住。寶樹大師說我爹爹忽使怪招，勝了胡伯伯。但爹爹說的卻不是這樣。當時胡伯伯搶了先着，爹爹只好束手待斃，無法還手。胡伯伯突然向後躍開，說道：『苗兄，我有一事不解。』爹爹說道：『是我輸了。你要問甚麼事？』

「胡伯伯道：『你這劍法反覆數千招，絕無半點破綻，爲甚麼在使提撩劍白鶴舒翅這一招之前，背上卻要微微一聳，以致被內人看破？』爹爹嘆道：『先父教我劍法之時，督率極嚴。當我十一歲那年，先父正教到這一招，背上忽有蚤子咬我，奇癢難當。我不敢伸手搔癢，只好聳動背脊，想把蚤子趕開，但越聳越癢，難過之極。先父看到我的怪樣，說我學劍不用心，狠狠打了我一頓。這件事我深印腦海，自此以後，每當使到這一招，我背上雖然不癢，卻也習慣成自然，總是聳上一聳。尊夫人當眞好眼力。』胡伯伯笑道：『我有內人相助，不能算贏了！接住了。』說着將手中單刀拋給爹爹。

「爹爹接了單刀，不明他的用意。胡伯伯從爹爹手裏取過長劍，說道：『經過這四天的切蹉，你我的武功相互都已了然於胸。這樣吧，我使苗家劍法，你使胡家刀法，咱倆再決勝負。不論誰勝誰敗，都不損了威名。』

「我爹爹一聽此言，已知他的心意。我苗家與胡家累世深仇，是百餘年前祖宗積下來的。我爹爹跟胡伯伯以前從沒會過面，本身並無仇怨。江湖上固然人言籍籍，我祖父和田歸農叔叔的父親突然同時不知所蹤，連屍骨也不得還鄉，都是胡一刀下的毒手，我爹爹卻是將信將疑，素聞胡伯伯行俠仗義，所作所爲很令人佩服，似乎不致於暗算害人，只是幾番要和他相見，始終不能如願。田叔叔、范幫主曾邀爹爹同去遼東尋仇，我爹爹跟范幫主是交情很深的，可是一向不大瞧得起田叔叔的爲人。啊喲，田姐姐，對不起，您別見怪，這是我爹爹說的，他說他寧可自行其是，不願跟田叔叔聯手。這次聽得胡伯伯來到中原，這才受范田兩家之邀，到滄州攔住胡伯伯比武，但首先卻要向胡伯伯查問眞相。

「後來一問之下，我祖父與田公公果然是胡伯伯害的。我爹爹雖愛惜他英雄，但父仇不能不報。只是我爹爹實在不願讓這四家的怨仇再一代一代的傳給子孫，極盼在自己手中了結這百餘年的世仇，聽胡伯伯說要交換刀劍比武，正投其意。因爲若是我爹爹勝了，那是他用胡家刀打敗苗家劍，倘若胡伯伯得勝，則是他用苗家劍打敗胡家刀。勝負只關個人，不牽涉兩家武功的威名。

「當下兩人換了刀劍，交起手來。這一場拚鬥，與四日來的苦戰又自不同。因為兩人雖然都是高手，但使的兵刃招數都不順便，何況自己所使的一招一式，對方無不爛熟於胸，要憑這四天之中從對方學來的武功克敵制勝，那眞是談何容易？我爹爹說，這一天的激戰，是他生平最凶險的一次。胡伯伯貌似粗魯，其實聰明之極，將苗家劍法施展開來，竟似下過數年苦功一般，單以他用苗家劍破去山東大豪商劍鳴的八卦刀，就可想見其餘。我爹爹悟性沒胡伯伯高，幸好他十八般武藝件件皆通，胡家刀法雖是初見，但少年時曾練過單刀，總算在這點上佔了便宜，所以還可跟他打成平手。

「鬥到午後，兩人各走沉穩凝重的路子，出手越來越慢。胡伯伯忽道：『苗兄，你這招閉門鐵扇刀，還是使得太快了些，勁力不長。』我爹爹道：『多承指教，我只道已經夠慢了。』兩人全神拚鬥，但對方招數若有不到之處，卻相互開誠指點，毫不藏私。翻翻滾滾，又戰數百回合，兩人招數漸臻圓熟。

「我爹爹見他的苗家劍法越使越精，暗暗驚心，尋思：『他學劍的本事比我學刀的本事好，時間一長，我少年時所練的刀法根基就要不管用，須得立時變招，否則必敗無疑。』當下使一招『沙鷗掠波』，本來是先砍下手刀，再砍上手刀，但我爹爹故意變招，先砍上手刀，再砍下手刀。

「胡伯伯一怔，剛說得聲：『不對！』我爹爹叫道：『看刀！』單刀陡然翻起，第二刀下手刀竟又變為上手刀。這是他自創的刀法，雖是脫胎於胡家刀法，但新奇變幻，令人難測。倘若跟他對戰的是另一個高手，多半能避過這招，偏偏胡伯伯熟知胡家刀法，萬料不到我爹爹臨時變招，新創一式，一個措手不及，我爹爹的刀鋒已在他左臂上劃了一道口子。

「旁觀衆人，一齊驚呼，胡伯伯驀地飛出一腿，我爹爹一交摔出，跌在地下，再也爬不起來，原來已被踢中了腰間的『京門穴』。

「范幫主、田相公和其他的漢子一齊搶上。胡伯伯抛去手中長劍，雙手忽伸忽縮，抓住衆人一一擲了出去，隨即扶起我爹爹，解開他的穴道，笑道：『苗兄，你自創新招，果然厲害。只是我這胡家刀法，每一招都含有後着，你連砍兩招上手刀，腰間不免露出空隙。』

「我爹爹默然不語，腰間陣陣抽痛，話也說不出口。胡伯伯又道：『若非你手下容情，我這條左膀已讓你卸了下來。今日咱們只算打成平手，你回去好好安睡，明日再比如何？』我爹爹忍痛道：『胡兄，我出刀時固然畧有容讓，但即令砍下你的左臂，你這一腿仍能致我死命。瞧你這般爲人，決不能暗害我爹爹。你倒親口說一句，到底我爹爹是怎樣死的？』胡伯伯臉上露出驚詫之色，道：『我不是跟你說得明明白白了麼？你不相信，定要動武。我只好捨命陪君子。』

「我爹爹大是詫異，問道：『你跟我說了？幾時說的？』胡伯伯轉過頭來，指着旁邊一人道：『你……你……』只說得兩個『你』字，忽然雙膝一軟，跪倒在地。我爹爹大驚，忙伸手扶起，只見他臉色大變，叫道：『好、好、你……』頭一垂，竟自死了。

「我爹爹驚異萬分，心想他身子壯健，手臂上輕輕劃破一道口子，如何能夠致命？抱着他身子，連叫：『胡兄，胡兄。』但見他臉頰漸漸轉成紫色，竟是中了劇毒之象，忙撕開他的衣袖，但見一條手臂已腫得粗了一倍，傷口中流出的都是黑血。

「胡伯母又驚又悲，拋下手中孩子，拿起那柄單刀細看。那時我爹爹也知是刀口上餵了劇毒的藥物。胡伯母見我爹爹沉吟不語，說道：『苗大俠，這柄刀是向你朋友借的。咱家大哥固然不知刀上有毒，諒你也不知情，否則這等下流兵刃，你兩人怎能用它？這是命該如此，怪不得誰。我本答應咱家大哥，要親手把孩子養大，但這五日之中，親見苗大俠肝膽照人，義重如山，你既答允照顧孩子，我就偷一下懶，不挨這二十年的苦楚了。』說着橫刀在頸中一割，立時死去。

「我親聽爹爹述說，胡伯伯逝世的情形是這樣。但寶樹大師說的竟是大不相同。雖然事隔二十餘年，或有記不週全不處，但想來不該參差太多，卻不知是甚麼緣故？」

寶樹搖頭嘆息，說道：「令尊當時身在局中，全神酣鬥，只怕未及旁觀者看得清楚，也是有的。」苗若蘭「嗯」了一聲，低頭不語。

忽然旁邊一個嘶啞聲音道：「兩位說的經過不同，只因爲有一個人是在故意說謊。」

衆人聽得這聲音突如其來，一齊轉過頭去，見說這話的原來是那臉有刀疤的僕人。

寶樹和苗若蘭都是外客，雖聽他說話無禮，卻也不便發作。曹雲奇最是魯莽，搶先問道：「是誰說謊了？」那僕人道：「小人是低三下四之人，如何敢說？」苗若蘭道：「若是我說得不對，你不妨明言。」她意態閒逸，似乎漫不在意。

那僕人道：「適才大師與姑娘所說之事，小人當時也曾親見，各位若是不嫌聒噪，小人也來說說。」

寶樹喝道：「你當時也曾親見？你是誰？」那僕人道：「小人認得大師，大師卻認不得小人。」寶樹鐵青了臉，厲聲道：「你是誰？」

那僕人不答，卻向苗若蘭道：「姑娘，只怕小人要說的話，難以講得周全。」苗若蘭道：「為甚麼？」那僕人道：「只消說得一半，小人的性命就不在了。」苗若蘭向寶樹道：「大師，此刻在這峯上，一切由你作主。你是武林前輩，德高望重，只要你老人家一句話，無人敢傷他性命。」

寶樹冷笑道：「苗姑娘，你是激我來着？」那僕人搶着道：「小人自己的死活，倒也沒放在心上，就只怕我所知道的事沒法說完。」

苗若蘭微一沉吟，指着那副木板對聯的下聯，道：「勞駕你除下來。」那僕人不明她用意，但依言將木聯除下，放在她面前。苗若蘭道：「你瞧清楚了，這上面寫着我爹爹的名字。你將這木聯抱在手裏，儘管放膽而言。若是有人傷你一根毛髮，那就是有意跟我爹爹過不去。」

眾人相互望了一眼，心想以金面佛作護符，還有誰敢傷他？

那僕人臉露喜色，微微一笑，只是這一笑牽動臉上傷疤，更是顯得詭異，當下果真將木聯牢牢抱住。

寶樹坐回椅中，凝目瞪視，回思二十七年前之事，始終想不起此人是誰。

苗若蘭道：「你坐下了好說話。」那僕人道：「小人站着說的好。請問姑娘，胡一刀大爺遺下的那個孩子，後來怎樣了？」

苗若蘭輕輕嘆息，道：「我爹爹見胡伯伯、胡伯母都死了，心中十分難過，望着兩人屍身，呆了半天，跪下拜了八拜，說道：『胡兄、大嫂，你夫婦儘管放心，我必好好撫養令郎。』拜罷起身，回頭去抱孩子，不料竟抱了個空。我爹爹大驚，急忙詢問，可是大家都瞧着胡伯伯夫婦之死，誰也沒留心孩子。我爹爹忙叫大家趕快追尋。他忍住腰間疼痛，親自在客店前後查問，忽聽得屋後有孩子啼哭，聲音洪亮。我爹爹大喜，急奔過去，那知他腰間中了胡伯伯這一腿，傷勢不輕，猛一用力，竟摔在地下爬不起來。

「待得旁人扶他起身，趕到屋後，只見地下一灘鮮血，還有孩子的一頂小帽，孩子卻已不知去向。

「客店後面是一條河，水流很急。眼見血漬一直流到河邊，顯是孩子被人一刀殺死，屍身投入河裏，登時被水沖走了。我爹爹又驚又怒，召集了一干人細細盤問，始終查不到兇手是誰。

「這件事他無日不耿耿於懷，立誓要找到那殺害孩子之人。那一年我見他磨劍，他說須得再殺一人，就是要殺那個兇手了。我對爹爹說，或許孩子給人救去，活了下來，也未可知。我爹爹雖說但願如此，然而心中卻絕難相信。唉，這可憐的孩子，我眞盼他是好好的活着。有一次爹爹對我說：『孩兒，我愛你勝於自己的性命。但若老天許我用你去掉換胡伯伯的孩子，我寧可你死了，胡伯伯的孩子卻活着。』」

那僕人眼圈一紅，聲音哽咽，道：「姑娘，胡一刀大爺、胡夫人地下有靈，一定感激你父女高義。」

于管家本來以爲他是苗若蘭帶來的男僕，但瞧他神情，聽他言語，卻越來越覺不似，正想出言相詢，卻聽他說起故事來，見衆人靜坐傾聽，也不便打斷他的話頭。

只聽他說道：「二十七年之前，我是滄州那小鎭上客店中灶下燒火的小廝。那年冬天，我家中遭逢大禍。我爹爹三年前欠了當地趙財主五兩銀子，利上加利，一年翻一翻，過得三年，已算成四十兩。趙財主把我爹爹抓去，逼迫立下文書，要把我媽賣給他做小老婆。

「我爹自然說甚麼也不肯，當下給財主的狗腿子拷打得死去活來。我爹回得家來，跟媽商量，這四十兩銀子再過一年，就變成了八十兩，這筆債咱們是一輩子還不起的了。我爹媽就想圖個自盡，死了算啦，卻又捨不得我。三個人只是抱着痛哭。我白天在客店裏燒火，晚上回家守着爹媽，心中擔驚受怕，生怕他倆尋了短見，丟下我一人孤零零的在這世上。

「一晚店中來了好多受傷的客人，灶下事忙，店主不讓我回家。第二日胡一刀大爺來了，他夫人生了位少爺，要燒水燒湯，店主更是不許我回家去。我牽記爹媽，毛手毛脚的撞爛了幾隻碗，又給店主打了幾巴掌。我一個人躲在灶邊偷偷的哭。胡大爺走過厨房，聽見我哭聲，就進來問我甚麼事。我見他生得兇惡，不敢說話。他越是問，我越是哭得厲害。後來他和和氣氣的好言好語，我才把家裏的事跟他說了。

「胡大爺很生氣，說道：『這姓趙的如此橫行霸道，本該去一刀殺了，只是我有事在身，沒功夫跟他算帳。我給你一百兩銀子，你去拿給你爹，讓他還債，餘下的錢好好過日子，可千萬別再借財主的債了。』我只道他說笑話哄我，那知他當眞拿了五隻大元寶給我。我那裏敢拿？胡大爺道：『我今日生了兒子，我甚是疼他憐他，將心比心，你爹媽疼你也是這般。你快回家去。我跟店主說，是我叫你回家的，他不敢難爲你。』

「我仍是呆呆望着他，心裏撲通撲通直跳，不知如何是好。胡大爺拿了一塊包袱，把五隻大元寶包了，替我縛在背上，再在我屁股上輕輕踢了一脚，笑道：『傻小子，還不給我快滾！』

「我胡裏胡塗的奔回家去，跟爹媽一說。三個人樂得瘋了，眞難以相信天下有這般好人，說是做夢罷，白花花的五隻大元寶明明放在桌上。我媽和我扶着爹到客店去，要向胡大爺磕頭道謝。他連連搖手，說生平最不愛別人謝他，將我們三個推了出來。

「我和爹媽正要回去，忽聽馬蹄聲響，幾十個人趕來客店，原來是胡大爺的仇家。我不放心，讓爹媽先回家去，自己留着要瞧個究竟。我想胡大爺救了我一家三口的性命，只要有用得着我的，水裏就水裏去，火裏就火裏去，決不能皺一皺眉頭。

「金面佛苗大俠跟胡大爺坐着對飲，胡大爺捨不得兒子這些情形，寶樹大師說得一點不錯。只是他卻不知道，那跌打醫生在隔房聽胡大爺夫婦說話，卻教一個灶下燒火的小廝全瞧在眼裏。」

他說到這裏，寶樹猛地站起身來，指着他喝道：「你到底是誰？受誰指使在這裏胡說八道？」

那僕人不動聲色，淡淡的道：「我叫平阿四。我識得跌打醫生閻基，那跌打醫生閻基，自然不識得我這燒火的小廝癩痢頭阿四。」

寶樹聽到他說起「閻基」二字，臉上立時變色，依稀記得當年那小客店之中，果似有個癩痢頭小廝，只是他的面貌神情當日就未留意，此時更是半點也記不起了。他向平阿四懷中抱着的木聯狠狠瞪了一眼，「呸」了一聲。

平阿四道：「我半夜裏聽到胡大爺的哭聲，實在放心不下，走到他的房外，卻見到隔房窗子上映出一個黑影，一動不動的伏着。我走過去到窗縫裏一張，原來是那跌打醫生閻基將耳朵湊在板壁上，在偷聽胡大爺夫婦說話。這些話寶樹大師始終沒跟各位提起一字半句，不知是甚麼緣故。我正想去跟胡大爺說，胡大爺卻走到閻基房裏來了，跟他說了很多很多話。

「胡大爺的話很長，自然有些我聽了不懂，但我明白，胡大爺是派那閻基第二天去跟金面佛苗大俠解釋幾件事。這些事情牽連重大，本來不該讓一個不相干的外人去說。只是胡夫人剛生了孩子，不能走動。胡大爺又脾氣暴躁，倘若親自去向對頭言講，勢必跟范幫主、田相公他們引起爭執，一個說不明白，到頭來還是動刀動槍，說與不說，都是一般，沒奈何只得讓閻基去傳話。適才寶樹大師說道，胡大爺派他送信去給金面佛，事成之後必有重謝，這話就不對了。想送一封信輕而易舉，何必重謝？何必夫婦倆商量半日？寶樹大師或許忘了胡大爺當時的說話，我卻一句也沒忘記。」

衆人聽了這番話，才知寶樹出家之前的俗家姓名叫作閻基。瞧他兩人神情，寶樹與胡一刀之死必有重大關連，而他先前的話中也必有甚多不盡不實之處。各人好奇心起，都盼平阿四揭破這個疑團，但又怕他當眞說出甚麼重大秘密，寶樹老羞成怒，突施毒手，這雪峯上可沒一人是他對手，難以阻攔。縱然日後金面佛找到寶樹算帳，但平阿四一死，這秘密只怕永遠隨他而逝了。

各人都代平阿四擔心，但他自己卻是神色木然，毫無懼意，竟似有恃無恐，只聽他說道：

「胡大爺跟閻基說話之時，我就站在閻基的窗外。我倒不是有心想偷聽胡大爺說話，只是我知道這跌打醫生一向奉承那欺侮我爹媽的趙財主，實在不是好人，只怕胡大爺上了他的當。那時我年輕識淺，胡大爺的話是不大明白，但一字一句，卻都記在心裏，等我後來年紀大了，慢慢也都懂了。

「那一晚胡大爺叫閻基去說三件事。第一件說的是胡苗范田四家上代結仇的緣由。第二件說的是金面佛之父與田相公之父的死因。第三件則是關於闖王軍刀之事。」

衆人一齊轉頭，向桌上的軍刀望了一眼，欲知之心更是迫切。

平阿四道：「胡苗范田四家上代爲甚麼結仇，苗姑娘已經說了，只是中間另有一個重大秘密，卻非外人所知，連苗大俠也至今不知。這秘密起因於李闖王大順永昌二年，那年是乙酉年，也就是順治二年，當時胡苗范田四家祖宗言明，若是清朝不亡，須到一百年後的乙丑年，方能洩漏這個大秘密。乙丑年是乾隆十年，距今已有三十餘年，所以當二十七年前胡大爺跟閻基說話之時，百年期限已過，這個大秘密已不須隱瞞了。

「這一個秘密，果然是牽連重大。原來當日闖王兵敗九宮山，他可沒有死！」

此言一出，衆人都是一震，一齊站起身來，不約而同的問道：「甚麼？」只有寶樹端坐無異，顯是早已知曉，不爲所動。

平阿四道：「不錯，闖王沒有死。只不過當時淸兵重重圍困，實是難以脫身。苗范田三名衛士衝下山去求救，援兵遲遲不至，敵軍卻愈迫愈近。眼見手下將士死的死，傷的傷，再也抵擋不住，闖王心灰意懶，舉起軍刀要待橫刀自刎，卻被那號稱飛天狐狸的姓胡衛士攔住。

「姓胡的衛士情急之下，生了一計，從陣亡將士之中撿了一個和闖王身材大小相仿的屍首，換上闖王的黃袍箭衣，將闖王的金印掛在屍首頸中。他再舉刀將屍首面貌砍得稀爛，叫人難以辨認，親自馱了，到清兵營中投降，說已將闖王殺死，特來請功領賞。這是一件何等大功，敵將呈報上去，自會升官封爵，莫說絲毫沒疑心是假，即令有甚麼懷疑，也要極力蒙蔽掩飾，以便領功升官。假闖王一死，敵軍即日解了九宮山之圍。眞闖王早已易容改裝，扮成平民，輕輕易易的脫險下山。唉，闖王是脫卻了危難，這位飛天狐狸可就大難臨頭了。

「那飛天狐狸行這計策，用心實在是苦到了極處。江湖上英雄好漢，爲了『俠義』二字，替好朋友兩脅插刀原非難事，可是他爲了相救闖王，不但要委屈萬分的投降敵人，還得甘冒一個賣主求榮的惡名。想那飛天狐狸本來名震天下，武林人物一提到他的名頭，無不翹起大拇指讚一聲：『好漢子！』現下要他自污一世英名，那可比慷慨就義難上萬倍。

「他投降吳三桂後，在這漢奸手下做官。他智勇雙全、精明能幹，極得吳三桂信任。他想闖王大順國的天下，硬生生斷送在吳三桂手裏，此仇不報，非丈夫也。他若要刺死吳三桂，原只一舉手之勞，可是飛天狐狸智謀深沉，豈肯如此輕易了事？數年之間，他不露痕迹的連使巧計，安排下許多事端，一面使滿清皇帝對吳三桂大起疑心，另一面使吳三桂心不自安，到頭來不得不舉兵謀反。他將吳三桂在雲南招兵買馬、跋扈自大的種種事迹，暗中稟報清廷，而清廷各種猜忌防範的手段，他又刺探了去告知吳三桂。

「如此不出數年，吳三桂勢在必反。那時天下大亂，滿清大傷元氣，自是闖王復國的良機。即令吳三桂的反叛迅即敉平，闖王復國不成，但吳三桂也非滅族不可，這比刺死他一個人自是好得多了。

「當那姓苗、姓范、姓田三個結義兄弟到昆明去行刺吳三桂之時，飛天狐狸的計謀正已漸漸有了成效，因此他在危急之中出來攔阻，免得那三人壞了大事。

「那年三月十五，他與三個義弟會飲滇池，正要將闖王未死、吳三桂將反的種種事迹直說出來，那知三個義弟忌憚他功夫了得，不敢與他多談，乘他一個措手不及便將他殺死。飛天狐狸臨死之際，流淚說道：『可惜我大事不成。』就是指的此事。他又道：『元帥爺是在石門夾……』原來闖王是在石門縣夾山普慈寺出家，法名叫作奉天玉和尚。闖王一直活到康熙甲辰年二月，到七十歲的高齡方才逝世。闖王起事之時，稱爲『奉天倡義大元帥』，他的法名實是『奉天王』，爲了隱諱，才在『王』字中加了一點，成爲『玉』字。」

衆人聽苗若蘭先前所述故事，只道飛天狐狸奸惡無比，那知中間另有如此重大的秘密，只是過於怪異，一時實在難以置信。

平阿四見衆人將信將疑，苗若蘭臉上也有詫異之色，接着道：「苗姑娘，你先前說道，飛天狐狸的兒子三月十五那天找到三位結義叔叔家裏，跟他們在密室中說了一陣子話，那三人就出來當衆自刎。你道在那密室之中，四人說了些甚麼話？」苗若蘭道：「莫非那兒子將飛天狐狸的苦心跟三位叔叔說了？」

平阿四道：「是啊，這三人若不是自恨殺錯了義兄，怎能當衆自刎？可是那時闖王尚在人世，這機密萬萬洩漏不得。只可惜這三人雖然心存忠義，性子卻過於鹵莽，殺義兄已是錯了，當衆自殺卻又快了一步，事先又沒囑咐衆子弟不得找那姓胡的兒子報仇，當時定是悲痛悔恨已極，再也想不到其餘，以致一錯再錯。胡苗范田四家，從此世世代代，結下深仇大怨。

「那兒子與三位叔叔在密室中言明，這秘密必須等到一百年之後的乙丑年方能公之於世。那時闖王壽命再長，也必已經逝世。若是洩漏早了，清廷定然大舉搜捕，自會危及闖王性命。胡家世代知道這秘密，苗范田三家卻不知曉。待傳到胡一刀大爺手裏，百年之期已過，於是他命那跌打醫生閻基去對金面佛說知此事。

「那第二件事，說的是金面佛之父與田相公之父的死因。在苗胡二位拚鬥的十餘年前，這姓苗姓田的兩位上輩同赴關外，從此影蹤全無。

「這兩人武藝高強，名震江湖，如此不明不白的死了，害死他們的定是大有來頭之人。胡大爺向在關外，胡家與苗田兩家又是世仇，任誰想來，都必是他下的毒手。金面佛與田相公分別查訪了十餘年，查不出半點端倪，連胡大爺也始終見不到一面。金面佛無法可施，這才大肆宣揚他『打遍天下無敵手』的七字外號，好激胡大爺進關。胡大爺知道他的用意，卻不理會，一面也在到處尋訪苗田兩位上輩，心想只有訪到這兩人的下落，方能與金面佛相見，洗刷自己的寃枉。

「皇天不負苦心人，他訪查數年，終於得知二人確息。胡夫人這時已懷了孕，她是江南人，臨到生育之時，忽然思鄉之情深切。胡大爺體貼夫人，便陪了她南下。行到唐官屯，他先與范田二人動上了手，後來又遇到金面佛。胡大爺命閻基去跟他說，待胡大爺送夫人回歸故鄉之後，可親自帶他去迎回父親屍首，他父親如何死法，一看便知。只是苗田這兩位上輩死得太也不夠體面，胡大爺不便當面述說，只好領他們親自去看。

「第三件事，則是關涉到闖王的那柄軍刀了。這柄軍刀之中藏着一個極大的寶藏，黃金白銀不必說，奇珍異寶也是不計其數。」

衆人大奇，心想這柄軍刀之中連一隻小元寶也藏不下，說甚麼奇珍異寶不計其數？

只聽平阿四道：「那天晚上，胡大爺跟閻基說了這回事的緣由。衆位一聽，那就毫不奇怪。

「闖王破了北京之後，明朝的皇親國戚、大臣大將盡數投降。這些人無不家資豪富，闖王部下的將領逼他們獻出金銀珠寶贖命。數日之間，財寶山積，那裏數得清了？後來闖王退出北京，派了親信將領，押着財寶去藏在一個極隱妥的所在，以便將來捲土重來之時作為軍餉。他將藏寶的所在繪成一圖，而看圖尋寶的關鍵，卻置在軍刀之中。九宮山兵敗逃亡，闖王將寶藏之圖與軍刀都交給了飛天狐狸。後來飛天狐狸被殺，一圖一刀落入三位義弟手中，但不久又被飛天狐狸的兒子奪去。

「百年來輾轉爭奪，終於軍刀由天龍門田氏掌管，藏寶之圖卻由苗家家傳。只是苗田兩家不知其中有這樣一個大秘密，是以沒去發掘寶藏。這秘密由胡家世代相傳，可是姓胡的沒軍刀地圖，自也無法找到寶藏。

「胡大爺將這事告知金面佛，請他去掘出寶藏，救濟天下窮人，甚而用這筆大財寶來大舉起事，驅逐滿人出關，還我漢家河山。

「胡大爺所說這三件事，沒一件不是關係極大。金面佛得知之後，何以仍來找他比武，非拚個你死我活不可，胡大爺直到臨死，仍是不解。只怕金面佛枉稱大俠，是非曲直，卻也辨不明白；又或因這三件事說來都是聳人聽聞，太過不合情理，金面佛一件都不相信，亦未可知。」說到這裏，不禁長長嘆了一口氣。

陶百歲一直在旁傾聽，默不作聲，此時忽然插口道：「金面佛何以仍要找胡一刀比武，其中原因我卻明白。此事暫且不說。我問你，你到這山峯上來幹甚麼？」這正是衆人心中欲問之事。

只聽平阿四凜然道：「我是爲胡大爺報仇來的。」陶百歲道：「報仇？找誰報仇？」平阿四冷笑一聲，道：「找害死胡大爺的人。」

苗若蘭臉色蒼白，低聲道：「你要找我爹爹嗎？」平阿四道：「害死胡大爺的不是金面佛，是從前叫做跌打醫生閻基、現下出了家做和尚、叫作寶樹的那人。」衆人大爲奇怪，均想：「胡一刀怎會是寶樹害死的？」

寶樹長身站起，哈哈大笑，道：「好啊，你有本事就來殺我。快動手吧！」平阿四道：「我早已動了手，從今天算起，管教你活不過七日七夜。」

衆人一驚，均想不知他怎樣暗中下了毒手？寶樹不禁暗暗心驚，嘴上卻硬，罵道：「憑你這點臭本事，也能算計於我？」平阿四厲聲道：「不但是你，這山峯上男女老幼，個個活不過七日七晚！」

衆人都是一驚，或愕然離座，或瞪目欠身。各人自上雪峯之後，一直心神不安，平阿四此言雖似荒誕不經，但此時聽來，無不爲之聳然動容。

寶樹厲聲道：「你在茶水點心中下了毒藥麼？」平阿四冷然道：「若是叫你中毒，死得太快，豈能如此便宜？我要叫你慢慢餓死。」曹雲奇、陶百歲、鄭三娘等一齊叫道：「餓死？」平阿四不動聲色，道：「不錯！這峯上本有十日之糧，現下卻一日也沒有了，都給我倒下山峯去了。」

衆人驚叫聲中，寶樹突施擒拿手抓住了他左臂。平阿四右臂早斷，毫不抗拒，只是微微冷笑。曹雲奇與周雲陽伸臂握拳，站在他的身前，只要他微有動武之意，立即發拳毆擊。

于管家急奔入內，過了片刻，回到大廳，臉色蒼白，顫聲道：「莊子裏的糧食、牛肉羊肉、鷄鴨、蔬菜，果眞……果眞是一古腦兒，都……都給這廝倒下了山峯。」

只聽砰的一響，曹雲奇一拳打在平阿四的胸口。這一拳勁力好大，平阿四哇的一聲，吐出一口鮮血，但臉上仍是微微冷笑，竟無半點懼色。

寶樹道：「糧倉和厨房裏都沒人麼？」于管家道：「有三個幹粗活的，都教這廝給綁了。唉，先前那兩個小鬼在廳上鬧事，大夥兒都出來觀看，誰知是那雪山飛狐的調虎離山之計。苗姑娘，我們只道這廝是您帶來的下人。」苗若蘭搖頭道：「不是。我卻當他是莊上的管家。」

寶樹道：「吃的東西一點都沒留下麼？」于管家慘然搖頭。

曹雲奇舉起拳頭，又要一拳打去。苗若蘭道：「且慢，曹大爺，你忘了我說過的話。」曹雲奇愕然不解，拳頭舉在半空，卻不落下。苗若蘭道：「他抱着我爹爹的名號，我說過誰也不許傷他。」曹雲奇道：「咱們大夥兒性命都要送在他手裏，你……你怎麼……」

苗若蘭搖頭道：「死活是一回事，說過的話，可總得算數。這人把峯上的糧食都拋了下去，大家固然要餓死，他自己可也活不成。一個人拚着性命不要來做一件事，總有重大之極的原因。寶樹大師，曹大爺，生死有命，着急也是沒用。且聽他說說，到底咱們是否當眞該死。」她這番話說得心平氣和，但不知怎的，卻有一股極大力量，竟說得寶樹放開了平阿四的手臂，曹雲奇也自氣鼓鼓的歸座。

苗若蘭道：「平爺，你要讓大夥兒一齊餓死，這中間的原因，能不能給我們說說？你是爲胡一刀伯伯報仇，是不是？」

平阿四道：「你稱我平爺可不敢當。我這一生之中，只有稱別人做爺的份兒，可沒福氣受人家這麼稱呼。苗姑娘，當年胡大爺給我銀子，救了我一家三口性命。我自是感激萬分。可是有一件事我是同樣的感激。你道是甚麼事？人人叫我癩痢頭阿四，輕我賤我，胡大爺卻叫我『小兄弟』，一定要我叫他大哥。我平阿四一生受人呼來喝去，胡大爺卻跟我說，世人並無高低，在老天爺眼中看來，人人都是一般。我聽了這番話，就似一個盲了十幾年眼的瞎子，忽然間見到了光明。我遇到胡大爺只不過一天，心中就將他當作了親人，敬他愛他，便如是我親生爹娘一般。

「胡大爺和金面佛接連鬥了幾天，始終不分勝敗，我自然很爲胡大爺擔心。到最後一天相鬥，胡大爺受了毒刀之傷而死。胡夫人也自殺殉夫，那情形正如苗姑娘所說。我親眼目覩，當時情景，決不會忘了半點。閻大夫，那天你左手挽了藥箱，背上包裹中裝着十多錠大銀，是也不是？那天你穿着青布面的老羊皮袍，頭上戴一頂穿窟窿的烟黃氈帽，是也不是？」

寶樹鐵青着臉，拿着念珠的右手微微顫動，雙目瞪視，一言不發。

平阿四又道：「早一日晚上，胡大爺和金面佛同榻長談，閻大夫在窗外偷聽，後來給金面佛隔窗打了一拳，只打得眼青鼻腫，滿臉流血。他說他挨打之後，就去睡了。可是，我瞧見他在睡覺之前，還做了一件事。胡大爺與金面佛同房而睡，兩人光明磊落，把兵刃都放在大廳之中。閻大夫從藥箱裏取出一盒藥膏，悄悄去塗在兩人的刀劍之上。那時候我還是個十多歲的孩子，毫不懂事，一點也沒知他是在暗使詭計，直至胡大爺受傷中毒，我才想到閻大夫在兩人兵刃上都塗了毒藥，他是盼望苗胡二人同歸於盡。唉，閻大夫啊閻大夫，你當眞是好毒的心腸啊！

「他要金面佛死，自然是爲了報那一擊之恨。可是胡大爺跟他往日無冤，近日無仇，他幹麼在金面佛的劍上也要塗上毒藥？我當時不明白，後來年紀大了，才猜到了他的心意。哼，此人原來是爲了圖謀胡大爺那隻鐵盒。

「閻大夫說他不知那鐵盒中裝着何物，那是說謊。他是知道的。胡大爺將鐵盒交給夫人之時，把盒中各物一起倒在桌上，滿桌耀眼生光，都是珍珠寶物。胡大爺說道：『妹子，你一身本事，但有所需，貪官土豪家中的金銀，自是手到拿來。只是出手多了，難免有差失之日，我……我……』夫人道：『大哥放心。你若有不測，我一心一意撫養孩子，這些珠寶慢慢變賣，也儘夠母子倆使一輩子的了。我不再跟人動刀動槍，也不再施展空空妙手如何？』

「胡大爺大笑叫好，拿起一本書來，說道：『這一本拳經刀譜，是我高祖親手所書。』夫人接過了，笑道：『好啊，飛天狐狸一身的本事都寫在這裏。你瞞得好穩啊，連我也不讓知道。』胡大爺笑道：『我祖宗遺訓是傳子不傳女，傳姪不傳妻，這才叫作胡家刀法啊。』

夫人笑道：『待孩子識了字，讓他自看，我決不偷學就是。』胡大爺嘆了口氣，將各物都收入鐵盒，再將盒子放在夫人枕頭底下。

「後來我見夫人一死，急忙奔到她房中，那知閻大夫已先進了房。我心中怦怦亂跳，忙躲在門後，只見閻大夫左手抱着孩子，右手從枕頭底下取出鐵盒，依照胡大爺先前開盒的法子，在盒子四角掀了三掀，又在盒底一按，盒蓋便彈了開來。他取出珍珠寶物把玩，饞涎都掉了下來，將孩子往地下一放，又從盒裏取出拳經刀譜來翻看。孩子沒人抱了，放聲大哭。閻大夫怕人聽見，隨手在炕上拉過棉被，將孩子沒頭沒腦的罩住。

「我大吃一驚，心想時候一長，孩子不悶死才怪，念及胡大爺待我的好處，非要搶救孩子出來不可。只是我年紀小，又不會武藝，決不是閻大夫的對手，只見門邊倚着一根大門閂，當下悄悄提在手裏，躡手躡脚走到他的身後，在他後腦上猛力打了一棍。

「這一下我是出盡了平生之力，閻大夫沒提防，哼也沒哼一聲，便俯身跌倒，珠寶摔得滿地。我忙揭開棉被，抱起孩子，心想這裏個個都是胡大爺的仇人，得將孩子抱回家去，給我媽撫養。我知道那本拳經刀譜干係重大，不能落在旁人手中，當下到閻大夫手中去拿。那知他暈去時牢牢握着，我心慌意亂，用力一奪，竟將拳經刀譜的前面兩頁撕了下來，留在他的手中。只聽得門外人聲喧嘩，苗大俠在找孩子，我顧不到旁的，抱了孩子溜出後門，要逃回家去。

「從那時起直到今日，我沒再見閻大夫的面，豈知他竟會做了和尚。是不是他自覺罪孽深重，因而出家懺悔呢？他偷得了拳經的前面兩頁，居然練成一身武藝，揚名江湖。他只道這世上再沒人知道他的來歷，想不到當日腦後打他一門閂那人，現在還好好活着。閻大夫，你轉過身來，讓大夥兒瞧瞧你腦後的那塊傷疤，這是當年一個灶下燒火小廝一門閂打的啊。」

寶樹緩緩站起身來。衆人屏息以觀，心想他勢必出手，立時要了平阿四的性命。那知他只念了兩聲「阿彌陀佛」，伸手摸了摸後腦，又坐回椅上，說道：「二十七年來，我一直不知是誰在我後腦打了這一記冷棍，老是納悶。這個疑團，今日總算揭破了。」衆人萬料不到他竟會直承此事，都是大感詫異。

苗若蘭道：「那個可憐的孩子呢？後來他怎樣了？」

平阿四道：「我抱着孩子溜出後門，只奔了數步，身後有人叫道：『喂，小癩痢，把孩子抱回來！』我不理會，奔得更快。那人咒罵幾句，趕上來一把抓住我的手臂，就要搶奪孩子。我急了，在他手上用力咬了一口，只咬得他滿手背都是血……」

曹雲奇突然衝口而出：「是我師父！」田青文橫了他一眼。曹雲奇好生後悔，但話已出口，難以收回，見衆人都望着自己，心中甚是不安。

平阿四道：「不錯，是田歸農田相公。他手背上一直留下牙齒咬的傷痕。我猜他也不會跟你們說是誰咬的，更不會說爲了甚麼才給咬的。」

田青文、阮士中、曹雲奇、周雲陽四人相互對視了一眼，都想田歸農手背上齒痕甚深，果然從來不曾說起過原因。

平阿四又道：「我這一咬是拚了性命，田相公武功雖高，只怕也痛得難當。他拔出劍來，在我臉上砍了一劍，又一劍將我的手臂卸了下來。他盛怒之下，飛起一脚，將我踢入河中。

我一臂雖斷，另一臂卻仍牢牢抱着那個孩子。」

苗若蘭低低的「啊」了一聲。平阿四道：「我掉入河中時早已痛得人事不知，待得醒轉，卻是躺在一艘船上，原來給人救了上來。我大叫：『孩子！孩子！』船上一位大娘說道：『阿彌陀佛！總算醒過來啦。孩子在這裏。』我抬頭一看，卻見她抱着孩子在餵奶。後來才知道，我給救上船到醒轉，已隔了六日六夜。那時我離家鄉已遠，又怕胡大爺的仇人害這孩子，從此不敢回去。聽苗姑娘說來，苗大俠只當這孩子已經死了。」

苗若蘭喜道：「是啊，原來這可憐的孩子還活着，是不是？爹爹知道了一定喜歡得緊。這孩子在那裏，你帶我們去瞧瞧好不好？」她隨即想到，自己一直叫他「可憐的孩子」，其實他已是個二十七歲的男子，比自己還大着十歲，臉上不禁一紅。

平阿四道：「你瞧他不着了。這裏的人，誰也不會活着下山。」苗若蘭道：「我爹爹必會上峯來救，我一點也不擔心。」平阿四道：「你爹爹打遍天下無敵手，打的是凡人。他武功再高，也奈何不了這萬丈高峯。」苗若蘭道：「是那孩子叫你來害死我們麼？」平阿四搖頭道：「不是，不是。這孩子英雄豪俠，跟他父親一模一樣，若是知道我來幹這種陰毒勾當，定要攔阻。」曹雲奇怒道：「好啊，原來你也知道這是陰毒勾當。」

苗若蘭問道：「那孩子怎樣了？叫甚麼名字？武功好嗎？在幹甚麼事？他也是個好人嗎？」她自小見父親每年祭奠胡一刀夫婦，一直以未能撫養那孩子爲畢生恨事，是以極爲關心。

平阿四道：「若不是我炸毀了長索，苗姑娘，你今日就能見到他啦。」曹雲奇等六七人齊聲怒道：「長索是你炸毀的？」平阿四道：「正是！」苗若蘭卻問：「怎麼我今日能見到他？」平阿四道：「他與此間主人有約，今日午時要來拜山。眼見午時已到，這會兒想必已來到山峯之下了。」眾人齊聲叫道：「是雪山飛狐？」

平阿四道：「不錯，胡一刀胡大爺的兒子，叫作胡斐，外號雪山飛狐！」

苗若蘭聽他也以「善哉行」中的歌辭相答，心下甚喜，暗道：「此人文武雙全，我爹爹知道胡伯伯有此後人，必定歡喜。」

六

衆人聽了半天故事，對胡一刀的爲人甚是神往，聽說雪山飛狐是他兒子，心中都起異樣之感，雖想見了他未必有甚好處，卻都不自禁的渴欲一見，又想此間主人遍邀高手，以備迎戰，只怕此人本領亦不在乃父之下。

苗若蘭忽然驚道：「啊喲，此間主人所邀的幫手和我爹爹都未上山，如在山下撞到了那雪山飛狐，定要動手。我爹爹不知他是胡伯伯的兒子，若是一劍將他殺了，那便如何是好？」

平阿四淡淡一笑，道：「苗大俠雖說是打遍天下無敵手，可是要說能一劍殺了胡相公，卻也未必。」他臉上一個長長的傷疤，這麼一笑，牽動肌肉，顯得加倍的醜陋可怖。

他又道：「胡相公今日上山，一來是找此間主人的晦氣，二來是要找苗大俠比武復仇。只是我親眼見到當年胡苗二位大俠肝膽相照的交情，害死胡大爺的其實是另有其人，我勸胡相公別向苗大俠爲難了，可是他說要當面向苗大俠問個清楚。後來我在山下見到了這位閻大夫，雖然隔了這麼二十幾年，我可還是認得他，當下跟上峯來，炸索毀糧，大夥兒在這兒一齊餓死，總算是報了胡大爺待我的恩義啦。」

這一席話，只把衆人聽得面面相覷，心想寶樹當年謀財害命，今日自是死有應得，只是各人與此事並不相干，卻在這兒賠上一條性命，也可算得極寃。

寶樹見了衆人臉色，知道大家對自己頗有怪責之意，站起身來，取過了寶刀鐵盒，喝道：「今日之事，咱們只有同舟共濟，一齊想個下山的法兒。這個惡徒嘛……」

一語未畢，忽聽撲翅聲響，一隻白鴿飛進大廳，停在桌上。

苗若蘭喜道：「啊，這隻小鴿兒多可愛！」上前雙手輕輕捧起白鴿，撫摸鴿背羽毛，只見鴿脚上縛着一條絲綫。這絲綫從鴿脚上一直通到門外，苗若蘭向裏拉扯，那綫竟是極長，拉了好一大截，始終未見綫頭。她好奇心起，雙手交互收綫，那綫竟似無窮無盡一般。田青文上前相助，兩人收了數十丈，忽覺絲綫漸漸沉重，看來綫頭彼端縛得有物。

于管家大喜，叫道：「咱們有救啦！」衆人齊問：「怎麼？」于管家道：「這白鴿是本莊所養，山上山下用以傳遞消息。定是山下的本莊夥伴發覺長索炸斷，放這鴿子上峯，在絲綫上縛着救咱們下峯的物事。」

平阿四聽了此話，臉色大變，狂吼一聲，撲上去要拉斷絲綫。殷吉站在隣近，身子一幌，已攔在他面前，雙掌起處，將他推倒在地。

田青文道：「姊姊，小心拉斷了絲綫。」苗若蘭點了點頭。那絲綫雖細，卻極堅韌，兩人手上愈來愈沉，絲綫始終不斷。再拉一會，苗若蘭似乎有點吃力。陶子安道：「苗姑娘你歇歇，我來拉。」走上前去接過了絲綫。

阮士中、曹雲奇、劉元鶴等早已搶出門去，要看那絲綫上吊的是甚麼救星。

陶田二人收了一會，忽聽門外歡呼聲起，手上頓鬆，想來所吊之物已上了峯。廳上各人一齊走出，只見阮士中與曹雲奇站在崖邊，雙手此起彼落，忙碌異常，仍是在收綫，原來絲綫上縛的是一根較粗的絲索。待那絲索收盡，又引上一根極粗的繩索。

衆人一齊高呼，七手八脚，將那根粗索縛在崖邊兩株大松樹上。

劉元鶴道：「咱們走吧，待我先下。」雙手抓住了繩索，就要往下溜去。陶百歲喝道：「且慢，幹麼要讓你先下？誰知你在下面會搗甚麼鬼？」劉元鶴怒道：「依你說便怎地？」陶百歲一怔，心想峯上人人各懷私心，互不信任，不論誰先下去，旁人都難放心，給他這麼一問，倒也難以對答。

曹雲奇道：「讓幾位女客先下去，咱們男子漢拈籌以定先後。」熊元獻細聲細氣的道：「這樣吧，天龍門、飲馬川山寨、跟我們平通鏢局的，每一家輪流下去一個。大夥兒互相監守，不用怕有誰使奸行詐。」

阮士中道：「那也好。寶樹大師，請您將鐵盒兒見還吧。」說着走上一步，向寶樹伸出手去。

衆人初時只顧念生死安危，此時大難已過，又都想到了那件寶物。本來大家只知這鐵盒是件武林異寶，但到底異在那裏，寶於何處，卻均不甚了然，待得知道是闖王遺下的軍刀，已覺此物非同小可，及至聽平阿四說這柄刀與李闖王的大寶藏有關，更是個個眼紅心熱。故老相傳，闖王進京之後，部屬大將劉宗敏等拷掠明朝的宗室大臣，所得珍寶堆積如山，不久兵敗，這批珍寶連同明宮中皇室歷年的庫藏，都是從此不知下落，若是由這鐵盒寶刀而掘得寶藏，世上尚有何種財物能與之相比？

寶樹冷笑道：「你天龍門何德何能，要獨佔寶刀？這把刀天龍門掌管了一百多年，也該換換主兒了。」

阮士中愕然，眼露兇光。殷吉、曹雲奇、周雲陽不約而同的搶上一步，站在阮士中身旁。

寶樹仰天笑道：「哥兒們想動武，是不是？想當年天龍門在刀頭上得寶，今日在刀頭上失寶，那也是公平得緊啊。」

阮士中等大怒，恨不得撲將上去，把這老和尚砍成幾段，奪過寶刀，只是忌憚他武功了得，卻又不敢動手，在他炯炯有神的雙目凝視之下，反而倒退了數步。

一時雪峯邊寂靜無聲，忽然苗若蘭的婢女琴兒指着山下叫道：「小姐，你瞧，好像有人上來。」

衆人一驚，心想：「怎麼我們沒下山，反倒有人上來了？」紛紛奔到崖邊，向下張望，只見長索上有一團白影迅速異常的攀援上來，凝神一看，卻是一個白衣男子。

田青文道：「苗姊姊，這位是令尊麼？」苗若蘭搖頭道：「不是，我爹爹從來不穿白衣的。」

說話之間，那男子爬得更加近了。于管家叫道：「喂，尊駕是那一位？」忽聽得半山腰裏傳上來一聲長笑，聲音洪亮，只震得山谷鳴響，突然之間，似乎滿山都是大笑之聲。

阮士中見寶樹手捧鐵盒，站在崖邊，輕輕一拉曹雲奇的手，指指寶樹背心，用右肩作了個相撞的姿態。曹雲奇會意，知道師叔命自己將他撞下山峯，心想這賊禿本領再強，從這萬丈高峯上掉將下去，那裏保得住性命？鐵盒寶刀是跌不壞的，待會下去尋找便是。阮曹二人一點頭，同時發足，猛然衝向寶樹後心。此時寶樹離崖邊不過尺許，全神注視山下，絲毫不知有人在背後突施暗算。

待得聽到脚步聲響，阮曹二人已衝到身後，寶樹見到那白衣男子上來時的身法神態，正自驚疑不定，突覺背後有人來襲，更是大吃一驚，危急中倏施「鐵板橋」功夫，身子向左斜出。這「鐵板橋」功夫，原是閃避敵人暗器的救命絕招，通常是暗器來得太快，不及躍起或向旁避讓，只得身子僵直，突然向後仰天斜倚，讓那暗器掠面而過，雙脚卻仍是牢牢釘住地下。功夫越高，背心越能貼近地面，講究的是起落快，身形直，所謂「足如鑄鐵，身挺似板，斜起若橋」。寶樹這一招「鐵板橋」，又與通常所使的不同，並非向後仰倚，卻是向左傾斜，雙足釘在崖邊，身子凌空，已有一小半憑虛傾在雪峯之外。

阮士中與曹雲奇撞到寶樹背後，只道襲擊得逞，正自大喜，突覺肩頭撞出，前面竟然沒了受力之處。阮士中武功精湛，急忙一個觔斗，滾在一旁。曹雲奇卻收脚不住，疾衝而出，直往雪峯下掉落。

衆人齊聲驚呼。寶樹挺腰站直，說道：「阿彌陀佛，罪過！罪過！」背上卻也已出了一陣冷汗。

田青文一嚇，已暈倒在地。陶子安站在她身旁，忙伸手扶住。

餘人望着曹雲奇魁梧的身軀向下直落，無不失聲驚呼。眼見他勢必摔得粉身碎骨，忽見那白衣男子雙足鈎住繩索，左手在峯壁上一推，長索帶着他的身子，如盪秋千般向曹雲奇急飛過去。

這一下時機用力都是恰到好處，那白衣人右手探出，已抓住曹雲奇的後心。不料曹雲奇身軀甚重，這一墮之勢更是猛烈異常，但聽得喀喇一響，衣衫破裂，竟又掉了下去，那白衣人長身伸手，就在這千鈞一髮之際，又抓住了曹雲奇右足足踝。可是兩人仍是向下急落，但見兩人身形愈來愈小，一墮數十丈。下墮之勢奇急，白衣人武功再高，雙足的力道卻也鈎不住繩索，看來只有鬆手放脫曹雲奇，才保得了自己性命。衆人目眩神馳之際，忽見他右手一甩，將曹雲奇的身子向繩索甩將過去。

曹雲奇早已神智迷糊，雙手碰到繩索，立即牢牢抓住。凡是溺水之人，即令在水中碰到一根水草，也必全力抓住，至死不放，原是求生本性，這時曹雲奇也是如此。按他武功，本不足以抓住繩索以抗兩人急墮之勢，但危難之際，不知怎的力氣登時大了數倍。那繩索直幌出去，帶着二人向左飛盪。

那白衣人腰間使勁，身子倒翻，左手也已抓住繩索。他在曹雲奇耳邊說了兩句話，拍拍他的背心。

曹雲奇驚魂未定，但聽了他的話，有如接到綸音聖旨一般，忙雙手交互拉繩，攀援而上。

衆人在崖邊見了這場驚心動魄的奇險，盡皆撟舌難下。曹雲奇攀到峯邊，殷吉與周雲陽搶過去拉住他雙手，提了上來，齊問：「這白衣人是誰？」曹雲奇喘了幾口氣，說道：「那位英雄命我上來稟報，說道是……是雪山飛狐胡斐到了。」

衆人爲那白衣人的氣勢所懾，一時都怔住了，也不知是誰首先叫了聲：「啊喲！」往莊內便奔。

衆人不及細想，一窩蜂的往大門搶去。陶百歲、劉元鶴、阮士中三人一齊擠在門口，你推我擠，爭先而入。曹雲奇搶着去扶田青文，與陶子安百忙中又互揮數拳。只一陣亂，門外衆人走得乾乾淨淨。于管家與琴兒扶着苗若蘭走在最後，險些兒給關在門外。

殷吉見熊元獻閉上大門，立卽取過門閂，橫着門上。陶百歲只怕不固，又取過撐柱，牢牢撐住。

此時田青文已醒了過來，道：「那雪山飛狐跟咱們素不相識，怕他怎的？」阮士中橫了她一眼，說道：「素不相識？哼，你爹爹是他老子的大仇人，他肯放過你麼？」劉元鶴也道：「咱們傷了平阿四，那雪山飛狐豈肯干休？」

陶子安忽向牆頭一指，道：「咱們撐住大門，他從上面不能進來麼？」阮士中道：「不錯，陶世兄快上高守着。」陶子安冷笑道：「阮師叔武功高，還是你老人家上去。」一言甫畢，猛聽喀喇喇幾聲巨響，那撐柱與門閂突然迸斷，砰嘭一響，兩扇大門已被人推開。

衆人齊聲驚呼，直往內院奔去，霎時之間，大廳上又是杳無一人。

羣豪初聽平阿四說那胡一刀的往事，頗想見見他遺下的孤兒，可是待得雪山飛狐當眞上山，眼見他身手竟如此了得，不禁心寒膽怯，又見旁人逃避，相互驚嚇，你怕我更怕，平素的豪氣雄風，盡數丟到九霄雲外去了。

于管家欲覓寶樹出去抵擋一陣，可是四下張望，寶樹早已不見，不知躲到了那裏，心想：「主人將莊上之事託付了給我，拚着一死，也得全了主人的臉面。」當下向苗若蘭低聲道：「苗姑娘，你快到夫人房去，跟夫人一同躲入地窖密室，可別讓人瞧見。這裏的人沒一個安着好心。待我出去見他。」

苗若蘭向鄭三娘與田青文望了一眼，道：「我帶這兩位姊姊一起去地窖吧。」于管家急忙搖頭，低聲道：「不，這兩個女人恐怕不是好人。姑娘跟夫人是千金貴體，莫理會旁人。」

苗若蘭道：「那姓胡的若是要殺人放火，你擋得了麼？」于管家一按腰間單刀的刀柄，慘然道：「今日是于某以死報主之時，但求夫人與姑娘平安無事，小人就對得起主人了。」

苗若蘭想了一想，說道：「我跟你一齊出去會他。」于管家大急，忙道：「苗姑娘，你沒聽那和尚說，令尊苗大俠與他有殺父大仇？你若不躲開，落在此人手中，那……那……」

苗若蘭道：「自從我聽爹爹說了胡伯伯的往事，一直就盼那個孩子還活在世上，也盼終須有日能見他一見。今日之事雖險，但若從此不能再與他相見，我可要抱憾一生了。」

她這幾句雖說得輕柔溫文，然語意極爲堅定，于管家竟爾不能違抗。他心道：「這位姑娘手無縛鷄之力，卻勇決如此，眞不愧是金面佛苗大俠之女。甚麼鎭關東、威震天南，名號兒叫得挺響，與苗姑娘一比，倘不愧死，也可算得臉皮厚極。」

他本來心中害怕，但見苗若蘭神色寧定，驚懼之心登減，當下緊一緊腰帶，在茶盤中放了兩隻青花細瓷的蓋碗，沖上了茶，走出廳去。苗若蘭跟隨在後。

于管家轉出廳壁，只見那白衣人臉孔朝外，雙手叉腰，抬頭望天，便高聲道：「胡大爺遠來，不曾遠迎，還請恕罪。」說着獻上茶去。那白衣人聽得于管家說話，回過頭來，見到苗若蘭這樣一個文秀清雅的少女，弱態生嬌，明波流慧，怯生生的站在當地，不禁一怔。

苗若蘭見這人滿腮虬髯，根根如鐵，一頭濃髮，卻不結辮，橫生倒豎般有如亂草，也是一驚。她自幼對胡一刀之子心懷憐惜悲憫之情，想到他時，總覺他是個受人欺侮虐待的稚子，今日相見，卻不料竟是如此粗豪猛惡的一條漢子，心中不由得三分驚異，三分惶惑，又有三分失望，但隨即想到：「胡一刀胡伯伯容貌威嚴，他生的孩子自也是這般，又何足爲奇？卻是我一向將他想錯了。」當下上前盈盈一福，輕聲說道：「相公萬福。」

雪山飛狐胡斐此番上峯，準擬與滿山高手作一場龍爭虎鬥，那知莊中出來相見的竟是一個姣好少女，不禁大是詫異，暗道：「且瞧他們使甚麼詭計。」當下還了一禮，說道：「在下胡斐奉揖。不敢請問姑娘高姓。」

于管家向苗若蘭使個眼色，叫她揑造個假姓，千萬不可吐露是苗人鳳之女，那知苗若蘭竟似不解，說道：「胡世兄，咱們是累代世交，可惜從來未曾會面。我姓苗。」

胡斐心中更是一凜，臉上卻不動聲色，道：「姑娘與金面佛苗大俠怎生稱呼？」于管家大急，在苗若蘭身傍暗扯她的衣袖。她仍是不理，道：「金面佛就是家父。」胡斐一怔，心道：「原來是你。」說道：「令尊怎不出來相見？」

于管家手按刀柄，只怕胡斐出手相害，斜眼看苗若蘭時，卻見她神色如常，不禁嘆道：「這位姑娘年幼無知，眼前便是殺父的大仇人，她竟不知天高地厚，盡吐眞相。」只聽她說道：「家父尚未上山。她若知胡世兄是故人之子，縱有天大的要事，也早擱下，必已趕來與世兄相見。」

胡斐更是奇怪，道：「姑娘知道在下身世，令尊卻不知曉，敢問何故？」苗若蘭道：「還是適才聽令友平君說的。」胡斐道：「啊，原來平四叔到了這兒，他人呢？」

于管家一怔，在廳中四下一望，早不見了平阿四的人影，地上的一灘鮮血卻兀自未乾，心道：「自那鵠兒帶綫入來，個個想着下峯逃生，竟都將此人忘了。他是胡斐的救命恩人，若是有甚麼不測，禍患又是加深了一層。」

胡斐見他望着地下的一灘鮮血，臉色有異，大聲問道：「這是平四叔的血麼？」于管家不敢打誑，只得應聲道：「是。」

胡斐父母早喪，自幼由平阿四撫養長大，與他情若父子，一聞此言如何不驚？當下一躍而前，一伸手，握住于管家的右臂，厲聲喝道：「他在那裏？他……他怎樣了？」于管家只覺手臂劇痛，宛似一道鋼箍越收越緊，只得咬緊了牙齒竭力忍痛，額頭上黃豆大的汗珠一粒粒滲將出來，竟說不出一句話。

苗若蘭緩緩說道：「胡世兄不必焦急，平四爺好好的在那邊。」說着伸手向西邊廂房一指。胡斐放脫了于管家的手臂，隨卽騰身而起，砰的一聲，踢開西廂房房門，只見平阿四躺在榻上，正不住喘息。胡斐大喜，叫道：「四叔，你沒事麼？」

平阿四在廂房裏早就聽到他的聲音，低聲道：「還好，你放心。」胡斐搶上前去，見他臉如金紙，呼吸低微，適才一時之間的喜悅又轉爲擔憂，問道：「怎麼受的傷？傷得厲害麼？」

平阿四道：「這事說來話長。若不是苗姑娘搭救，今生不能再跟你相見了。」原來衆人一見白鴿傳絲，一窩蜂的湧出大廳。苗若蘭乘機與琴兒將平阿四扶入了廂房。後來寶樹欲待傷他性命，卻已找他不到，情勢緊急，不及仔細尋找，平阿四因此而得保全。

胡斐點點頭，從衣囊中取出一顆朱紅丸藥，塞在他的口裏，道：「四叔，你先服了這顆傷藥。」

他見平阿四將傷藥嚼爛呑下，稍稍放心，回到廳上，向苗若蘭一揖到地，道：「多謝姑娘救我平四叔。」苗若蘭忙即還禮，道：「平四爺古道熱腸，小妹欽仰得緊。些些微勞，何足掛齒？」胡斐道：「生死大事，豈是微勞？在下感激不盡。」

苗若蘭見他神情粗豪，吐屬卻頗爲斯文，說道：「胡世兄遠來，莊上無以爲敬。琴兒，快取酒肴出來。」胡斐道：「此間主人約定在下今日午時相會，怎麼到此刻還不出來相見？」

苗若蘭道：「主人因有要事下山，想來途中躭擱，未及趕回，致誤世兄之約，小妹先此謝過。」

胡斐聽她應對得體，心中更奇：「苗范田三家向稱人材鼎盛，怎麼男子漢都縮在後面，卻叫這樣一個弱不禁風的少女出來推搪？這姑娘對我絲毫不示怯意，難道她竟是一身武藝，卻有意的深藏不露麼？」只見琴兒托了一隻木盤過來，盤中放着一大壺酒，一隻酒杯，她左手拿着木盤，右手在杯中斟了酒，笑道：「胡相公，山上的鷄鴨魚肉、蔬菜瓜果，通統給你的平四爺毀啦。對不起，只好請你喝杯白酒。」

胡斐見那木盤正在他與苗若蘭之間，當即伸出左手，在盤邊輕輕一推，木盤逕向苗若蘭肩上撞去。這一推雖似出手甚輕，其實借勁打人，受着的人若是不加抵禦，就如中了兵刃之傷無異。苗若蘭不會武藝，只是順乎自然的微微一讓，並未出招化勁，眼見這一下便要身受重傷。

于管家大驚，他自知武功與胡斐差得太遠，縱然不顧性命的上前救援，也必無濟於事，只叫得一聲：「啊喲！」卻見胡斐左手兩根手指已迅捷無比的拉住了木盤，這一下時機湊合得準極，盤邊與苗若蘭的外衣只微微一碰，立卽縮回。她絲毫不知就在這一瞬之間，自己已從生到死、從死到生的走了一個循環。

胡斐道：「令尊打遍天下無敵手，卻何以不傳姑娘武功？素聞苗家劍門中，傳子傳女，一視同仁。」苗若蘭道：「我爹爹立志要化解這場百餘年來糾纏不清的仇怨，是以苗家劍法，至他而絕，不再傳授子弟。」

胡斐愕然，拿着酒杯的手停在半空，隔了片刻，方始舉到口邊，一飲而盡，叫道：「苗人鳳，苗大俠，好！果然稱得上『大俠』二字！」

苗若蘭道：「我曾聽爹爹說起令尊當日之事。那時令堂請我爹爹飲酒，旁人說道須防酒中有毒。我爹爹言道：『胡一刀乃天下英雄，光明磊落，豈能行此卑劣之事？』今日我請你飲酒，胡世兄居然也是坦率飲盡，難道你也不怕別人暗算麼？」

胡斐一笑，從口中吐出一顆黃色藥丸，說道：「先父中人奸計而死，我若再不防，豈非痴呆？這藥丸善能解毒，諸害不侵，只是適才聽了姑娘之言，倒顯是我胸襟狹隘了。」說着自己斟了一杯酒，又是一飲而盡。

苗若蘭道：「山上無下酒之物，殊為慢客。小妹量窄，又不能敬陪君子。古人以漢書下酒，小妹有漢琴一張，欲撫一曲，以助酒興，但恐有污清聽。」胡斐喜道：「願聞雅奏。」琴兒不等小姐再說，早進內室去抱了一張古琴出來，放在桌上，又換了一爐香點起。

苗若蘭輕抒素腕，「仙翁、仙翁」的調了幾聲，彈將起來，隨卽撫琴低唱：「來日大難，口燥舌乾。今日相樂，皆當喜歡。經歷名山，芝草飜飜。仙人王喬，奉藥一丸。」唱到這裏，琴聲未歇，歌辭已終。

胡斐少年時多歷苦難，專心練武，二十餘歲後頗曾讀書，聽得懂她唱的是一曲「善哉行」，那是古時宴會中主客贈答的歌辭，自漢魏以來，少有人奏，不意今日上山報仇，卻遇上這件饒有古風之事。她唱的八句歌中，前四句勸客盡歡飲酒，後四句頌客長壽。適才胡斐含藥解毒，歌中正好說到靈芝仙藥，那又有雙關之意了。

他輕輕拍擊桌子，吟道：「自惜袖短，內手知寒。慚無靈輒，以報趙宣。」意思說主人殷勤相待，自慚沒甚麼好東西相報。

苗若蘭聽他也以「善哉行」中的歌辭相答，心下甚喜，暗道：「此人文武雙全，我爹爹知道胡伯伯有此後人，必定歡喜。」當下唱道：「月沒參橫，北斗闌干。親交在門，飢不及餐。」意思說時候雖晚，但客人光臨，高興得飯也來不及吃。

胡斐接着吟道：「歡日尙少，戚日苦多，以何忘憂？彈筝酒歌。淮南八公，要道不煩，參駕六龍，遊戲雲端。」最後四句是祝頌主人成仙長壽，與主人首先所唱之辭相應答。

胡斐唱罷，舉杯飲盡，拱手而立。苗若蘭劃絃而止，站了起來。兩人相對行禮。

胡斐將酒杯放在桌上，說道：「主人既然未歸，明日當再造訪。」大踏步走向西廂房，將平阿四負在背上，向苗若蘭微微躬身，走出大廳。苗若蘭出門相送，只見他背影在崖邊一閃，拉着繩索溜下山峯去了。

她望着滿山白雪，靜靜出神。琴兒道：「小姐，你想甚麼？快進去吧，莫着了涼。」苗若蘭道：「我不冷。」她自己心中其實也不知到底在想甚麼。琴兒催了兩次，苗若蘭才慢慢回進莊子。

一進大廳，只見滿廳都坐滿了人，衆人適才躲得影蹤不見，突然之間，又不知都從甚麼地方出來了。各人一齊站起相詢：「他走了麼？」「他說些甚麼？」「他說甚麼時候再來？」「他上山是來報仇麼？」「他要找誰？」

苗若蘭心中鄙視這些人膽怯，危難之時個個逃走，留下她一個弱女子抵擋大敵，當下淡淡的道：「他甚麼也沒說。」寶樹道：「我不信。你在廳上陪了他這許久，總有些話說。」

苗若蘭本非喜愛惡作劇之人，但這時胸懷歡暢，一顆心飄飄盪盪的，只想跟人鬧着玩，見各人神色古怪，便道：「那位胡世兄說道，他這次上山，為的是報殺父之仇，可惜仇人躲了起來。現下他守在山下，待那仇人下去，下一個，殺一個；下兩個，殺一雙。」

衆人一凜，都想：「山上沒有糧食，山下又守着這一個兇煞太歲，這便如何是好？」

苗若蘭道：「胡世兄言道：山上衆人，個個與他有仇，只是有的仇深，有的仇淺。他恩怨分明，深者重報，淺者輕報，不願錯害了好人。他要我代詢各位，為何齊來這關外苦寒之地，是否要合力害他？」

除了寶樹之外，餘人異口同聲的說道：「雪山飛狐之名，我們以前從來沒聽到過，與他有甚麼仇怨？更加說不上合力害他。」

苗若蘭向陶百歲道：「陶伯伯，姪女有一事不明，要想請教。」陶百歲道：「姑娘請說。」苗若蘭道：「適才那位平四爺說道：胡一刀胡伯伯請寶樹大師去轉告我爹爹三件大事，可是我爹爹說到此事經過之時，卻從未提起。陶伯伯曾說知道此中原委，不知能見告麼？」

陶百歲道：「姑娘卽使不問，我也正要說。」他指着阮士中、殷吉、曹雲奇等人，大聲道：「這幾位天龍門的英雄，誣指我兒害死田歸農田親家。哼哼！」他嗓門本就粗大，這時心中憤激，更加說得響了：「我將這事從頭說來，且請各位秉公評個是非曲直。」殷吉道：「很好，很好，我們正要向陶寨主請教。」

我在後花園涼亭中撞見了她，只見她一雙眼哭得紅紅的，我不管甚麼，就向她陪不是，說道：「青妹，都是我不好，你就別生氣啦！」

七

陶百歲咳嗽一聲，說道：「我在少年之時，就和歸農一起做沒本錢的買賣……」衆人都知他身在綠林，是飲馬川山寨的大寨主，卻不知田歸農也曾爲盜，大家互望了一眼。曹雲奇叫道：「放屁！我師父是武林豪傑，你莫胡說八道，汚了我師父的名頭。」

陶百歲厲聲道：「你瞧不起黑道上的英雄，可是黑道上的英雄還瞧不起你這種狗熊呢！我們開山立櫃，憑一刀一槍掙飯吃，比你們看家護院、保鑣做官，又差在那裏了？」

曹雲奇站起身來，欲待再辯。田靑文拉拉他的衣襟，低聲道：「師哥，別爭啦，且讓他說下去。」曹雲奇一張臉脹得通紅，狠狠瞪着陶百歲，終於坐下。

陶百歲大聲道：「我陶百歲自幼身在綠林，打家刦舍，從來不曾隱瞞過一字，大丈夫敢作敢當，又怕甚麼了？」苗若蘭聽他說話岔了開去，於是道：「陶伯伯，我爹爹也說，綠林中儘有英雄豪傑，誰也不敢小覷了。你請說田家叔父的事吧。」陶百歲指着曹雲奇的鼻子道：「你聽，苗大俠也這麼說，你狠得過苗大俠麼？」曹雲奇「呸」了一聲，卻不答話。

陶百歲胸中忿氣畧舒，道：「歸農年輕時和我一起做過許多大案，我一直是他副手。他到成家之後，這才洗手不幹。他若是瞧不起黑道人物，幹麼又肯將獨生女兒許配給我孩兒？不過話又得說回來，他和我結成親家，卻也未必當眞安着甚麼好心。他是要堵住我的口，要我隱瞞一件大事。

「那日歸農與范幫主在滄州截阻胡一刀夫婦，我還是在做歸農的副手。胡一刀在大車中飛擲金錢鏢，那些給打中穴道的，其中有一個就是我陶百歲；後來胡夫人在屋頂用白絹奪刀擲人，那些給抛下屋頂的，其中有一個就是我陶百歲；苗人鳳罵一羣人是膽小鬼，其中有一個就是我陶百歲。只不過當年我沒留鬍子，頭髮沒白，模樣跟眼下全然不同而已。

「胡一刀夫婦臨死的情景，我也是在場親眼目覩，正如苗姑娘與那平阿四所說，寶樹這和尚說的卻是謊話。苗姑娘問道：苗大俠若知胡一刀並非他殺父仇人，何以仍去找他比武？各位心中必想，定是寶樹心懷惡意，沒將這番話告知苗大俠了。」衆人心中正都如此想，只是礙得寶樹在座，不便有所顯示。

陶百歲卻搖頭道：「錯了，錯了。想那跌打醫生閻基當時本領低微，怎敢在苗胡兩位面前弄鬼？他確是依着胡一刀的囑咐，去說了那三樁大事，只是苗大俠卻沒聽見。閻基去大屋之時，苗大俠有事出外，乃是田歸農接見。他一五一十的說給歸農聽，當時我在一旁，也都聽到了。

「歸農對他說道：『都知道了。你回去吧，我自會轉告苗大俠，你見到他時不必再提。胡一刀問起，你只說已當面告知苗大俠就是。再叫他買定三口棺材，兩口大的，一口小的，免得大爺們到頭來又要破費。』說着賞了他三十兩銀子。那閻基瞧在銀子面上，自然遵依。

「苗大俠所以再去找胡一刀比武，就因爲歸農始終沒跟他提這三件大事。爲甚麼不提呢？各位定然猜想：田歸農對胡一刀心懷仇怨，想借手苗大俠將他殺了。這麼想嘛，只對了一半。歸農確是盼胡一刀喪命，可是他也盼借胡一刀之手，將苗大俠殺了。

「苗大俠折斷他的彈弓，對他當衆辱罵，絲毫不給他臉面。我素知歸農的性子，他要強好勝，最會記恨。苗大俠如此掃他面皮，他心中痛恨苗大俠，只有比恨胡一刀更甚。那日歸農交給我一盒藥膏，叫我去設法塗在胡一刀與苗大俠比武所用的刀劍之上。這件事情，老實說我既不想做，也不敢做，可又不便違拗，於是就交給了那跌打醫生閻基，要他去幹。

「各位請想，胡一刀是何等的功夫，若是中了尋常毒藥，焉能立時斃命？他閻基當時只是個鄉下郎中，那有甚麼江湖好手難以解救的毒藥？胡一刀中的是甚麼毒？那就是天龍門獨一無二的秘製毒藥了。武林人物聞名喪膽的追命毒龍錐，就全仗這毒藥而得名。後來我又聽說，田歸農這盒藥膏之中，還混上了『毒手藥王』的藥物，是以見血封喉，端的厲害無比。」

餘人本來將信將疑，聽到這裏，卻已信了八九成，向阮士中、曹雲奇等天龍弟子望了幾眼。阮曹等心中惱怒，卻是不便發作。

陶百歲道：「那一日天龍門北宗輪值掌理門戶之期屆滿，田歸農也揀了這日閉門封劍。他大張筵席，請了數百位江湖上的成名英雄。我和他是老兄弟，又是兒女親家，自然早幾日就已趕到，助他料理一切。按着天龍門的規矩，北宗值滿，天龍門的劍譜，歷祖宗牒，以及這口鎮門之寶的寶刀，都得交由南宗接掌。殷兄，我說得不錯吧？」殷吉點了點頭。

陶百歲又道：「這位威震天南殷吉殷大財主，是天龍門南宗掌門，他也是早幾日就已到了。田歸農是否將劍譜、宗牒、與寶刀按照祖訓交給你，請殷兄照實說吧。」

殷吉站起身來，說道：「這件事陶寨主不提，在下原不便與外人明言，可是中間實有許多蹺蹊之處，在下若是隱瞞不說，這疑團總是難以打破。

「那日田師兄宴客之後，退到內堂，按着歷來規矩，他就得會集南北兩宗門人，拜過闖王、創派祖宗，和歷代掌門人的神位，便將寶刀傳交在下。那知他進了內室，始終沒再出來。「我心中焦急，直等到半夜，外客早已散盡，青文姪女忽從室內出來對我說道，她爹爹身子不適，授譜之事待明日再行。

「我好生奇怪，適才田師兄謝客敬酒，臉上沒一點疲態，怎麼突然感到不適？再說傳譜授刀，只是拜一拜列祖列宗，片刻可了，一切都已就緒，何必再等明日？莫非田師兄不肯交出寶刀，故意拖延推委麼？」

阮士中插口道：「殷師兄，你這般妄自忖度，那就不是了。那日你若單是為了受譜受刀而去，田師哥早就交了給你。可是你邀了別門別派的許多高手同來，顯然不安着好心。」殷吉冷笑道：「嘿，我能有甚麼壞心眼了？」阮士中道：「你是想一等拿到譜牒寶刀，就勒逼我們南北歸宗，讓你做獨一無二的掌門人。那時田師哥已經封劍，不能再出手跟人動武，你人多勢眾，豈不是為所欲為麼？」

殷吉臉上微微一紅，道：「天龍門分為南北二宗，原是權宜之計。當年田師兄初任北宗掌門之時，他何嘗不想歸併南宗？就算兄弟意欲兩宗合一，光大我門，那也是一樁美事。這總勝於阮師兄你閣下竭力排擠雲奇、意圖自為掌門吧？」

衆人聽他們自揭醜事，原來各懷私欲，除了天龍門中人之外，大家笑嘻嘻的聽着，均有幸災樂禍之感。

苗若蘭對這些武林中門戶宗派之爭不欲多聽，輕聲問道：「後來怎麼了？」

殷吉道：「我回到家裏，與我南宗的諸位師弟一商議，大家都說田師兄必有他意，我們可不能聽憑欺弄，於是推我去探明眞情。

「當下我到田師兄臥室去問候探病。青文姪女一雙眼睛哭得紅紅的，攔在門口，說道：『爹已睡着啦。殷叔父請回，多謝您關懷。』我見她神情有異，心想田師兄若是當眞身子有甚不適，又不是甚麼難治的重病，她也不用哭得這麼厲害，這中間定有古怪。當下回房待了半個時辰，換了衣服，再到田師兄房外去探病……」

阮士中伸掌在桌上用力一拍，喝道：「嘿，探病！探病是在房外探的麼？」

殷吉冷笑道：「就算是我偷聽，卻又怎地？我躲在窗外，只聽田師兄道：『你不用逼我。今日我閉門封劍，當着江湖豪傑之面，已將天龍北宗的掌門人傳給了雲奇，怎麼還能更改？你逼我將掌門之位傳給你，這時候可已經遲了。』又聽這位阮士中阮師兄說道：『我怎敢逼迫師哥？但想雲奇與青文做出這等事來，連孩子也生下了。如此傷風敗俗，大犯淫戒，我門中上上下下，那一個還能服他？』」

殷吉說到這裏，忽聽得咕䕾一聲，田青文連人帶椅，往後便倒，已暈了過去。陶子安拔出單刀，迎面往曹雲奇頭頂劈落。曹雲奇手中沒有兵刃，只得舉起椅子招架。陶百歲聽得未過門的媳婦竟做下這等醜事，只惱得哇哇大叫，也舉起一張椅子，夾頭夾腦往曹雲奇頭上砸去。

天龍諸人本來齊心對外，但這時五人揭破了臉，竟無人過去相助曹雲奇。拍的一響，曹雲奇背心上已吃陶百歲椅子重重一擊。眼見廳上又是亂成一團。

苗若蘭叫道：「大家別動手，我說，大家請坐下！」她話聲中自有一股威嚴之意，竟是教人難以抗拒。陶子安一怔，收回單刀。陶百歲兀自狂怒，揮椅猛擊。陶子安抓住父親打過去的椅子，道：「爹，咱們別先動手，好教這裏各位評個是非曲直。」陶百歲聽兒子說得有理，這才住手。

苗若蘭道：「琴兒，你扶田姑娘到內房去歇歇。」這時田青文已慢慢醒轉，臉色慘白，低下頭自行走入內堂。衆人眼望殷吉，盼他繼續講述。

殷吉道：「只聽得田師兄長嘆一聲，說道：『作孽，作孽！報應，報應！』他反來覆去，不住口的說『作孽，報應』，隔了好一陣，才道：『此事明天再議，你去吧。叫子安來，我有話跟他說。』」

殷吉向陶氏父子望了一眼，續道：「阮師兄還待爭辯，田師兄拍床怒道：『你是不是想逼死我？』阮師兄這才沒有話說，推門走出。我聽他們說的是自己家中醜事，倒跟我南宗無關，又怕阮師兄出來撞見，大家臉上須不好看，當下搶先回到自己房中。」

阮士史冷笑道：「那晚我和田師哥說了話出來，眼見黑影一閃，喝問：『那個狗雜種在此偷聽？』當時沒人答話，我只道當眞是狗雜種，原來卻是殷師兄，這可得罪了。」說着向殷吉一揖。他明是陪罪，實是罵人。殷吉臉色微變，但他涵養功夫甚好，回了一禮，微笑道：「不知者不罪，好說好說。」

陶子安道：「好，現下輪到我來說啦。既然大家撕破了臉，我……我也不必再隱瞞甚麼。我……我……」說到這裏，喉頭哽咽，心情激動，竟然說不下去，兩道淚水卻流了下來。

衆人見他這樣一個氣宇軒昂的少年英雄竟在人前示弱，不免都有些不忍之意，於是射向曹雲奇的目光之中，自亦含着幾分氣憤，幾分怪責。陶百歲喝道：「這般不爭氣幹甚麼？大丈夫難保妻賢子孝。好在這媳婦還沒過門，玷辱不到我陶家的門楣。」

陶子安伸袖擦了眼淚，定了定神，說道：「以前每次我到田家……田伯父家中……」

曹雲奇聽他稍一遲疑，對田歸農竟改口稱爲「伯父」，不再稱他「岳父」，心中暗喜：「哼，這小子惱了，不認青妹爲妻，我正是求之不得。」

只聽他續道：「青妹在有人處總是紅着臉避開，不跟我說話，可是背着在沒人的地方，咱倆總要親親熱熱的說一陣子話。我每次帶些玩意兒給她，她也總有物事給我，繡個荷包啦、做件馬甲啦，從來就短不了……」

曹雲奇臉色漸漸難看，心道：「哼，還有這門子事，倒瞞得我好苦。」

陶子安續道：「這次田伯父閉門封劍，我隨家父興興頭頭的趕去，一見青妹，就覺得她容顏憔悴，好似生過了一場大病。我心中憐惜，背着人安慰，問她是不是生了甚麼病。她初時支支吾吾，我尋根究底細問，她卻發起怒來，搶白了我幾句，從此不再理我。

「我給她罵得胡塗啦，只有自個兒納悶。那日酒宴完了，我在後花園涼亭中撞見了她，只見她一雙眼哭得紅紅的，我不管甚麼，就向她陪不是，說道：『青妹，都是我不好，你就別生氣啦。』那知她臉一沉，發作道：『哼，當眞是你不好，那也罷了！偏生是別人不好，我還是死了的乾淨。』我更加摸不着頭腦，再追問幾句，她頭一撇就走了。

「我回房睡了一會，越想越是不安，實在不明白甚麼地方得罪了她，於是悄悄起來，走到她的房外，在窗上輕輕彈了三彈。往日我們相約出來會面，總用這三彈指的記號。那知這晚我連彈了幾次，房中竟是沒半點動靜。

「隔了半晌，我又輕彈三下，仍是沒聽到聲息。我奇怪起來，在窗格子上一推，那窗子並沒閂住，應手而開，房中黑漆漆的，沒瞧見甚麼。我急於要跟她說話，就從窗裏跳了進去……」

曹雲奇聽到此處，滿腔醋意從胸口直衝上來，再也不可抑制，大聲喝道：「你半夜三更的，偷入人家閨房，想幹甚麼？」陶子安正欲反唇相稽，苗若蘭的侍婢快嘴琴兒卻搶着道：「他們是未婚夫婦，你又管得着麼？」

陶子安向琴兒微一點頭，謝她相幫，接着道：「我走到她床邊，隱約見床前放着一對鞋子，當下大着膽子，揭開羅帳，伸手到被下一摸……」

曹雲奇紫脹了臉，待欲喝罵，卻見琴兒怒視着自己，話到口頭，又縮了回去。只聽陶子安續道：「……觸手處似乎是一個包袱，青妹卻不在床上。我更是奇怪，摸一摸那是甚麼包袱，手上一涼，似乎是個嬰兒，可把我嚇了一大跳。再仔細一摸，卻不是嬰兒是甚麼？只是全身冰涼，早已死去多時，看來是把棉被壓在孩子身上將他悶死的。」

只聽得嗆啷一響，苗若蘭失手將茶碗摔在地下，臉色蒼白，嘴唇微微發顫。

陶子安道：「各位今日聽着覺得可怕，當日我黑暗之中親手摸到，更是驚駭無比，險些兒叫出聲來。就在此時，房外脚步聲響，有人進來，我忙往床底下一鑽。只聽那人走到床邊，坐在床沿，嚶嚶啜泣，原來就是青妹。她把死孩子抱在手裏，不住親他，低聲道：『兒啊，你莫怪娘親手害了你的小命，娘心裏可比刀割還要痛哪。只是你若活着，娘可活不成啦。娘眞狠心，對不起你。』

「我在床下只聽得毛骨悚然，這才明白，原來她不知跟那個狗賊私通，生下了孩兒，竟下毒手將孩兒害死。她抱着死嬰哭一陣，親一陣，終於站起身來，披上一件披風，將嬰兒罩住，走出房去。我待她走出房門，才從床下出來，悄悄跟在她後面。那時我心裏又悲又憤，要查出跟她私通的那狗賊是誰。

「只見她走到後園，在牆邊拿了一把短鏟，越牆而出，我一路遠遠摄着，見她走了半里多路，到了一處墳場。她拿起短鏟，正要掘地掩埋，忽然數丈外傳來鐵器與土石相擊之聲，深夜之中，竟然另外也有人在掘地。她吃了一驚，急忙蹲下身子，過了好一陣，彎着腰慢慢爬過去察看。我想必是盜墓賊在掘墳，當下也跟着過去。只見墳旁一盞燈籠發着淡淡黃光，照着一個黑影正在掘地。

「我凝目一瞧，這人卻不是掘墳，是在墳旁挖個土坑，也在掩埋甚麼。我心道：『這可奇了，難道又有誰在埋私生兒？』但見那人掘了一陣，從地下捧起一個長長的包裹，果眞與一個嬰兒屍身相似。那人將包裹放入坑中，鏟土蓋土，回過頭來，火光下看得明白，原來此人非別，卻是這位周雲陽周師兄。」

周雲陽臉上本來就無血色，聽陶子安說到這裏，更是蒼白。

陶子安接着道：「當時我心下疑雲大起：『難道與青妹私通的竟是這畜生？怎麼他也來掩埋一個死嬰？』青妹一見是他，身子伏得更低，竟不出來與他相會。周師兄將土踏實，又鏟些青草鋪在上面，再在草上堆了好多亂石，教人分辨不出，這才走開。

「周師兄一走遠，青妹忙掘了一坑，將死嬰埋下，隨卽搬開周師兄所放的亂石，要挖掘出來，瞧他埋的是甚麼物事。我心想：『就算你不動手，我也要掘，現下倒省了我一番手脚。』青妹舉起鐵鏟剛掘得幾下，周師兄突然從墳後出來，叫道：『青文妹子，你幹甚麼？』原來他心思也眞周密，埋下之後假裝走開，過一會卻又回來察看。青妹嚇了一跳，一鬆手，鐵鏟落在地下，無話可說。

「周師兄冷冷的道：『青文妹子，你知道我埋甚麼，我也知道你埋甚麼。要瞞呢，大家都瞞；要揭開呢，大家都揭開。』青妹道：『好，那麼你起個誓。』周師兄當卽起個毒誓，青妹跟着他也起了誓。兩人約定了互相隱瞞，一齊回進莊去。

「我瞧兩人神情，似乎有甚麼私情，但又有點不像，看來青妹那孩子不會是跟周師兄生的，當下悄悄跟在後面，手裏扣了餵毒的暗器，只要兩人有絲毫親暱的神態，有半句教人聽不入耳的說話，我立時將他斃了。

「總算他運氣好，兩人從墳場回進莊子，始終離得遠遠的，一句話也沒說。

「青妹回到自己房裏，不斷抽抽噎噎的低聲哭泣。我站在她的窗下，思前想後，甚麼都想到了。我想闖進去一刀將她劈死，想放把火將田家莊燒成白地，想把她的醜事抖將出來讓人人知道，可又想抱着她大哭一場。終於打定了主意：『眼下須得不動聲色，且待查明奸夫是誰再說。』

「我全身冰冷，回到房中，爹爹兀自好睡，我卻獨個兒站着發呆。也不知過了多少時候，忽然阮師叔來叫我，說田伯父有話跟我說。我心道：『這話兒來了，且瞧他怎生說？是要我答應退婚呢，還是欺我不知，送一頂現成的綠頭巾給我戴戴？』阮師叔說夜深不陪我了，叫我自去。我生怕有甚不測，叫醒了爹爹，請他防備，自己身上帶了兵刃暗器，連弓箭也暗藏在長袍底下。

「到了田伯父房裏，見他躺在床上，眼望床頂，呆呆的出神，手裏拿着一張白紙，竟沒覺察到我進房。我咳嗽一聲，叫道：『阿爹！』他吃了一驚，將白紙藏入了褥子底下，道：『啊，子安，是你。』我心想：『明明是你叫我來的，卻這麼裝腔作勢。』但瞧他神色，卻當眞是異常驚恐。他叫我閂上房門，卻又打開窗子，以防有人在窗外偷聽，這才顫聲說道：『子安，我眼下危在旦夕，全憑你救我一命，你得去給我辦一件事。』」

曹雲奇心中彆了半天，聽到這裏，猛地站起身來，戟指叫道：「放屁，放屁！我師父是何等功夫，你這小子有甚麼本事救他？」

陶子安眼角兒也不向他瞥上一瞥，便似跟前沒這個人一般，向着寶樹等人說道：「我聽了他這兩句話，大是驚疑，忙道：『阿爹但有所命，小壻赴湯蹈火，在所不辭。』田伯父點點頭，從棉被中取出一個長長的、用錦緞包着的包裹，交在我的手裏。道：『你拿了這東西，連夜趕赴關外，埋在隱蔽無人之處。若能不讓旁人察覺，或可救得我一命。』

「我接過手來，只覺那包裹又沉又硬，似是一件鐵器，問道：『那是甚麼東西？有誰要來害你？』田伯父將手揮了幾揮，神色極為疲倦，道：『你快去，連你爹爹也千萬不可告知，再遲片刻就來不及啦。這包裹千萬不得打開。』我不敢再問，轉身出房。剛走到門口，田伯父忽道：『子安，你袍子底下藏着甚麼？』我嚇了一跳，心道：『他眼光好厲害！』只得照實說道：『那是兵刃弓箭。今日客人多，小壻怕混進了歹人來，所以特地防着點兒。』田伯父道：『好，你精明能幹，雲奇能學着你一點兒，那就好了。唉，你把弓箭給我。』

「我從袍底下取出弓箭，遞給了他。他抽出一枝長箭，看了幾眼，搭在弓上，道：『你快去吧！』我見了這副模樣，心下倒有些驚慌：『他別要在我背心射上一箭！』裝着躬身行禮，慢慢反退出去，退到房門，這才突然轉身。出房門後我回頭一望，只見他將箭頭對準窗口，顯是防備仇家從窗中進來。

「我回到自己房裏，對這事好生犯疑，心想田伯父的神色之中，始終透着七分驚惶、三分詭秘，可以料定他對我決無好意。我將這事對爹爹說了，但為了怕惹他生氣，青文妹子的事卻瞞着不說。爹爹道：『先瞧瞧包中是甚麼東西。』我也正有此意，兩人打開包裹，原來正是這隻鐵盒。

「爹爹當年親眼見到田伯父將這隻鐵盒從胡一刀的遺孤手中搶來，後來就將天龍門鎮門之寶的寶刀放在盒裏。爹爹當時說道：『這就奇了。』他知道鐵盒旁藏有短箭，也知道鐵盒的開啓之法，當卽依法打開。我爺兒倆一看之下，面面相覷，說不出話來。原來盒中竟是空無一物。爹爹道：『那是甚麼意思？』

「我早就瞧出不妙，這時更已中心雪亮，知道必是田伯父陷害我的一條毒計，他將寶刀藏在別處，卻將鐵盒給我。他必派人在路上截阻，拿到我後，便誣陷我盜他寶刀，逼我交出。我交不出刀，他縱不殺我，也必將青妹的婚事退了，好讓她另嫁曹師兄。爹爹不知其中原委，自然瞧不透這毒計。我不便對爹爹明言，發了半天獃，爺倆兒又商量了半天，不知如何是好。」

曹雲奇大叫：「你害死我師父，偷竊我天龍門至寶，卻又來胡說八道。這套鬼話，連三歲孩兒也瞞騙不過。」陶子安冷笑道：「田伯父雖已死無對證，我手中卻有證據。」曹雲奇更是暴跳如雷，喝道：「證據？甚麼證據？拿出來大家瞧瞧。」陶子安道：「到時候我自會拿出來，不用你着忙。各位，這位曹師兄老是打斷我的話頭，還不如請他來說。」

寶樹冷冷的道：「曹雲奇，你媽巴羔子的，你要把老和尚撞下山去，和尚還沒跟你算帳呢！直娘賊，你瞪眼珠粗脖子幹麼？」曹雲奇心中一寒，不敢再說。

陶子安道：「我知道只要拿着鐵盒一出田門，就算沒殺身之禍，也必鬧個身敗名裂。我道：『爹，這中間大有古怪，我把包裹去還給岳父，不能招攬這門子事。』當下將鐵盒包回在錦緞之中，心下琢磨了幾句話，要點破他的詭計，大家來個心照不宣。

「待我捧着包裹趕到田伯父房外，他房中燈光已熄，窗子房門都已緊閉。我想這件事隨時都能鬧穿，片刻延挨不得，當下在窗外叫了幾聲：『阿爹，阿爹！』房裏卻沒有應聲。我心下起疑：『他這等武功，縱在沉睡之中也必立時驚覺，看來是故意不答。』

「我越想越怕，似覺天龍門的弟子已埋伏在側，馬上就要一擁而上，逼我交出寶刀。我一面拍門，一面把話說明在先：『阿爹！我爹爹要我把包裹還您。我們有要事在身，沒能跟您老辦事。這包裹小猜可沒打開過。』拍下幾下，房中仍是無聲無息。我急了，取出刀子撬開了門閂，推門進去，打火點亮蠟燭，不由得驚得呆了，只見田伯父已死在床上，胸口插了一枝長箭，那正是我常用的羽箭。我那副弓箭放在他棉被之上。他臉色驚怖異常，似乎臨死之前曾見到甚麼極可怕的妖魔鬼怪一般。

「我呆了半晌，不知如何是好，眼見門窗緊閉，不知害死田伯父的兇手怎生進來，下手後又從何處出去？抬頭向屋頂一張，但見屋瓦好好的沒半點破碎，那麼兇手就不是從屋頂出入的了。

「我再想查看，忽聽得走廊中傳來幾個人的脚步之聲。我想田伯父死在我的箭下，此時若有人進來，我如何脫得了干係？忙在被上取過我的弓箭，正要去拔他胸口的羽箭，燭光下突然見到床上有兩件物事，這一驚更是非同小可，手一顫，燭台脫手，燭火立時滅了。

「各位定然猜不到我見了甚麼東西。原來一樣是這柄寶刀，另一樣卻是青妹埋在墳中的那個死嬰。當時我只道是這嬰兒不甘無辜枉死，竟從墳中鑽出來索命，慌亂之下，順手搶了寶刀就逃。剛奔到門口，忽然想起一事，回來在田伯父的褥下一摸，果然摸到了那張白紙。我料到他的死因跟這張紙一定大有干係，於是塞入懷中，正要伸手再去拔箭，脚步聲近，已有三人走到了門口。我暗叫：『糟糕！這一下門口被堵，我陶子安性命休矣！』

「危急之下，眼見無處躲藏，只得往床底下一鑽，但聽得那三人推門進來，原來是阮師叔和曹周兩位師兄。阮師叔叫了兩聲：『師哥！』不聽見應聲，就命周師兄去點蠟燭來。我想待會取來燭火，他們見到田伯父枉死，一搜之下，我性命難保，此刻乘黑，正好衝將出去。

「阮師叔與曹師哥都是高手，我一人自不是他二人之敵，但出其不意，或能脫身，此時須得當機立斷，萬萬遷延不得，當下慢慢爬到床邊，正要躍出，突然手臂伸將出去，碰到一人的臉孔，原來床底下已有人比我先到。

「我險些失聲驚呼，那人已伸手扣住我的脈門。我暗暗叫苦，那人在我耳邊低聲說道：『別作聲，一起出去。』我心中大喜，就在此時，眼前一亮，周師哥已提了燈籠來到。

「只聽得噗的一響，那人發了一枚暗器，將燈籠打滅，跟着翻手竟來奪我手中的寶刀。我一個打滾，滾出床底，急衝而出。床底那人追將出來。只聽阮師叔叫道：『好賊子！』揮掌打出。阮師叔武功極高，料想那人也脫不了身。我急忙奔回房中，叫了爹爹，連夜逃出田家。

「這件事的經過就是這樣。這隻鐵盒是田伯父親手交給我的，他叫我埋在關外，我是依他的遺命而爲。天龍門的師叔師兄們見到田伯父胸上羽箭，自然疑心是我下手害他，這原是難怪。只可惜我不知床底那人的底細，否則大可找來作個見證。但就算找不到床下那人，我也知害死田伯父的兇手是誰。各位請看，這張紙是田伯父見到我時塞在褥子底下的，他害怕仇家前來相害，彎弓搭箭對準窗口，等的就是此人。可是此人終於到來，而田伯父也終於逃不出他的毒手。」

他說到這裏，從懷裏取出一隻繡花的錦囊。衆人見這錦囊手工精緻，料知是田青文所作，不由得轉頭去望曹雲奇。只見他惱得眼中如要噴火，心中都是暗暗好笑。陶子安打開錦囊，摸出一張白紙，要待交給寶樹，微一遲疑，卻遞給了苗若蘭。

那白紙摺成一個方勝，苗若蘭接過來打開一看，輕輕咦了一聲，只見紙上濃墨寫着兩行字道：「恭賀田老前輩閉門封劍，福壽全歸。門下侍教晚生胡斐謹拜。」這兩行字筆力遒勁，與左右雙僮送上山來的拜帖書法一模一樣，確是雪山飛狐胡斐的親筆。苗若蘭拿着白紙的手微微顫動，輕聲道：「難道是他？」

阮士中從苗若蘭手中接過白紙一看，道：「這確是胡斐的筆迹。這樣說來，咱們倒是錯怪子安了。」他突然回過頭來，望着劉元鶴道：「劉大人，那麼你躲在我田師哥床底下幹甚麼？你是給雪山飛狐臥底來啦，是不是？」

衆人聞言，都吃了一驚，連曹雲奇與周雲陽也都摸不着頭腦。當晚黑暗之中，那床底人與阮士中交手數合，隨卽逸去，三人事後猜測，始終不知是誰，怎麼他此時突然指着劉元鶴叫陣？

劉元鶴只是冷笑一聲，卻不答話。阮士中又道：「那晚黑暗之中，在下未能得見床下君子的面貌，心中卻很佩服此公武藝了得。我們師叔姪三人不但未能將他截住，連他的底細來歷也是摸不到半點邊兒，當眞算得無能。今日雪地一戰，得與劉大人過招，卻正是當日床下君子的身手。嘿嘿，幸會啊幸會！嘿嘿，可惜啊可惜。」

周雲陽知道師叔此時必得要個搭檔，就如說相聲的下手，否則接不下口去，於是問道：

「師叔，可惜甚麼？」阮士中雙眉一揚，高聲道：「可惜堂堂一位御前侍衞劉大人，居然不顧身分，來幹這等穿堂入戶、偷鷄摸狗的勾當。」

劉元鶴哈哈大笑，說道：「阮大哥罵得好，罵得痛快，那晚躲在田歸農床下的，不錯正是區區在下。你罵我偷鷄摸狗，原也不假。」說到這裏，臉上顯出一副得意的神情，又道：「只是在下的偷鷄摸狗，卻是奉了皇上的聖旨而行！」

衆人心中一奇，都覺他胡說八道，但轉念一想，他是清宮侍衞，只怕當眞是奉旨對付天龍門，亦未可知。天龍諸人都是有家有業之人，聞言不禁氣沮。殷吉是兩廣著名的大財主，心中尤其驚懼。

劉元鶴見一句話便把衆人懾伏了，更是洋洋自得，說道：「事到如今，我就把這事跟各位說說，待會或者尙有借重各位之處。這一件東西，或者各位從未見過。」說着從懷中取出一個黃色的大封套來。封套外寫着「密令」二字，他開了袋口，取出一張黃紙，朗聲讀道：「奉密諭，令御前一等侍衞劉元鶴依計行事，不得有誤。總管賽。」讀畢，將那黃紙攤在桌上，讓衆人共觀。

殷吉、陶百歲等多見博聞，眼見黃紙上蓋着朱紅的圖章，知道確是侍衞總管賽尙鄂所下的密令。那賽總管向稱滿洲武士的第一高手，素爲乾隆皇帝所倚重。

劉元鶴道：「阮大哥，你不用跟我瞪眼珠吹鬍子，這件事從頭說來，還是令師兄田歸農起的因頭。有一日，賽總管邀了我們十八個侍衞到總管府去吃晚飯。這十八個人哪，外邊朋友送我們一個外號，叫作『大內十八高手』。其實憑我們這一點兒三脚貓本事，那裏說得上『高手』二字？不過朋友們要這麼叫，要給我們臉上貼金，那也沒有法兒，是不是？

「我們一到，賽總管就說，今日要給大夥兒引見一位武林中響噹噹的脚色。我們忙問是誰，賽總管微笑不說。待會開了酒席，賽總管到內堂引出一個人來。只見他腰板筆挺，步履矯健，雙目有神，果然是一派武林高手的風範。他兩鬢雖已灰白，但面目仍是極為英俊清秀，想當年定是一位美男子。賽總管朗聲道：『各位兄弟，這位是天龍門北宗掌門，武林中大大有名的人物，田歸農田大哥！』

「我們一聽，都是微微一驚。田歸農的名頭大家都是知道的，只是天龍門素來少跟官府往來，不知賽總管憑了甚麼面子能把他請到。飲酒中間，大夥兒逐一向他把盞敬酒。田大哥也是客氣之極，說了許多套交情的言語，可一句不提他上京的原因。直到吃喝完了，賽總管邀大夥兒到廂房喝茶，他兩人才把其中原委說了出來。

「原來田大哥雖然身在草莽，可是忠君報國之心，卻一點沒比我們當差的少了。

「他這次上京，為的是要向皇上進貢一個大寶藏。這大寶藏嘛，那就是反賊李自成在北京所搜刮的金銀財寶了。田大哥說道，要找尋這個寶藏，共有兩個綫索，須得兩個綫索拼湊起來，方能尋到。一個綫索是李自成的一把軍刀，那是他天龍門掌管，他就携帶在身。另一個綫索可就難了，那是一幅寶藏所在的地圖，自來由苗家劍苗家世代相傳。單有地圖而無軍刀，不知尋寶關鍵；單有軍刀而無地圖，不知寶藏的所在。若是二寶合璧，取那寶藏就如探囊取物一般。

「我們雖在官家當差，可個個出身武林，一聽到『苗家劍』三字，都想：『那打遍天下無敵手金面佛苗人鳳何等厲害，誰敢惹他？』田大哥見我們臉現難色，微微一笑，道：『在下若不是已經想到了對付苗人鳳的計策，又怎敢輕易前來驚動各位？』賽總管忙問何計。田大哥於是說出一番話來，只把衆人聽得連連點頭，齊叫妙計。他到底說的是甚麼妙計，時候一到，各位自然知曉，此刻也不必多說。

「次日田大哥告別離京，賽總管就派我們依計而行。他一面琢磨此事，總覺田大哥一不想升官、二不想發財，平白無端送我們這樣一份大禮，天下那有這等好人？料得其中必有別因，於是派了幾個人暗中出京打探。我離京不久，就聽到田大哥閉門封劍的訊息，當下備了一份禮物，上門道賀。

「和田大哥一見面，他顯得十分歡喜，說道貴客上門，眞是求之不得，跟着悄悄的要我辦一件事。殷大哥，說出來你可別生氣，他是要我知會官府，隨便誣陷你一個罪名，將你拿在獄裏，先關上幾年再說。」

殷吉嚇了一跳，渾身汗毛直豎，顫聲道：「田師兄爲人原是如此，幸蒙劉大人明鑒，高抬貴手，小的必有厚報。」

劉元鶴笑道：「好說，好說。當時我就問他跟殷大哥有甚仇怨。他道，仇怨是沒有，只是依他們天龍門規矩，北宗掌門人輪值掌刀的期限已滿，那把鎭門之寶的寶刀就須傳給南宗，片刻延挨不得。若是落到殷大哥手裏，再要索回，不免就多一番周折。

「這話雖是不錯，可是我不由得疑心更甚，當時跟他唯唯否否，旣不答應，也不拒卻，只是在一邊廂冷眼旁觀。

「酒筵之後，我想田大哥這把寶刀非交不可，難以推托，我倒有法兒給他幫個忙。若是我暗中將寶刀收起，他自然無法交出，殷大哥縱然不滿，卻也無計可施。這正是我立大功報聖恩的良機，豈能輕易放過？於是我悄悄走進田大哥房中，待要找尋寶刀，卻聽得門外脚步聲響，原來是田大哥回來了。事急之際，只得躲入了床下。

「只聽得田大哥走進房來，打開箱子，取出鐵盒，突然驚呼：『咦，刀呢？』聽他這呼聲驚惶異常，實非作假，看來這寶刀是給人盜去了。他立時叫了女兒來查問，田姑娘毫不知情，也很着急。不久阮大哥進來了。師兄弟倆爲了立掌門的事大起爭執，提到了曹雲奇曹師兄與田姑娘的曖昧之事，過了一會，田大哥要阮大哥去叫陶子安陶世兄來。

「田大哥將鐵盒交給陶世兄，命他去埋在關外。我在床下聽得清清楚楚，暗想陶子安這傻瓜這番可上了大當。

「陶世兄走後，我在床下聽得田大哥只是搥床嘆息，喃喃自語：『好胡一刀，好苗人鳳！』當時我不知胡一刀是誰，料想是苗人鳳盜了他的刀去。卻原來他接到了胡一刀之子胡斐的拜帖，自知難逃一死，是以十分惶恐。但這時候偏巧失了寶刀，又不能就此高飛遠走，一溜了之。

「跟着田姑娘走進房來，說道：『爹，我查到了你寶刀的下落。』田大哥一躍而起，叫道：『在那裏？』田姑娘走近幾步，輕聲道：『給周師兄偷去了。』田大哥道：『當眞？他人呢？刀呢？』田姑娘道：『我親眼見到他將刀埋在一個處所。』田大哥道：『好，你快去掘來。』田姑娘道：『爹，我要做一件事，你可莫怪我。』田大哥道：『甚麼事？』田姑娘道：『你去把周師兄叫來，我躲在門後。你問他是不是盜了寶刀。他若認了，我就在他背上釘一枚毒龍錐。』我心裏想，這位姑娘的手段好狠啊。只聽田大哥道：『我打折他雙腿就是，不必取他性命。』田姑娘道：『你不依我，我就不給你取刀。』田大哥微一遲疑，道：『好，你快去取了刀來，憑你怎麼處置他。』於是田姑娘轉身出去。當時我不知田姑娘跟她師兄有甚麼仇怨，今日聽了陶師兄之言，方知田姑娘是要殺人滅口。嘿，好傢伙！人家大姑娘掩埋私生兒子，這種事也見得的？」

他說到這裏，衆人都轉眼去瞧周雲陽，只見他臉色鐵青，雙目不住眨動。

又聽劉元鶴續道：「我索性在床下臥倒，靜等瞧這幕殺人的活劇，再則，我還得等那柄刀呢，何況田大哥醒着躺在床上，我又怎能出去？等了沒多久，田姑娘匆匆回來，顫聲道：『爹，那刀給他掘去啦。我好胡塗，竟遲了一步，他……他還……』田大哥驚恐交集，問道：『他還怎麼？』田姑娘其實想說：『他連我孩兒的屍體也掘去啦！』但這句話怎說得出口，呆了一呆，叫道：『我找他去！』拔足急奔而出，想是驚恐過甚，奔到門邊時竟一交摔倒。

「我在床下彆得氣悶，寶刀又不明下落，本想乘機打滅燭火逃去，那知田大哥見她女兒摔倒，只嘆了口長氣，卻不下床去扶。田姑娘站起身來，扶着門框喘息一會方走。

「田大哥下床去關上門窗，坐在椅上。但見他將長劍放在桌上，手裏拿了弓箭，鐵青着臉，神色極是怕人。我心中也是惴惴不安，要是給他發覺了，他一個翻臉無情，我武功不及，只怕性命難保。

「田大哥坐在椅上，竟一動也不動，宛如僵直了一般，但雙目卻是精光閃爍，顯得心下極爲煩躁不安。四下一片死寂，只聽得遠處隱隱有犬吠之聲，接着近處一隻狗也吠了起來，突然之間，這狗兒悲吠一聲，立時住口，似是被人用極快手法弄死了。田大哥猛地站起，房門上卻起了幾下敲擊之聲。這聲音來得好快，聽那狗兒吠叫聲音總在數十丈外，豈知這人一弄死狗兒，轉瞬間就到了門外。

「田大哥低沉着聲音道：『胡斐，你終於來了？』門外那人卻道：『田歸農，你認得我聲音麼？』田大哥臉色更是蒼白，顫聲道：『苗……苗大俠！』門外那人道：『不錯，是我！』田大哥道：『苗大俠，你來幹甚麼？』門外那人道：『哼，我給你送東西來啦！』田大哥遲疑片刻，放下弓箭，去開了門。只見一個又高又瘦、臉色蠟黃的漢子走了進來。

「我在床底留神瞧他模樣，心道：『此人號稱打遍天下無敵手，是當今武林中頂兒尖兒的脚色，果然是不怒自威，氣勢懾人。』只見他手裏捧着兩件物事，放在桌上，說道：『這是你的寶刀，這是你的外孫兒子。』原來一包長長的東西竟是一個死嬰。

「田大哥身子一顫，倒在椅中。苗大俠道：『你徒弟瞞着你去埋刀，你女兒瞞着你去埋私生兒，都給我瞧見啦，現下掘了出來還你。』田大哥道：『謝謝。我……我家門不幸，言之有愧。』苗大俠突然眼眶一紅，似要流淚，但隨即滿臉殺氣，一個字一個字的說道：『她是怎麼死的？』」

只聽得噹啷一響，苗若蘭手裏的茶碗摔在地下，跌得粉碎。她舉止本來十分斯文鎮定，不知怎的，聽了這句話，竟自把持不定。琴兒忙取出手帕，抹去她身上茶水，輕聲道：「小姐，進去歇歇吧，別聽啦！」苗若蘭道：「不，我要聽他說完。」

劉元鶴向她望了一眼，接着說道：「田大哥道：『那天她受了涼，傷風咳嗽。我請醫生給她診治，醫生說不碍事，只是受了些小小風寒，吃一帖藥，發汗退燒就行了。可是她說藥太苦，將煎好的藥潑了去，又不肯吃飯，這一來病勢越來越沉。我一連請了好幾個醫生，但她不肯服藥，不吃東西，說甚麼也勸不聽。』」

苗若蘭聽到這裏，不由得輕輕啜泣。熊元獻等都感十分奇怪，不知這不肯服藥吃飯之人是誰，與田歸農及苗氏父女三人又有甚麼關連。陶氏父子與天龍諸人卻知說的是田歸農的續絃夫人，但苗大俠何以關心此事，苗若蘭何以傷心，卻又不明所以了，都想：「難道田夫人是苗家親戚？怎麼我們從來沒聽說過？」

劉元鶴道：「當時我在床下聽得摸不着半點頭腦，不知他們說的是誰，心想苗人鳳這麼風頭火勢的趕來，只不過是問一個人的病。那人不服藥、不吃飯，這不是撒嬌麼？但聽苗大俠又問：『這麼說來，是她自己不想活了？』田大哥道：『我後來跪在地下哀求，說得聲嘶力竭，她始終不理。』

「苗大俠道：『她留下了甚麼話？』田大哥道：『她叫我在她死後將屍體火化了，把骨灰撒在大路之上，叫千人踩，萬人踏！』苗大俠跳了起來，厲聲道：『你照她的話做了沒有？』田大哥道：『屍體是火化了，骨灰卻在這裏。』說着站起身來，從裏床取出一個小小瓷罈，放在桌上。

「苗大俠望着瓷罈，臉上神色又是傷心又是憤怒。我只看了一眼，就不敢再望他的臉。

「田大哥又從懷裏取出一枚鳳頭珠釵，放在桌上，說道：『她要我把這珠釵還給你，或者交給苗姑娘，說這是苗家的物事。』」

衆人聽到此處，齊向苗若蘭望去，只見她鬢邊插了一枚鳳頭珠釵，微微幌動。那鳳頭打得精緻無比，幾顆珠子也是滾圓淨滑，只是珠身已現微黃，似是歷時已久的古物。

劉元鶴續道：「苗大俠拿起珠釵，從自己頭上拔下一根頭髮，緩緩穿到鳳頭的口裏，那頭髮竟從釵尖上透了出來，原來釵身中間是空的。但見他將頭髮兩端輕輕一拉，鳳頭的一邊跳了開來。苗大俠側過珠釵，從鳳頭裏落出一個紙團。他將紙團攤了開來，冷冷的道：『瞧見了麼？』田大哥臉如土色，隔了半晌，嘆了口長氣。

『苗大俠道：『你千方百計要弄這張地圖到手，可是她終於瞧穿了你的眞面目，不肯將機密告知你，仍將珠釵歸還苗家。寶藏的地圖是在這珠釵之中，哼，只怕你作夢也難以想到罷！』他說了這幾句話，又將紙團還入鳳頭，用頭髮拉上機括，將珠釵放在桌上，說道：『開鳳頭的法兒我教了你啦，你拿去按圖尋寶罷！』田大哥那裏敢動，緊閉着口一聲不響。我在床下卻瞧得焦急異常，地圖與寶刀離開我身子不過數尺，可是就沒法取得到手。只見苗大俠呆呆的瞧着瓷罈，慢慢伸出雙手捧起了瓷罈，放入了懷中，臉上的神色十分可怕。」

只聽得輕輕一聲呻吟，苗若蘭伏在桌上哭了出來，鬢邊那鳳頭珠釵起伏顫動不已。衆人面面相覷，不明其故。

劉元鶴接着道：「田大哥伸手在桌上一拍，道：『苗大俠，你動手吧，我死而無怨。』苗大俠嘿嘿一笑，道：『我何必殺你？一個人活着，就未必比死了的人快活。想當年我和胡一刀比武，大戰數日，終於是他夫婦死了，我卻活着。我心中一直難過，但後來想想，他夫婦恩愛不渝，同生同死，可比我獨個兒活在世上好得多啦。嘿嘿，這張地圖在你身邊這許多年，你始終不知，卻又親手交還給我。我何必殺你？讓你懊惱一輩子，那不是強得多麼？』說着拿起珠釵，大踏步出房。田大哥手邊雖有弓箭刀劍，卻那敢動手？

「田大哥唉聲嘆氣，將死嬰和寶刀都放在床上，回身閂上了門，喃喃的道：『一個人活着，就未必比死了的人快活。』坐在床上，叫道：『蘭啊蘭，你為我失足，我為你失足，當眞是何苦來？』接着嘿的一聲，聽得甚麼東西戳入了肉裏，他在床上掙了幾掙，就此不動了。

「我吃了一驚，忙從床底鑽將出來，只見他將羽箭插在自己心口，竟已氣絕。各位，田大哥是自盡死的，並非旁人用箭射死。害死他的既不是陶子安，更不是胡斐，那是他自己。我跟陶胡二人絕無交情，犯不着給他們開脫。

「我見他死了，當下吹滅燭火，正想去拿寶刀，然後溜之大吉，陶世兄卻已來到房外拍門，我只得躲回床底。以後的事，陶世兄都已說了。他拿了寶刀，逃到關外來。我在床底下彆了這老半天，難道是白挨的麼？加上我這位熊師弟跟飲馬川向來有樑子，咱哥兒就跟着來啦。」

他一番話說完，雙手拍拍身上灰塵，拂了拂頭頂，恰似剛從床底下鑽出來一般，喝了兩口茶，神情甚是輕鬆自得。

曹雲奇俯身拾起，原來是一支金鑄的小筆，筆身上刻着一個「安」字，就和田青文上峯之前手中所拿的一模一樣。曹雲奇疑雲大起。

八

這些人你說一段，我說一段，湊在一起，衆人心頭疑團已解了大半，只是飢火上衝，茶越喝得多越是肚餓。

陶百歲大聲道：「現下話已說明白了，這柄刀確是田歸農親手交給我兒的，各位不得爭奪了吧？」劉元鶴笑道：「田大哥交給陶世兄的，只是一隻空鐵盒。若是你要空盒，在下並無話說。寶刀卻那有你的份？」殷吉道：「此刀該歸我天龍南宗，再無疑問。」阮士中道：「當日田師兄未行授刀之禮，此刀仍屬北宗。」衆人越爭聲音越大。

寶樹忽然朗聲道：「各位爭奪此刀，爲了何事？」衆人一時啞口無言，竟然難以回答。

寶樹冷笑道：「先前各位只知此刀削鐵如泥，鋒利無比，還不知它關連着一個極大寶藏。現今有人說了出來，那更是人人眼紅，個個起心。可是老和尚倒要請教：若無寶藏地圖，單要此刀何用？」衆人心頭一凜，一齊望着苗若蘭鬢邊那隻珠釵。

苗若蘭文秀柔弱，要取她頭上珠釵，直是一舉手之勞，只是人人想到她父親威震天下，若是對她有絲毫冒犯褻瀆，她父親追究起來，誰人敢當？是以眼見那珠釵微微顫動，卻無人敢先說話。

劉元鶴向衆人橫眼一掃，臉露傲色，走到苗若蘭面前，右手一探，突然將她鬢邊的珠釵拔了下來。苗若蘭又羞又怒，臉色蒼白，退後了兩步。衆人見劉元鶴居然如此大膽，無不失色。

劉元鶴道：「本人奉旨而行，怕他甚麼苗大俠，秧大俠？再說，那金面佛此刻是死是活，哼，哼，卻也在未知之數呢。」羣豪齊問：「怎麼？」劉元鶴微微一笑，道：「眼下計來，那金面佛縱然尚在人世，十之八九，也已全身銬鐐、落入天牢之中了。」

苗若蘭大吃一驚，登忘珠釵被奪之辱，只掛念着父親的安危，忙問：「你……你說我爹爹怎麼了？」寶樹也道：「請道其詳。」

劉元鶴想起上峯之時，被他在雪中橫拖倒曳，狼狽不堪，但自己說起奉旨而行種種情由，寶樹神色登變，此時聽他相詢，更是得意，忍不住要將機密大事吐露出來，好在人前自佔身分，於是問道：「寶樹大師，在下先要問你一句，此間主人是誰？」

羣豪在山上半日，始終不知主人是誰，聽劉元鶴此問，正合心意，一齊望着寶樹，只聽他笑道：「既然大夥兒都不隱瞞，老衲也不用賣那臭關子了。此間主人姓杜名希孟，是武林中一位響噹噹的脚色。」衆人互相望了一眼，心中暗念：「杜希孟？杜希孟？」卻都想不起此人是誰。寶樹微微一笑，道：「這位杜老英雄自視甚高，等閒不與人交往，是以武功雖強，常人可不知他名頭。然而江湖上一等一的人物，卻個個對他極是欽慕。」這幾句話說得輕描淡寫，可把衆人都損了一下，言下之意，明是說衆人實不足道。

殷吉、阮士中等都感惱怒，但想苗人鳳在那對聯上稱他爲「希孟仁兄」，而自己確夠不上與金面佛稱兄道弟，寶樹之言雖令人不快，卻也無可辯駁。

劉元鶴道：「咱們上山之時，此間的管家說道：『主人赴寧古塔相請金面佛，又派人前去邀請興漢丐幫的范幫主。』這話可有點兒不盡不實。想那范幫主在河南開封府被擒，小弟也曾出了一點兒力氣。」衆人驚道：「范幫主被擒？」劉元鶴笑道：「這是御前侍衛總管賽大人親自下的手。想那范幫主雖然也算得上是個人物，卻也不必勞動賽總管的大駕啊。我們拿住范幫主，只是把他當作一片香餌，用來釣一條大大的金鰲。那金鰲嘛，自然是苗人鳳啦。杜莊主要去邀苗人鳳來對付甚麼雪山飛狐，其實那裏邀得到？苗人鳳這當兒定是去了北京，想要搭救范幫主。嘿嘿，賽總管在北京安排下天羅地網，專候苗人鳳大駕光臨。他若是不上這當，我們原是拿他沒有法兒。他竟上京救人，這叫做啄木鳥啃黃蓮樹，自討苦吃。」

苗若蘭與父親相別之時，確是聽父親說有事赴京，囑她先上雪峯，到杜家暫居。這時聽劉元鶴如此說來，只怕父親眞是凶多吉少，不由得玉容失色。

劉元鶴洋洋得意，說道：「咱們地圖有了，寶刀也有了，去把李自成的寶藏發掘出來，獻給聖上，這裏人人少不了一個封妻蔭子的功名。」他見有的人臉現喜色，有的卻有猶豫之意，心知如陶百歲等人，把發財瞧得比升官更重，又道：「想那寶藏堆積如山，大夥兒順手牽羊，取上一些，那就一世吃着不盡，有何不美？」衆人轟然喝采，再無異議。

田青文本來羞愧難當，獨自躲在內室，聽得廳上叫好之聲不絕，知道已不在談論她的醜事，當下悄悄出來，站在門邊。

劉元鶴在頭上拔下一根頭髮，慢慢從珠釵的鳳嘴裏穿了過去，依着當日所見苗人鳳的手法，輕輕一拉一甩，鳳頭機括彈開，果然有個紙團掉了出來。衆人都是「哦」的一聲。劉元鶴打開紙團，攤在桌上。衆人圍攏去看。

但見那紙薄如蟬翼，雖然年深日久，但因密藏珠釵之中，卻是絲毫未損，紙上繪着一座筆立高聳的山峯，峯旁寫着九個字道：「遼東烏蘭山玉筆峯後」。

寶樹大叫：「啊哈，天下竟有這等巧事？咱們所在之處，就是烏蘭山玉筆峯啊。」

衆人瞧那圖上山峯之形，果眞與這雪峯一般無異，上峯時所見崖邊的三株古松，圖上也畫得清清楚楚，當下無不嘖嘖稱異。

寶樹道：「此處莊上杜老英雄見聞廣博，必是得知了寶藏的消息，是以特意在此建莊。否則此處氣候酷寒，上下艱難，又何必費這麼大的事？」劉元鶴心中一急，忙道：「啊喲！那可不妙。他這莊子建造已久，還不早將寶藏搬得一乾二淨？」寶樹微笑道：「那也未必。劉大人你想，要是他已找到了寶藏所在，定然早就去了別地，決不會仍在此處居住。」劉元鶴一拍大腿，叫道：「不錯，不錯！快到後山去。」

寶樹指着苗若蘭道：「這位苗姑娘與莊上衆人怎麼辦？」劉元鶴轉過身來，只見于管家等莊上傭僕，個個已走得不知去向。田青文從門後出來，說道：「不知怎的，莊上男男女女都躲了個乾乾凈凈。」劉元鶴搶過一柄單刀，走到苗若蘭身前，說道：「咱們所說之事，她句句聽在耳裏，這禍根可留不得。」舉起單刀，就要往她頭頂砍落。

突然間人影一閃，琴兒從椅背後躍出，抱住劉元鶴的手，狠命在他手腕上咬了一口。劉元鶴出其不意，手腕一疼，噹啷一響，單刀落地。琴兒大罵：「短命的惡賊，你敢傷了小姐一根毫毛，我家老爺上得山來，抽你的筋，剝你的皮，這裏人人脫不了干係。」

劉元鶴大怒，反手一拳，猛往琴兒臉上擊去。熊元獻伸出右臂，格開了他一拳，說道：「師哥，咱們尋寶要緊，不必多傷人命！」要知熊元獻一生走鏢，向來膽小怕事，謹慎穩重，不像他師兄做了皇帝侍衛，殺幾個老百姓不當一回事，他聽了琴兒之言，心想若是傷了苗若蘭，萬一她父親逃脫羅網，那可大禍臨頭了。殷吉和他心意相同，也道：「劉師兄，咱們快去尋寶。」

劉元鶴雙目一瞪，指着苗若蘭道：「這妞兒怎麼辦？」

寶樹笑吟吟的走上兩步，大袖微揚，已在苗若蘭頸口「天突」與背心「神通」兩穴上各點了一指。苗若蘭全身酸軟，癱在椅上，心裏又羞又急，卻說不出話。琴兒只道他傷了小姐，横了心又抓住了和尙的手，要狠狠咬他一口。寶樹讓她抓住自己右手拉到口邊，手指抖動，點了她鼻邊「迎香」、口旁「地倉」兩穴。琴兒身子一震，摔倒在地。

田青文道：「苗家妹子坐在此處須不好看。」俯身托起她的身子，笑道：「眞輕，倒似沒生骨頭。」走向東邊廂房。

那東廂房原是杜莊主欵待賓客的所在，床帳几桌、一應起居之具齊備，陳設得甚是考究。田青文掩上了門，替苗若蘭除去鞋襪外裳，只留下貼身小衣，將她裹在被中，垂下了羅帳。苗若蘭自七八歲後，未在人前除過衣衫，眼前之人雖是女子，也已羞得滿臉紅暈。田青文望着她身子，笑道：「怕我瞧麼？妹子，你生得眞美，連我也不禁動心呢。」抱了她衣衫走到廳上，道：「她衣衫都給我除下了，縱然時辰一過，穴道解了，也叫她走動不得。」羣豪一齊大笑。

寶樹道：「咱們大家來瞧瞧，從這刀子之中，到底如何能尋到寶藏。」說着從懷中取出鐵盒，打開盒蓋，提刀在手，見刀鞘上除了刻得有字外，更無別樣奇異之處。他一手持鞘，一手持柄，刷的一響，將刀拔了出來，只覺青光四射，寒氣透骨，不禁機伶伶的打個冷戰。衆人同時「啊」的一聲叫了出來。

他將寶刀放在桌上，衆人圍攏觀看，見刀身一面光滑平整，另一面卻彫鏤着雙龍搶珠的花紋。兩條龍一大一小，形狀既極醜陋，而且龍不像龍，蛇不像蛇，倒如兩條毛蟲，但所搶之珠卻是一塊紅玉，寶光照人，的是珍物。

曹雲奇拿起刀來細看，道：「那有甚麼古怪？」寶樹道：「這兩條蟲兒必與寶藏有關，咱們到後山瞧瞧再說。給我！」說着伸手去接寶刀。曹雲奇更不打話，迴刀護身，急奔而出。寶樹怒道：「你幹甚麼？」追了出去。

出得大門，祗見曹雲奇握刀向前急奔，寶樹右手一揚，一顆鐵念珠激飛而出，正中他右肩肩胛骨。曹雲奇手臂酸麻，拿揑不住，擦的一聲，寶刀落在雪地之中。寶樹大踏步上前，拾起寶刀。曹雲奇不敢再爭，退在一旁，眼見寶樹與劉元鶴一個持刀、一個持圖，並肩向山後走去。這時餘人也都湧出大門，跟隨在後。

寶樹笑道：「劉大人，適才老衲多有冒犯，請勿見怪。」劉元鶴見他陪笑謝罪，心中樂意，說道：「大師武藝高強，在下佩服得緊，日後還有借重之處。」寶樹道：「不敢。」

兩人走了一陣，眼見山峯已無路可行，四顧盡是皚皚白雪，雖然明知寶藏是在這玉筆峯下，但偌大一座山峯，到處冰封雪凍，沒留下絲毫痕迹，卻到那裏找去？若要把峯上冰雪鏟除，即窮千百人之力，也非一年半載之功，何況今日鏟了，明日又有大雪落下，想到杜希孟已在峯上住了幾十年，必定日日夜夜苦心焦慮、千方百計的尋寶，至今未能成功，尋寶之事，自然大非易易。

衆人站在崖邊東張西望，束手無策。田青文忽然指着峯下一條丘巒起伏的小小山脈，叫道：「你們瞧！」衆人順着她手指望去，未見有何異狀。田青文道：「各位，看這山丘的模樣，是否與軍刀上的花紋相似？」

衆人給她一語提醒，細看那條山脈，但見一路從東北走向西南，另一路自正南向北，兩路山脈相會之處，有一座形似圓墩的矮峯。寶樹舉起寶刀一看，再望山脈，見那山脈的去勢位置，正與刀上所彫的雙龍搶珠圖一般無異，那圓峯正當刀上寶石的所在，不禁叫了出來：「不錯，不錯，寶藏定是在那圓峯之中。」劉元鶴道：「咱們快下去。」

此時衆人一意尋寶，倒也算得上齊心合力，不再互相猜疑加害。各人撕下衣襟裹在手上，拉着粗索慢慢溜下峯去。第一個溜下的是劉元鶴，最後一個是殷吉。他溜下後本想將繩索毀去，以免後患，但見衆人都已去遠，生怕尋到寶藏時沒了自己的份，當下不敢停留，展開輕功向前疾追。

自玉筆峯望將下來，那圓峯就在眼前，可是平地走去，路程卻也不近，約莫有二十來里。衆人輕功都好，不到半個時辰，已奔到圓峯之前。各人繞着那圓峯轉來轉去，找尋寶藏的所在。陶子安忽向左一指，叫道：「那是誰？」

衆人聽他語聲忽促，一齊望去，只見一條灰白色的人影在雪地中急馳而過，身法之快，實是難以形容，轉眼之間，那白影已奔向玉筆峯而去。寶樹失聲道：「雪山飛狐！胡一刀之子，如此了得！」說話之時臉色灰暗，顯是心有重憂。

他正自沉思，忽聽田青文尖聲大叫，急忙轉過頭來，只見圓峯的坡上空了一個窟窿，田青文人形卻已不見。

陶子安與曹雲奇一直都待在田青文身畔，見她突然失足陷落，不約而同的叫道：「青妹！」都欲躍入救援。陶百歲一把拉住兒子，喝道：「幹甚麼？」陶子安不理，用力掙脫，與曹雲奇一齊跳落。

那知這窟窿其實甚淺，兩人跳了下去，都壓在田青文身上，三人齊聲驚呼。上面衆人不禁好笑，伸手將三人拉了上來。

寶樹道：「只怕寶藏就在窟窿之中也未可知。田姑娘，在下面見到甚麼？」田青文撫摸身上撞着山石的痛處，怨道：「黑漆漆的甚麼也沒瞧見。」寶樹躍了下去，幌亮火摺，見那窟窿徑不逾丈，裏面都是極堅硬的岩石與冰雪，再無異狀，只得縱身而上。

猛聽得周雲陽與鄭三娘兩人縱聲驚呼，先後陷了了東邊和南邊的雪中窟窿。阮士中與熊元獻分別將兩人拉起。看來這圓峯周圍都是窟窿，衆人只怕失足掉入極深極險的洞中，當下不敢亂走，都站在原地不動。

寶樹嘆道：「杜莊主在玉筆峯一住數十年，不知寶藏所在。他無寶刀地圖，茫無頭緒，那也罷了。但咱們明知是在這圓丘之中，仍是無處着手，那更加算得無能了。」

眾人站得累了，各自散坐原地。肚中越來越餓，都是神困氣沮。

鄭三娘傷處又痛了起來，咬着牙齒，伸手按住創口，一轉頭間，只見寶樹手中刀上的寶石給雪光一映，更是晶瑩美艷。她跟着丈夫走鏢多年，見過不少珍異寶物，這時見那寶石光彩有些異樣，心中一動，說道：「大師，請你借寶刀給我瞧瞧。」寶樹心想：「她是女流之輩，腿上又受了傷，怕她何來？」當下將刀遞了過去。鄭三娘接刀細看，果見那寶石是反面嵌鑲的。原來寶石兩面有陰陽正反之分，有些高手匠人能將寶石彫琢得正反面一般無異，但在行家眼中，仍能分辨清楚。鄭三娘道：「大師，這寶石反面朝上，只怕中間另有古怪。」寶樹正自徬徨無計，一聽此言，心道：「不管她說的是對是錯，弄開來瞧瞧再說。」當下接過刀來，從身邊取出一柄匕首，力透指尖，用匕首尖頭在寶石下輕輕一挑，寶石離刀跳落。寶樹拈起寶石，細看兩面，並無特異之處，再向刀身上鑲嵌寶石的凹窩兒一瞧，不禁失聲叫道：「在這裏了！」

原來那窩兒之中，刻着一個箭頭，指向東北偏北，箭頭盡處有個小小的圓圈。寶樹喜不自勝，心想這窩兒正中，當是圓峯之頂，一算距離遠近，看準了方位，一步步走將過去，待走到所計之處，果然脚下鬆動，身子下落。他早有防備，雙足着地，立卽幌亮火摺，撥開冰雪，見前面是條長長的通道，當卽向前走去。劉元鶴等也跟着躍下。

火摺點不多久就熄了，可是那山洞盤旋曲折，接連轉了幾個彎，仍是未到盡頭。

曹雲奇道：「我去折些枯枝。」他奔出山洞，抱了一大綑枯柴回來，打火點燃了一根火把。他爲人鹵莽，卻也有一樣好處，做事勇往直前，手執火把，當先而行。

洞中到處是千年不化的堅冰，有些處所的冰條如刀劍般鋒銳突出。陶百歲捧了一塊大石，沿途擊去阻路的冰尖。衆人上山時各懷敵意，此時重寶在望，竟然同舟共濟、相互扶持起來。

又轉了個彎，田青文忽然叫道：「咦！」指着曹雲奇身前地下黃澄澄的一物。曹雲奇俯身拾起，原來是一支金鑄的小筆，筆身上刻着一個「安」字，就和田青文上峯之前手中所拿的一模一樣。曹雲奇疑雲大起，回頭對陶子安厲聲說道：「嘿，原來你到這兒來過啦！」陶子安道：「誰說我來過？你瞧一路上有沒人行的痕迹？」曹雲奇心想：「這山洞之中，確無人行足迹，那麼他這枚金筆又怎會掉在此處？」他心中想到何事，再也藏不住片刻，當卽攤開手掌，露出黃金小筆，說道：「這不是你的麼？上面明明刻着你的名字！」

陶子安一看，搖頭道：「我從沒見過。」曹雲奇大怒，手掌一翻，抛筆在地，探手抓住陶子安衣襟，一口唾沫吐了過去，喝道：「還想賴！我明明見她拿着你送的筆兒。」

這山洞中轉身都不方便，陶子安那能閃避？這一口唾沫，正吐在他鼻子左側。他大怒之下，右脚飛出，踢中曹雲奇小腹，同時雙手一招「燕歸巢」，擊中了對方胸口。曹雲奇身子一震，抛下火把，右手還了一拳，砰的一聲，打在陶子安臉上。火把熄滅，洞中一片漆黑，只聽得兩人吆喝怒罵，夾着砰砰蓬蓬之聲。兩人拳打足踢，招招都擊中對方，到後來扭成一團，滾在地下。

眾人又好氣又好笑，齊聲勸解。曹陶二人那裏肯聽？忽聽田青文高聲叫道：「那一個再不住手，我永不再跟他說話。」曹陶二人一怔，不由得鬆開了手，站起身來。

只聽熊元獻在黑暗中細聲細氣的說道：「是我熊元獻，找火把點火，兩位可別喝錯了醋，拳脚往在下身上招呼。」他伸手在地下摸索，摸到了火把，重又點燃。只見曹陶二人眼青鼻腫，呼呼喘氣，四手握拳，怒目相視。

田青文從懷裏取出一枝黃金小筆，再拾起地下的小筆，向曹雲奇道：「這兩枝筆果眞是一對兒，可誰跟你說是他給我的？」曹雲奇無話可答，結結巴巴的道：「不是他給的，那你從那兒來的？爲甚麼筆上又有他名字？」

陶百歲接過小筆，看了一眼，問曹雲奇道：「你師父是田歸農，你師祖是誰？」曹雲奇一怔，道：「師祖？那是我師父的父親，他老人家諱上安下豹。」陶百歲冷笑道：「是啊！田安豹，他用甚麼暗器？」曹雲奇道：「我……我沒見過師祖。」陶百歲道：「你沒見過，你阮師叔的武藝是田安豹親手所授，你問問他。」

曹雲奇還沒開口，阮士中已接口道：「雲奇不用胡鬧啦。這對黃金小筆，是你師祖爺所用的暗器。」曹雲奇啞口無言，但心中疑惑絲毫不減。

寶樹道：「你們要爭風打架，不妨請到外面去拚個死活。我們可是要尋寶。」

熊元獻高舉火把當先領路，轉過了彎去。這時洞穴愈來愈窄，眾人須得弓身而行，有時頭頂撞上了堅冰尖角，隱隱生疼，但想到重寶在望，也都不以爲苦。

行了一盞茶時分，前面已無去路，只見一塊圓形巨岩疊在另一塊圓岩上，兩塊巨岩封住了去路。兩岩之間都是堅冰牢牢凝結。熊元獻伸手一推，巨岩紋絲不動，轉過頭來，問寶樹道：「怎麼辦？」寶樹搔頭不語。

羣豪之中以殷吉最有智計，他微一沉吟，說道：「兩塊圓石相叠，必可推動，只是給冰凍住了。」寶樹喜道：「對，把冰熔開就是。」熊元獻便將火把湊近圓岩，去燒二岩之間的堅冰。曹雲奇、周雲陽等回到外面，又拾了些柴枝來加火。火燄越燒越大，冰化為水，只聽得叮叮之聲不絕，一塊塊碎冰落在地下。

眼見二岩之間的堅冰已熔去大半，寶樹性急，雙手在巨岩上運力一推，那岩石毫不動彈，再燒一陣，堅冰熔去更多，寶樹第二次再推時，那巨岩幌了幾幌，竟慢慢轉將過去，露出一道空隙，宛似個天造地設的石門一般。

衆人大喜，齊聲歡呼起來。阮士中伸手相助，和寶樹二人合力，將空隙推大。寶樹從火堆裏拾起一根柴枝，當先而入。衆人各執火把，紛紛跟進。一踏進石門，一陣金光照射，人人眼花繚亂，凝神屏氣，個個張大了口合不攏來。

原來裏面竟是個極大的洞穴，四面堆滿了金磚銀塊，珍珠寶石，不計其數。只是金銀珠寶都隱在透明的堅冰之後。料想當年闖王的部屬把金銀珠寶藏入之後，澆上冷水。該地終年酷寒，堅冰不熔，金珠就似藏在水晶之中一般。各人眼望金銀珠寶，好半晌說不出話來，一時洞中寂靜無聲。突然之間，歡呼之聲大作。寶樹、陶百歲等都撲到冰上，不知說甚麼好。

忽然田青文驚呼：「有人！」指着壁內。火光照耀下果見有兩個黑影，站在靠壁之處。

衆人這一驚直是非同小可，萬想不到洞內竟會有人，難道洞穴另有入口之處？各人手執兵刃，不由自主的相互靠在一起。隔了好一會，只見兩個黑影竟然一動也不動。寶樹喝道：「是誰？」裏面兩人並不回答。

衆人見二人始終不動，心下驚疑更甚。寶樹道：「是那一位前輩高人，請出來相見。」他喝聲被洞穴四壁一激，反射回來，只震得各人耳中嗡嗡的甚不好受，但那兩人既不回答，亦不出來。

寶樹舉起火把，走近幾步，看清楚兩個黑影是在一層堅冰之外，這一層冰就如一堵水晶牆般，將洞穴隔爲前後兩間。寶樹大着膽子，逼近冰牆，見那兩人情狀怪異，始終不動，顯是被點中了穴道。這時他那裏還有忌憚，叫道：「大家隨我來。」大踏步繞過冰牆，他右手提起單刀，左手舉火把往兩人臉上一照，不禁倒抽一口氣。原來那二人早已死去多時，面目猙獰，臉上筋肉抽搐，異常可怖。

鄭三娘與田青文見是死人，都尖聲驚呼出來。各人走近屍身，見那二人右手各執匕首，揷在對方身上，一中前胸，一中小腹，自是相互殺死。

阮士中看清楚一屍的面貌，突然拜伏在地，哭道：「恩師，原來你老人家在這裏。」衆人聽他這般說，都是一驚，齊問：「怎麼？」「這二人是誰？」「是你師父？」「怎麼會死在這裏？」

阮士中抹了抹眼淚，指着那身材較矮的屍身道：「這位是我田恩師。雲奇剛才拾到的黃金小筆，就是我恩師的。」

衆人見田安豹的容貌瞧來年紀不過四十，比阮士中還要年輕，初時覺得奇怪，但轉念一想，隨卽恍然。這兩具屍體其實死去已數十年，祗是洞中嚴寒，屍身不腐，竟似死去不過數天一般。

曹雲奇指着另一具屍體道：「師叔，此人是誰？他怎敢害死咱們師祖爺？」說着向那屍體踢了一脚。衆人見這屍體身形高瘦，四肢長大，都已猜到了八九分。

阮士中道：「他就是金面佛的父親，我從小叫他苗爺。他與我恩師素來交好，有一年結伴同去關外，當時我們不知爲了何事，但見他二人興高采烈，歡歡喜喜而去，可是從此不見歸來。武林中朋友後來傳言，說道他們兩位爲遼東大豪胡一刀所害，所以金面佛與田師兄他們才大舉向胡一刀尋仇，那知道苗……苗，這姓苗的財迷心竅，見到洞中珍寶，竟向我恩師下了毒手。」說着也向那屍身腿上踢了一脚。那苗田二人死後，全身凍得僵硬，阮士中一脚踢去，屍身仍是挺立不倒，他自己足尖卻碰得隱隱生疼。

衆人心想：「誰知不是你師父財迷心竅，先下毒手呢？」

阮士中伸手去推那姓苗的屍身，想將他推離師父。但苗田二人這樣糾纏着已達數十年，手連刀，刀連身，堅冰凝結，卻那裏推得開？

陶百歲嘆了口氣，道：「當年胡一刀託人向苗大俠和田歸農說道，他知道苗田兩家上代的死因，不過這兩人死得太也不夠體面，他不便當面述說，只好領他們親自去看。現下咱們親眼目覩，他這話果然不錯。如此說來，胡一刀必是曾經來過此間，但他見了寶藏，卻不掘取，實不知何故。」

田青文忽道：「我今日遇上一事，很是奇怪。」阮士中道：「甚麼？」田青文道：「咱們今日早晨追趕他……他……」說着嘴唇向陶子安一努，臉上微現紅暈，續道：「師叔你們趕在前頭，我落在後面……」曹雲奇忍耐不住，喝道：「你騎的馬最好，怎麼反而落在後面？你……你……就是不肯跟這姓陶的動手。」田青文向他瞧也不瞧，幽幽的道：「你害了我一世，要再怎樣折磨我，也只好由得你。陶子安是我丈夫，我對他不起。他雖然不能再要我，可是除了他之外，我心裏決不能再有旁人。」

陶子安大聲叫道：「我當然要你，青妹，我當然要你。」陶百歲與曹雲奇齊聲怒喝，一個道：「你要這賤人？我可不要她作兒媳婦。」一個道：「你有本事就先殺了我。」兩人同時高聲大叫，洞中回音又大，混在一起，竟聽不出他二人說些甚麼。

田青文眼望地下，待他們叫聲停歇，輕輕道：「你雖然要我，可是，我怎麼還有臉再來跟你？出洞之後，你永遠別再見我了。」陶子安急道：「不，不，青妹，都是他不好。他欺侮你，折磨你，我跟他拚了。」提起單刀，直奔曹雲奇。

劉元鶴擋在他身前，叫道：「你們爭風吃醋，到外面去打。」左掌虛揚，右手一伸，扣住他的手腕，輕輕一扭，奪下了他手中單刀，拋在地下。那一邊曹雲奇暴跳不已，也給殷吉攔着。餘人見田青文以退為進，將陶曹二人耍得服服貼貼，心中都是暗暗好笑。

寶樹道：「田姑娘，你愛嫁誰就嫁誰，總不能嫁我這和尚。所以老和尚只問你，你今日早晨遇見了甚麼怪事。」

衆人哈哈大笑，田青文也是噗哧一笑，道：「我的馬兒走得慢，趕不上師叔他們，正行之間，忽聽得馬蹄聲響，一乘馬從後面馳來。馬上的乘客手裏拿着一個大葫蘆，仰脖子就着葫蘆嘴喝酒。我見他滿臉絡腮鬍子，在馬上醉得搖搖幌幌，還是咕嚕咕嚕的大喝，不禁笑了一聲。他轉過頭來，問道：『你是田歸農的女兒，是不是？』我道：『是啊，尊駕是誰？』他說道：『這個給你！』手指一彈，將這黃金小筆彈了過來，從我臉旁擦過，打落了我的耳環。我吃了一驚，他卻縱馬走了。我心下一直在嘀咕，不知他為甚麼給我這枝小筆。」

寶樹問道：「你認得此人麼？」田青文點點頭，輕聲道：「就是那個雪山飛狐胡斐。他給我小筆之時，我自然不認得他，他後來上得山來，與苗家妹子說話，我認出了他的聲音，再在板壁縫中一張，果然是他。」曹雲奇醋心又起，問道：「這小筆既是師祖爺的，那胡斐從何處得來？他給你幹麼？」

田青文對別人說話溫言軟語，但一聽曹雲奇說話，立時有不愉之色，全不理睬。

劉元鶴道：「那胡一刀既曾來過此間，定是在地下拾到，或在田安豹身上得到此筆。只是他死時胡斐生下不過幾天，怎能將小筆留傳給他？」熊元獻道：「說不定他將小筆留在家中，後來胡斐年長，回到故居，自然在父親的遺物中尋着了。」阮士中點頭道：「那也未始不可。這小筆中空，筆頭可以旋下，青文。你瞧瞧筆裏有何物事。」

田青文先將洞穴中拾到的小筆旋下筆頭，筆內空無一物，再將胡斐擲來的小筆筆頭旋下，只見筆管內藏着一個小小紙捲。衆人一齊圍攏，均想若無阮士中在此，實不易想到這暗器打造得如此精巧，筆管內居然還可藏物。

只見田青文攤開紙捲，紙上寫着十六個字，道：「天龍諸公，駕臨遼東，來時乘馬，歸時御風。」一紙角下畫着一隻背上生翅膀的狐狸，這十六字正是雪山飛狐的手筆。

阮士中臉色一沉，道：「嘿，也未必如此！」他話是這麼說，但想到胡斐的本領，又想到他對天龍門人的行蹤知道得清清楚楚，卻也不禁慄慄自危。曹雲奇道：「師叔，甚麼叫『歸時御風』？」阮士中道：「哼，他說咱們都要死在遼東，變成他鄉之鬼，魂魄飄飄蕩蕩的乘風回去。」曹雲奇罵道：「操他奶奶的熊！」

天龍門諸人瞧着那小柬，各自沉思。寶樹、陶百歲、劉元鶴等諸人，目光卻早轉到四下裏的金銀珠寶之上。寶樹取過一柄單刀，就往冰上砍去，他砍了幾刀，斬開堅冰，捧了一把金珠在手，哈哈大笑。火光照耀之下，他手中金珠發出奇幻奪目的光采。衆人一見，胸中熱血上湧，各取兵刃，砍冰取寶。但砍了一陣，刀劍捲口，漸漸不利便了。原來衆人自用的兵刃都已在峯頂被左右雙僮削斷，這時携帶的是從杜家莊上順手取來，並非精選的利器。各人取到珍寶，不住手的塞入衣囊，愈取得多，愈是心熱，但刀劍漸鈍，卻是越砍越慢。

田青文道：「咱們去拾些柴來，熔冰取寶！」衆人轟然叫好。此事原該早就想到，但一見寶樹珍寶在手，人人迫不及待的揮刀挺劍砍冰。可是衆人雖然齊聲附和田青文的說話，卻沒一人移步去取柴。原來人人都怕自己一出去，別人多取了珍寶。

寶樹向衆人橫目而顧，說道：「天龍門周世兄、飲馬川陶世兄、鏢局子的熊鏢頭，你們三位出去檢柴。我們在這裏留下的，一齊罷手休息，誰也不許私自取寶。」周陶熊三人雖將信將疑，但怕寶樹用強，只得出洞去撿拾枯枝。

胡斐正力敵數名高手，苗人鳳脫卻手脚上銬鐐，竟自將穴道解了，頃刻間連傷數敵。

九

雪山飛狐胡斐與烏蘭山玉筆峯杜希孟莊主相約，定三月十五上峯算一筆昔日舊帳，但首次上峯，杜莊主外出未歸，卻與苗若蘭酬答了一番。他下得峯來，心中怔忡不定，眼中所見，似乎只是苗若蘭的倩影，耳中所聞，盡是她彈琴和歌之聲。他與平阿西、左右雙僮在山洞中飽餐一頓乾糧，眼見平阿四傷勢雖重，性命卻是無碍，心中甚慰。當下躺在地下閉目養神，但雙目一閉，苗秀蘭秀麗溫雅的面貌更是清清楚楚的在腦海中出現。

胡斐睜大眼睛，望着山洞中黑黝黝的石壁，苗若蘭的歌聲卻又似隱隱從石壁中透了出來。他嘆了一口長氣，心想：「我儘想着她幹麼？她父親是殺害我父的大仇人，雖說當時她父親並非有意，但我父總是因此而死。我一生孤苦伶仃，沒爹沒娘，盡是拜她父親之賜。我又想她幹麼？」一言念及此，恨恨不已，但不知不覺又想：「那時她尚未出世，這上代怨仇，與她又有甚麼相干？唉！她是千金小姐，我是個流蕩江湖的苦命漢子，何苦沒來由自尋煩惱？」

話雖是這般說，可是煩惱之來，豈是輕易擺脫得了的？倘若情絲一斬便斷，那也算不得是情絲了。

胡斐在山洞中躺了將近一個時辰，心中所思所念，便是苗若蘭一人。他偶爾想到：「莫非對頭生怕敵我不過，安排下了這美人之計？」但立即覺得這念頭太也褻瀆了她，心中便道：「不，不，她這樣天仙一般的人物，豈能做這等卑鄙之事。我怎能以小人之心，冒犯於她？」眼見天色漸黑，再也按捺不住，對平阿四道：「四叔，我再上峯去。你在這裏歇歇。」

他展開輕身功夫，轉眼又奔到峯下，援索而上。一見杜家莊莊門，已是怦然心動。進了大廳，卻見莊中無人相迎，不禁微感詫異，朗聲說道：「晚輩胡斐求見，杜莊主可回來了麼？」連問幾遍，始終無人回答。他微微一笑，心想：「杜希孟枉稱遼東大豪，卻這般躲躲閃閃，裝神弄鬼。你縱安排下奸計，胡某又有何懼？」

他在大廳上坐了片刻，本想留下幾句字句，羞辱杜希孟一番，就此下峯，不知怎的，對此地竟是戀戀不捨，當下走向東廂房，推開房門，見裏面四壁圖書，陳設得甚是精雅。於是走將進去，順手取過一本書來，坐下翻閱。可是翻來翻去，那裏看得進一字入腦，心中只唸着一句話：「她到那裏去了？她到那裏去了？」

不久天色更加黑了，他取出火摺，正待點燃蠟燭，忽聽得莊外東邊雪地裏輕輕的幾下擦擦之聲。他心中一動，知有高手踏雪而來。須知若在實地之上，人人得以躡足悄行，但在積雪中卻是半點假借不得，功夫高的落足輕靈，功夫淺的脚步滯重，一聽便知。胡斐聽了這幾下足步聲，心想：「倒要瞧瞧來的是何方高人。」當下將火摺揣回懷中，傾耳細聽。

但聽得雪地裏又有幾人的足步聲，竟然個個武功甚高。胡斐一數，來的共有五人，只聽得遠處隱隱傳來三下擊掌，莊外有人回擊三下，過不多時，莊外又多了六人。胡斐雖然藝高人膽大，但聽高手畢集，轉眼間竟到了十一人之多，心下也不免驚疑不定，尋思：「先離此莊要緊，對方大邀幫手，我這可是寡不敵衆。」當下走出廂房，正待上高，忽聽屋頂喀喀幾響，又有人到來。

胡斐急忙縮回，分辨屋頂來人，居然又是七名好手。只聽屋頂上有人拍了三下手掌，莊外還了三下，屋頂七人輕輕落在庭中，逕自走向廂房。他想敵人衆多，這番可須得出奇制勝，事先原料杜希孟會邀請幫手助拳，但想不到竟請了這麼多高手到來。耳聽那七人走向房門，當下縮身在屏風之後，要探明敵人安排下甚麼機關，如何對付自己。

但聽噗的一聲，已有人幌亮火摺。胡斐心想屏風後藏不住身，遊目一瞥，見床上羅帳低垂，床前卻無鞋子，顯是無人睡臥，當下提一口氣，輕輕走到床前，揭開羅帳，坐上床沿，鑽進了被裏。這幾下行動輕巧之極，房外七人雖然都是高手，竟無一人知覺。

可是胡斐一進棉被，卻是大吃一驚，觸手碰到一人肌膚，輕柔軟滑，原來被中竟睡着一個女子。他正要一滾下床，眼前火光閃動，已有人走進房來。一人拿着蠟燭在屏風後一探，說道：「此處沒人，咱們在這裏說話。」說着便在椅上坐下。

此時胡斐鼻中充滿幽香，正是適才與苗若蘭酬唱時聞到的，一顆心直欲跳出腔子來，心道：「難道她竟是苗姑娘？我這番唐突佳人，那當眞是罪該萬死。但我若在此刻跳將出去，那幾人見她與我同床共衾，必道有甚曖昧之事。苗姑娘一生淸名，可給我毀了。只得待這幾人走開，再行離床致歉。」

他身子微側，手背又碰到了那女子上臂肌膚，只覺柔膩無比，竟似沒穿衣服，驚得急忙縮手。其實田青文除去苗若蘭的外裳，尙留下貼身小衣，但胡斐只道她身子裸露，閉住了眼既不敢看，手脚更不敢稍有動彈，忙吸胸收腹，悄悄向外床挪移，與她身子相距畧遠。

他雖閉住了眼，但鼻中聞到又甜又膩、蕩人心魄的香氣，耳中聽到對方的一顆心在急速跳動，忍不住睜開眼來，只見一個少女向外而臥，臉蛋兒羞得與海棠花一般，卻不是苗若蘭是誰，燭光映過珠羅紗帳照射進來，更顯得眼前枕上，這張臉蛋嬌美艷麗，難描難畫。

胡斐本想只瞧一眼，立卽閉眼，從此不看，但雙目一合，登時意馬心猿，把持不住，忍不住又眼睜一綫，再瞧她一眼。

苗若蘭被點中了穴道，動彈不得，心中卻有知覺，見胡斐忽然進床與自己並頭而臥，初時驚惶萬分，只怕他欲圖非禮，當下閉着眼睛，只好聽天由命。那知他躺了片刻，非但不挨近身子，反而向外移開。不禁懼意少減，好奇心起，忍不住微微睜眼，正好胡斐也正睜眼望她。四目相交，相距不到半尺，兩人都是大羞。

只聽得屏風外有人說道：「賽總管，你當眞是神機妙算，人所難測。那人就算不折不扣，當眞是打遍天下無敵手的英雄豪傑，落入了你這羅網，也要教他插翅難飛。」

拿着蠟燭的人哈哈大笑，放下燭台，走到屏風之外，道：「張賢弟，你也別儘往我臉上貼金。事成之後，我總忘不了大家的好處。」

胡斐與苗若蘭聽了兩人之言，都是吃了一驚，這些人明是安排機關，要加害金面佛苗人鳳。苗若蘭不知江湖之事，還不怎樣，心想爹爹武功無敵，也不怕旁人加害。胡斐卻知賽總管是滿洲第一高手，內功外功俱臻化境，爲人兇奸狡詐，不知害死過多少忠臣義士。他是當今乾隆皇帝手下第一親信衞士，今日居然親自率人從北京趕到這玉筆峯上。聽那姓張的言語，他們暗中安排下巧計，苗人鳳縱然厲害，只怕也難逃毒手。耳聽得賽總管走到屏風之外，心想機不可失，輕輕揭起羅帳，右掌對準燭火一揮，一陣勁風撲將過去，嗤的一聲，燭火登時熄了。

只聽一人說道：「啊，燭火滅啦！」就在此時，又有人陸續走進廂房，嚷道：「快點火，掌燈吧！」賽總管道：「咱們還是在暗中說話的好。那苗人鳳機靈得緊，若在屋外見到火光，說不定吞了餌的魚兒，又給他脫鈎逃走。」好幾人紛紛附和，說道：「賽總管深謀遠慮，見事周詳，果然不同。」

但聽有人輕輕推開屏風，此時廂房中四下裏都坐滿了人，有的坐在地下，有的坐在桌上，更有三人在床沿坐下。

胡斐生怕那三人坐得倦了，向後一仰，躺將下來，事情可就鬧穿，只得輕輕向裏床挪移。這一來，與苗若蘭卻更加近了，只覺她吹氣如蘭，蕩人心魄。他既怕與床沿上的三人相碰，毀了苗若蘭的名節，又怕自己鬍子如戟，刺到她吹彈得破的臉頰，當下心中打定了主意，若是給人發覺，必當將房中這一十八人殺得乾乾淨淨，寧教自己性命不在，也不能留下一張活口，累了這位冰清玉潔的姑娘。

幸喜那三人都好端端的坐着，不再動彈。胡斐不知苗若蘭被點中了穴道，但覺她竟不向裏床閃避，不由得又是惶恐，又是歡喜，一個人就似在半空中騰雲駕霧一般。

只聽賽總管道：「各位，咱們請杜莊主給大夥兒引見引見。」只聽得一個嗓音低沉的人說道：「承蒙各位光降，兄弟至感榮幸。這位是御前侍衛總管賽總管賽大人。賽大人威震江湖，各位當然都久仰的了。」說話之人自是玉筆莊莊主杜希孟。衆人轟言說了些仰慕之言。

胡斐傾聽杜希孟給各人報名引見，越聽越是驚訝。原來除了賽總管等七人是御前侍衛之外，其餘個個是江湖上成名的一流高手。青藏派的玄冥子到了，崑崙山靈清居士到了，河南無極門的蔣老拳師也到了。此外不是那一派的掌門、名宿，就是甚麼幫會的總舵主、甚麼鏢局的總鏢頭，沒一個不是大有來頭之人，而那七名侍衛，也全是武林中早享盛名的硬手。

苗若蘭心中思潮起伏，暗想：「我只穿了這一點點衣服，卻睡在他的懷中。此人與我家恩怨糾葛，不知他要拿我怎樣？今日初次與他相會，只覺他相貌雖然粗魯，卻是個文武雙全的奇男子，那知他竟敢對我這般無禮。」雖覺胡斐這樣對待自己，實是大大不該，但不知怎的，心中殊無惱怒怨怪之意，反而不由自主的微微有些歡喜，外面十餘人大聲談論，她竟一句也沒聽在耳裏。

胡斐比她大了十歲，閱歷又多，知道眼前之事干係不小，是以雖然又驚又喜，六神無主，但於帳外各人的說話，卻句句聽得十分仔細。他聽杜希孟一個個的引見，屈指數着，數到第十六個時，杜希孟便住口不再說了。胡斐心道：「帳外共有一十八人，除杜希孟外，該有十七人，這餘下一個不知是誰？」他心中起了這疑竇，帳外也有幾個細心之人留意到了。有人問道：「還有一位是誰？」杜希孟卻不答話。

隔了半晌，賽總管道：「好！我跟各位說，這位是興漢丐幫的范幫主。」

眾人吃了一驚，內中有一二人訊息靈通的，得知范幫主已給官家捉了去。餘人卻知丐幫素來與官府作對，決不能跟御前侍衛聯手，他突在峯上出現，人人都覺奇怪。

賽總管道：「事情是這樣。各位應杜莊主之邀，上峯來助拳，爲的是對付雪山飛狐。可是在拿狐狸之前，咱們先得抬一尊菩薩下山。」有人笑了笑，說道：「金面佛？」賽總管道：「不錯。我們驚動范幫主，本來爲的是要引苗人鳳上北京相救。天牢中安排下了樊籠，等候他的大駕。那知他倒也乖覺，竟沒上鈎。」侍衛中有人喉頭咕嚕了一聲，卻不說話。

原來賽總管這番話中隱瞞了一件事。苗人鳳何嘗沒去北京？他單身闖天牢，搭救范幫主，人雖沒救出，但一柄長劍殺了十一名大內侍衛，連賽總管臂上也中了劍傷。賽總管佈置雖極周密，終因對方武功太高，竟然擒拿不着。這件事是他生平的奇恥大辱，在旁人之前自然絕口不提。

賽總管道：「杜莊主與范幫主兩位，對待朋友義氣深重，答允助我們一臂之力，在下實是感激不盡，事成之後，在下奏明皇上，自有大大的封賞……」

說到這裏，忽聽莊外遠處隱隱傳來幾下脚步之聲。他耳音極好，脚步雖然又輕又遠，可也聽得清楚，低聲道：「金面佛來啦，我們宮裏當差的埋伏在這裏，各位出去迎接。」杜希孟、范幫主、玄冥子、淸靈居士、蔣老拳師等都站起來，走出廂房，只剩下七名大內侍衛。

這時脚步聲倏忽間已到莊外，誰都想不到他竟會來得這樣快，猶如船隻在大海中遇上暴風，甫見徵兆，狂風大雨已打上帆來；又如迅雷不及掩耳，閃電剛過，霹靂已至。

賽總管與六名衛士都是一驚，不約而同的一齊抽出兵刃。賽總管道：「伏下。」就有人手掀羅帳，想躲入床中。賽總管斥道：「蠢才，在床上還不給人知道？」那人縮回了手。七個人或躲入床底，或藏在櫃中，或隱身書架之後。

胡斐心中暗笑：「你罵人是蠢才，自己才是蠢才。」但覺苗若蘭鼻中呼吸，輕輕的噴在自己臉上，再也把持不定，輕輕伸嘴過去，在她臉頰上吻了一下。苗若蘭又喜又羞，待要閃開，苦於動彈不得。胡斐一吻之後，忽然不由自主的自慚形穢，心想：「她這麼溫柔文雅，我怎麼能辱於她？」待要挪身向外，不與她如此靠近，忽聽床底下兩名衞士動了幾下，低聲咒罵。原來幾個人擠在床底，一人手肘碰痛了另一人的鼻子。

胡斐對敵人向來滑稽，以他往日脾氣，此時或要揭開褥子，往床底下撒一大泡尿，將衆衞士淋一個醒醐灌頂，但心中剛有此念，立卽想到苗若蘭睡在身旁，豈能胡來？

過不多時，杜希孟與蔣老拳師等高聲說笑，陪着一人走進廂房，那人正是苗人鳳。有人拿了燭台，走在前面。

杜希孟心中納悶，不知自己家人與婢僕到了何處，怎麼一個人影也不見。但賽總管一到，苗人鳳跟着上峯，實無餘裕再去查察家事，斜眼望苗人鳳時，見他臉色木然，不知他心中所想何事。

衆人在廂房中坐定。杜希孟道：「苗兄，兄弟與那雪山飛狐相約，今日在此間算一筆舊帳。苗兄與這裏幾位好朋友高義，遠道前來助拳，兄弟實在感激不盡。只是現下天色已黑，那雪山飛狐仍未到來，定是得悉各位英名，嚇得夾住狐狸尾巴，遠遠逃去了。」胡斐大怒，眞想一躍而出，劈臉給他一掌。

苗人鳳哼了一聲，向范幫主道：「後來范兄終於脫險了？」范幫主站起來深深一揖，說道：「苗爺不顧危難，親入險地相救，此恩此德，兄弟終身不敢相忘。苗爺大鬧北京，不久敝幫兄弟又大舉來救，幸好人多勢衆，兄弟仗着苗爺的威風，才得僥倖脫難。」

范幫主這番話自是全屬虛言。苗人鳳親入天牢，雖沒爲賽總管所擒，但大鬧一場之後，也未能將范幫主救出。丐幫闖天牢云云，全無其事。賽總管一計不成，二計又生，親入天牢與范幫主一場談論，以死相脅。范幫主爲人骨頭倒硬，任憑賽總管如何威嚇利誘，竟是半點不屈。賽總管老奸巨猾，善知別人心意，跟范幫主連談數日之後，知道對付這類硬漢，既不能動之以利祿，亦不能威之以斧鉞，但若給他一頂高帽子戴戴，倒是頗可收效。當下親自迎接他進總管府居住，命手下最會諂諛拍馬之人，每日裏「幫主英雄無敵」、「幫主威震江湖」等等言語，流水價灌進他耳中。范幫主初時還兀自生氣，但過得數日，甜言蜜語聽得多了，竟然有說有笑起來。於是賽總管親自出馬，給他戴的帽子越來越高。後來論到當世英雄，范幫主固然自負，卻仍推苗人鳳天下第一。賽總管說道：「范幫主這話太謙，想那金面佛雖然號稱打遍天下無敵手，依兄弟之見，不見得就能勝過幫主。」范幫主給他一捧，舒服無比，心想苗人鳳名氣自然極大，武功也是眞高，但自己也未必就差了多少。

兩個人長談了半夜。到第二日上，賽總管忽然談起自己武功來。不久在總管府中的侍衛也來一齊講論，都說日前賽總管與苗人鳳接戰，起初二百招打成了平手。到後來賽總管已然勝券在握，若非苗人鳳見機逃去，再拆一百招他非敗不可。范幫主聽了，臉上便有不信之色。

賽總管笑道：「久慕范幫主九九八十一路五虎刀並世無雙，這次我們冒犯虎威，雖說是皇上有旨，但一半也是弟兄們想見識見識幫主的武功。只可惜大夥兒貪功心切，出齊了大內十八高手，才請得動幫主。兄弟未得能與幫主一對一的過招，實爲憾事。現下咱們說得高興，就在這兒領教幾招如何？」范幫主一聽，傲然道：「連苗人鳳也敗在總管手裏，只怕在下不是敵手。」賽總管笑道：「幫主太客氣了。」兩人說了幾句，當卽在總管府的練武廳中比武較量。

范幫主使刀，賽總管的兵刃卻極爲奇特，是一對短柄的狼牙棒。他力大招猛，武功果然十分了得。兩人翻翻滾滾鬥了三百餘招，全然不分上下，又鬥了一頓飯功夫，賽總管漸現疲態，給范幫主一柄刀迫在屋角，連衝數次搶都不出他刀圈。賽總管無奈，只得說道：「范幫主果然好本事，在下服輸了。」范幫主一笑，提刀躍開。賽總管恨恨的將雙棒拋在地下，嘆道：「我自負英雄無敵，豈知天外有天，人上有人。」說着伸袖抹汗，氣喘不已。

經此一役，范幫主更讓衆人捧上了天去。他把衆侍衛也都當成了至交好友，對賽總管更是言聽計從。這個粗魯漢子那知道賽總管有意相讓，若是各憑眞實功夫相拚，他在一百招內就得輸在狼牙雙棒之下。

然則賽總管何以要費偌大氣力，千方百計的與他結納？原來范幫主的武功雖未能算是一等一的高手，但他有一項家傳絕技，卻是人所莫及，那就是二十三路「龍爪擒拿手」，沾上身時直如鑽筋入骨，敲釘轉脚。不論敵人武功如何高強，只要身體的任何部位給他手指一搭上，立時就給拿住，萬萬脫身不得。賽總管聽了田歸農之言，要擒住苗人鳳取那寶藏的關鍵，「天牢設籠」之計既然不成，於是想到借重范幫主這項絕技。想那金面佛何等本領，范幫主若是正面和他爲敵，他焉能讓龍爪擒拿手上身？但范幫主和他是多年世交，要是出其不意的突施暗襲，便有成功之機。

苗人鳳見范幫主相謝，當卽拱手還禮，說道：「區區小事，何必掛齒？」轉頭問杜希孟道：「但不知那雪山飛狐到底是何等樣人，杜兄因何與他結怨？」

杜希孟臉上一紅，含含糊糊的道：「我和這人素不相識，不知他聽了甚麼謠言，竟說我拿了他家傳寶物，數次向我索取。我知他武藝高強，自己年紀大了，不是他的對手，是以請各位上峯，大家說個明白。若是他恃強不服，各位也好教訓教訓這後生小子。」苗人鳳道：「他說杜兄取了他的家傳寶物，卻是何物？」杜希孟道：「那有甚麼寶物？完全胡說八道。」

當年苗人鳳自胡一刀死後，心中鬱鬱，便卽前赴遼東，想查訪胡一刀的親交故舊，打聽這位生平唯一知己的軼事義舉。一查之下，得悉杜希孟與胡一刀相識，於是上玉筆峯杜家莊來拜訪。杜希孟於胡一刀的事蹟說不上多少，但對苗人鳳招待得十分殷勤，又親自陪他去看胡一刀的故宅，卻見胡家門垣破敗，早無人居。

苗人鳳推愛對胡一刀的情誼，由此而與杜希孟訂交，那已是二十多前的事了。這時聽他說得支支吾吾，便道：「倘若此物當眞是那雪山飛狐所有，待會他上得峯來，杜兄還了給他，也就是了。」杜希孟急道：「本就沒甚麼寶物，卻教我那裏去變出來給他？」

范幫主心想苗人鳳精明機警，時候一長，必能發覺屋中有人埋伏，當卽勸道：「杜莊主，苗爺的話一點不錯，物各有主，何況是家傳珍寶？你還給了他，也就是了，何必大動干戈，傷了和氣？」杜希孟急了起來，道：「你也這般說，難道不信我的說話？」范幫主道：「在下對此事不知原委，但金面佛苗爺旣這般說，定是不錯。范某縱橫江湖，對誰的話都不肯信，可就只服了金面佛苗爺一人。」

他一面說，一面走到苗人鳳身後，雙手舞動，以助言語的聲勢。

苗人鳳聽他話中偏着自己，心想：「他是一幫之主，究竟見事明白。」突覺耳後「風池穴」與背心「神道穴」上一麻，情知不妙，左臂急忙揮出擊去。那知這兩大要穴被范幫主用龍爪擒拿手拿住，登時全身酸麻，任他有天大武功、百般神通，卻已是半點施展不出。

但金面佛號稱「打遍天下無敵手」，奇變異險，一生中不知已經歷凡幾，豈能如此束手待斃？當下大喝一聲，一低頭，腰間用力，竟將范幫主一個龐大的身軀從頭頂甩了過去。賽總管等齊聲呼叱，各從隱身處竄了出來。

范幫主被苗人鳳甩過了頭頂，但他這龍爪擒拿手如影隨形，似蛆附骨，身子已在苗人鳳前面，兩隻手爪卻仍是牢牢拿住了他背心穴道。苗人鳳眼見四下裏有人竄出，暗想：「我一生縱橫江湖，今日陰溝翻船，竟遭小人毒手。」只見一名侍衛撲上前來，張臂抱向他頭頸。

苗人鳳盛怒之下，無可閃避，脖子向後一仰，隨卽腦袋向前一挺，猛地一個頭鎚撞了過去。這時他全身內勁，都聚在額頭，一鎚撞在那侍衛雙眼之雙，喀的一聲，那侍衛登時斃命。餘人大吃一驚，本來一齊撲下，忽地都在離苗人鳳數尺之外止住。

苗人鳳四肢無力，頭頸卻能轉動，他一撞成功，隨卽橫頸又向范幫主急撞。范幫主嚇得心膽俱裂，急中生智，一低頭，牢牢抱住他的腰身，將腦袋頂住他的小腹。苗人鳳四肢活動，一足踢飛一名迫近身旁的侍衞，立卽伸手往范幫主背心拍去，那知手掌剛舉到空中，四肢立時酸麻，這一掌竟然擊不下來，原來范幫主又已拿住他腰間穴道。

這幾下兔起鶻落，瞬息數變。賽總管知道范幫主的偷襲只能見功於頃刻，時候稍長，苗人鳳必能化解，當卽搶上前去，伸指在他笑腰穴中點了兩點。他的點穴功夫出手遲緩，但落手極重。苗人鳳嘿的一聲，險險暈去，就此全身軟癱。

范幫主鑽在苗人鳳懷中，不知身外之事，十指緊緊拿在他穴道之中。賽總管笑道：「范幫主，你立了奇功一件，放手了吧！」他說到第三遍，范幫主方始聽見。他抬起頭來，可是兀自不敢放手。

一名侍衞從囊中取出精鋼銬鐐，將苗人鳳手脚都銬住了，范幫主這才鬆手。

賽總管對苗人鳳極是忌憚，只怕他竟又設法兔脫，那可是後患無窮，從侍衞手中接過單刀，說道：「苗人鳳，非是我姓賽的不夠朋友，只怨你本領太強，不挑斷你的手筋脚筋，我們大夥兒白天吃不下飯，晚上睡不着覺。」左手拿住苗人鳳右臂，右手舉刀，就要斬他臂上筋脈，只消四刀下去，苗人鳳立時就成了廢人。

范幫主伸手架住賽總管手腕，叫道：「不能傷他！你答應我的，又發過毒誓。」賽總管一聲冷笑，心想：「你還道我當眞敵你不過。不給你些顏色看看，只怕你這小子狂妄一世！」當下手腕一沉，腰間運勁，右肩突然撞將過去。一來他這一撞力道奇大，二來范幫主並未提防，蓬的一聲，身子直飛出去，竟將廂房板壁撞穿一個窟窿，破壁而出。賽總管哈哈大笑，舉刀又向苗人鳳右臂斬下。

胡斐在帳內聽得明白，心想：「苗人鳳雖是我殺父仇人，但他乃當世大俠，豈能命喪鼠輩之手？」一聲大喝，從羅帳內躍出，飛出一掌，已將一名侍衞拍得撞向賽總管。這一來奇變陡起，賽總管猝不及防，拋下手中單刀，將那侍衞接住。

胡斐乘賽總管這麼一緩，雙手已抓住兩名侍衞，頭對頭的一碰，兩人頭骨破裂，立時斃命。胡斐左掌右拳，又向二人打去。混亂之中，衆人也不知來了多少敵人，但見胡斐一出手就是神威迫人，不禁先自膽怯。

胡斐一拳打在一名侍衞頭上，將他擊得暈了過去，左手一掌揮出，倏覺敵人一黏一推，自己手掌登時滑了下來，心中一驚，定眼看時，只見對手銀髯過腹，滿臉紅光，雖不識此人，但他這一招「混沌初開」守中有攻，的是內家名手，非無極門蔣老拳師莫屬。

胡斐眼見敵手衆多，內中不乏高手，當下心生一計，飛起一腿，猛地往靈清居士的胸口踢去。靈清居士練的是外家功夫，見他飛足踢到，手掌往他足背硬斬下去。胡斐就勢一縮，雙手探出，往人叢中抓去。廂房之中，地勢狹窄，十多人擠在一起，衆人無處可避。呼喝聲中，胡斐一手已抓住杜希孟胸膛，另一手抓住了玄冥子的小腹，將兩人當作兵器一般，直往衆人身上猛推過去。衆人擠在一起，被他抓着兩人強力推來，只怕傷了自己人，不敢反手相抗，只得向後退縮。十餘人給逼在屋角之中，一時極爲狼狽。

賽總管見情勢不妙，從人叢中一躍而起，十指如鈎，猛往胡斐頭頂抓到。胡斐正是要引他出手，哈哈一笑，向後躍開數步，叫道：「老賽啊老賽，你太不要臉哪！」賽總管一怔，道：「甚麼不要臉？」

胡斐手中仍是抓住杜希孟與玄冥子二人，他所抓俱在要穴，兩人空有一身本事，卻半點施展不出，只有軟綿綿的任他擺佈。胡斐道：「你合十餘人之力，又施奸謀詭計，才將金面佛拿住，稱甚麼滿洲第一高手？」

賽總管給他說得滿臉通紅，左手一擺，命衆人佈在四角，將胡斐團團圍住，喝道：「你就是甚麼雪山飛狐了？」胡斐笑道：「不敢，正是區區在下。我先前也曾聽說北京有個甚麼賽總管，還算得是個人物，那知竟是如此無恥小人。這樣的膿包混蛋，到外面來充甚麼字號？給我早點兒回去抱娃娃吧！」

賽總管一生自負，那裏咽得下這口氣去？眼見胡斐雖是濃髯滿腮，年紀卻輕，心想你本領再強，功力那有我深，然見他抓住了杜希孟與玄冥子，舉重若輕，毫不費力，心下又自忌憚，不敢出口挑戰，正自躊躇，胡斐叫道：「來來來，咱們比劃比劃。三招之內贏不了你，姓胡的跟你磕頭！」

賽總管正感為難，一聽此言，心想：「若要勝你，原無把握，但憑你有天大本領，想在三招之中勝我，除非我是死人。」他憤極反笑，說道：「很好，姓賽的就陪你走走。」胡斐道：「倘若三招之內你敗於我手，那便怎地？」賽總管道：「任憑你處置便是。賽某是何等樣人，那時豈能再有臉面活在世上？不必多言，看招！」說着雙拳直出，猛往胡斐胸口擊去。

他見胡斐抓住杜玄二人，只怕他以二人身子擋架，當下欺身直進，叫他非撒手放人、回掌相格不可。

胡斐待他拳頭打到胸口，竟是不閃不擋，突然間胸部向內一縮，將這一拳化解於無形。賽總管萬料不到他年紀輕輕，內功竟如此精湛，心頭一驚，防他運勁反擊，急忙向後躍開。眾人齊聲叫道：「第一招！」其實這一招是賽總管出手，胡斐並未還擊，但眾人有意偏袒，竟然也算是一招。

胡斐微微一笑，忽地咳嗽一聲，一口唾液激飛而出，猛往賽總管臉上吐去，同時雙足「鴛鴦連環」，向前踢出。

賽總管吃了一驚，要躲開這一口唾液，不是上躍便是低頭縮身，倘若上躍，小腹勢非給敵人左足踢中不可，但如縮身，卻是將下顎湊向敵人右足去吃他一脚，這當口上下兩難，只得橫掌當胸，護住門戶，那口唾液噗的一聲，正中雙眉之間。本來這樣一口唾液，連七八歲小兒也能避開，苦於敵人伏下兇狠後着，令他不得不眼睜睜的挺身領受。

眾人見他臉上被唾，為了防備敵人突擊，竟是不敢伸手去擦，如此狼狽，那「第二招」這一聲叫，就遠沒首次響亮。

賽總管心道：「我縱然受辱，只要守緊門戶，再接他一招又有何難，到那時且瞧他有何話說？」大聲喝道：「還賸下一招。上吧！」

胡斐微微一笑，跨上一步，突然提起杜希孟與玄冥子，迎面向他打去。賽總管早料他要出此招，心下計算早定：「常言道無毒不丈夫，當此危急之際，非要傷了朋友不可，那也叫做無法。」一眼見兩人身子橫掃而來，立即雙臂一振，猛揮出去。

胡斐雙手抓着兩人要穴，待兩人身子和賽總管將觸未觸之際，忽地鬆手，隨即抓住兩人非當穴道處的肌肉。

杜希孟與玄冥子被他抓住了在空中亂揮，渾渾噩噩，早不知身在何處，突覺穴道鬆馳，手足能動，不約而同的四手齊施，打了出去。他二人原意是要掙脫敵人的掌握，是以出手都是各自的生平絕招，決死一拚，狠辣無比。但聽賽總管一聲大吼，太陽穴、胸口、小腹、脅下四處同時中招，再也站立不住，雙膝一軟，坐倒地下。胡斐雙手一放一抓，又已拿住了杜玄二人的要穴，叫道：「第三招！」

他一言出口，雙手加勁，杜玄二人哼也沒哼一聲，都已暈了過去。這一下重手拿穴，力透經脈，縱有高手解救，也非十天半月之內所能治愈。他跟着提起二人，順手往身前另外二人擲去。那二人吃了一驚，只怕杜玄二人又如對付賽總管那麼對付自己，急忙上躍閃避。胡斐一縱而前，乘二人身在半空、尚未落下之際，一手一個，又已抓住，這才轉過身來，向賽總管道：「你怎麼說？」

賽總管委頓在地，登覺雄心盡喪，萬念俱灰，喃喃的道：「你說怎麼就怎麼着，又問我怎地？」胡斐道：「快放了苗大俠。」賽總管向兩名侍衞擺了擺手。那兩人過去解開了苗人鳳的鐐銬。

苗人鳳身上的穴道是賽總管所點，那兩名侍衞不會解穴。胡斐正待伸手解救，那知苗人鳳暗中運氣，正在自行通解，手脚上鐐銬一鬆，他深深吸一口氣，小腹一收，竟自將穴道解了，左足起處，已將靈清居士踢了出去，同時一拳遞出，砰的一聲，將另一人打得直摜而出。

范幫主被賽總管撞出板壁，隔了半晌，方能站起，正從板壁破洞中跨進房來，不料苗人鳳打出的那人正好撞在他的身上。這一撞力道奇大，兩人體內氣血翻湧，昏昏沉沉，難分友敵，立卽各出絕招，互相纏打不休。

靈清居士雖被苗人鳳一脚踢出，但他究是崑崙派的名宿，武功有獨到造詣，身子飛在半空，腰間一扭，已頭上脚下，換過位來，騰的一聲，跌坐在床沿之上。

胡斐大吃一驚，待要搶上前去將他推開，忽覺一股勁風撲胸而至，同時右側又有金刃劈風之聲，原來蔣老拳師與另一名侍衛同時攻到。侍衛的一刀還易閃避，蔣老拳師這一招「斗柄東指」卻是不易化解，只得雙足站穩，運勁接了他一招。但那無極拳綿若江河，一招甫過，次招繼至，一時竟教他緩不出手足。

靈清居士跌在床邊，嗤的一響，將半邊羅帳拉了下來，躍起身時，竟將苗若蘭身上蓋着的棉被掠在一旁，露出了上身。

苗人鳳正鬥得興起，忽見床上躺着一個少女，褻衣不足以蔽體，雙頰暈紅，一動也不動，正是自己的獨生愛女，這一下他如何不慌，叫道：「蘭兒，你怎麼啦？」苗若蘭開不得口，只是舉目望着父親，又羞又急。

苗人鳳雙臂一振，從四名敵人之間硬擠了過去，一拉女兒，但覺她身子軟綿綿的動彈不得，竟是被高手點中了穴道。他親眼見胡斐從床上被中躍出，原來竟在欺侮自己愛女。他氣得幾欲暈去，也不及解開女兒穴道，只罵了一聲：「奸賊！」雙臂揮出，疾向胡斐打去。

此時他眼中如要噴出火來，這雙拳擊出，實是畢生功力之所聚，勢道猶如排山倒海一般。胡斐吃了一驚，他適才正與蔣老拳師凝神拆招，心無旁騖，沒見到苗人鳳如何去拉苗若蘭，心中只覺奇怪，明明自己救了他，何以他反向自己動武，但見來勢厲害，不及喝問，急忙向左閃讓，但聽砰的一聲大響，苗人鳳雙拳已擊中一名拳師背心。

這人所練下盤功夫直如磐石之穩，一個馬步一紮，縱是幾條壯漢一齊出力，也拖他不動。苗人鳳雙拳擊到之時，他正背向胡斐，不意一個打得急，一個避得快，這雙拳頭正好擊中他的背心。若是換作旁人，中了這兩拳勢必撲地摔倒，但這拳師下盤功夫實在太好，以硬碰硬，喀的一響，脊骨從中斷絕，一個身子軟軟的折爲兩截，雙腿仍是牢釘在地，上身卻彎了下去，額角碰地，再也挺不起來。

衆人見苗人鳳如此威猛，發一聲喊，四下散開。苗人鳳左腿橫掃，又向胡斐踢到。

胡斐見苗若蘭在燭光下赤身露體，幾個存心不正之徒已在向她斜睨直望，心想先保她潔白之軀要緊，順手拉過一名侍衛，在自己與苗人鳳之間一擋，身形一斜，竄到床邊，扯過被子裹在苗若蘭身上。這幾下起落快捷無倫，衆人尚未看清，他已抱起苗若蘭從板壁缺口鑽了出去。

苗人鳳一腳將那名侍衛踢得飛向屋頂，見胡斐擄了女兒而走，又驚又怒，大叫：「奸賊，快放下我兒！」縱身欲追，但室小人擠，被幾名敵人纏住了手足，任他拳劈足踢，一時竟是難以脫身。

苗人鳳轉過頭來，只見女兒身披男人袍服，怯生生的站在雪地中，心想眼前此人雖然救了自己性命，卻玷汚了女兒清白……

一〇

胡斐見到苗人鳳發怒時神威凜凜，心中也自駭然，抱着苗若蘭不敢停留，搶到崖邊，一手拉索，溜下峯去。他知附近有個山洞人迹罕至，當下展開輕身功夫，直奔而去，手中雖抱了人，但苗若蘭身子甚輕，全沒減了他奔跑之速。

不到一盞茶功夫，已抱着苗若蘭進了山洞，將棉被緊緊裹住她身子，讓她靠在洞壁，心中躊躇：「若要解她穴道，非碰到身子不可，如不解救，時間一長，她不會內功，只怕身子有損。」實在好生難以委決，當下取火摺點燃了一根枯枝。

火光下但見苗若蘭美目流波，俏臉生暈，便道：「苗姑娘，在下絕無輕薄冒瀆之意，但要解開姑娘穴道，難以不碰姑娘貴體，此事該當如何？」苗若蘭雖不能點頭示意，但目光柔和，似羞似謝，殊無半點怒色，胡斐大喜，先吹熄柴火，伸手到衾中在她幾處穴道上輕輕按摩，替她通了經脈。

苗若蘭手足漸能活動，低聲道：「行啦，多謝您！」胡斐急忙縮手，待要說話，卻不知說甚麼好，過了良久，才道：「適才冒犯，實是無意之過，此心光明磊落，天日可鑒，務請姑娘恕罪。」苗若蘭低聲道：「我知道。」

兩人在黑暗之中，相對不語。山洞外雖是冰天雪地，但兩人心頭溫暖，山洞中卻如春風和煦，春日融融。

過了一會，苗若蘭道：「不知我爹爹現下怎樣了。」胡斐道：「令尊英雄無敵，這些人不是他的對手。你放心好啦。」苗若蘭輕輕嘆了口氣，說道：「可憐的爹爹，他以為你……你對我不好。」胡斐道：「這也難怪，適才情勢確甚尷尬。」

苗若蘭臉上一紅，道：「我爹爹因有傷心之事，是以感觸特深，請胡爺不要見怪。」胡斐道：「甚麼事？」一問出口，立覺失言，想要用言語岔開，卻一時不知說甚麼好。他號稱雪山飛狐，平時聰明伶俐，機變百出，但今日在這個溫雅的少女之前，不知怎的，竟似變成了另一個人，顯得十分拙訥。

苗若蘭道：「此事說來有愧，但我也不必瞞你，那是我媽的事。」胡斐「啊」了一聲。苗若蘭道：「我媽做過一件錯事。」胡斐道：「人孰無過？那也不必放在心上。」苗若蘭緩緩搖頭，說道：「那是一件大錯事。一個女子一生不能錯這麼一次。我媽媽教這件事毀了，連我爹爹也險險給這事毀了。」

胡斐默然，心下已料到了幾分。苗若蘭道：「我爹是江湖豪傑。我媽卻是出身官家的一個千金小姐。有一次我爹無意之中救了我媽的性命，他們才結了親。兩人本來不大相配，那也罷了。可是我爹有一件事大大不對，他常在我媽面前，誇獎你媽的好處。」

胡斐奇道：「我的母親？」苗若蘭道：「是啊。我爹跟令尊比武之時，你媽媽英風颯爽，比男子漢還有氣概。我爹平時閒談，常自羨慕令尊，說道：『胡大俠得此佳偶，活一日勝過旁人百年。』我媽聽了雖不言語，心中卻甚不快。後來天龍門的田歸農到我家來作客。他相貌英俊，談吐風雅，又能低聲下氣的討人喜歡。我媽一時胡塗，竟撇下了我，偷偷跟着那人走了。」

胡斐輕輕嘆了口氣，難以接口。苗若蘭話聲哽咽，說道：「那時我還只三歲，爹抱了我連夜追趕，他不吃飯不睡覺，連追三日三夜，終於趕上了他們。那田歸農見到我爹，那敢動手？我媽卻全力護着他。我爹見我媽媽對這人如此眞心相愛，無可奈何，抱了我走了，回到家來生了一場大病，險些死去。他對我說，若不是見我孤苦伶仃，在這世上沒人照顧，他眞不想活啦。一連三年，他不出大門一步，有時叫着：『蘭啊蘭，你怎地如此胡塗？』我媽媽的名字之中，也是有個『蘭』字的。」她說到此處，臉上一紅。要知當時女子的名字也是秘密，旁人只知女子姓氏，只有對至親至近之人方能告知名字，她這麼說，等於是對胡斐說自己名字中有個「蘭」字。

胡斐雖見不到她臉上神色，但聽她竟把家中最隱秘的可恥私事，也毫不諱言的告知了自己，不禁大是感激，最後聽她提到她自己小名，更是如飲醇醪，頗有微醺薄醉之意，說道：「苗姑娘，那田歸農存心極壞，對你媽未必有甚麼眞正的情意。」

苗若蘭嘆了口氣道：「我爹也是這麼說。只是他時常埋怨自己，說道若非他對我媽不夠溫存體貼，我媽也不致受了旁人之騙。我爹號稱打遍天下無敵手，但說到待人處世，卻不及田歸農了。那姓田的欺騙我媽，其實是想得我苗家家傳的一張藏寶之圖。可是他雖令我一家受苦，令我自幼就成了個無母之人，到頭來卻仍是白費了心機。我媽看穿了他的用心，臨終之時，仍將藏着地圖的鳳頭珠釵還給了我爹。」於是將劉元鶴在田歸農床底的所見所聞，說了一遍，最後說到那圖如何給寶樹他們搶去，那些人如何憑了闖王軍刀與地圖去找藏寶。

胡斐恨恨的道：「這姓田的心思也忒煞歹毒。他畏懼你爹爹，又弄不到地圖，就想假手官家，將你爹爹擒住，好迫他交出圖來。那知天網恢恢，終於難逃孽報。唉，這寶藏不知害了多少人。」

他停了片刻，又道：「苗姑娘，我爹和我媽就是因這寶藏而成親的。」

苗若蘭道：「啊，是麼？快說給我聽。」她雖矜持，究竟年紀幼小，心喜之下，伸手去握住了胡斐的手，但隨即覺得不妙，要待縮回，胡斐卻翻過手掌，輕輕握住了她手不放。苗若蘭臉上一紅，也就不再縮回，只覺胡斐手上熱氣，直透進自己的心裏。

胡斐道：「你道我媽是誰？她是杜希孟杜莊主的表妹。」苗若蘭更加驚奇，說道：「我自幼識得杜伯伯，爹爹卻從來沒提起過。」

胡斐道：「我在爹爹媽媽的遺書中得悉此事，想來令尊未必知道其中詳情。杜莊主得到一些綫索，猜得寶藏必在雪峯附近，是以長住峯上找尋。只是他一來心思遲鈍，二來機緣不巧，始終參透不出藏寶的所在。我爹爹暗中查訪，卻反而先他得知。他進了藏寶之洞，見到田歸農的父親與你祖父死在洞中，正想發掘藏寶，那知我媽跟着來了。

「我媽的本事要比杜莊主高得多。我爹連日在左近出沒，她早已看出了端倪。她跟進寶洞，和我爹動起手來。兩人不打不成相識，互相欽慕，我爹就提求親之議。我媽說道：她自幼受表哥杜希孟撫養，若是讓我爹取去藏寶，那是對表哥不起，問我爹要她還是要寶藏，兩者只能得一。

「我爹哈哈大笑，說道就是十萬個寶藏，也及不上我媽。他提筆寫了一篇文字，記述此事，封在洞內，好令後人發現寶藏之時，知道世上最寶貴之物，乃是兩心相悅的眞正情愛，決非價值連城的寶藏。」

苗若蘭聽到此處，不禁悠然神往，低聲道：「你爹娘雖然早死，可比我爹媽快活得多。」

胡斐道：「只是我自幼沒爹沒娘，卻比你可憐得多了。」苗若蘭道：「我爹爹若知你活在世上，就是拋盡一切，也要領你去撫養。那麼咱們早就可以相見啦。」胡斐道：「我若住在你家裏，只怕你會厭憎我。」

苗若蘭急道：「不！不！那怎麼會？我一定會待你很好很好，就當你是我親哥哥一般。」胡斐怦怦心跳，問道：「現在相逢還不遲麼？」苗若蘭不答，過了良久，輕輕說道：「不遲。」又過片刻，說道：「我很歡喜。」

古人男女風懷戀慕，只憑一言片語，便傳傾心之意。

胡斐聽了此言，心中狂喜，說道：「胡斐終生不敢有負。」

苗若蘭道：「我一定學你媽媽，不學我媽。」她這兩句話說得天眞，可是語意之中，充滿了決心，那是把自己一生的命運，全盤交託給了他，不管是好是壞，不管將來是禍是福，總之是與他共同擔當。

兩人雙手相握，不再說話，似乎這小小山洞就是整個世界，登忘身外天地。

過了良久，苗若蘭才道：「咱們去找到我爹，一起走吧，別理杜莊主他們啦。」胡斐道：「好的。」可是他一生之中，從未有如此刻之樂，實是不願離開山洞。苗若蘭也有此心，覺得不如說些閒話，多留一刻好一刻，於是問道：「杜莊主既是你長親，何以你要跟他爲難？」

胡斐恨恨的道：「這件事說來當眞氣人。我媽臨終之時，拜懇你爹照看，養我成人。我媽在我襁褓中放了一包遺物，一通遺書，其中記明我的生日時辰，我胡家的籍貫、祖宗姓名，以及世上的親戚。後來變生不測，平四叔抱了我逃走。他以爲你父有害我之意，見到遺書中有杜莊主的姓名，便抱了我前去投奔。那知杜莊主起心不良，想得我爹的武學秘本。他又隱約猜到我爹媽知道藏寶秘密，竟來搜查我媽給我的遺物。平四叔情知不妙，抱着我連夜逃下雪峯。我爹的武學秘本是帶走了，但我媽給我的一包遺物，卻失落在莊上。這次我跟他約會，是要問他爲甚麼欺侮我一個幼年孤兒，又要向他要回我媽所遺的物事。」

苗若蘭道：「杜莊主對人溫和謙善，甚是好客，想不到待你竟這麼壞。」胡斐道：「這人假仁假義，單是他陰謀害你爹爹，就可想見其餘……」隨即語氣轉柔，說道：「不過現在我也不惱他了。若不是他，我又怎能跟你相逢？」

正說到此處，忽聽洞外傳來一陣兵刃相交之聲，隱隱夾雜着呼喝叱罵。只是聲音極沉極悶，胡斐依稀分辨得出，苗若蘭卻還道是風動松柏，雪落山巓。

胡斐道：「這聲音來自地底，那可奇了。你留在這裏，我瞧瞧去。」說着站起身來。苗若蘭道：「不，我跟你去。」胡斐也不願留她一人孤身在此，說道：「好。」攜着她手，出洞尋聲而去。

兩人在雪地上緩緩走出數十丈。這天是三月十五，月亮正圓，銀色的月光映着銀色的雪光，再與苗若蘭皎潔無瑕的肌膚一映，當眞是人間仙境，此夕何夕？這時胡斐早已除下自己長袍，披在苗若蘭身上。月光下四目交投，於身外之事，竟是全不縈懷。

兩人心中柔和，古人詠嘆深情蜜意的詩句，忽地一句句似脫口而出。胡斐不自禁低聲說道：「宜言飲酒，與子偕老。」苗若蘭仰起頭來，望着他的眼睛，輕輕的道：「琴瑟在御，莫不靜好。」這是「詩經」中一對夫婦的對答之詞，情意綿綿，溫馨無限。突然之間，地底呼聲轉劇，兩人當即止步，側耳傾聽。

胡斐一辨聲音，說道：「他們找到了寶藏所在，正在地下廝殺爭奪。」他從父親遺書之中得知寶藏地點，曾進入數次，取出父母當年封存的文字，又取了田歸農之父的黃金小筆。這日早晨他用小筆投射田青文，就是示警之意。他雖知寶藏所在，但體念父母遺志，不肯發掘。這時辨聲知向，料定寶樹等必是見財眼紅，正在互相爭奪。

胡斐所料絲毫不錯，那地底山洞之中，天龍門、飲馬川山寨、平通鏢局諸路人馬，爲了爭奪寶物，正自殺成一團。寶樹袖手旁觀，只是冷笑，心想且讓你們打個三敗俱傷，老僧再慢慢一個個的收拾。

周雲陽與熊元獻又是扭在一起，在地下滾來滾去。兩人突然間滾到了火堆之旁。初時互欲將對方壓在火上，那知幾個打滾，險險將火頭壓熄，寶樹罵道：「壓滅了火，大夥兒都凍死麼？」伸出右腳，抄到周雲陽身底一挑，兩個人一齊飛了起來，騰的一聲，落在地下。

寶樹嘿嘿一笑，彎腰拿起幾根粗柴，添入火堆。正要挺直身子，忽見火光突突跳跳，在對面冰壁上映出兩個人影，人影也在微微跳動。寶樹吃了一驚，轉過身來，見山洞口並肩站着二人。一個臉帶嬌羞，乃是苗若蘭，另一個虬髯戟張、眼露殺氣，卻是雪山飛狐胡斐。

寶樹「啊」的一聲，右手一揚，一串鐵念珠激飛而出。念珠初擲出似是一串，其實串着鐵珠的絲綫早被他捏斷，數十顆鐵珠忽然上下左右，分打胡苗二人的要害。這是他苦練十餘年的絕技，恃以保身救命，臨敵之時從未用過，此時陡逢大敵，事勢緊迫，立施殺手。

胡斐一聲冷笑，踏上一步，擋在苗若蘭身前。寶樹見他並無特異功夫擋避，心下大喜，暗道：「原來你裝模作樣，功夫也不過爾爾，這番可要叫你死無葬身之地了。」正自得意，但見胡斐雙手衣袖倏地揮出，已將數十顆來勢奇急的鐵念珠盡行捲住，衣袖振處，嗒嗒急響，如落冰雹，鐵念珠都飛向冰壁，只打得碎冰四濺。

寶樹一見之下，不由得心膽俱裂，急忙倒躍，退在曹雲奇身後，生怕胡斐跟着上前，大叫一聲：「不好了！」雙手抓住曹雲奇背心，提起他一個魁偉長大的身子，就往火堆中擲將過去。他本意將火堆壓滅，好教胡斐瞧不見自己，那知道火堆剛得他添了乾柴，燒得正旺。曹雲奇跌在火中，衣服着火，洞中更是明亮。

胡斐見寶樹一上來就向自己和苗若蘭猛施毒手，想起平阿四適才所言，這和尙卑鄙貪財，害了自己父母性命，心中怒火大熾，立時也如那火堆一般燒了起來，一彎腰抄起了一把珠寶，托在左手掌心，右手食指不住彈動。

但見珍珠、珊瑚、碧玉、瑪瑙、翡翠、寶石、貓兒眼、祖母綠、各種各樣的珍物，如雨點般往寶樹身上飛去。每一塊寶物射到，都打得他劇痛難當。寶樹縱高竄低，竭力閃避，但胡斐手指彈出，珍寶飛到，準頭竟是不偏半點，洞中人數不少，這些珠寶卻始終不碰到別人身上。

劉元鶴、陶百歲等見此情景，個個貼身冰壁，一動也不敢動。寶樹初時還東西奔躍，後來足踝上連中了兩塊碧玉，竟自倒地，再也站不起來，高聲號叫，在地下滾來滾去。他先前只愁珍寶不多，此時卻但願珍寶越少越好。

胡斐越彈手勁越重，有意避開寶樹的要害，要讓他多吃些苦頭。衆人縮在洞角，凝神觀看，個個嚇得心驚肉跳，連大氣也不敢喘一口。

苗若蘭聽寶樹叫得悽慘，心中不忍，低聲道：「這人確是很壞，但也夠他受的了。饒了他吧！」胡斐生平除惡務盡，何況這人正是殺父害母的大仇人，但一聽苗若蘭之言，突然覺得自己正處於極大幸福之中，對這世上最大的惡人，憎恨之心也登時淡了許多，當即左手一擲，掌中餘下的十餘件珍寶激飛而出，叮叮噹噹一陣響，盡數嵌在冰壁之中。

衆人盡皆駭然，暗道：「這些珠寶若要寶樹受用，單只一件就要了他的性命。」

胡斐橫眉怒目，自左至右逐一望過去，眼光射到誰的臉上，誰就不自禁的低下頭去，不敢與他目光相接。洞中寂靜無聲。寶樹身上雖痛，卻也不敢發出半聲呻吟。

隔了良久，胡斐喝道：「各位如此貪愛珍寶，就留在這裏陪伴寶藏吧！」說着携了苗若蘭的手，轉身便出。

眾人萬料不到他居然肯這麼輕易罷手，個個喜出望外，但聽他二人脚步聲在隧道中逐漸遠去，各人齊聲低呼，俯身又去撿拾珠寶。

胡斐和苗若蘭來到兩塊圓岩之外。胡斐道：「我們在這裏等上一會，瞧他們出不出來。那一個貪念稍輕，自行出來，就饒了他的性命。」

洞內各人雙手亂扒，拚命的執拾珠寶，只恨爹娘當時少生了自己兩三隻手。過了良久，突然隧道中傳來一陣鬱悶的軋軋之聲，眾人初尚不解，轉念之間，個個驚得臉如土色，齊叫：「啊喲，不好啦！」「他堵死了咱們出路。」「快跟他拚了。」眾人情急之下，爭先恐後的擁出，奔到圓岩之後，果見那塊巨岩已被胡斐推回原處，牢牢的堵住了洞門。

洞門甚窄，在外尚有着力之處，內面卻只容得一人站立，岩面光滑，無所拉扯，這麼一堵上，過不多時，融化了的冰水重行凍結，若非外面有人來救，洞內諸人萬萬不能出來。

苗若蘭心中不忍，道：「你要他們都死在裏面麼？」胡斐道：「你說，裏面那一個是好人，饒得他活命？」

苗若蘭嘆了口氣，道：「這世上除了爹爹和你，我不知道還有誰是眞正的好人。可是，你總不能把天下的壞人都殺了啊。」胡斐一怔，道：「我那算得是好人？」

苗若蘭抬頭望着他，說道：「我知道你是好的。我沒見你面的時候就知道啦！大哥，你可知在甚麼時候，我這顆心就已交了給你？」

這是她第一次出口叫他「大哥」，可是這一聲叫得那麼自然流暢，隨隨便便的脫口而出，卻似已經叫了一輩子一般。胡斐再也抑制不住，張臂抱住了她。苗若蘭伸手還抱，倚在他的懷中。兩人摟抱在一起，但願這一刻無窮無盡。

兩人這樣抱着，也不知過了多少時候，忽然洞口傳進來幾下脚步之聲。胡斐心道：「不好！我堵死別人，別要螳螂捕蟬，黃雀在後，另有別人來堵死了我們。」手臂摟着苗若蘭不放，急步搶出洞去。

月光之下，但見雪地裏有兩人在發力奔逃，顯然便是雪峯上與自己動過手的武林豪客。胡斐笑道：「你爹爹把那些傢伙都趕跑啦。」彎腰在地下抓起一把雪，手指用勁，這把雪立時團得堅如鐵石。他手臂一揮，雪團直飛過去，擊中前面一人後腰。那人一交俯跌，再也站不起來。後面一人吃了一驚，回過頭來，一個雪團飛到，正中胸口，立時仰天摔倒。兩人跌法不同，卻是同樣的再不站起。

胡斐哈哈一笑，忽然柔聲道：「你甚麼時候把心交給了我？我想一定沒我早。我第一眼瞧你，我……我就管不住自己了。」苗若蘭輕聲道：「十年之前，那時候我還只七歲，我聽爹爹說你爹媽之事，心中就儘想着你。我對自己說，若是那個可憐的孩子活在世上，我要照顧他一生一世，要教他快快活活，忘了小時候別人怎樣欺侮他、虧待他。」

胡斐心下感激，不知說甚麼才好，只是緊緊的將她摟在懷裏，眼光從她肩上望去，忽見雪峯上幾個黑影，正緣着繩索往下急溜。

胡斐叫道：「咱們幫你爹爹截住這些歹人。」說着足底加勁，抱着苗若蘭急奔，片刻間已到了雪峯之下。

這時兩名豪客已踏到峯下實地，尚有幾名正急速下溜。胡斐放下苗若蘭，雙手各握一個雪團，雙臂齊揚，峯下兩名豪客應聲倒地。

胡斐正要再擲雪團，投擊尚未着地之人，忽聽半山間有人朗聲說道：「是我放人走路，旁人不必攔阻。」這兩句話一個字一個字的從半山裏飄將下來，洪亮清朗，正是苗人鳳的說話。

苗若蘭喜叫：「爹爹！」胡斐聽這聲音尚在百丈以外，但語音遙傳，若對其面，金面佛內力之深，確是己所莫及，不禁大爲欽佩，雙手一振，扣在掌中的雪團雙雙飛出，又中躺伏在地的兩名豪客身上，不過上次是打穴，這次卻是解穴。那二人蠕動了幾下，撐持起來，發足狂奔而去。

但聽半空中苗人鳳叫道：「果然好俊功夫，就可惜不學好。」這十二字評語，一字近似一字，只見他又瘦又長的人形緣索直下，「好」字一脫口，人已站在胡斐身前。

兩人互相對視，均不說話。但聽四下裏乞乞擦擦，盡是踏雪之聲，這次上峯的好手中留得性命的，都四散走了。

月光下只見一人一跛一拐的走近，正是杜希孟杜莊主。他將一個尺來長的包裹遞給胡斐，顫聲道：「這是你媽的遺物，裏面一件不少，你收着吧。」胡斐接在手中，似有一股熱氣從包裹傳到心中，全身不禁發抖。

苗人鳳見杜希孟的背影在雪地裏蹣跚遠去，心想此人文武全才，結交遍於天下，也算得是個人傑，與自己二十餘年的交情，只因一念之差，落得身敗名裂，實是可惜。他不知杜希孟與胡斐之母有中表之親，更不知胡斐就是二十多年來自己念念不忘的孤兒，當下緩緩轉過頭來，只見女兒身披男人袍服，怯生生的站在雪中，心想眼前此人雖然救了自己性命，卻玷汚了女兒清白，念及亡妻失節之事，恨不得殺盡天下輕薄無行之徒，一時胸口如要迸裂，低沉着聲音道：「跟我來！」說着轉身大踏步便走。

苗若蘭叫道：「爹，是他……」苗人鳳沉默寡言，素來不喜多說一個字，也不喜多聽一個字，此時盛怒之下，更不讓女兒多說。他見胡斐伸手去拉女兒，喝道：「好大膽！」閃身欺近，左手倏地伸出，破蒲扇一般的手掌已將胡斐左臂握住，說道：「蘭兒你留在這兒，我和這人有幾句話說。」說着向右側一座山峯一指。那山峯雖遠不如玉筆峯那麼高聳入雲，但險峻巍峨，殊不少遜。他放開胡斐手臂，向那山峯急奔過去。

胡斐道：「蘭妹，你爹旣這般說，我就過去一會兒，你在這裏等着。」苗若蘭道：「你答應我一件事。」胡斐道：「別說一件，就是千件萬件，也全憑你吩咐。」苗若蘭道：「我爹若要你娶我……」最後兩字聲若蚊鳴，幾不得聞，低下了頭，羞不可抑。

胡斐將適才從杜希孟手裏接來的包裹交在她手裏，柔聲道：「你放心。我將我媽的遺物交於你手。天下再沒一件文定之物，能有如此隆重的。」

苗若蘭接過包裹，身子不自禁的微微顫動，低聲道：「我自然信得過你。只是我知道爹爹脾氣，若是他惱了你，甚至罵你打你，你都瞧在我臉上，便讓了他這一回。」胡斐笑道：「好，我答應你了。」遠遠望去，只見苗人鳳的人影在白雪山石間倏忽出沒，正自極迅捷的向山峯奔上，當下輕輕的在苗若蘭的臉頰上親了一親，提氣向苗人鳳身後跟去。

他順着雪地裏的足迹，一路上山，轉了幾個彎，但覺山道愈來愈險，當下絲毫不敢大意，只怕一個失足，摔得粉身碎骨。奔到後來，山壁間全是凝冰積雪，滑溜異常，竟難有下足之處，心道：「苗大俠故意選此險道，必是考較我的武功來着。」於是展開輕功，全力施爲，山道越險，他竟奔得越快。

又轉過一個彎，忽見一條瘦長的人影站在山壁旁一塊凸出的石上，身形襯着深藍色的天空，猶似一株枯槁的老樹，正是打遍天下無敵手金面佛苗人鳳。

胡斐一怔，急忙停步，雙足使出「千斤墜」功夫，將身子牢牢定住峭壁之旁。苗人鳳低沉着嗓子說道：「好，你有種跟來。上吧！」他背向月光，臉上陰沉沉的瞧不清楚神色。

胡斐喘了口氣，面對着這個自己生平想過幾千幾萬遍之人，一時之間竟爾沒了主意：「他是我殺父仇人，可是他又是若蘭的父親。

「他害得我一生孤苦，但聽平四叔說，他豪俠仗義，始終沒對不起我的爹媽。

「他號稱打遍天下無敵手，武功藝業，舉世無雙，但我偏不信服，倒要試試是他強呢還是我強？

「他苗家與我胡家累世爲仇，百餘年來相斫不休，然而他不傳女兒武功，是不是真的要將這場世仇至他而解？

「適才我救了他的性命，可是他眼見我與若蘭同床共被，認定我對他女兒輕薄無禮，不知能否相諒？」

苗人鳳見胡斐神情粗豪，虬髯戟張，依稀是當年胡一刀的模樣，不由得心中一動，但隨即想起，胡一刀之子早已爲人所害，投在滄州河中，此人容貌相似，只是偶然巧合，想起他欺辱自己的獨生愛女，怒火上沖，左掌一揚，右拳呼的一聲，衝拳直出，猛往胡斐胸口擊去。胡斐與他相距不過數尺，見他揮拳打來，勢道威猛無比，只得出掌擋架。兩人拳掌相交，身子都是一震。

苗人鳳自那年與胡一刀比武以來，二十餘年來從未遇到敵手，此時自己一拳被胡斐化解，但覺對方掌法精妙，內力深厚，不禁敵愾之心大增，運掌成風，連進三招。

胡斐一一拆開，到第三招上，苗人鳳掌力猛極，他雖急閃避開，但身子連幌幾幌，險險墮下峯去，心道：「若再相讓，非給他逼得摔死不可。」眼見苗人鳳左足飛起，急向自己小腹踢到，當卽右拳左掌，齊向對方面門拍擊，這一招攻敵之不得不救，是拆解他左足一踢的高招。

胡斐這一招用的雖是重手，究竟未出全力。但高手比武，半點容讓不得，苗人鳳伸臂相格，使的卻是十成力。四臂相交，咯咯兩響，胡斐只覺胸口隱隱發痛，急忙運氣相抵。豈知苗人鳳的拳法剛猛無比，一佔上風，拳勢愈來愈強，再不容敵人有喘息之機。若在平地，胡斐原可跳出圈子，逃開數步，避了他掌風的籠罩，然後反身再鬥，但在這巉崖峭壁之處，實是無地可退，只得咬緊牙關，使出「春蠶掌法」，密密護住全身各處要害。

這「春蠶掌法」招招全是守勢，出手奇短，抬手踢足，全不出半尺之外，但招術綿密無比，周身始終不露半點破綻。這路掌法原本用於遭人圍攻而大處劣勢之時，不求有功，但求無過，雖守得緊密，卻有一個極大不好處，一開頭即是「立於不勝之地」，名目叫做「春蠶掌法」，確是作繭自縛，不能反擊，不論敵人招數中露出如何重大破綻，若非改變掌法，永難克敵制勝。

苗人鳳一招緊似一招，眼見對方情勢惡劣，但不論自己如何強攻猛擊，胡斐必有方法解救，只是他但守不攻，自己卻無危險，當下不顧防禦，十分力氣全用在攻堅破敵之上。

鬥到酣處，苗人鳳一拳打出，胡斐一避，那拳打在山壁之上，冰凌飛濺，一小塊射上了他左眼。眼皮極是柔軟，這一下又是出乎意料之外，難以防備，胡斐但覺眼上劇痛，雖不敢伸手去揉，拳脚上總是一緩。苗人鳳乘勢搶進，靠身山壁，已將胡斐逼在外檔。

此時強弱優劣之勢已判，胡斐半身凌空，祇要足底微出，身子稍有不穩，立時掉下山谷，苗人鳳卻是背心向着山壁，招招逼迫對手硬接硬架。胡斐極是機伶，卻也偏不上這個當，出手柔韌滑溜，盡力化解來勢，決不正面相接。

兩人武功本在仲伯之間，平手相鬥，胡斐已未必能勝，現下加上許多不利之處，如何能夠持久？又鬥數招，苗人鳳忽地躍起，連踢三脚。胡斐急閃相避，但見對手第三脚踢過，雙掌齊出，直擊自己胸口。這兩掌難以化解，自己站立之處又是無可避讓，只得也是雙掌拍出，硬接來招。

四掌相交，苗人鳳大喝一聲，勁力直透掌心。胡斐身子一幌，急忙運勁反擊。兩人都將畢生功力運到了掌上，這是硬碰硬的比拚，半點取巧不得。兩人氣凝丹田，四目互視，竟是僵住了再也不動。

苗人鳳見他武功了得，不由得暗暗驚心：「近年來少在江湖上走動，竟不知武林中出了這等厲害人物！」雙腿稍彎，背脊已靠上山壁，一收一吐，先將胡斐的掌力引將過來，然後借着山壁之力，猛推出去，喝道：「下去！」

這一推本就力道強勁無比，再加上借了山壁的反激，更是難以抵擋，胡斐身子連幌，左足已然凌空。但他下盤之穩，實是非同小可，右足在山崖邊牢牢定住，宛似鐵鑄一般。苗人鳳連催三次勁，也只能推得他上身幌動，卻不能使他右足移動半分。

苗人鳳暗暗驚佩：「如此功夫，也可算得是曠世少有，只可惜走上了邪路。他年歲尚輕，今日若不殺他，日後遇上，未必再是他敵手。他恃強為惡，世上有誰能制？」想到此處，突然間左足一登，一招「破碑腳」，猛往胡斐右膝上踹去。

胡斐全靠單足支持，眼見他一腳踹到，無可閃避，嘆道：「罷了，罷了，我今日終究命喪他手。」危難下死中求生，右足一登，身子斗然拔起丈餘，一個鷂子翻身，凌空下擊。苗人鳳道：「好！」肩頭一擺，撞了出去。胡斐雙拳打中了他肩頭，卻被他巨力一撞，跌出懸崖，向下直墮。

胡斐慘然一笑，一個念頭如電光般在心中一閃：「我自幼孤苦，可是臨死之前得蒙蘭妹傾心，也自不枉了這一生。」突然臂上一緊，下墮之勢登時止住，原來苗人鳳已抓住他手臂，將他拉了上來，喝道：「你曾救我性命，現下饒你相報。一命換一命，誰也不虧負了誰。來，咱們重新打過。」說着站在一旁，與胡斐並排而立，不再佔倚壁之利。

胡斐死裏逃生，已無鬥志，拱手說道：「晚輩不是苗大俠敵手，何必再比？苗大俠要如何處置，晚輩聽憑吩咐就是。」苗人鳳皺眉道：「你上手時有意相讓，難道我就不知？你欺苗人鳳年老力衰，不是你對手麼？」胡斐道：「晚輩不敢。」苗人鳳喝道：「出手！」胡斐要解釋與苗若蘭同床共衾，實是出於意外，決非存心輕薄，說道：「在那廂房之中……」

苗人鳳聽他提及「廂房」二字，怒火大熾，劈面就是一掌。胡斐只得接住，經過了適才之事，知道只要微一退讓，立時又給他掌力罩住，只得全力施為。兩人各展平生絕藝，在山崖邊拳來脚往，鬥智鬥力，鬥拳法，鬥內功，拆了三百餘招，竟是難分勝敗。

苗人鳳愈鬥心下愈疑，不住想到當年在滄州與胡一刀比武之事，忽地向後躍開兩步，叫道：「且住！你可識得胡一刀麼？」

胡斐聽他提到亡父之名，悲憤交集，咬牙道：「胡大俠乃前輩英雄，不幸為奸人所害。我若有福氣能得他教誨幾句，立時死了，也所甘心。」

苗人鳳心道：「是了，胡一刀去世已二十七年。眼前此人也不過二十多歲，焉能相識？他這幾句話說得甚好，若不是他欺辱蘭兒，單憑這幾句話，我就交了他這個朋友。」順手在山邊折下兩根堅硬的樹枝，掂了一掂，重量相若，將一根拋給胡斐，說道：「咱們拳脚難分高下，兵刃上再決生死。」說着樹枝一探，左手揑了劍訣，樹枝走偏鋒刺出，使的正是天下無雙、武林絕藝的「苗家劍法」。雖是一根小小樹枝，但刺出時勢夾勁風，又狠又準，要是給尖梢刺上了，實也與中劍無異。

胡斐見來勢厲害，那敢有絲毫怠忽，樹枝一擺，向上橫格，這一格剛中有柔，確是名家手法。苗人鳳一怔，心道：「怎麼他武功與胡一刀這般相似？」但高手相鬥，刀劍一交，後着綿綿而至，決不容他有絲毫思索遲疑的餘裕，但見胡斐樹刀格過，跟着提手上撩，苗人鳳揮樹劍反削，教他不得不迴刀相救。

這一番惡鬥，胡斐一生從未遇過。他武功全是憑着父親傳下遺書修習而成，招數雖然精妙，實戰經驗畢竟欠缺，功力火候因年歲所限，亦未臻上乘，好在年輕力壯，精力遠過對方，是以數十招中打得難解難分。兩人迭遇險招，但均在極危急下以巧妙招數拆開。胡斐奮力拆鬥，心中佩服：「金面佛苗大俠果然名不虛傳，若他年輕二十歲，我早已敗了。難怪當年他和我爹爹能打成平手，當眞英雄了得。」

兩人均知要憑招數上勝得對方，極是不易，但只須自己背脊一靠上山壁，佔了地利，這一場比拚就是勝了。因此都是竭力要將對方逼向外圍，爭奪靠近山壁的地勢。但兩人招招扣得緊密，只要向內緣踏進半步，立時便受對方刀劍之傷。

鬥到酣處，苗人鳳使一招「黃龍轉身吐鬚勢」疾刺對方胸口，眼見他無處閃避，而樹刀砍在外檔，更是不及回救。

胡斐吃了一驚，忙伸左手在他樹枝上橫撥，右手一招「伏虎式」劈出。苗人鳳叫了一聲：「好！」樹劍一抖。胡斐左手手指劇痛，急忙撒手。

苗人鳳踏上半步，正要刺出一招「上步摘星式」，那知崖邊堅壁給二人踏得久了，竟漸漸鬆裂熔化，他劍勢向前，全身重量盡在後邊的左足之上，只聽喀喇一響，一塊岩石帶着冰雪，墮入下面深谷。

苗人鳳脚底一空，身不由主的向下跌落，胡斐大驚，忙伸手去拉。只是苗人鳳一墮之勢着實不輕，雖然拉住了他袖子，可是一帶之下，連自己也跌出崖邊。

二人不約而同的齊在空中轉身，貼向山壁，施展「壁虎遊牆功」，要爬回山崖。但那山壁上全是冰雪，滑溜無比，那「壁虎遊牆功」竟然施展不出，莫說是人，就當眞壁虎到此，只怕也遊不上去。可是上去雖然不能，下墮之勢卻也緩了。

二人慢慢溜下，眼見再溜十餘丈，是一塊向外凸出的懸岩，如不能在這岩上停住，那非跌個粉身碎骨不可。念頭剛轉得一轉，身子已落在岩上。二人武功相若，心中所想也是一模一樣，當下齊使「千斤墜」功夫，牢牢定住脚步。

岩面光圓，積了冰雪更是滑溜無比，二人武功高強，一落上岩面立時定身，竟沒滑動半步。只聽格格輕響，那數萬斤重的巨岩卻搖晃了幾下。原來這塊巨岩橫架山腰，年深月久，岩下沙石漸漸脫落，本就隨時都能掉下谷中，現下加上了二人重量，沙石夾冰紛紛下墮，巨岩越幌越是厲害。

那兩根樹枝隨人一齊跌在岩上。苗人鳳見情勢危急異常，左掌拍出，右手已拾起一根樹枝，隨即「上步雲邊摘月」，挺劍斜刺。胡斐頭一低，彎腰避劍，也已拾起樹枝，還了一招「拜佛聽經」。

兩人這時使的全是進手招數，招招狠極險極，但聽得格格之聲越來越響，脚步難以站穩。兩人均想：「只有將對方逼將下去，減輕岩上重量，這巨岩不致立時下墮，自己才有活命之望。」其時生死決於瞬息，手下更不容情。

片刻間交手十餘招，苗人鳳見對方所使的刀法與胡一刀當年一模一樣，疑心大盛，只是形格勢禁，實無餘暇相詢，一招「返腕翼德闖帳」削出，接着就要使出一招「提撩劍白鶴舒翅」。這一招劍掌齊施，要逼得對方非跌下岩去不可，只是他自幼習慣使然，出招之前不禁背脊微微一聳。

其時月明如洗，長空一碧，月光將山壁映得一片明亮。那山壁上全是晶光的凝冰，猶似鏡子一般，將苗人鳳背心反照出來。

胡斐看得明白，登時想起平阿四所說自己父親當年與他比武的情狀，那時母親在他背後咳嗽示意，此刻他身後放了一面明鏡，不須旁人相助，已知他下一步非出此招不可，當下一招「八方藏刀式」，搶了先着。

苗人鳳這一招「提撩劍白鶴舒翅」只出得半招，全身已被胡斐樹刀罩住。他此時再無疑心，知道眼前此人必與胡一刀有極深的淵源，嘆道：「報應，報應！」閉目待死。

胡斐舉起樹刀，一招就能將他劈下岩去，但想起曾答應過苗若蘭，決不能傷她父親。然而若不劈他，容他將一招「提撩劍白鶴舒翅」使全了，自己非死不可，難道為了相饒對方，竟白白送了自己性命麼？

霎時之間，他心中轉過了千百個念頭：

這人曾害死自己父母，教自己一生孤苦，可是他豪氣干雲，是個大大的英雄豪傑，又是自己意中人的生父，按理這一刀不該劈將下去；但若不劈，自己決無活命之望，自己甫當壯年，豈肯便死？倘使殺了他吧，回頭怎能有臉去見苗若蘭？要是終生避開她不再相見，這一生活在世上，心中痛苦，生不如死。

那時胡斐萬分爲難，實不知這一刀該當劈是不劈。他不願傷了對方，卻又不願賠上自己性命。

他若不是俠烈重義之士，這一刀自然劈了下去，更無躊躇。但一個人再慷慨豪邁，卻也不能輕易把自己性命送了。當此之際，要下這決斷實是千難萬難……

苗若蘭站在雪地之中，良久良久，不見二人歸來，當下緩緩打開胡斐交給她的包裹。只見包裹是幾件嬰兒衣衫，一雙嬰兒鞋子，還有一塊黃布包袱，月光下看得明白，包上繡着「打遍天下無敵手」七個黑字，正是她父親當年給胡斐裹在身上的。

她站在雪地之中，月光之下，望着那嬰兒的小衣小鞋，心中柔情萬種，不禁痴了。

胡斐到底能不能平安歸來和她相會，他這一刀到底劈下去還是不劈？

後記

「雪山飛狐」的結束是一個懸疑，沒有肯定的結局。到底胡斐這一刀劈下去呢還是不劈，讓讀者自行構想。

這部小說於一九五九年發表，十多年來，曾有好幾位朋友和許多不相識的讀者希望我寫個肯定的結尾。仔細想過之後，覺得還是保留原狀的好，讓讀者們多一些想像的餘地。有餘不盡和適當的含蓄，也是一種趣味。在我自己心中，曾想過七八種不同的結局，有時想想各種不同結局，那也是一項享受。胡斐這一刀劈或是不劈，在胡斐是一種抉擇，而每一位讀者，都可以憑着自己的個性，憑着各人對人性和這個世界的看法，作出不同的抉擇。

關於李自成之死，有好幾種說法。第一種是「明史」說的，他在九宮山為村民擊斃，當時謠言又說是為神道所殛。第二種是「明紀」說他為村民所困，不能脫，自縊而死。第三種是「明季北畧」說他在羅公山軍中病死。第四種是「澧州志」所載，他逃到夾山出家為僧，到七十歲才坐化。第五種是「吳三桂演義」小說的想像，說是為牛金星所毒殺。

歷史小說有想像的自由，可以不必討論。其他各種說法經後人考證，似乎都有疑點。何騰蛟的奏章中說：「為闖死確有證據、闖級未敢扶同、謹具實回奏事……道阻音絕，無復得其首級報驗。今日逆首已誤死於鄉兵，而鄉兵初不知也……」得不到李自成的首級，總之是含含糊糊。清將阿濟格的奏疏則說：「有降卒言，自成竄入九宮山，為村民所困，自縊死，屍朽莫辨。」屍首腐爛，也無法驗明正身。

江賓谷（名昱志）所撰「李自成墓誌」全文如下：

「何璘『澧州志』云：『李闖之死，野史載通城羅公山，「明史」載通城九宮山，其以為死於村民，一也。今按羅公山，實在黔陽，而九宮山實在通山縣，其言通城，皆誤也。有孫教授為余言：李自成實竄澧州，至清化驛，隨十餘騎走牯牛壩，在今安福縣境。復乘騎去，獨竄石門之夾山為僧，今其墳尚在。』云云。余訝之，特至夾山。見寺旁有石塔，覆以屋，塔面大書『奉天玉和尚』。前有碑，乃其徒野拂文，載和尚不知誰氏子。一老僧年七十餘，尚能言夾山舊事，云和尚順治初入寺，事律門，不言來自何處，其聲似西人。後數年復有一僧來，云是其徒，乃宗門，號野拂，江南人，事和尚甚謹。和尚卒於康熙甲辰歲二月，約年七十。臨終，有遺言於野拂，彼時幼，不與聞。寺尚藏有遺像，命取視之，則高顴深頤，鴟目蝎鼻，狀貌猙獰，與『明史』所載正同。自成僭號奉天倡義大元帥，後復自稱新順王。其自稱奉天玉和尚，蓋自寓加點以諱之。而野拂以宗門為律門弟子，事之甚謹，豈其舊日臣相與左右者與？『明史』於九宮山鉏死之自成，亦云：『我兵遣識者驗其屍，朽莫辨。』而老僧親聞謦欬，其西音又足異也。」

所謂「西人」「西音」，指陝西人和陝西口音。李自成是陝西米脂縣人。李自成瞎了一隻眼睛，是在圍攻開封時給陳永福射瞎的，本是一個極明顯的特徵，但那老僧描述奉天玉和尚時沒有提及，似是一個重大疑點。

李自成在此以前，當被明兵逼得勢窮力竭時，曾假死過一次，那是在崇禎十二年。他幼時做過和尚。阿英在劇本「李闖王」的考據中說：「……自成再過和尚生涯，也是『駕輕就熟』的，何況『成則爲王，敗則爲僧』，是中國的老一套呢！」

在小說中加插一些歷史背境，當然不必一切細節都完全符合史實，只要重大事件不違背就是了。至於沒有定論的歷史事件，小說作者自然更可選擇其中的一種說法來加以發揮。但舊小說「吳三桂演義」和「鐵冠圖」敍述李自成故事，和衆所公認的事實距離太遠，以「鐵冠圖」中描寫費宮娥所刺殺的闖軍大將竟是李岩，未免自由得過了份。

「雪山飛狐」於一九五九年在報上發表後，沒有出版過作者所認可的單行本。坊間的單行本，據我所見，共有八種，有一册本、兩册本、三册本、七册本之分，都是書商擅自翻印的。總算承他們瞧得起，所以一直也未加理會。只是書中錯字很多，而翻印者強分章節，自撰回目，未必符合作者原意，有些版本所附的插圖，也非作者所喜。

現在重行增删改寫，先在「明報晚報」發表，出書時又作了幾次修改，約畧估計，原書十分之六七的句子都已改寫過了。原書的脫漏粗疏之處，大致已作了一些改正。只是書中人物寶樹、平阿四、陶百歲、劉元鶴等都是粗人，講述故事時語氣仍嫌太文，如改得符合各人身分，滿紙「他媽的」又未免太過不雅。限於才力，那是無可如何了。

「雪山飛狐」有英文譯本，曾在紐約出版之"Bridge"雙月刊上連載。

「雪山飛狐」與「飛狐外傳」雖有關連，然而是兩部各自獨立的小說，所以內容並不強求一致。按理說，胡斐在遇到苗若蘭時，必定會想到袁紫衣和程靈素。但單就「雪山飛狐」這部小說本身而言，似乎不必讓另一部小說的角色出現，即使只是在胡斐心中出現。事實上，「雪山飛狐」撰作在先，當時作者心中，也從來沒有袁紫衣和程靈素那兩個人物。

鴛鴦刀

金庸著

袁冠南和蕭中慧使到第九招「碧簫聲裏雙鳴鳳」時，雙刀便如鳳舞鸞翔，靈動翻飛，卓天雄那裏招架得住？

四個勁裝結束的漢子並肩而立，攔在當路！

若是黑道上山寨的強人，不會只有四個，莫非在這黑沉沉的松林之中，暗中還埋伏下大批人手？如是翦徑的小賊，見了這麼聲勢浩大的鏢隊，遠避之唯恐不及，那敢這般大模大樣的攔路擋道？難道竟是武林高手，衝着自己而來？

凝神打量四人：最左一人短小精悍，下巴尖削，手中拿着一對峨嵋鋼刺。第二個又高又肥，便如是一座鐵塔擺在地下，身前放着一塊大石碑：碑上寫的是「先考黃府君誠本之墓」，這自是一塊墓碑了，不知放在身前有何用意？黃誠本？沒聽說江湖上有這麼一位前輩高手啊！第三個中等身材，白淨臉皮，若不是一副牙齒向外凸出了一寸，一個鼻頭低陷了半寸，倒算得上是一位相貌英俊的人物，他手中拿的是一對流星鎚。最右邊的是個病夫模樣的中年人，衣衫襤褸，咬着一根旱煙管，雙目似睜似閉，嘴裏慢慢噴着烟霧，竟是沒將這一隊七十來人的鏢隊瞧在眼裏。

那三人倒還罷了，這病夫定是個內功深湛的勁敵。頃刻之間，江湖上許多軼聞往事湧上了心頭：一個白髮婆婆空手殺死了五名鏢頭，刦走了一枝大鏢；一個老乞丐大鬧太原府公堂，割去了知府的首級，倏然間不知去向；一個美貌大姑娘打倒了晉北大同府享名二十餘年的張大拳師……越是貌不驚人、漫不在乎的人物，越是武功了得，江湖上有言道：「眞人不露相，露相不眞人。」

瞧着這個閉目抽煙的病夫，陝西西安府威信鏢局的總鏢頭、「鐵鞭鎭八方」周威信不由得深自躊躇起來，不由自主的伸手去摸了一摸背上的包袱。

他這枝鏢共有十萬兩銀子，那是西安府的大鹽商汪德榮託保的。十萬兩銀子的數目確是不小，但威信鏢局過去二十萬兩銀子的鏢也保過，四十萬兩銀子的也保過，金銀財物，那算不了甚麼。自從一離西安，他掛在心頭的只是暗藏在背上包袱中的兩把刀，只是那天晚上在川陝總督府中所聽到的一番話。

跟他說話的竟是川陝總督劉於義劉大人。周威信在江湖上雖然赫赫有名，但生平見過的官府，最大的也不過是府台大人，這一次居然是總督大人親自接見，那自然要受寵若驚，自然要戰戰兢兢，坐立不安。

劉大人那幾句話，在心頭已不知翻來覆去的重溫了幾百遍：「周鏢頭，這一對刀，叫作『鴛鴦刀』，當眞是非同小可，你好好接下了。今上還在當貝勒的時候，便已密派親信，到處尋覓。接位之後，更下了密旨，命天下十八省督撫着意查訪。好容易逮到了『鴛鴦刀』的主兒，可是這對寶刀卻給那兩個刁徒藏了起來，不論如何偵查，始終如同石沉大海一般。天幸是本督祖上積德，托了皇上洪福，終於給我得到了。嘿嘿，你們威信鏢局做事還算牢靠，現下派你護送這對鴛鴦寶刀進京，路上可不許洩漏半點風聲。你把寶刀平安送到北京，回頭自然重重有賞。」

「鴛鴦刀」的大名，他早便聽師父說過：「鴛鴦刀一短一長，刀中藏着武林的大秘密，得之者無敵於天下。」「無敵於天下」這五個字，正是每個學武之人夢寐以求的最大願望。周威信當時聽了，心想這不過是說說罷了，世上那有甚麼藏着「無敵於天下」大秘密的「鴛鴦刀」？那知道川陝總督劉大人竟是眞的得到了「鴛鴦刀」，而且差他護送進京，呈獻皇上。這對刀用黃布密密包裹，封上了總督大人的火漆印信。他當然極想見識見識寶刀的模樣，倘若僥倖得知了刀中秘密，「鐵鞭鎭八方」變成了「鐵鞭蓋天下」，自然更是妙不可言，但總督大人的封印誰敢拆破？周大鏢頭數來數去，自己總數也不過一個腦袋而已。

總督大人派了四名親信衞士，扮作鏢師，隨在他鏢隊之中，可以說是相助，也可以說是監視。在鏢隊啓程的前一天，總督府又派了幾名戈什哈來，將他一家老小十二口，全都「請」到了駐防軍的營房裏，說道周總鏢頭赴京之後，家中乏人照料，怕他放心不下，因此接了他家眷去安置。周威信久在江湖行走，其中的過節豈有不知？那不是怕周大鏢頭放心不下一家老小，而是劉大人放心不下這一對寶刀，因此將他高堂老母和妻妾兒女一齊逮了去爲質。這對「鴛鴦刀」倘若在道中有甚失閃，自己腦袋要跟身子分家，那是不用客氣了，全家老小也都不必活了。他一生經歷過不少大風大浪，颩頭出過，釘板滾過，英雄充過，狗熊做過，砍過別人的腦袋，就差自己的腦袋沒給人砍下來過，算得是見多識廣的老江湖了，但從未像這一次走鏢那樣又驚又喜，心神不寧。如果護送寶刀平安抵京，劉大人曾親口許下重賞，自然是「君子一言，快馬一鞭」，說不定皇上一喜歡，竟然賞下一官半職，從此光宗耀祖，飛黃騰達，周大鏢頭變成了周大老爺周大人。

從西安到北京路程說遠不遠，說近可也不近，一路上大山小寨少說也有三四十處。尋常黑道上的人物，他鐵鞭鎮八方也未必便放在心上，八方鎮不了，鎮他媽的一方半方也還將就着對付，但「得了鴛鴦刀，無敵於天下」這兩句話，要引起多少武林高手眼紅？於是他明保鹽鏢，暗藏寶刀。縱然鏢銀有甚失閃，只要寶刀抵京，仍無大碍。一做上官，周大老爺公堂上朝外一坐，招財進寶，十萬兩銀子還怕賠不起？再說，大老爺只有伸手要銀子，哪有賠銀子的？

周威信左手一按腰間鐵鞭，瞪視身前的四個漢子，終於咳嗽一聲，抱拳說道：「在下道經貴地，沒跟朋友們上門請安，甚是失禮，要請好朋友恕罪。」心中打定了主意：「能夠不動手便最好，否則那癆病鬼可有些難鬥！江湖上有言道：『小心天下去得，莽撞寸步難行』。」只聽得那病夫左手按胸，咳嗽起來。

那矮小的瘦子一擺峨嵋刺，細聲細氣的道：「磕頭請安倒是不用了。你保的是甚麼寶貝，給我們留下吧！」周威信一驚，心道：「鏢車啓程時，連我最親信的鏢師也只知保的是銀子，怎地這人卻知我保的是寶物？江湖上有言道：『善者不來，來者不善。』眞須小心在意。」

於是抱拳又道：「請恕在下眼生，要請教四位好朋友的萬兒。」那瘦子道：「你先說吧。」周威信道：「在下姓周名威信，江湖上朋友們送了個外號，叫作『鐵鞭鎮八方』。」那病夫冷笑道：「嘿，這外號倒也罷了，只是這『鎮』字得改一改，改一個『拜』字。」那瘦子一楞，道：「改成『拜』字？嗯，姓周的，我大哥給你改了個匪號，叫作『鐵鞭拜八方』！我大哥料事如神，言之有理。」說罷四個漢子一齊捧腹大笑。

周威信心想：「江湖上有言道：『忍得一時之氣，可免百日之災。』」當下強忍怒氣，說道：「取笑了！四位是那一路的好漢？在那一座寶山開山立櫃？掌舵的大當家是那一位？」那瘦子指着那病夫道：「好，說給你聽也不妨，只是小心別嚇壞了。咱大哥是煙霞神龍逍遙子，二哥是雙掌開碑常長風，三哥是流星趕月花劍影，區區在下是八步趕蟾、賽專諸、踏雪無痕、獨脚水上飛、雙刺蓋七省蓋一鳴！」

周威信越聽越奇，心道：「這人的外號怎地如此囉裏囉唆一大串！」只聽那瘦子又道：「咱四兄弟義結金蘭，行俠仗義，專門鋤強扶弱，刦富濟貧，江湖上人稱『太岳四俠』，那便是了！」周威信心想：「聽這四人外號，想來這瘦子輕功了得，那壯漢掌力沉雄，這白臉漢子流星鎚功夫有獨到的造詣，那『煙霞神龍逍遙子』七字，更是武林前輩、世外高人的身分。『太岳四俠』的名頭倒沒聽見過，但既稱得上一個『俠』字，定然非同小可。江湖上有言道：『寧可不識字，不可不識人。』」於是抱拳說道：「久仰久仰！敝鏢局跟四俠素來沒有過節，便請讓道，日後專誠拜謁。」

蓋一鳴雙刺一擊，叮叮作響，說道：「要讓道那也不難，我們也不要你的鏢銀，只須借

一兩件寶物用用，那也行了。」周威信道：「甚麼寶物？」蓋一鳴道：「嘿嘿，你來問我，

這可奇了。你自己不知道，我怎知道？」

周威信聽到這裏，知道今日之事決計不能善罷，這「太岳四俠」自是衝着自己背上這對「鴛鴦刀」而來，心想：「江湖上有言道：『容情不動手，動手不容情。』這四人一出手必是厲害殺着。」當下緩緩抽出雙鞭，道：「既是如此，在下便領教太岳四俠的高招，那一位先上？」他回頭一招手，五名鏢師和總督府的四名衛士一齊走近。周威信低聲道：「對付這些綠林盜賊，不用講甚麼江湖規矩，大夥兒來個一擁而上。江湖上有言道：『只要人手多，牌樓抬過河。』」自己心中卻另有主意：「讓他們跟四俠接戰，我卻是奪路而行，護送鴛鴦刀赴京才是上策。江湖有言道：『相打一蓬風，有事各西東。』」

只聽蓋一鳴道：「大鏢頭，我是雙劍蓋七省，鬥鬥你的鐵鞭拜八方。咱哥兒倆打一個七上八落，七葷八素！」說着身形一幌，搶了上來。周威信竟不下馬，舉起鐵鞭一格，使一招「桃園奪槊」，將他峨嵋刺格在外檔，雙腿一挾，騎馬竄了出去。蓋一鳴叫道：「好傢伙，大鏢頭要扯呼！」周威信轉頭叫道：「我到林外瞧瞧，是否尚有埋伏！」說着縱馬向外奔出。花劍影流星鎚飛出，逕打他後心。周威信左鞭後揮，使一招「夜闖三寨」，噹的一聲響，將流星鎚盪了回去。

他和花蓋兩人兵刃一交，只覺二人的招數並不如何精妙，內力也是平平，一轉頭，但見那逍遙子仍是靠在樹上，手持旱煙管，瞧着衆鏢師將太岳三俠圍在垓心，竟是絲毫不動聲色。周威信心中一驚：「待得那人一出手，我稍遲片刻，便要無法脫身了。江湖上有言道：『晴

天不肯走，等到雨淋頭。』」回手將鐵鞭鞭梢在馬臀上一戳，坐騎發足狂奔，一瞥眼間，猛見逍遙子右手一揚，叫道：「看鏢！」身側風聲響動，黑黝黝一件暗器打到。周威信舉鞭一擋，拍的一響，那暗器竟黏在鋼鞭之上，並不飛開。他心中更驚：「這逍遙子果是高手，連所使暗器也大不相同。江湖上有言道：『行家一伸手，便知有沒有。』」這時坐騎絲毫不停，奔出了林子。周威信見身後無人追來，定一定神，瞧鋼鞭上所黏的暗器時，原來是一隻沾滿了泥污的破鞋，爛泥濕膩，是以黏在鞭上竟不脫落。

他更加吃驚，心想：「武林高手飛花摘葉也能傷人，他這雙破鞋飛來，沒傷我性命，算得是手下留情。」一時拿不定主意，該當縱馬奔馳，還是靜以待變。忽聽得林中有人殺豬似的大叫一聲，接着一片寂靜，兵刃相交之聲盡皆止歇。周威信驚疑不定：「難道在這頃刻之間，衆鏢師和四名衛士一起遭了太岳四俠的毒手？」

忽聽得一人大聲叫道：「總鏢頭——總鏢頭——」聽口音正是張鏢師。周威信摸一摸背上包着鴛鴦刀的包袱，卻不答應。心道：「江湖上有言道：『若要精，聽一聽，站得遠，望得清。』」過了片刻，又有人叫道：「總鏢頭——快回來！賊子跑了，給我們趕跑啦。」

周威信一怔，心道：「那有這麼容易之事？」一拉馬韁，圈過馬頭，只見林中奔出一名趟子手來，歡天喜地的叫道：「總鏢頭，點子走啦，膿包得緊，全不濟事。」周威信驚喜交集，道：「當眞？」趟子手道：「大夥兒一擁而上，奮勇迎敵。那癆病鬼給張鏢師一刀，砍得肩頭帶花，四個人便都跑了。」周威信眼見事情不假，心中大喜，縱馬回入林中，說道：「林外有十來個點子埋伏，給我一陣趕殺，通統逃了！」說着這謊話時，不自禁臉上微微一紅，心道：「江湖上有言道：『做賊的心虛，放屁的臉紅。』我可得定下神來，別讓人瞧出了破綻。」

張鏢師揚着單刀，得意洋洋的道：「甚麼太岳四俠，原來是胡吹大氣！」衆鏢子和衞士縱聲大笑。周威信瞧着豎立在地下的那塊墓碑，兀自不明所以。忽聽得林子後面傳來「哎喲、哎喲」的呻吟之聲。周威信道：「是受傷的點子！」衆人一陣風般奔了過去。聽那呻吟聲是從一片荆棘叢中發出，數十人四下散開，登時將棘叢團團圍住。周威信喝道：「小毛賊！快出來吧！」棘叢中呻吟聲卻更加響了。周威信手一揚，拍的一聲，一枝甩手箭打了進去。裏面那人「啊」的一聲慘叫，顯已中箭。

兩名趟子手齊聲歡呼：「打中了！總鏢頭好箭法！」提刀搶進，將那人揪了出來。衆人一見，面面相覷，做聲不得。

原來那人卻是押解鏢銀的大胖子汪鹽商，衣服已給棘刺撕得稀爛。江湖上有言道：「十個胖子九個富，只怕胖子沒屁股。」這個大胖子汪鹽商屁股倒是有的，就是屁股上赫然揷了一支甩手箭！

太岳四俠躲在密林之中，眼見威信鏢局一行人走得遠了，這才出來。花劍影撕下一塊衣襟，給逍遙子裹紮肩頭的刀傷。常長風道：「大哥，不碍事麼？」逍遙子道：「沒事，沒事！咱們好漢敵不過人多，算不了甚麼。」花劍影道：「我早說敵人聲勢浩大，很不好鬥，二哥偏要出馬，累得大哥受了傷。」蓋一鳴道：「這批渾人胡塗得緊，聽得咱們太岳四俠響噹噹的英名居然不退，那有甚麼法子？」逍遙子道：「這也怪不得二弟，要刦寶貝嘛，總得找鏢局子下手。」常長風道：「現下怎生是好？咱們兩手空空，總不能去見人啊。」

蓋一鳴道：「依我說……」話猶未了，忽聽得林外脚步聲響，有人自南而北，急奔而來。蓋一鳴探頭一望，下垂的眉毛向上一揚，說道：「來的共是兩人！這一次咱們兩個服侍一個，管教這兩隻肥羊走不了！」常長風道：「對！好歹也得弄他幾十兩銀子！」捧起了墓碑，抱在手裏。原來他外號叫作「雙掌開碑」，便以墓碑作兵器，仗着力大，端起大石碑當頭砸將過去，敵人往往給他嚇跑了。至於墓碑是誰的，倒也不拘一格，順手牽碑，瞧是那個死人晦氣，死後不積德，撞上他老人家罷了。當下四人一打手勢，分別躲在大樹之後。

那兩人一前一後，奔進林子。前面那人是個二十七八歲的漢子，手執單刀，大聲喝罵：「賊婆娘，這麼橫，當眞要殺人麼？」太岳四俠一怔，瞧後面追來那人卻是個少婦。那女子背上負着個嬰兒，手執彈弓，吧吧吧吧，一陣聲響，連珠彈猛向那壯漢打去。那壯漢揮單刀左擋右格，卻不敢回身砍殺。

逍遙子見一男一女互鬥，喝道：「來者是誰？為何動手？」蓋一鳴一聲唿哨，四人齊從大樹後奔出，喝道：「快快住手。」那壯漢向前直衝，回頭罵道：「賊婆娘，你這般狠毒，我可要手下無情了！」那少婦罵道：「狗賊！今日不打死你，我任飛燕誓不為人。」

便在此時，太岳四俠已攔在那壯漢身前。少婦任飛燕叫道：「林玉龍，你還不給我站住？」林玉龍對阻在身前的常長風喝道：「閃開！」頭一低，讓開身後射來的一枚彈丸，只聽得「哎喲」一聲，彈丸恰好打中了常長風鼻子。常長風大怒，罵道：「臭婆娘！你打中我啦！」任飛燕道：「打了你又怎樣？」吧吧兩響，兩枚彈丸對準了他射出。常長風高舉墓碑，擋了個空，兩枚彈丸一中胸口，一中手臂，不由得手臂一酸，墓碑砰的一響掉在地下，「哎喲」一聲，跳將起來，原來墓碑顯靈，砸中了他脚趾。

蓋一鳴和花劍影見二哥吃虧，齊向任飛燕撲去。任飛燕拉開彈弓，一陣連珠彈打出。蓋一鳴眉心中了一彈，花劍影卻被打落了一顆門牙。蓋一鳴大叫：「風緊，風緊！」

任飛燕被四人這麼一阻，眼見林玉龍已頭也不回的奔出林子，心中大怒，急步搶出，回首吧的一響，一彈打出，將逍遙子手中的煙管打落在地。這一彈手勁既強，準頭更是奇佳，乃是彈弓術中出名的「回馬彈」。任飛燕微微一笑，轉頭罵道：「林玉龍你這臭賊，還不給我站住。」只聽林玉龍遙遙叫道：「有種的便跟你大爺眞刀眞槍戰三百回合，用彈弓趕人，算甚麼本事？」

耳聽得兩人越罵越遠，向北追逐而去。花劍影道：「大哥，這林玉龍和任飛燕是甚麼人物？」逍遙子沉吟道：「林玉龍是使單刀的好手，那婦人任飛燕定是用彈弓的名家。」蓋一鳴道：「大哥料事如神，言之有理。」花劍影道：「這少婦相貌不差，想是那姓林的瞧上了她，意圖非禮。」逍遙子道：「正是，想咱們太岳四俠行俠仗義，最愛打抱不平，日後撞上了林玉龍這淫棍，定要好好叫他吃點苦頭。」常長風道：「說不定那林任二人有殺父之仇，也不知誰是誰非。他媽的，脚上這一下子好痛。」說着伸手撫脚。逍遙子正色道：「那姓林的滿臉橫肉，一見便知不是善類。那姓任的女子雖然出手魯莽，但瞧她武功，確是名門正宗。」蓋一鳴道：「大哥料事如神，言之有理。」

常長風還待辯駁，忽聽得林外一人長聲吟道：「黃金逐手快意盡，昨日破產今朝貧，丈夫何事空嘯傲？不如燒卻頭上巾……」隨着吟聲，一個少年書生手中輕搖摺扇，緩步入林，後面跟着一個書僮，挑着一擔行李。

花劍影手指間拈着一枚掉下的門牙，心中正沒好氣，見那書生自得其樂的漫步而至，口裏還在吟哦，只聽得他說甚麼黃金、白銀，當下向蓋一鳴使個眼色，一躍而前，喝道：「兀那書生，你在這裏嘰哩咕嚕的嚕嗦甚麼？吵得大爺們頭昏腦脹，快快賠來。」

那書生見了四人情狀，吃了一驚，問道：「請問仁兄，要賠甚麼？」蓋一鳴道：「賠我們四個的頭昏腦脹啊。每個人一百兩銀子，一共是四百兩！」那書生舌頭一伸，道：「這麼貴？便是當今皇上頭疼，也不用這許多銀子醫治。」蓋一鳴道：「皇帝老兒算甚麼東西？你拿我們比作皇帝，當眞大膽，這一次不成了，四百兩得翻上一翻，共是八百兩。」那書生道：「仁兄比皇上還要尊貴，當眞令人好生佩服。請問仁兄尊姓大名，是甚麼來頭。」蓋一鳴道：「嘿嘿，在下姓蓋名一鳴，江湖上人稱八步趕蟾、賽專諸、踏雪無痕、獨脚水上飛、雙刺蓋七省。太岳四俠中排行第四。」那書生拱手道：「久仰，久仰。」向花劍影道：「這一位仁兄呢？」

花劍影眉頭一皺，道：「誰有空跟你這酸丁稱兄道弟？」一把推開那書僮，提起他所挑的籃子一掂，入手只覺重甸甸的，心頭一喜，打開籃子一看，不由得倒抽一口涼氣，原來滿籃子都是舊書。常長風喝道：「呸！都是廢物。」那書生忙道：「仁兄此言差矣！聖賢之書，如何能說是廢物？有道是書中自有黃金屋。」常長風道：「書中有黃金？這些破書一文錢一斤，也沒人要。」這時蓋一鳴已打開扁擔頭另一端的行李，除了布被布衣之外，竟無絲毫值錢之物。太岳四俠都是好生失望。

那書生道：「在下遊學尋母，得見四位仁兄，幸如何之？四位號稱太岳四俠，想必是扶危濟困，行俠仗義，江湖上大大有名的了。」逍遙子道：「你這幾句話倒還說得不錯。」那書生道：「今日得見英俠，當眞是三生有幸。在下眼前恰好有一件爲難之事，要請四位大俠拔刀相助，賜予援手。」逍遙子道：「這個容易！我們做俠客的，倘若見到旁人有難而不伸手，那可空負俠義之名。」那書生連連作揖道謝。蓋一鳴道：「到底是誰欺侮了你？」那書生道：「這件事說來慚愧，只怕四位兄台見笑。」花劍影恍然大悟，道：「啊，原來是你妹子生得美貌，給惡霸強搶去了。」那書生搖頭道：「不是，我沒有妹子。」蓋一鳴鼓掌道：「嗯，定是甚麼土豪還是贓官強佔了你的老婆。」那書生搖頭道：「也不是。我還沒娶親，何來妻室？」常長風焦躁起來，大聲道：「到底是甚麼事？快給我爽爽快快的說了吧。」那書生道：「說便說了，四位大俠可別見怪。」

太岳四俠雖然自稱「四俠」，但江湖之上，武林之中，從來沒讓人這麼大俠前、大俠後的恭敬稱呼，這時聽那書生言語之中對自己如此尊重，各人都是胸脯一挺，齊道：「快說快說，有甚麼爲難之事，太岳四俠定當爲你擔代。」那書生團團一揖，說道：「在下江湖飄泊，道經貴地，阮囊羞澀，床頭金盡，只有求懇太岳四俠相助幾十兩紋銀。四俠義薄雲天，樂善好施，在下這裏先謝過了。」

四俠一聽，不由得一齊皺起眉頭，說不出話來。他們本要打刦這個書生，那知被他一番言語，反給擠得下不了台。雙掌開碑常長風伸手一拍胸口，大聲道：「大丈夫爲朋友兩脅揷刀，尚且不辭，何況區區幾十兩紋銀？大哥、三弟、四弟，拿錢出來啊。我這裏有——」伸手到懷裏一掏，單掌不開，原來衣囊中空空如也，連一文銅錢也沒有。

幸好花劍影和蓋一鳴身邊都還有幾兩碎銀子，兩人掏了出來，交給書生。那書生打躬作揖，連連稱謝，說道：「助銀之恩，在下終身不忘，他日山水相逢，自當報德。」說着携了書僮，揚長出林。

他走出林子，哈哈大笑，對那書僮道：「這幾兩銀子，都賞了你吧！」那書僮整理給四人翻亂了的行李，揭開一本舊書，太陽下金光耀眼，書頁之間，竟是夾着無數一片片薄薄的金葉子，笑道：「相公跟他們說書中自有黃金，他們偏偏不信。」

太岳四俠雖然偷鷄不着蝕把米，但覺做了一件豪俠義舉，心頭倒是說不出的舒暢。蓋一鳴道：「這書生漫遊四方，定能傳揚咱們太岳四俠的名頭……」話猶未了，忽聽得鸞鈴聲響，蹄聲得得，一乘馬自南而來。逍遙子道：「各位弟兄，聽這馬兒奔跑甚速，倒是一匹駿馬。不管怎麼，將馬兒扣下來再說，便是沒甚麼其他寶物，這匹馬也可當作禮物了。」蓋一鳴道：「大哥料事如神，言之有理。」忙解下腰帶，說道：「快解腰帶，做個絆馬索。」當下將四根腰帶接了起來，正要在兩棵大樹之間拉開，那騎馬已奔進林來。

馬上乘客見四人蹲在地下拉扯繩索，一怔勒馬，問道：「你們在幹甚麼？」蓋一鳴道：「安絆馬索兒……」話一出口，知道不妥，回首一瞧，只見馬上乘客是個美貌少女，這一瞧之下，先放下了一大半心。那少女問道：「安絆馬索幹麼？」蓋一鳴站直身子，拍了拍手上的塵土，說道：「絆你的馬兒啊！好，你既已知道，這絆馬索也不用了。你乖乖下馬，將馬兒留下，你好好去吧。咱們太岳四俠決不能欺侮單身女子，自壞名頭。」那少女嫣然一笑，說道：「你們要留下我馬兒，還不是欺侮我嗎？」蓋一鳴結結巴巴的道：「這個嘛……自有道理。」逍遙子道：「我們不欺侮你，只欺侮你的坐騎。一頭畜牲，算得甚麼？」他見這馬身軀高大，毛光如油，極是神駿，兼之金勒銀鈴，單是這副鞍具，所值便已不菲，不由得越看越愛。

蓋一鳴道：「不錯，我們太岳四俠，是江湖上鐵錚錚的好漢，決不能難爲婦孺之輩。你只須留下坐騎，我們不碰你一根毫毛。想我八步趕蟾、賽專諸、踏雪無痕……」那少女伸手掩住雙耳，忙道：「別說，別說。你們不知道我是誰，我也不知道你們是誰，是不是？」蓋一鳴奇道：「是啊！不知道那便如何？」那少女微笑道：「咱們既然互不相識，若有得罪，爹爹便不能怪我。呔！好大膽的毛賊，四個兒一齊上吧！」

四人眼前一幌，只見那少女手中已多了一對雙刀，這一下兵刃出手，其勢如風，縱馬向前一衝，俯身右手一刀割斷了絆馬索，左手一刀便往蓋一鳴頭頂砍落。蓋一鳴叫道：「好男不與女鬥！何必動手……」眼見白光閃動，長刀已砍向面門，急忙舉起鋼刺一擋。錚的一響，兵刃相交，但覺那少女的刀上有股極大黏力，一推一送，手中兵刃拿揑不住，登時脫手飛出，直射上數丈之高，釘入了一棵大樹的樹枝。

花劍影和常長風雙雙自旁搶上，那少女騎在馬上，居高臨下，左右雙刀連砍，花常二人堪堪招架不住。那少女見了常長風手中的石碑，甚是奇怪，問道：「喂，大個子，你拿着的是甚麼玩意兒？」常長風道：「這是常二俠的奇門兵刃，不在武林十八般兵器之內，招數奇妙，啊喲……哎唷！」卻原來那少女反轉長刀，以刀背在他手腕上一敲。常長風吃痛，奇門兵刃脫手，無巧不巧，又砸上先前砸得腫起了的脚趾。

逍遙子見勢頭不妙，提起旱煙管上前夾攻，他這煙管是精鐵所鑄，使的是判官筆招數，居然出手點穴打穴，只是所認穴道不大準確，未免失之尺寸，謬以萬里。那少女瞧得暗暗好笑，賣個破綻，讓他煙管點中自己左腿，只感微微生疼，喝道：「癆病鬼，你點的是甚麼穴？」逍遙子道：「這是『中瀆穴』，點之腿膝痲痺，四肢軟癱，還不給我束手待縛？」那少女笑道：「中瀆穴不在這裏，偏左了兩寸。」逍遙子一怔，道：「偏左了，不會吧？」伸出煙管，又待來點。那少女一刀砍下，將他煙管打落，隨卽雙刀交於右手，左手一把抓住他的衣領，足尖在馬腹上輕輕一點，那馬一聲長嘶，直竄出林。逍遙子給她拿住了後頸，全身痲痺，四肢軟癱，只有束手待縛。太岳四俠中賸下的三俠大呼：「風緊，風緊！」沒命價撒腿追來。

那馬瞬息間奔出里許。逍遙子給她提着，雙足在地下拖動，擦得鮮血淋漓，說道：「你抓住我的風池穴，那是足少陽和陽維脈之會，我自然是無法動彈，那也不足爲奇，非戰之罪，雖敗猶榮。」那少女格格一笑，勒馬止步，將他擲在地下，說道：「你自身的穴道倒說得對！」突然冷笑一聲，伸刀架在他頸中，喝道：「你對姑娘無禮，不能不殺！」逍遙子嘆了口氣道：「好吧！不過你最好從我天柱穴中下刀，一刀氣絕，免得多受痛苦！」那少女忍不住好笑，心想這癆病鬼臨死還在鑽研穴道，我再嚇他一嚇，瞧是如何，於是將刀刃抵住他頭頸「天柱」

和「風池」兩穴之間，說道：「便是這裏了。」逍遙子大叫：「不，不，姑娘錯了，還要上去一寸二分……」

只聽得來路上三人氣急敗壞的趕來，叫道：「姑娘連我們三個一起殺了……」正是常長風等三俠。那少女道：「幹甚麼自己來送死？」蓋一鳴道：「我太岳四俠義結金蘭，不求同年同月同日生，但願同年同月同日死。姑娘殺我大哥，我兄弟三人不願獨生，便請姑娘一齊殺了。有誰皺一皺眉頭，不算是好漢！」說着走到逍遙子身旁，直挺挺的一站，竟是引頸待戮。

那少女舉刀半空，作勢砍落，蓋一鳴裂嘴一笑，毫不閃避。那少女道：「好！你們四人武藝平常，義氣卻重，算得是好漢子，我饒了你們吧。」說着收刀入鞘。四人喜出望外，大是感激。蓋一鳴道：「請問姑娘尊姓大名，我們太岳四俠定當牢牢記在心中，日後以報不殺之恩。」那少女聽他仍是口口聲聲自稱「太岳四俠」，絲毫不以為愧，忍不住又是格的一笑，說道：「我的姓名你們不用問了。我倒要問你們，幹麼要搶我的坐騎？」

蓋一鳴道：「今年三月初十，是晉陽大俠蕭半和的五十誕辰……」那少女聽到蕭半和的名字，微微一怔，道：「你們識得蕭老英雄麼？」蓋一鳴道：「我們不識蕭老英雄，只是素來仰慕他老人家的英名，算得上是神交已久，要乘他五十誕辰前去拜壽。說來慚愧，我們四兄弟少了一份賀禮，上不得門，因此……便……所……以……這個……」那少女笑道：「原來你們要搶我坐騎去送禮。嗯，這個容易。」說着從頭上拔下一枚金釵，說道：「這隻金釵給了你們，釵上這顆明珠很值錢，你們拿去作為賀禮，蕭老英雄一定喜歡。」說着一提馬韁，那駿馬四蹄翻飛，遠遠去了。

蓋一鳴持釵在手，但見釵上一顆明珠又大又圓，寶光瑩然，四俠雖然不大識貨，卻也知是一件希世之珍。四俠呆呆望着這顆明珠，都是歡喜不盡。逍遙子道：「這位姑娘慷慨豪爽，倒是我輩中人。」蓋一鳴道：「大哥料事如神，言之有理。」

那少女坐在甘亭鎮汾安客店的一間小客房裏，桌上放着一把小小酒壺，壺裏裝的是天下馳名的汾酒。這甘亭鎮在晉南臨汾縣與洪洞縣之間，正是汾酒的產地。可是她只喝了一口，嘴裏便辣辣的又痳又痛，這酒實在並不好喝。爲甚麼爹爹卻這麼喜歡？爹爹常說：「女孩子不許喝酒。」在家中得聽爹爹的話，這次一個人偷偷出來，這汾酒非得好好喝上一壺不可。但要喝乾這一壺，可還眞不客易。她又喝了一大口，自覺臉上有些發熱，伸手一摸，竟是有些燙手。

隔壁房裏的鏢客們卻是你一杯、我一杯的不停乾杯，難道他們不怕辣麼？一個粗大的嗓子叫了起來：「夥計，再來三斤！」那少女聽着搖了搖頭。另一個聲音說道：「張兄弟，這道上還是把細些的好，少喝幾杯！江湖上有言道：『手穩口也穩，到處好藏身。』待到了北京，咱們再痛痛快快的大醉一場。」先前那人笑道：「總鏢頭，我瞧你也是穩得太過了。那四個點子胡吹一輪甚麼太岳四俠，就把你嚇得……嘿，嘿……夥計，快打酒來。」

那少女聽到「太岳四俠」的名頭，忍不住便要笑出聲來，想來這批鏢師也跟太岳四俠交過手啦。只聽那總鏢頭說道：「我怕甚麼了？你那知道我身上挑的千斤重擔啊。這十萬兩鹽鏢，也沒放在我姓周的心上。哼，這時也不便跟你細說，到了北京，你自會知道。」那張鏢師笑道：「不錯，不錯！我不知道，我不知道。嘿嘿，鴛鴦刀啊鴛鴦刀！」

那少女一聽到「鴛鴦刀」三字，心中怦的一跳，將耳朵湊到牆壁上去，想聽得仔細些，但隔房刹時之間聲息全無。那少女心裏一動，從房門中溜了出去，悄步走到衆鏢師的窗下一站。只聽得周總鏢頭說道：「你怎知道？是誰洩漏了風聲？張兄弟，這件事可不是鬧着玩的。」他壓低了嗓門，但語調卻極是鄭重。那張鏢師輕描淡寫的道：「這裏的兄弟們誰人不知，那個不曉？單就你自己，才當是個甚麼了不起的大秘密。」周總鏢頭聲音發顫，忙問：「是誰說的？」張鏢師道：「哈哈，還能有誰？是你自己。」周總鏢頭更急了，道：「我幾時說過了？張兄弟，今日你不說個明明白白，咱哥兒們可不能算完。我姓周的平素待你不薄啊……」只聽另一人道：「總鏢頭，你別急。張大哥的話沒錯。是你自己說的。」周總鏢頭道：「我？我？我怎麼會？」那人道：「咱們鏢車一離西安，每天晚上你睡着了，便儘說夢話，翻來覆去總是說：『鴛鴦刀，鴛鴦刀！這一次送去北京，可不能出半點岔子，得了鴛鴦刀，無敵於天下……』」

周威信又驚又愧，那裏還說得出話來？怎想得到自己牢牢守住的大秘密，只因爲白天裏儘是想着，腦中除了「鴛鴦刀」之外再沒轉其他念頭，日有所思，夜有所夢，在睡夢中竟會說了出來。他向衆鏢師團團一揖，低聲道：「各位千萬不可再提『鴛鴦刀』三字。從今晚起，我用布包着嘴巴睡覺。」

那少女在窗外聽了這幾句話，心中大樂，暗想：「踏破鐵鞋無覓處，得來全不費功夫。

這一對鴛鴦刀，竟然在這鏢師身上。我盜了回去，瞧爹爹怎麼說？」

原來這少女姓蕭名中慧，她爹爹便是晉陽大俠蕭半和。

蕭半和威名遠震，與江湖上各路好漢廣通聲氣，上月間得到訊息，武林中失落有年的一對鴛鴦刀重現江湖，竟爲川陝總督劉於義所得。這對刀和蕭半和大有淵源，他非奪到手中不可，心下計議，料想劉於義定會將寶刀送往京師，呈獻皇帝，與其到西安府重兵駐守之地搶奪，不如攔路截刦。豈知那劉於義狡猾多智，一得到寶刀，便大布疑陣，假差官、假貢隊，派了一次又一次，使得覬覦這對寶刀的江湖豪士接連上當，反而折了不少人手。蕭半和想起自己五十生辰將屆，於是撒下英雄帖，廣邀秦晉冀魯四省好漢來喝一杯壽酒，但有些英雄帖中卻另有附言，囑託各人竭盡全力，務須將這對寶刀刦奪下來。當然，若不是他熟知其人的血性朋友，請帖中自無附言，否則風聲洩漏，打草驚蛇，別說寶刀搶不到，只怕還累了好朋友們的性命。

蕭中慧一聽父親說起這對寶刀，當卽躍躍欲試。蕭半和派出徒兒四處撒英雄帖，她便也要去，蕭半和派人在陝西道上埋伏，她更加要去。但蕭半和總是搖頭說道：「不成！」她求得急了，蕭半和便道：「你問你大媽去，問你媽媽去。」蕭半和有兩位夫人，大夫人姓袁，二夫人姓楊。中慧是楊夫人所生，可是袁夫人對她十分疼愛，和自己親生的女兒一般無異。楊夫人說不能去，中慧還可撒嬌，還可整天說非去不可，但袁夫人一說不能去，中慧便不敢辯駁。這位袁夫人對她很是慈和，但神色間自有一股威嚴，她從小便不敢對大媽的話有半點違拗。

然而搶奪寶刀啊，又凶險，又奇妙，這是多麼有趣的事。蕭中慧一想到，無論如何按捺不住，終於在一天半夜裏，留了個字條給爹爹、大媽和媽媽，偷偷牽了一匹馬，便離開了晉陽。她遇到了要去給爹爹拜壽的太岳四俠，覺得天下的英雄好漢，武功也不過如此；她聽到了鏢師們的說話，覺得要刦奪鴛鴦刀，也不是甚麼難事。

她轉過身來，要待回到房中，再慢慢盤算如何向鏢隊動手，只跨出兩步，突然之間，隔着天井的對面房中傳出噹的一聲響，這是她從小就聽慣了的兵刃撞擊聲。她心中一驚：「啊喲，不好！人家瞧見我啦！」卻聽得一人罵道：「當眞動手麼？」一個女子聲音叫道：「那還跟你客氣？」但聽得乒乒乓乓之聲不絕，打得甚是激烈，還夾雜一個嬰兒的大聲哭叫。對面房中窗格上顯出兩個黑影，一男一女，每人各執一柄單刀，縱橫揮霍，拚命砍殺。

這麼一打，客店中登時大亂。只聽得周總鏢頭喝道：「大夥兒別出去，各人戒備，守住鏢車，小心歹人的調虎離山之計。」蕭中慧一聽，心想：「這麼不要性命拚鬥，那裏是調虎離山的假打？只可惜他不出來瞧瞧，否則倒眞是盜刀的良機。」再瞧那兩個黑影時，女的顯已力乏，不住倒退，那男的卻步步進逼，毫不放鬆。她俠義之心登起，心想：「這惡賊好生無禮，夤夜搶入女子房中，橫施強暴，這抱不平豈可不打？」待要衝進去助那女子，但轉念一想：「不好！我一出手，不免露了行藏，若是教那些鏢師瞧見了，再下手盜刀便不容易。」當下強忍怒氣，只聽得兵刃相擊之聲漸緩，男女兩人破口大罵起來，說的是魯南土語，蕭中慧倒有一大半沒能聽懂。

她聽了一會，煩躁起來，正要回房，忽聽得呀的一聲，東邊一間客房的板門推開，出來一個少年書生。只聽他朗聲說道：「兩位何事爭吵？有話好好分辨道理，何以動刀動槍？」他一面說，一面走到男女兩人的窗下，似要勸解。蕭中慧心道：「那惡徒如此兇蠻，誰來跟你講理？」只聽得那房中兵刃相交之聲又起，小兒啼哭之聲越來越響，驀地裏一粒彈丸從窗格中飛出，拍的一聲，正好將那書生的帽子打落在地。那書生叫道：「啊喲，不好！」接着喃喃自言自語：「城門失火，殃及池魚。君子不立於危牆之下，這還是明哲保身要緊。」說着便慢慢退回房中。

蕭中慧既覺好笑，又替那女子着急，心想那惡賊肆無忌憚，這女子非吃大虧不可。但這時那房中鬥毆之聲已息，客店中登時靜了下來。蕭中慧心下琢磨：「爹爹常說，行事當分輕重緩急，眼前是盜刀要緊，只好讓那兇徒無法無天。」當下回到房中，關上了門，躺在炕上，去尋思如何刦那寶刀：「這鏢隊的人可眞不少，我一個人怎對付得了？本該連夜趕回晉陽，去跟爹爹說知，讓他來調兵遣將。可是倘若我用計將刀盜來，雙手捧給爹爹，豈不是更妙？」想到得意之處，左邊臉頰上那個酒窩兒深深陷了進去。可是用甚麼計呢？她自幼得爹爹調教，武功甚是不弱。但說到用計，咱們的蕭姑娘可不大在行，肚裏計策不算多，簡直可以說不大有。

她躺在炕上，想得頭也痛了，雖想出了五六個法兒，但仔細一琢磨，竟是沒一條管用。朦朦朧朧間眼皮重了起來，靜夜之中，忽聽得篤、篤、篤……一聲一聲自遠而近的響着，有人以鐵杖敲擊街上的石板，一路行來，顯然是個盲人。敲擊的聲音響到客店之前，曳然而止，接着那鐵杖便在店門上突、突、突的響了起來，跟着是店小二開門聲、呵斥聲，一個蒼老的聲音哀求着要一間店房。店小二要他先給錢，那老瞎子給了錢，可是還差着兩吊。於是推拒聲、祈懇聲、店小二罵人的污言穢語，一句一句傳入蕭中慧的耳裏。

她越聽越覺那盲人可憐，當下翻身坐起，在包袱中拿了一小錠銀子，開門出去，卻見那個書生已在指手劃脚、之乎者也的和店小二理論，看來他雖要明哲保身，還是不免喜歡多管閒事。只聽他說道：「小二哥，敬老恤貧，乃是美德，差這兩吊錢，你就給他墊了，也就完啦。」店小二怒道：「相公的話倒說得好聽，你既好心，那你便給他墊了啊。」那書生道：「你這話又不對了。想我是行旅之人，盤纏帶得不多，寶店的價錢又大得嚇人，倘若隨便出手，轉眼間便如夫子之厄於陳蔡了。因此，所以，還是小二哥少收兩吊錢吧。」

蕭中慧噗哧一笑，叫道：「喂，小二哥，這錢我給墊了，接着！」店小二一抬頭，只見白光一閃，一塊碎銀飛了過來，忙伸手去接。他這雙手銀子是接慣了的，可說百不失一，這般空中飛來的銀子，這次卻是生平頭一遭遇上，不免少了習練，噗的一聲，那塊銀子已打中他的胸口，雖說是銀子，打在身上畢竟也有些疼痛，忍不住「啊喲」一聲叫了出來。

那書生道：「你瞧，人家年紀輕輕的一位大姑娘，尚自如此好心。小二哥，你枉爲男子漢，那可差得遠了。」蕭中慧向他掃了一眼，只見他長臉俊目，劍眉斜飛，容顏間英氣逼人，心中一跳，忙低下頭去。只聽那老瞎子道：「多謝相公好心，你給老瞎子付了房飯錢，眞是多謝多謝，但不知恩公高姓大名，我瞎子記在心中，日後也好感恩報德。」那書生道：「小可姓袁名冠南，區區小事，何足掛齒？老丈你尊姓大名啊？」那老瞎子道：「我瞎子的賤名，叫做卓天雄。」

蕭中慧心中正自好笑：「這老瞎子當眞是眼盲心也盲，明明是我給的銀子，卻去多謝旁人。」突然間聽到「卓天雄」三字，心頭一震：「這名字好像聽見過的。那天爹爹和大媽似乎曾低聲說過這個名字，那時我剛好走過大媽房門口，爹爹和大媽一見到我，立時便住了口。但說不定是同名同姓，更許是音同字不同。我爹爹怎能識得這個老瞎子？」

袁冠南伴了卓天雄，隨着店小二走到內院。經過蕭中慧身旁時，袁冠南突然躬身長揖，說道：「姑娘，你帶了很多銀子出來麼？」蕭中慧沒料到他竟會跟自己說話，臉上一紅，似還禮不似還禮的蹲了一蹲，說道：「怎麼？」袁冠南道：「小可見姑娘如此豪闊，意欲告貸幾兩盤纏之資！」蕭中慧更沒料到他居然會單刀直入的開口借錢，越加發窘，滿臉通紅，不知如何回答才是，呆了一呆，轉過臉去。那書生道：「好，既不肯借，那也無妨。待小可去打別人主意吧！」說着又是一揖，轉身回進了房中。

蕭中慧心頭怦怦而跳，一時定不下神來，忽然之間，那邊房裏兵刃聲和喝罵聲又響了起來，砰的一聲大響，窗格飛開，一個壯漢手持單刀，從窗中躍出，左手中卻抱了個嬰兒。跟着一個少婦從窗裏追了出來，頭髮散亂，舞刀叫罵：「快還我孩子，你抱他到那裏去？」兩人一前一後，直衝出店房。蕭中慧見那少婦滿臉惶急之情，怒氣再也難以抑制，心道：「這兇徒搶了她的孩子，如此傷天害理，非伸手管一管不可！」忙回房取了雙刀，趕將出去。

遠遠聽見那少婦不住口的叫罵：「快放下孩子，半夜三更的，嚇壞他啦！你這千刀萬剮的惡賊，嚇壞了孩子，我……我……」蕭中慧循聲急追，那知這兇徒和少婦的輕身功夫均自不弱，直追出里許，眼見兩人雙刀相交，正自惡鬥。那兇徒懷抱孩子，形勢不利，當卽將孩子放在一塊青石之上，揮刀砍殺。蕭中慧停步站住，先瞧一瞧那兇徒的武功，但見他膂力強猛，刀法兇悍，那少婦邊打邊退，看來轉眼間便要傷在他的刀下。蕭中慧提刀躍出，喝道：「惡賊，還不住手？」右手短刀使個虛式，左手長刀逕刺那兇徒的胸膛。

那少婦見蕭中慧殺出，呆了一呆，心疼孩子，忙搶過去抱起。那兇徒舉刀一架，問道：「你是誰？」蕭中慧微微冷笑，道：「打抱不平的姑娘。」一揮刀砍出，她除了跟爹爹及師兄們過招之外，當眞與人動手第一次是對付太岳四俠，第二次便是鬥這兇徒了。這兇徒的武功可比太岳四俠強得太多，招數變幻，一柄單刀盤旋飛舞，左手不時還擊出沉雄的掌力。蕭中慧叫道：「好惡賊，這麼橫！」左手刀着着進攻，驀地裏使個「分花拂柳式」，長刀急旋。那兇徒吃了一驚，側身閃避。蕭中慧叫道：「躺下！」短刀斜削，那兇徒左腿上早着。他大吼一聲，一足跪倒，兀自舉刀還招。蕭中慧雙刀齊劈，引得他橫刀擋架，一腿掃去，將他踢倒在地，跟着短刀又刺他右腿。

陡然間風聲颯然，一刀自後襲到，蕭中慧吃了一驚，顧不到傷那兇徒，急忙迴刀招架，這一招「獅子回首」分寸拿揑得恰到好處，噹的一聲，雙刀相交，黑暗中火星飛濺。她一看之下，更加驚得呆了，原來在背後偷襲的，竟然是那懷抱孩子的少婦。這少婦一刀被她架開，跟着又是一刀。蕭中慧識得這一招「夜叉探海」志在傷敵，竟是不顧自身安危的拚命打法，當卽揮短刀擋過，叫道：「你這女人莫不是瘋了？」那少婦道：「你才是瘋了！」單刀斜閃，溜向蕭中慧長刀的刀盤，就勢推撥，滑近她的手指。蕭中慧一驚，見這少婦力氣不及那兇徒，但刀法之狡譎，卻遠有過之。

這時那兇徒已包紮了腿上傷口，提刀上前夾擊，兩人一攻一拒，招招狠辣。蕭中慧暗暗叫苦：「原來這兩人設下圈套，故意引我上當。」她刀法雖精，究是少了臨敵的經歷，這時子夜荒墳，受人夾擊，不知四下裏還伏了多少敵人，不由得心中先自怯了，一面打，一面罵道：「我和你們無怨無仇，幹麼設下這毒計害我？」那兇徒罵道：「誰跟你相識了？小賤人，無緣無故的來砍我一刀。」那少婦也喝道：「你到底是甚麼路道，不問青紅皀白便出手傷人。」問那兇徒道：「龍哥，你腿上傷得怎樣？」語意之間，極是關切。那兇徒道：「他媽的，痛得厲害。」蕭中慧奇道：「你們不是存心害我麼？」那少婦道：「你到底幹甚麼的？這麼強兇霸道，自以爲武藝高強麼？我瞧也不見得，可眞是不要臉哪。」蕭中慧怒道：「我見你給這個兇徒欺侮，好心救你，誰知你們是假裝打架。」那少婦道：「誰說假裝打架？我們夫妻爭鬧，平常得緊，你多管甚麼閒事？」

蕭中慧聽得「夫妻爭鬧」四字，大吃了一驚，結結巴巴的道：「你們……你們是夫妻？」當即向後躍開，腦中一陣混亂。那壯漢道：「怎麼啦？我們一男一女住在一房，又生下了孩子，難道不是夫妻麼？」蕭中慧奇道：「這孩子是你們的兒子？」那少婦道：「他是孩子爸爸，我是孩子媽媽，碍着你甚麼事了？他叫林玉龍，我叫任飛燕，你還要問甚麼？」說着氣鼓鼓的舉刀半空，又要搶上砍落。

蕭中慧道：「你們既是夫妻，怎地又打又罵，又動刀子？」任飛燕冷笑道：「哈哈，大姑娘，等你嫁了男人，那就明白啦。夫妻若是不打架，那還叫甚麼夫妻？有道是床頭打架床尾和，你見過不吵嘴不打架的夫妻沒有？」蕭中慧脫口而出，說道：「我爹爹媽媽就從來不吵嘴不打架。」林玉龍撫着傷腿，罵道：「他媽的，這算甚麼夫妻？定然路道不正！啊唷，啊唷……」任飛燕聽得丈夫呼痛，忙放下孩子，去瞧他傷口，這神情半點不假，當眞是一對恩愛夫妻。林玉龍兀自喃喃叫罵：「他媽的，不拌嘴不動刀子，這算是甚麼夫妻？」

蕭中慧一怔，心道：「嘿，這可不是罵我爹娘來着！」胸口怒氣上衝，又想上前教訓教訓他，但以一敵二，料想打不過，眼見那嬰兒躺在石上，啼哭不止，一轉身抱起嬰兒，飛步便奔。

任飛燕替丈夫包好傷口，回頭卻不見了兒子，驚叫：「兒子呢？」林玉龍「啊喲」一聲，跳了起來，說道：「給那賤人抱走啦。」任飛燕道：「你怎不早說？」林玉龍道：「你自己抱着的，誰教你放在地下？」任飛燕大怒，飛身上前，吧的一聲，打了他一個嘴巴，喝道：「我給你包傷口啊！死人！」林玉龍回了一拳，罵道：「兒子也管不住，誰要你討好？」任飛燕道：「畜生，快去搶回兒子，回頭再跟你算帳。」說着拔步狂追。林玉龍道：「不錯，搶回兒子要緊。臭婆娘，自己親生的兒子也管不住，有個屁用？」跟着追了下去。

蕭中慧躲在一株大樹背後，按住小孩嘴巴，不讓他哭出聲來，眼見林任夫婦邊罵邊追，越追越遠，心中暗暗好笑，突然間身上一陣熱，一驚低頭，只見衣衫上濕了一大片，原來那孩子拉了尿。她好生煩惱，輕輕在孩子身上一拍，罵道：「要拉尿也不說話？」那孩子未滿週歲，如何會說話？給她這麼一拍，放聲大哭起來。蕭中慧心下不忍，只得「乖孩子、好寶貝」的慢慢哄他。哄了一會，那孩子合眼睡着了。蕭中慧見他肥頭胖耳，臉色紅潤，傻裏傻氣的甚是可愛，不由得頗爲喜歡，心想：「去還給他爹爹媽媽吧，嚇得他們也夠了。」眼見這對夫婦雙雙向北，當下也不回客店，向北追去。

行了十餘里，天已黎明，那對夫妻始終不見，待得天色大明，到了一座樹木茂密的林中，鳥鳴聲此起彼和，野花香氣撲鼻而至。蕭中慧見林中景色清幽，一夜不睡，也眞倦了，於是揀了一處柔軟的草地，倚樹養神，低頭見懷中孩子睡得香甜，過不多時，自己竟也睡着了。

陽光漸烈，樹林中濃蔭匝地，花香愈深，睡夢中忽聽得「威武——信義——，威武——信義——」一陣陣鏢局的趟子聲遠遠傳來，蕭中慧打個呵欠，雙眼尙未睜開，卻聽得那趟子聲漸漸近了。

來的正是威信鏢局的鏢隊。

鐵鞭鎭八方周威信率領着鏢局人衆，邐迤將近棗香林，只要過了這座林子，前面到洪洞縣一直都是陽關大道，眼見紅日當空，眞是個好天，本來今日說甚麼也不會出亂子，可是他心中卻不自禁的暗暗發毛。鏢隊後面那老瞎子的鐵杖在地下篤的一聲敲，他心中便是突的一跳。

一早起行，那老瞎子便跟在鏢隊後面，初時大夥兒也不在意，但坐騎和大車趕得快了，說也奇怪，那瞎子竟始終跟在後面。周威信覺得有些古怪，向張鏢師和詹鏢師使個眼色，鞭打牲口，急馳疾奔，刹時間將老瞎子抛得老遠。他心中一寬。但鏢車沉重，奔行不快，一會兒便慢了下來。過不多久，篤、篤、篤聲隱隱起自身後，這老瞎子居然又趕了上來。

這麼一露功夫，鏢隊人衆無不相顧失色，老瞎子這等輕功，當眞厲害之極。鏢隊一慢，那瞎子卻也並不追趕上前，鐵杖擊地，總是篤、篤、篤的，與鏢隊相距這麼十來丈遠。

眼見前面黑壓壓的是一片林子，周威信低聲道：「張兄弟，大夥兒得留上了神，這老瞎子可眞有點邪門，江湖上有言道：『念念當如臨敵日，心心便似過橋時。』」張鏢師昨天打跑了太岳四俠，一直飄飄然的自覺英雄了得，聽周威信這麼說，心道：「就算他輕身功夫不壞，一個老瞎子又怕他何來？我瞧你啊，見了耗子就當是大蟲。」彎腰從地下拾起一塊小石子，使出打飛蝗石手法，沉肘揚腕，向那瞎子打了出去。只聽得嗤嗤聲響，石子破空，去勢甚急，那瞎子更不抬頭，鐵杖微抬，噹的一聲響，將那石子激了回來。張鏢師叫道：「啊喲！」那石子打中了他額角，鮮血直流。鏢隊中登時一陣大亂。

張鏢師叫道：「賊瞎子，有你沒我！」縱馬上前，舉刀便往瞎子肩頭砍了下去。那瞎子舉杖一格，張鏢師手中單刀倒翻上來，只震得手臂酸痳，虎口隱隱生疼。詹鏢師叫道：「有強人哪，併肩子齊上啊。」衆人雖見那瞎子武功高強，但想他終究只是一人，眼睛又瞎了，好漢敵不過人多，於是刀槍並舉，七八名鏢師、衞士，將他圍在垓心。那瞎子毫不在意，鐵杖輕揮，東一敲，西一戳，只數合間，已將一名衞士打倒在地。

周威信遠遠瞧着，只見這老瞎子出手沉穩，好整以暇，竟似絲毫沒將衆敵手放在心上，驀地裏見他眼皮一翻，一對眸子精光閃爍，竟然不是瞎子，跟着一轉身，抬腿將詹鏢師踢了個觔斗。周威信大駭，知道這瞎子決非太岳四俠中的逍遙子可比，卻是當眞身負絕藝的高手，想到自己背上的重任，高叫：「張兄弟，你將這老瞎子拿下了，可別傷他性命。我先行一步，咱們洪洞縣見。」心道：「江湖上有言道：『路逢險處須當避，不是才子莫吟詩。』」雙腿一挾，縱馬奔向林子。

剛馳進樹林，只見一株大樹後刀光閃爍，他是老江湖了，心下暗暗叫苦：「原來那瞎子並非獨脚大盜，這裏更伏下了幫手。」當下沒命價鞭馬向前急馳，只馳出四五丈，便見一個人影從樹後閃了出來。

周威信見這人手持單刀，神情兇猛，當下更不打話，手一揚，一枝甩手箭脫手飛出，向那人射去，同時縱騎衝前。那人揮刀格開甩手箭，罵道：「甚麼人，亂放暗青子？」另一人跟着趕到，喝道：「你有暗青子，我便沒有麼？」拉開彈弓，吧吧吧一陣響，八九枚連珠彈打了過來，有兩枚打在馬臀上，那馬吃痛，後脚亂跳，登時將周威信掀下馬來。周威信早已執鞭在手，在地下打個滾，剛躍起身來，吧的一聲，手腕上又中一枚彈丸，鐵鞭拿揑不住，掉在地下。那兩人一左一右，同時搶上，雙刀齊落，架在他頸中，一人問道：「你是甚麼人？」另一個問道：「幹麼亂放暗青子？」先一人又道：「你瞧見我的孩子沒有？」另一人又問：「有沒有見一個年輕姑娘走過？」先一人又問：「那年輕姑娘有沒抱着孩子？」片刻之間，每個人都問了七八句話，周威信便是有十張嘴，也答不盡這許多話。原來這兩人正是林玉龍和任飛燕夫婦。

林玉龍向妻子喝道：「你住口，讓我來問他。」任飛燕道：「幹麼要我住口？你閉嘴，我來問。」兩人你一言，我一語，爭吵了起來。周威信被兩柄單刀架在頸中，生怕任誰一個脾氣大了，隨手一按，自己的腦袋和身子不免各走各路，江湖上有言道：「你去你的陽關道，我走我的獨木橋。」」又想：「江湖上有言道：『光棍不吃眼前虧，伸手不打笑臉人。』」當下滿臉堆笑，說道：「兩位不用心急，先放我起來，再慢慢說不遲。」林玉龍喝道：「幹麼要放你？」任飛燕見他右手反轉，牢牢按住背上的包袱，似乎其中藏着十分貴重之物，喝道：「那是甚麼？」

周威信自從在總督大人手中接過了這對鴛鴦刀之後，心中片刻也沒忘記過「鴛鴦刀」三字，只因心無旁鶩，竟在睡夢之中也不住口的叫了出來，這時鋼刀架頸，情勢危急，任飛燕又問得緊迫，實無思索餘地，不自禁衝口而出：「鴛鴦刀！」

林任兩人一聽，吃了一驚，兩隻左手齊落，同時往他背上的包袱抓去。周威信一言既出，立時懊悔無已，當下情急拚命，百忙中腦子裏轉過了一個念頭：「江湖上有言道：『一夫拚命，萬夫莫當。』何況他們只有兩夫？」顧不得冷森森的利刃架在頸中，向前一撲，待要滾開。但林任夫妻同時運勁，猛力一扯，卻將他連人帶包袱提了起來。原來周威信用細鐵鍊將這對寶刀縛在背上，林任兩人雖是一齊使力，還是拉不斷鐵鍊。

三個人纏作一團。周威信回手一拳，碰的一下，打在林玉龍臉上。任飛燕倒轉刀柄，在周威信後頸重重的砸了一下，問道：「龍哥，你痛不痛？」林玉龍怒道：「那還用問？自然痛啦。」任飛燕怒道：「哈，我好心問你，難道問錯了？」兩人一面搶奪包袱，一面又拌起嘴來。

斗然間草叢中鑽出一人，叫道：「要不要孩子？」林任二人一抬頭，只見那人正是蕭中慧，雙手高舉着自己的兒子，心中大喜，立卽一齊伸手去接。蕭中慧右手遞過孩子，左手短刀嗤的一聲，已割開了周威信背上的包袱，跟着右手一探，從包袱中拔出一把刀來，青光閃耀，寒氣逼人，隨手一揮，果眞好寶刀，鐵鍊應刃斷絕。蕭中慧搶過包袱，翻身便上了周威信的坐騎，這幾下手法兔起鶻落，迅捷利落之至。

她一提馬韁，喝道：「快走！」那知那馬四隻脚便如牢牢釘在地下，竟然不動。蕭中慧伸足去踢馬腹，驀地裏雙足膝彎同時一麻。她暗叫：「不好！」待要躍下馬背，可那裏還來得及，早已被人點中穴道，身子騎在馬上，卻是一動也不能動了。

只見馬腹下翻出一人，原來便是那老瞎子，也不知他何時已擺脫鏢隊的糾纏，趕來悄悄藏在馬腹之下，他一伸手便奪過蕭中慧手中的那對鴛鴦刀。任飛燕將孩子往地下一放，拔刀撲上。林玉龍跟着自旁側攻。那瞎子提着出了鞘的長刃鴛刀往上一擋，叮噹兩響，林任夫婦手中雙刀齊斷。兩人呆得一呆，腰間穴道酸麻，已被點中大穴，再也動彈不得了。

周威信勢如瘋虎，喝道：「賊瞎子，有你沒我！」拾起地下鐵鞭，使一招「呼延十八鞭」的「橫掃千軍」，向那瞎子橫砸過來。那瞎子竟不閃避，提起鴛鴦長刀，向前一刺，但說也奇怪，這一刺既非刺向鐵鞭，也不是刺向周威信胸口，卻是刺在包袱中的刀鞘之內，跟着連刀帶鞘橫砸而至。他竟將刀鞘當作鐵鞭使，而招數一模一樣，也是「呼延十八鞭」中的「橫掃千軍」，刀鞘在鐵鞭上一格，周威信這一條十六斤重的鐵鞭登時被攔在半空，再也砸不下分毫，是否「鐵鞭鎭八方」，大有商量餘地。一刀一鞭畧一相持，呼的一聲響，那鐵鞭竟已被那瞎子的內勁震得脫手飛出，這一招「鐵鞭飛八方」使出來，周威信虎口破裂，滿掌是血。那瞎子白眼一翻，冷笑道：「呼延十八鞭最後一招，你沒學會吧？」

周威信這一驚眞是非同小可，「呼延十八鞭」雖然號稱十八鞭，但傳世的只有十七招，他師父曾道，最後一招叫做「一鞭斷十槍」，當年北宋大將呼延贊受敵人圍攻，曾以一根鋼鞭震斷十條長槍，這一路鞭法，不論招數，單憑內力，當世只有他師伯有此神功。周威信從未見過師伯，只知他是淸廷侍衞，「大內七大高手」之首，向來深居禁宮，從不出外，因此始終無緣拜見。這時心念一動，顫聲道：「你……你老人家姓卓？」那瞎子道：「不錯。」周威信驚喜交集，拜伏在地，說道：「弟子周威信，叩見卓師伯。」

那老瞎子微微一笑，道：「虧得你知道世上還有個卓天雄。」周威信道：「師父在日，常稱道師伯的神威。弟子未識師伯，剛才多有冒犯。江湖上有言道：『有緣千里來相會，無緣對面不相逢。』不知師伯幾時從北京出來的？」卓天雄微笑道：「皇上派我來接你的啊。」周威信又是惶恐，又是喜歡，道：「若不是師伯伸手相援，這對鴛鴦刀只怕要落入匪徒手中了。」卓天雄道：「皇上明見萬里，早料到這對刀上京時會出亂子。你一離西安，我便跟在鏢隊後面啦。你晚上睡着時，口中直嚷些甚麼啊？」周威信面紅過耳，囁嚅着說不出話來，心道：「師伯一路躡着我們鏢隊，連我夜裏說夢話也給聽去了，我卻絲毫不覺，倘若不是師伯而是想盜寶刀的大盜，我這條小命還在麼？江湖上有言道：『萬事不由人計較，一生都是命安排。』」

卓天雄道：「你的夥計們膽子都小着點兒，這會兒也不知躲到了那兒。你去叫叫齊，咱們一塊兒趕路吧。」周威信連聲稱是。卓天雄舉起那對刀來，畧一拂拭，只覺一股寒氣，直逼眉目，不禁叫道：「好刀！」

周威信正要出林，忽聽左邊一人叫道：「喂，姓卓的，乖乖的便解開我穴道，咱們好好來鬥一場。」另一個女子道：「你乘人不備，出手點穴，算是那一門子的英雄好漢？」卓天雄轉過頭去，但見林玉龍、任飛燕夫婦各舉半截斷刀，作勢欲砍，苦在全身動彈不得，空自發狠。卓天雄伸指在短刀上一彈，錚的一響，聲若龍吟，悠悠不絕，說道：「不論你有多少匪徒，來一個，擒一個，來兩個，捉一雙。」轉頭向蕭中慧道：「小姑娘，你也隨我進京走一遭，去瞧瞧京裏的花花世界吧。」

蕭中慧大急，叫道：「快放了我，你再不放我，要叫你後悔無窮。」卓天雄哈哈大笑，道：「這麼說，我更加不能放你了，且瞧瞧你怎地使我後悔無窮。」蕭中慧暗運內氣，想衝開腿上被點的穴道，但一股內氣降到腰間便自回上，心中越是焦急，越覺全身酸麻，半分力氣也使不出來，一張俏臉脹得通紅，淚水在眼中滾來滾去，便欲奪眶而出。

忽聽得林外一人縱聲長吟：「天子重英豪，文章教爾曹，萬般皆下品，唯有讀書高……」高吟聲中，一人走進林來。蕭中慧一看，正是昨晚在客店中見到的那個少年書生袁冠南，自己這副窘狀又多了一人瞧見，更是難受，心中一急，眼淚便如珍珠斷綫般滾了下來。

卓天雄手按鴛鴦雙刀，厲聲道：「姓袁的，這對刀便在這裏，有本事不妨來拿了去。你裝腔作勢，瞞得過別人，可乘早別在卓天雄眼前現世。」說着雙刀平平一擊，錚的一響，聲振林梢。

袁冠南右手提着一枝毛筆，左手平持一隻墨盒，說道：「在下詩興忽來，意欲在樹上題詩一首，閣下大呼小叫，未免掃人清興。」說着東張西望，尋覓題詩之處。卓天雄早瞧出他身有武功，見他如此好整以暇，倒也不敢輕敵，當下將雙刀還入刀鞘，交給周威信，鐵棒一頓，喝道：「你要題詩，便題在我瞎子的長衫上吧！」說着揮動鐵棒，往袁冠南腦後擊去。

蕭中慧情不自禁，脫口而出的叫道：「別打！」她見袁冠南文謅謅手無縛鷄之力，這一棒打上去，還不將他砸得腦漿迸裂？那知袁冠南頭一低，叫聲：「啊喲！」從鐵棒下鑽了過去，說道：「姑娘叫你別打，你怎地不聽話？」

卓天雄迴過鐵棒，平腰橫掃。袁冠南撲地向前一跌，鐵棒剛好從頭頂掠過。卓天雄喝道：「這一下不錯！」左手成掌劈出。袁冠南含胸沉肩，毛筆在墨盒中一醮，往他手腕上點去。兩人數招一過，蕭中慧暗暗驚異：「這書生原來有一身武功，這一次我可走了眼啦。」但見他身形飄動，東閃西避，卓天雄的鐵棒始終打不到他身上。蕭中慧暗自禱祝：「老天爺生眼睛，保佑這書生得勝，讓他助我脫困。」

林玉龍喝采道：「秀才相公，瞧不出你武功還這樣強，快殺了這瞎子，解開我們的穴道。」任飛燕道：「你這不是一廂情願嗎？我瞧這小秀才未必便是老瞎子的對手。」林玉龍喝道：「臭婆娘，儘說不吉利的話，你懂得甚麼？」任飛燕道：「嘿，我瞧得見他們動手，你瞧見麼？」原來她面對卓袁兩人，林玉龍卻是背向。林玉龍道：「瞧得見便又怎地？我聽那瞎子的鐵棒亂揮，一味呼呼風響，全不管事。」任飛燕啐了一口，道：「不管事，不管事！哼，他可點得你動彈不得。」林玉龍道：「那你呢？你倒動給我瞧瞧！」兩人你一言，我一語，越吵越兇，苦於身子轉動不得，否則早又拳脚交加起來。任飛燕氣忿不過，一口唾液向丈夫吐了過去。林玉龍無法閃避，眼睜睜的任那唾沫飛過來黏在自己鼻樑正中，當下波的一聲，也吐了一口唾沫過去。夫妻倆你一口，我一口，相互吐得滿頭滿臉都是唾沫。

蕭中慧見他夫妻身在危難之中，兀自不停吵鬧，又是好氣，又是好笑，斜目再瞧袁卓二人時，不由得芳心暗驚，但見袁冠南不住倒退，似乎已非卓天雄的敵手，心道：「但願他這是裝腔作勢，故意戲弄那老瞎子，其實並非眞敗！」

可是事與願違，卓天雄的武功，實在比袁冠南高得太多。初時卓天雄見他以毛筆與墨盒作武器，心想他如此有恃無恐，定有驚人藝業，因而小心翼翼，不敢強攻，待得試了幾招，見他身法雖快，終究不免稚嫩，而毛筆的招數之中更無異狀，當下鐵棒橫掃直砸，使出「呼延十八鞭」中的精妙家數來。袁冠南沒料到竟會遇上如此厲害的對手，手中又無武器，立時左支右絀，迭遇險着，不由得暗暗叫苦：「我忒也托大，把這假瞎子瞧得小了，那知他竟是這等的硬手？」眼見鐵棒斜斜砸來，忙縮肩閃避。卓天雄叫聲：「躺下！」鐵棒翻起，打中了袁冠南左腿。蕭中慧心中怦的一跳，叫道：「啊喲！」

袁冠南強自支撑，脚步略一踉蹌，退出三步，卻不跌倒，知道今日之事兇險萬狀，腿上既已受傷，便欲全身退走，亦已不能，情急智生，叫道：「好啊！小爺有好生之德，不願用這『腐骨穿心膏』。你既無禮，說不得，只好叫你嘗嘗滋味。」說着將毛筆在墨盒中醮得飽飽的。提筆往卓天雄臉上抹去。卓天雄聽得「腐骨穿心膏」五字，吃了一驚，叫道：「且住！五毒聖姑是你何人？」

原來五毒聖姑是貴州安香堡出名的女魔頭，武林中聞名喪膽，她所使的毒藥之中，尤以

「腐骨穿心膏」最爲馳名，據說只要肌膚署沾半分，十二個時辰爛肉見骨，廿四個時辰毒血攻心，天下無藥可救。袁冠南數年前曾聽人說過，當時也不在意，這時被卓天雄逼得無法，隨口說了出來，只見他一聽之下，立時臉色大變，心下暗喜，說道：「五毒聖姑是我姑母，你問她怎的？」卓天雄將信將疑，說道：「既是如此，我也不來難爲你，快快給我走吧。」袁冠南冷笑道：「你打了我一棒，難道就此了局？」說着走上兩步。卓天雄望着他左手所端的墨盒，如見蛇蠍，心想：「毛筆墨盒原本不能用作武器，他如此和我相鬥，其中定有古怪。」見他上前，不自禁的退了兩步。他那知袁冠南倜儻自喜，仗着武功了得，往往空手制勝，手拿筆墨，只不過意示閒暇，今日撞到卓天雄如此扎手的人物，心中其實早在叫苦不迭，不知幾十遍的在自罵該死了。

袁冠南又走上兩步，說道：「我姑母武功又不怎樣，也不過會配製一些兒毒藥，你又何必嚇成這個樣子？」見卓天雄遲遲疑疑的又退了一步，突然轉身，向左一閃，欺到周威信身畔，提起毛筆，便往他雙眼抹去。周威信大駭，舉臂來格。袁冠南手肘一撞，墨盒交在右手，左手探出，已將鴛鴦雙刀搶了過來。卓天雄大吃一驚，心想皇上命我來迎接寶刀進京，如給這小子奪去，那是多大的罪名？縱然要冒犯五毒聖姑，可也說不得了，當下飛身來搶，右掌斜劈袁冠南肩頭，左手五指成爪，往鴛鴦雙刀抓落。

袁冠南早已防到這一着，自知硬搶硬奪，必敗無疑，提起毛筆，對準他左手一抹，跟着便哈哈大笑。卓天雄猛覺手背上一涼，一驚之下，只見手背上已被濃濃的抹了一大條墨痕，從前聽人所說五毒聖姑如何害人慘死的話，瞬時間在腦中閃過，不由得全身大震。他五根手指雖已碰到了鴛鴦刀的刀鞘，竟是抓不下去，一呆之下，越想越怕，大叫一聲，飛奔出林。周威信見師伯尚且如此，那裏還敢逗留，跟在卓天雄後面，衝了出去。

袁冠南暗叫：「慚愧！」生怕卓天雄察覺眞相，重行追來，當下不敢在林中多躭，拿起鴛鴦雙刀，轉身便行。林玉龍叫道：「喂，小秀才，你怎地不給我們解開穴道？」袁冠南道：「過了六個時辰，穴道自解。」蕭中慧大急，叫道：「再等六個時辰，人也死了。」袁冠南笑道：「別心急，死不了！」蕭中慧嗔道：「好，壞書生！下次你別撞在我手裏。」袁冠南想起卓天雄棒擊自己之時，這姑娘曾出言阻止，良心倒好，但她三人顯然也是爲了鴛鴦刀而來，若是給他們解開穴道，只怕又起枝節，微一沉吟，從地下撿起兩塊小石子，右手揮動，兩塊石子飛出，分擊林任夫婦的穴道，雖然相隔數丈，認穴之準，仍是不爽分毫。

林任夫婦各自積着滿腔怒火，穴道一解，提着半截單刀，立時乒乒乓乓的打了起來。袁冠南又是一枚石子擲出，正中蕭中慧腰間的「京門穴」。蕭中慧「啊」的一聲，從馬上倒摔下來，橫臥在地，雙目緊閉，一動也不動了。袁冠南吃了一驚，自忖這枚石子並未打錯穴道，如何竟會傷了她？忙走近身去，彎腰看時，只見她臉色有異，似乎呼吸也沒有了。袁冠南這一下更是心驚，伸手去探她鼻息。蕭中慧突然大叫一聲，翻身躍起，從他手中搶過了短刃的鴦刀，偷襲得手，不敢再轉長刀的念頭，格格一笑，轉身便逃。

林玉龍叫道：「啊，鴛鴦刀！」任飛燕從地下抱起孩子，叫道：「快追！」兩人向蕭中慧追去。袁冠南罵道：「好丫頭，恩將仇報！」提氣疾追，但他左腿中了卓天雄一棒，傷勢大是不輕，一蹺一拐，輕功只賸下五成，眼看蕭林任三人向西北荒山疾馳而去，竟是追趕不上，但想鴛鴦刀少了一把，不能成其鴛鴦，腿上雖痛，仍是窮追不捨。

奔出二十餘里，地勢越來越是荒涼，他奔上一個高岡，四下裏一望，見西北方四五里外，樹木掩映之中露出一角黃牆，似是一座小廟，心想這三人別處無可藏身，多半在這廟中，於是折了一根樹幹當作拐杖，撐持着奔去。

走近廟來，只見匾額上寫着「紫竹庵」三字，原來是座尼庵。袁冠南走進庵去，見大殿上站着一個老尼姑，衣履潔淨，面目慈祥。袁冠南作了一揖。說道：「師太請了，可有一位藍衫姑娘，來到寶庵隨喜麼？」那老尼道：「小庵地處荒僻，並無施主到來。」袁冠南不信，道：「師太不必隱瞞……」話未說完，忽聽得門外篤、篤、篤連響，傳來鐵棒擊地之聲，正是卓天雄追到了。袁冠南大吃一驚，忙道：「師太，請你做做好事。我有仇人找來，千萬別說我在此處。」也不等那老尼回答，向後院直竄進去，只見東廂有座小佛堂，推門進去，見供着一座白衣觀音的神像。這時不暇思索，縱身上了佛座，揭開帷幕，便躲在神像之後。

豈知神像之後，早有人在，定睛一看，正是蕭中慧。她似笑非笑的向袁冠南瞧了一眼，說道：「好吧，算你有本事，找到這裏，這刀拿去吧！」說着將短刀遞了過來。只聽他身後一人說道：「別給他，要動手，咱三人打他一個。」原來林任夫婦帶着孩子，也躲在此處。

袁冠南此時逃命要緊，無暇奪刀，低聲道：「別作聲，那老瞎子追了來啦！」蕭中慧一驚，道：「他不是中了你的毒藥？」袁冠南微笑道：「毒藥是假的。」蕭中慧還待再問，只聽卓天雄粗聲粗氣的道：「四下裏並無人家，不在這裏，又在何處？」那老尼道：「施主再往前面找找，想必是已走過了頭。」卓天雄道：「好！四下裏我都伏下了人，也不怕這小子逃到天邊去。若是找不到，回頭來跟你算帳，小心我一把火燒了你這臭尼姑庵。」林玉龍和任飛燕聽得心頭火起，便欲反唇相稽，口還未張，袁冠南和蕭中慧雙指齊出，已分點了二人穴道。卓天雄走進後院，待了片刻，料想是在東張西望，聽得他喃喃咒罵，鐵棒拄地，轉身出庵去了。

原來卓天雄手背上被黑墨抹中，心驚膽戰，忙到溪水中去洗，墨漬一洗即去，不留絲毫痕迹。他放心不下，拚命擦洗，這用力一擦，皮膚破損，眞的隱隱作疼起來。他更是吃驚，呆了良久，不再見有何異狀，才知是上了當，於是隨後追來。他雖輕功了得，奔馳如飛，但這麼一躭擱，卻給袁冠南等躲到了紫竹庵中。

袁冠南和蕭中慧待他走遠，這才解開林任夫婦穴道，從觀音大士的神像後躍下地來。四人想起卓天雄之言，都是皺起了眉頭，心想此人輕功了得，追出數十里後不見蹤迹，又必尋回，四下裏無房無舍，沒地可躲，打是打不過，逃又逃不了，難道是束手待斃不成？袁蕭二人相對無言，尋思脫逃之計。

林玉龍罵道：「都是你這臭婆娘不好，咱們若是練成了夫妻刀法，二人合力，又何必怕這老瞎子？」任飛燕道：「練不成夫妻刀法，到底是你不好，還是我不好？那老和尚明明要你就着我點兒，怎地你一練起來便只顧自己？」兩人你一言，我一語，又吵個不休。袁冠南聽他二人不住口的吵甚麼「夫妻刀法」，說道：「咱們四個，連着你們孩子，還有那老尼姑，眼前都是大禍臨頭，只要那老瞎子一回來，誰都活不成。你倆還吵甚麼？到底那夫妻刀法是怎麼回事？」林任夫婦倆又說又吵，半天才說了個明白。

原來三年之前，林任夫婦新婚不久，便大打大吵，恰好遇到了一位高僧，他瞧不過眼，傳了他夫婦倆一套刀法。這套刀法傳給林玉龍和傳給任飛燕的全然不同，要兩人練得純熟，共同應敵，兩人的刀法陰陽開闔，配合得天衣無縫，一個進，另一個便退，一個攻，另一個便守。那老和尚道：「以此刀法並肩行走江湖，任他敵人武功多強，都奈何不了你夫婦。但若單獨一人使此刀法，卻是半點也無用處。」他怕這對夫婦反目，終於分手，因此要他二人練這套奇門刀法，令他夫婦長相廝守，誰也不能離得了誰。這路刀法原是古代一對恩愛夫妻所創，兩人形影不離，心心相印，雙刀施展之時，也是互相迴護。那知林任兩人性情暴躁，雖都學會了自己的刀法，但要相輔相成，配成一體，始終是格格不入，只練得三四招，別說互相迴護，夫妻倆自己就砍砍殺殺的鬥了起來。

袁冠南聽兩人說完，心念一動，向蕭中慧說道：「姑娘，我有一句不知進退的話，原不該說，只是事在危急，此處人人有性命之憂……」蕭中慧接口道：「我知道啦，你要我和你學這夫妻……夫妻……」說到這裏，滿臉紅暈。袁冠南道：「嗯，小可決不敢有意冒犯，實是……實是……」蕭中慧不再跟他多說，向任飛燕道：「大嫂，請你指點於我，若是我和他……和他都學會了，抵擋得了那老瞎子，便可救得衆人性命。」任飛燕道：「這路刀法學起來很難，可非一朝一夕之功。」蕭中慧道：「學得多少，便是多少，總勝於白白在這裏等死。」任飛燕道：「好，我便教你。」林任夫婦分別口講刀舞，一招一式的演將起來。袁蕭二人在旁各瞧各的，用心默記。

袁蕭二人武功雖均不弱，但這套夫妻刀法招數極是繁複，一時實不易記得許多。林任夫婦教得幾招，百忙中又拌上幾句嘴。兩個人教，兩個人學，還只教到第十二招，忽聽得門外大喝一聲：「賊小子，你躲到那裏去？」人影一閃，卓天雄手持鐵棒，闖進殿來。

林玉龍見他重來，不驚反怒，喝道：「我們刀法尚未教完，你便來了，多等一刻也不成麼？」提刀向他砍去。卓天雄舉鐵棒一擋，任飛燕也已從右側攻到。林玉龍叫道：「使夫妻刀法！」他意欲在袁蕭兩人跟前一獻身手，長刀斜揮，向卓天雄腰間削了下去。這時任飛燕本當散舞刀花，護住丈夫，那知她急於求勝，不使夫妻刀法的中第一招，卻是使了第二招中的搶攻，變成雙刀齊進的局面。卓天雄一見對方刀法露出老大破綻，鐵棒一招「偷天換日」，架開雙刀，左手手指從棒底伸出，咄咄兩聲，林任夫婦又被點中了穴道。他二人倘若不使夫妻刀法，尚可支持得一時，但一使將出來，只因配合失誤，僅一招便已受制。

林玉龍大怒，罵道：「臭婆娘，咱們這是第一招。你該散舞刀花，護住我腰脅才是。」任飛燕怒道：「你幹麼不跟着我使第二招？非得我跟着你不可？」二人雙刀僵在半空，口中卻兀自怒罵不休。

袁冠南知道之日之事已然無倖，低聲道：「蕭姑娘，你快逃走，讓我來纏住他。」蕭中慧沒料到他竟有這等俠義心腸，一呆之下，胸口一熱，說道：「不，咱們合力鬥他。」袁冠南急道：「你聽我話，快走！若是我今日逃得性命，再和姑娘相見。」蕭中慧道：「不成啊……」話未說完，卓天雄已揮鐵棒搶上。袁冠南刷的一刀砍去。蕭中慧見他這一刀左肩露出空隙，不待卓天雄對攻，搶着揮刀護住他的肩頭。兩人事先並未練習，只因適才一個要對方先走，另一個卻又定要留下相伴，雙方動了俠義之心，臨敵時自然而然的互相迴護。林玉龍看得分明，叫道：「好，『女貌郎才珠萬斛』，這夫妻刀法的第一招，用得妙極！」

袁蕭二人臉上都是一紅，沒想到情急之下，各人順手使出一招新學的刀法，竟然配合得天衣無縫。卓天雄橫過鐵棒，正要砸打，任飛燕叫道：「第二招，『天教艷質為眷屬』！」蕭中慧依言搶攻，袁冠南橫刀守禦。卓天雄勢在不能以攻為守，只得退了一步。林玉龍叫道：「第三招，『清風引珮下瑤台』！」袁蕭二人雙刀齊飛，颯颯生風。任飛燕道：「『明月照妝成金屋』！」袁蕭二人相視一笑，刀光如月，照映嬌臉。卓天雄被逼得又退了一步。

只聽林任二人不住口的吆喝招數。一個道：「刀光掩映孔雀屏。」一個道：「喜結絲蘿在喬木。」一個道：「英雄無雙風流婿。」一個道：「卻扇洞房燃花燭。」一個道：「碧簫聲裏雙鳴鳳。」一個道：「今朝有女顏如玉。」林玉龍叫道：「千金一刻慶良宵。」任飛燕叫道：「占斷人間天上福。」

喝到這裏，那夫妻刀法的十二招已然使完，餘下尚有六十招，袁蕭二人卻未學過。袁冠南叫道：「從頭再來！」一刀砍出，又是第一招「女貌郎才珠萬斛」。二人初使那十二招時，搭配未熟，但卓天雄已是手忙腳亂，招架為難。這時從頭再使，二人靈犀暗通，想起這路夫妻刀法每一招都有個風光旖旎的名字，不自禁的又驚又喜，鴛鴦雙刀的配合，更加緊了，使到第九招「碧簫聲裏雙鳴鳳」時，雙刀便如鳳舞鸞翔，靈動翻飛，卓天雄那裏招架得住？「啊」的一聲，肩頭中刀，鮮血迸流。他自知難敵，再打下去定要將這條老命送在尼庵之中，鐵棒急封，縱身出牆而逃。

袁蕭二人脈脈相對，情愫暗生，一時不知說甚麼好。忽聽得林玉龍大聲叫道：「妙極，妙極！女貌郎才珠萬斛！」

他其實是在稱讚自己那套夫妻刀法，蕭中慧卻羞得滿臉通紅，低頭奔出尼庵，遠遠的去了。

袁冠南追出庵門，但見蕭中慧的背影在一排柳樹邊一幌，隨即消失。忽聽得身後有人叫道：「相公！」袁冠南回過頭來，只見小書僮笑嘻嘻的站着，打開了的書籃中睡着一個嬰兒，正是林任夫婦的兒子，籃中書籍上濕了一大片，自不免「書中自有孩兒尿」了。

三月初十，這一天是晉陽大俠蕭半和的五十壽誕。

蕭府中賀客盈門，羣英濟濟。蕭半和長袍馬褂，在大廳上接待來賀的各路英雄，白道上的俠士、黑道上的豪客、前輩名宿、少年新進……還有許多和蕭半和本不相識、卻是慕名來致景仰之意的生客。

在後堂，袁夫人、楊夫人、蕭中慧也都喜氣洋洋，穿戴一新。兩位夫人在收拾外面不斷送進來的各式各樣壽禮。蕭中慧正對着鏡子簪花，突然之間，鏡中的臉上滿是紅暈，她低聲唸道：「清風引珮下瑤台，明月照妝成金屋。」

袁夫人和楊夫人對望了一眼，均想：「這小妮子自從搶了那把鴛鴦刀回家，一忽兒喜，一忽兒愁，滿懷心事。她今年十八歲啦，定是在外邊遇上了一個合她心意的少年郎君。」楊夫人見她簪花老不如意，忽然又發覺她頭上少了一件物事，問道：「慧兒，大媽給你的那枝金釵呢？」中慧格格一笑，道：「我給了人啦。」袁夫人和楊夫人又對望一眼，心想：「果然不出所料，這小妮子連定情之物也給了人家。」楊夫人問道：「給了誰啦？」中慧笑得猶似花枝亂顫，說道：「他……他麼？今兒多半會來跟爹拜壽，人家是大名鼎鼎的人物，非同小可。」

楊夫人還待再問，只見傭婦張媽捧了一隻錦緞盒子進來，說道：「這份壽禮當眞奇怪，怎地送一枝金釵給老爺？」袁楊二夫人一齊走近，只見盒中所盛之物珠光燦爛，赫然是中慧的那枝金釵。楊夫人一轉頭，見女兒喜容滿臉，笑得甚歡，忙問：「送禮來的人呢？」張媽道：「正在廳上陪老爺說話呢。」

袁楊二夫人心急着要瞧瞧到底是怎麼樣的一位人物，居然能令女兒如此神魂顚倒，相互一頷首，一同走到大廳的屏風背後，只聽得一人結結巴巴的道：「小人名叫蓋一鳴，外號人稱八步趕蟾、賽專諸、踏雪無痕、獨脚水上飛、雙刺蓋七省，今日特地和三個兄弟來向蕭老英雄拜壽。」二位夫人悄悄一張，見那人是個形容委瑣的瘦子，身旁還坐着三個古裏古怪的人物。蕭半和撫鬚笑道：「太岳四俠大駕光臨，還贈老夫金釵厚禮，眞是何以克當。」蓋一鳴道：「好說，好說！」袁楊二夫人滿心疑惑，難道女兒看中了的，竟是這個矮子？兩位夫人見多識廣，知道人不可以貌相，那人的外號說來甚是響亮，想來武藝必是好的，既然稱得上一個「俠」字，人品也必是好的。

鼓樂聲中，門外又進來三人，齊向蕭半和行下禮去。一個英俊書生朗聲說道：「晚輩林玉龍、任飛燕、袁冠南，恭祝蕭老前輩福如東海，壽比南山。薄禮一件，請老前輩笑納。」

說着呈上一隻開了蓋的長盒。蕭半和謝了，接過一看，不由得呆了，三個字脫口而出：「鴛鴦刀！」

蕭府的後花園中，林玉龍在教袁冠南刀法，任飛燕在教蕭中慧刀法。耗了大半天功夫，林任二人已將餘下的六十路夫妻刀法，傾囊相授。

冠南和中慧用心記憶，但要他們這時專心致志，實是大不容易。因爲蕭半和問明了得刀經過之後，跟兩位夫人一商量，當下將女兒許配給了袁冠南，言明今晚喜上加喜，就在壽誕之中，給兩人訂親。兩個人心花怒放，若不是知道這一路刀法威力無窮，也眞的無心在這時候學武習藝；再說，若不是武學之士不拘世俗禮法，未婚夫妻也當避嫌，不該在此日還相聚一堂。

「刀光掩映孔雀屏，喜結絲蘿在喬木……碧簫聲裏雙鳳鳴，今朝有女顏如玉……」

林玉龍和任飛燕教完了，讓他們這對未婚夫婦自行對刀練習。兩夫婦居然收了這樣一對徒弟，私心大是欣慰。

太岳四俠一直在旁邊瞧他們練刀，逍遙子和蓋一鳴不斷指指點點，說這一招有破綻，那一招有漏洞。林玉龍心頭有氣，抹了抹頭上的汗水，道：「蓋兄，咱夫婦以一路刀法，送給袁兄夫妻作新婚賀禮。你們太岳四俠，送甚麼禮物啊？」太岳四俠一聽此言，心頭都是一凜，一時無言可對。要知說到送禮，實是他們最犯忌之事。

任飛燕有意開開他們的玩笑，說道：「那邊汙泥河中，產有碧血金蟾，學武之士服得一隻，可抵十年功力，只不過甚難捉到。蓋兄號稱八步趕蟾、獨脚水上飛，何不去捉幾隻來，送給了新夫婦，豈不是一件重禮？」蓋一鳴大喜，道：「當眞？」林玉龍道：「我們怎敢相欺？只可惜咱夫婦的輕功不行，又不通水性，不敢下水去捉。」蓋一鳴道：「說到輕功水性，那是蓋某的拿手好戲。大哥、二哥、三哥，咱們這就捉去。」任飛燕笑道：「哈哈，蓋兄，這個你可又外行了。那碧血金蟾須得半夜子時，方從洞中出來吸取月光精華。大白天那裏捉得到？」蓋一鳴道：「是，是。我本就知道，只不過一時忘了。若是白天能隨便捉到，那還有甚麼希罕？」

大廳上紅燭高燒，中堂正中的錦軸上，貼着一個五尺見方的金色大「壽」字。

這時客人拜壽已畢，壽星公蕭半和撫着長鬚，笑容滿面的宣布了一個喜訊：他的獨生愛女蕭中慧，今晚與少年俠士袁冠南訂親，請列位高朋喝一杯壽酒之後，再喝一杯喜酒。

衆賓朋喝采聲中，袁冠南跪倒在紅氈毯上，拜見岳父岳母。蕭半和笑嘻嘻的摸出了一柄沉香扇，作爲見面禮，袁冠南謝着接過了。袁夫人也笑嘻嘻的摸出了一隻玉斑指，袁冠南謝着伸手接過……

突然之間，錚的一響，那玉斑指掉到了地下，袁冠南臉色大變，望着袁夫人的右手。原來袁夫人右手小指上，生着一個枝指。他抓起袁夫人的左手，只見小指上也有一個枝指。袁冠南顫聲道：「岳……岳母大人，你……你可識得這東西麼？」說着伸手到自己項頸之中，摸出一隻串在一根細金鍊上的翡翠獅子，袁夫人抓住獅子，全身如中雷電，叫道：「你……

你是獅官？」袁冠南道：「媽，正是孩兒，你想得我好苦！」兩人抱在一起，放聲大哭起來。

壽堂上衆人肅靜無聲，瞧着他母子相會這一幕，人人心裏又是難過，又是喜歡，更雜着幾分驚奇。只聽得袁夫人哭道：「獅官，獅官，這十八年來，你是在那裏啊？我無時無刻，不是在牽記着你。」袁冠南道：「媽，我已走遍了天下十八省，到處在打聽你的下落。我只怕，只怕今生今世，再也見不到媽了。」

蕭中慧聽得袁冠南叫出一聲「媽」來，身子一搖，險險跌倒，腦海中只響着一個聲音：「原來他是我哥哥，原來他是我哥哥……他是我哥哥……」

林玉龍悄聲問妻子道：「怎麼？袁相公是蕭太太的兒子？我弄得胡塗啦。」任飛燕道：「袁相公不是說出來尋訪母親麼？他還託了咱們幫他尋訪，說他母親每隻手的小指頭上都有一根枝指。這蕭太太不也認了他麼？」林玉龍搔頭道：「怎麼他姓袁，他爹爹又姓蕭？」任飛燕道：「蠢人，袁相公他三歲時就跟母親失散，三歲的孩子，怎知道自己姓甚麼，胡亂安個姓，不就是了。」林玉龍道：「這麼說來，蕭姑娘是他的妹子了。兄妹倆怎能成親？」任飛燕道：「既是兄妹，怎麼還能成親？你這不是廢話？」林玉龍怒道：「呸！你說的才是廢話。」

他夫妻倆越爭越大聲。蕭中慧再也忍耐不住，「啊」的一聲，掩面奔出。

蕭中慧心中茫然一片，只覺眼前黑濛濛的，了無生趣。她奔出大門，發足狂走，突然間砰的一下，肩頭與人一撞。她「啊喲」一聲叫，暗道：「不妙！我一身武功，只怕撞傷了人。」

急忙伸手去扶，突然手腕一緊，左臂酸麻，竟是被人扣住了脈門。她一驚之下，抬起頭來，右掌自然而然的擊了出去。那人反腕擒拿，一帶一扣，又抓住了她右腕脈門。這時她已看清，眼前之人正是卓天雄。

卓天雄哈哈大笑，叫道：「威信，先收一把！」周威信應聲而上，解下了蕭中慧腰間掛着的短刃鴦刀。卓天雄道：「蕭半和名滿江湖，今日五十壽辰，府中高手如雲。威信，你有沒有膽子去取那一把長刃鴛刀？」周威信道：「弟子有師伯撐腰，便是龍潭虎穴，也敢去一闖。江湖上有言道：『路大好跑馬，樹大好遮蔭。』」卓天雄哼的一聲，笑道：「沒出息，先得把師伯拉扯上！」他生平自負，罕逢敵手，但被袁冠南和蕭中慧以「夫妻刀法」聯手擊敗後，不禁心怯氣餒，此時無意間與蕭中慧相遇，暗想他男女兩人雙刀聯手固然厲害，但我既已擒住了一人，只賸下袁冠南這小子一人，就不足爲懼。何況蕭中慧落入自己手中，蕭府上人手再多，也不怕蕭半和不乖乖的將那柄長刃鴛刀交出。

當下卓天雄押着蕭中慧，知會了知縣衙門，與周威信等一干鏢師，逕投蕭府而來。

那「卓天雄」三字的名刺遞將進去，蕭半和矍然一凜，叫道：「快請！」過不多時，只見卓天雄昂首闊步，走進廳來。蕭半和搶上相迎，一瞥眼，見女兒雙手反剪，一名大漢手執短刃鴦刀，抵在她的背心。

蕭半和心中雖然驚疑不定，卻是絲毫不動聲色，臉含微笑，說道：「村夫賤辰，敢勞侍衛大人玉趾？」

卓天雄在京師中久聞蕭半和的大名，但見他軀體雄偉，滿頤虬髯，果然極是威武，當下伸出右手，說道：「蕭大俠千秋華誕，兄弟拜賀來遲，望乞恕罪。」蕭半和笑道：「好說，好說。」伸手與他相握。兩人一運勁，手臂一震，均感半身酸麻。這一下較量，兩人竟是功力悉敵，誰也不輸於誰，當下攜手同進壽堂。

兩人之中，卻以卓天雄更加驚異，他以「震天三十掌」與「呼延十八鞭」稱雄武林，那「震天三十掌」惟有「混元炁」可與匹敵，適才蕭半和所使的，正是「混元炁」功夫。但「混元炁」必須童子身方能修習，不論男女，成婚後卽行消失，因其練時艱辛，散失卻又極其容易，因此武林中向來極少人練。他來蕭府之前，早已打聽明白，知道蕭半和一妻一妾，女兒也已是及笄之年，怎麼還能保有這童子功的「混元炁」功夫，豈非武學中的一大奇事？

袁冠南見蕭中慧受制於人，自是情急關心，從人叢中悄悄繞到衆鏢師身後，待要伺機相救。但卓天雄眼力何等厲害，早已瞧見，喝道：「姓袁的，你給我站住！」又向周威信道：「有誰動一動手，你就一刀在這女娃子身上戳個透明窟窿！」周威信道：「是。江湖上有言道：『強中更有強中手，惡人自有……』」一想這句話不大對頭，下面「惡人磨」三字便吞入了肚中。袁冠南深恐這些人眞的傷了蕭中慧，那敢上前一步？

卓天雄道：「蕭大俠，咱們打開天窗說亮話。兄弟今日造訪尊府，一來是跟蕭大俠磕頭拜壽，二來是想以一件無價之寶，跟蕭大俠換一件有價之寶。」蕭半和道：「小人愚魯，不明卓大人言中之意。」

卓天雄白眼一翻，笑道：「那無價之寶嘛，便是令愛千金，有價之寶卻是那柄長刃的鴛刀。兄弟跟蕭大俠無寃無仇，只求能在皇上御前交得了差，保全了這許多兄弟們的身家性命，還盼蕭大俠高抬貴手，救一救兄弟。」說着拱了拱手。他的話說得似乎低聲下氣，但神色之間卻極是倨傲。

蕭半和伸手在椅背上一按，喀喇一響，椅背登時碎裂，笑道：「卓大人望重武林，今日卻如何這等胡塗？鴛鴦刀既不在小人手中，這位姑娘更不是小人的女兒。難道練童子功混元炁的人，還能生兒育女麼？」說着衣袖一拂，一股疾風激射而出。卓天雄側身避開，心道：「半點不假，這果然是童子功混元炁。」

蕭中慧初時聽說袁冠南是自己同胞兄長，已是心如刀絞，這時見父親為了相救自己，更咬定了不肯認是父女，忍不住叫道：「爹爹！」

便在此時，只聽得外面齊聲吶喊：「莫走了反賊蕭義！」人喧馬嘶，不知府門外來了多少軍馬。蕭府幾名僕人氣急敗壞的奔了進來，叫道：「老爺……不好了！無數官兵……官兵圍住了府門。」

卓天雄聽得「莫走了反賊蕭義」這句話，心念一動，立時省悟，喝道：「好啊！甚麼蕭半和？原來你便是皇上追捕了十六年的反賊蕭義。」只見大門口人影幌動，搶進來四名清宮侍衛，當先一人叫道：「卓大哥，這便是反賊蕭義，還不動手麼？」

蕭半和哈哈大笑，說道：「喬裝改扮一十六年，今日還我蕭義的本來面目。」伸手在臉上一抹，衆人一看，無不驚得呆了。大廳上本已亂成一團，但頃刻之間，人人望着蕭半和的臉，竟是鴉雀無聲。

原來瞬息之間，蕭半和竟爾變了一副容貌，本來濃髯滿顋，但手掌只這麼一抹，下巴登時光禿禿的，一根鬍鬚也沒有了，便是連根拔去，也沒這等光法。

這時袁冠南的書僮提着兩隻書籃，從內堂奔將出來，說道：「公子爺，快走！」袁冠南心念一動，從書籃中抓起一本書來，向外一揚，只見金光閃閃，飄出了數十張薄薄的金葉子。衆鏢師和官兵只見黃金耀眼，如何能不動心？何況那金葉子直飄到身前，各人伸手便抓。袁冠南揚動破書，不住手的向周威信打去，大廳上便如穿花蝴蝶一般，滿空飛舞的都是金葉。周威信倒想着「鴛鴦刀」不可有失，心想：「江湖上有言道：『光棍教子，便宜莫貪。』」雖見金葉飛到，卻不去抓。袁冠南一運勁，拍的一聲，一本數斤重的夾金破書擲去，擊中了他的面門。

周威信叫聲：「啊喲！」身子一幌。袁冠南雙足一登，撲了過去。卓天雄橫掌阻截，只覺脅下風聲颯然，蕭半和使混元炁擊到。卓天雄知道厲害，只得反掌迴擋，眞力碰眞力，砰的一響，兩人各自倒退了兩步。便在此時，袁冠南左手使刀將周威信殺得暈頭轉向，右手已解開了蕭中慧的穴道。

賀客之中，一小半怕事的遠遠躲開，一大半卻是蕭半和的知交好友，或舞兵刃，或揮拳腳，和來襲的清宮侍衞、鏢師官兵惡鬥起來。

蕭中慧彆了半天氣，欺到周威信身邊，左手斜引，右手反勾，拍的一聲，結結實實的打了他個耳括子，順手扭住他的手腕，已將他手中的短刃鴦刀奪了過來。袁冠南大喜，叫道：「慧妹！清風引珮下瑤台！」蕭中慧眼眶一紅，心道：「我還能和你使這勞什子的夫妻刀法嗎？」遊目四顧，只見爹爹和卓天雄四掌飛舞，打得難解難分，其餘各人，也均找上了對手廝殺，但兩名清宮侍衛卻迫得袁楊兩夫人不住倒退，險象環生。袁冠南叫道：「慧妹，快救媽媽！」兩人雙刀聯手，一招「碧簫聲裏雙鳴鳳」，一名侍衛肩頭中刀，重傷倒地，再一招「今朝有女顏如玉」，又一名侍衛被蕭中慧刀柄擊中顴骨，大叫暈去。

鴛鴦雙刀聯手，一使開「夫妻刀法」，果眞是威不可當，兩人並肩打到那裏，那裏便有侍衛或是鏢師受傷，七十二路刀法沒使得一半，來襲的敵人已紛紛奪門而逃。只是這路刀法卻有一樁特異之處，傷人甚易，殺人卻是極難，敵人身上中刀的所在全非要害，想是當年創製這路刀法的夫妻雙俠心地仁善，不願傷人性命，因此每一招極厲害的刀法之中，都爲敵人留下了餘地。

打到後來，敵人中只賸下卓天雄一個兀自頑抗。袁冠南和蕭中慧雙刀倏至，一攻左肩，一削右腿。卓天雄從腰裏抽出鋼鞭一架，錚的一聲，將蕭中慧的短刃鴦刀刀頭打落。夫妻刀法那一招「喜結絲蘿在喬木」何等神妙，袁冠南長刀幌處，嗤的一聲，卓天雄小腿中刀，深及脛骨，鮮血長流。

卓天雄小腿受傷不輕，不敢戀戰，向蕭中慧揮掌拍出，待她斜身閃避，雙足一登，已閃入天井，跟着竄高上了屋頂。本來袁蕭二人雙刀合璧，使一招「英雄無雙風流壻」，便能將卓天雄截住，但蕭中慧刀頭既折，這一招便用不上了。

蕭半和見滿廳之中打得落花流水，幸好己方只有七八個人受傷，無人喪命，當下大聲道：「各位好朋友，官兵雖然暫退，少時定當重來，這地方是不能安身的了。咱們急速退向中條山，再定後計。」衆人轟然稱是。

當下蕭半和率領家人，收拾了細軟，在府中放起火來。乘着火燄衝天，城中亂成一片，衆人衝出東門，逕往中條山而去。

在一個大山洞前的亂石岡上，蕭半和、袁楊二夫人、袁冠南、蕭中慧、林玉龍夫婦，二十來個家人弟子，三百餘位賓客朋友團團圍着幾堆火。火堆上烤着獐子、黃麞，香氣送入了每個人的鼻管。

蕭半和咳嗽一聲，伸手一摸鬍子，這是他十多年來的慣例，每次有甚麼要緊話說，總是先摸鬍子。可是這一次卻摸了個空，他下巴光禿禿地，一根鬍子也沒有了。他微微一笑，說道：「承江湖上朋友們瞧得起，我蕭義在武林中還算是一號人物。可是有誰知道，我蕭義是個太監。」

衆人聳然一驚，「我蕭義是個太監」這句話傳入耳中，人人都道是聽錯了，但見蕭半和臉色鄭重，決非玩笑。袁楊二夫人相互望了一眼，低下頭去。

蕭半和道：「不錯，我蕭義是個太監。我在十六歲上便淨了身子，進宮服侍皇帝，爲的是要刺死滿清皇帝，給先父報仇。我父親平生跟滿清韃子勢不兩立，終於慘被害死。我父親的七個結義兄弟歃血爲盟，誓死要給先父報仇，但滿清勢大，我這七位伯父叔父無一能得善終，不是在格鬥中被清宮的侍衛殺死，便是被捕到了凌遲處死，這一場寃仇越結越深。我細細思量，要練到父親和這七位伯叔一樣的功夫，便是竭一生之力也未必能夠做到，便算練成了，也未必能報得了血海深仇，於是我甘心淨身，去做一個低三下四、爲人人瞧不起的太監。」

衆人聽到這裏，想起他的苦心孤詣，無不欽佩。

蕭半和接着道：「可是禁宮之中，警衛何等森嚴，實非我初時所能想像。別說走近皇帝跟前，便是想見皇帝一面，那也是着實不容易。在十多年之中，雖然我每日每夜都在等待機會，始終下不了手。十六年前的一天晚上，我聽得宮中的兩名侍衛談起，皇帝得知世上有一對『鴛鴦寶刀』，得之者可以無敵於天下，這對刀分在一位姓袁和一位姓楊的英雄手中。於是皇帝將袁楊二人全家捕來，勒逼二人交出寶刀。兩位大英雄不屈而死，兩位英雄的夫人卻被逮進了天牢。」他說到這裏，袁楊二夫人珠淚滾滾而下，突然間相抱大哭。

袁冠南和蕭中慧對望了一眼，心中又悲又喜。只聽得蕭半和說道：「當時我心中細一琢磨，替死人報仇，實不如救活人要緊，於是混進天牢，殺了幾名獄卒，將二位夫人救出牢來。獄官以二位夫人是女流之輩，本來看守不緊，又萬萬料不到一個太監居然會去相救欽犯，因此給我一舉得手。只是敵人勢大，倉皇奔逃之時，袁夫人的公子終於在途中失落。這件事我生平耿耿於懷，想不到袁公子已長大成人，並且學得一身高強武藝，當眞是天大的喜事。至於中慧呢，你今年十八歲啦，我初見到你時，還只兩歲。你爹爹姓楊，乃是名震當世的三湘大俠楊伯沖楊大俠。」袁冠南和蕭中慧（應該說楊中慧了）分別抱着自己母親，想起父仇時不勝悲憤，想起蕭半和的義薄雲天，又是感激無已。

蕭半和又道：「我們逃出北京，皇帝自是偵騎四出，嚴加搜捕。爲了瞞過清廷的耳目，我老蕭留起了鬍子，又委屈袁楊兩位夫人做了我的夫人。好在老蕭是個太監，這一時權宜之計，也不致辱了袁楊兩位大俠的英名。」袁冠南和蕭中慧相視一笑，心道：「誰說咱倆是親兄妹啊？」

蕭半和一拍大腿，道：「老蕭是太監，羨慕大明三寶太監鄭和遠征異域，宣揚我中華的德威，因此上將名字改為『半和』，意思說盼望有鄭和的一半英雄，嘿嘿，那是老蕭的痴心妄想。這些年來，倒也太平無事，那知鴛鴦刀出世，老蕭一心要奪回寶刀，以慰袁楊二位英雄之靈，沒再小心掩飾行藏，終於給清廷識破了眞相。事到如今，那也沒有甚麼了。只是鴛鴦雙刀只賸下一柄鴛刀，慧兒那柄短刃鴦刀，自然是假的，否則怎能折斷？定是給卓天雄這奸賊調了去，只可惜咱們沒能截住他。」

這時烤獐子的香氣愈來愈濃了，任飛燕取出刀子，一塊一塊的割切。林玉龍忽地向楊中慧大聲道：「我說的不錯麼？你說你爹爹媽媽從來不吵架，我說不吵架的夫妻便不是眞夫妻，定然有些兒邪門，你林大哥可不是料事如神，言之有理？」任飛燕刀尖上帶着一塊獐肉，一刀送進了他的口中，喝道：「吃獐子肉，胡說八道甚麼？」林玉龍待要反駁，卻滿口是肉，說不出話來。

眾人正覺好笑，忽聽得林外守望的一個弟子喝道：「是誰？」跟着另一人喝道：「太岳四俠！」楊中慧噗哧一笑。只見太岳四俠滿身泥濘，用一根木棒抬着一隻大漁網，漁網中黑黝黝地一件巨物，不知是甚麼東西。楊中慧笑道：「太岳四俠，你們抬的是甚麼寶貝啊？」

蓋一鳴得意洋洋的道：「袁公子、蕭姑娘，咱兄弟四個到那汙泥河中去捉碧血金蟾，想給兩位送一份大禮。那知道金蟾還沒捉到，一個人闖了過來，這人腿上受了傷，口中哼哼唧唧，行路一跛一拐。太岳四俠一瞧，嘿，這不是卓天雄麼？咱們悄悄給他兜頭漁網一罩，將他老人家給拿了來啦。」

衆人驚喜交集。袁冠南伸手到卓天雄腰間一摸，抽出一柄短刀來，精光耀眼，汚泥不染，自是眞正的鴦刀了。

袁夫人將鴛鴦雙刀拿在手中，嘆道：「滿清皇帝聽說這雙刀之中，有一個能無敵於天下的大秘密，這果然不錯，可是他便知道了這秘密，又能依着行麼？各位請看！」衆人湊近看時，只見鴛刀的刀刃上刻着「仁者」兩字，鴦刀上刻着「無敵」兩字。

「仁者無敵」！這便是無敵於天下的大秘密。

白馬嘯西風

金庸著

白馬嘯西風

金庸著

李文秀轉過身來，見眼前那人是個老翁，身上穿的是漢人裝束。李文秀道：「老伯伯，你叫甚麼名子？這裏是甚麼地方？」

得得得，得得得……

得得得，得得得……

在黃沙莽莽的回疆大漠之上，塵沙飛起兩丈來高，兩騎馬一前一後的急馳而來。前面是匹高腿長身的白馬，馬上騎着個少婦，懷中摟着個七八歲的小姑娘。後面是匹棗紅馬，馬背上伏着的是個高瘦的漢子。

那漢子左邊背心上卻揷着一枝長箭。鮮血從他背心流到馬背上，又流到地下，滴入了黃沙之中。他不敢伸手拔箭，只怕這枝箭一拔下來，就會支持不住，立時倒斃。誰不死呢？那也沒甚麼。可是誰來照料前面的嬌妻幼女？在身後，兇悍毒辣的敵人正在緊緊追蹤。

他胯下的棗紅馬奔馳了數十里地，早已筋疲力盡，在主人沒命價的鞭打催踢之下，逼得氣也喘不過來了，這時嘴邊已全是白沫，猛地裏前腿一軟，跪倒在地。那漢子用力一提韁繩，那紅馬一聲哀嘶，抽搐了幾下，便已脫力而死。那少婦聽得聲響，回過頭來，忽見紅馬倒斃，吃了一驚，叫道：「大哥……怎……怎麼啦？」那漢子皺眉搖了搖頭。但見身後數里外塵沙飛揚，大隊敵人追了下來。

那少婦圈轉馬來，馳到丈夫身旁，驀然見到他背上的長箭，背心上的大灘鮮血，不禁大驚失色，險險暈了過去。那小姑娘也失聲驚叫起來：「爹，爹，你背上有箭！」那漢子苦笑了一下，說道：「不碍事！」一躍而起，輕輕巧巧的落在妻子身後鞍上，他雖身受重傷，身法仍是輕捷利落。那少婦回頭望着他，滿臉關懷痛惜之情，輕聲道：「大哥，你……」那漢子雙腿一挾，扯起馬韁。白馬四蹄翻飛，向前疾馳。

白馬雖然神駿，但不停不息的長途奔跑下來，畢竟累了，何況這時背上乘了三人。白馬似乎知道這是主人的生死關頭，不用催打，竟自不顧性命的奮力奔跑。

但再奔馳數里，終於漸漸的慢了下來。

後面追來的敵人一步步迫近了。一共六十三人，卻帶了一百九十多匹健馬，只要馬力稍乏，就換一匹馬乘坐。那是志在必得，非追上不可。

那漢子回過頭來，在滾滾黃塵之中，看到了敵人的身形，再過一陣，連面目也看得清楚了。那漢子一咬牙，說道：「虹妹，我求你一件事，你答不答應？」那少婦回頭來，溫柔的一笑，說道：「這一生之中，我違拗過你一次麼？」那漢子道：「好，你帶了秀兒逃命，保全咱兩個的骨血，保全這幅高昌迷宮的地圖。」說得極是堅決，便如是下令一般。

那少婦聲音發顫，說道：「大哥，把地圖給了他們，咱們認輸便是。你……你的身子要緊。」那漢子低頭親了親她的左頰，聲音突然變得十分溫柔，說道：「我倆一起經歷過無數危難，這次或許也能逃脫。『呂梁三傑』不但要地圖，他們……他們還爲了你。」那少婦道：「他……他總該還有幾分同門之情，說不定，我能求求他們……」那漢子厲聲道：「難道我夫婦還能低頭向人哀求？這馬負不起我們三個。快去！」提身縱起，大叫一聲，摔下馬來。

那少婦勒定了馬，想伸手去拉，卻見丈夫滿臉怒容，跟着聽得他厲聲喝道：「快走！」她一向對丈夫順從慣了的，只得拍馬提韁，向前奔馳，一顆心卻已如寒冰一樣，不但是心，全身的血都似乎已結成了冰。

自後追到的衆人望見那漢子落馬，一齊大聲歡呼起來：「白馬李三倒啦！白馬李三倒啦！」十餘人縱馬圍了上去。其餘四十餘人繼續追趕少婦。

那漢子蜷曲着臥在地下，一動也不動，似乎已經死了。一人挺起長槍，嗤的一聲，在他右肩刺了進去。拔槍出來，鮮血直噴，白馬李三仍是不動。領頭的虬髯漢子道：「死得透了，還怕甚麼？快搜他身上。」兩人翻身下馬，去扳他身子。猛地裏白光閃動，白馬李三長刀迴旋，擦擦兩下，已將兩人砍翻在地。

衆人萬料不到他適才竟是裝死，連長槍刺入身子都渾似不覺，斗然間又會忽施反擊，一驚之下，六七人勒馬退開。虬髯大漢揮動手中雁翎刀，喝道：「李三，你當眞是個硬漢！」呼的一刀向他頭頂砍落。李三舉刀擋架，他雙肩都受了重傷，手臂無力，騰騰騰退出三步，哇的一口鮮血噴了出來。十餘人縱馬圍上，刀槍並舉，劈刺下去。

白馬李三一生英雄，一直到死，始終沒有屈服，在最後倒下去之時，又手刃了兩名強敵。

那少婦遠遠聽得丈夫的一聲怒吼，當眞是心如刀割：「他已死了，我還活着幹麼？」從懷中取出一塊羊毛織成的手帕，塞在女兒懷裏，說道：「秀兒，你好好照料自己！」揮馬鞭在白馬臀上一抽，雙足一撐，身子已離馬鞍。但見那白馬鞍上一輕，馱着女孩兒如風疾馳，心中略感安慰：「此馬脚力天下無雙，秀兒身子又輕，這一下，他們再也追她不上了。」前面，女兒的哭喊聲「媽媽，媽媽」漸漸隱去，身後馬蹄聲卻越響越近，心中默默禱祝：「老天啊老天，願你保佑秀兒像我一般，嫁着個好丈夫，雖然一生顛沛流離，卻是一生快活！」她整了整衣衫，掠好了頭髮，轉瞬間數十騎馬先後馳到，當先一人是呂梁三傑中老二史仲俊。

呂梁三傑是結義兄弟。老大「神刀震關西」霍元龍，便是殺死白馬李三的虬髯漢子。老二「梅花槍」史仲俊是個瘦瘦長長的漢子。老三「青蟒劍」陳達海短小精悍，原是遼東馬賊出身，後來卻在山西落脚，和霍史二人意氣相投，在山西省太谷縣開設了晉威鏢局。

史仲俊和白馬李三的妻子上官虹原是同門師兄妹，兩人自幼一起學藝。史仲俊心中一直愛着這個嬌小溫柔的小師妹，師父也有意從中撮合，因此同門的師兄弟們早把他們當作是一對未婚夫婦。豈知上官虹無意中和白馬李三相遇，竟爾一見鍾情，家中不許他倆的婚事，上官虹便跟着他跑了。史仲俊傷心之餘，大病了一場，性情也從此變了。他對師妹始終餘情不斷，也一直沒娶親。

一別十年，想不到呂梁三傑和李三夫婦竟在甘涼道上重逢，更爲了爭奪一張地圖而動起手來。他們六十餘人圍攻李三夫婦，從甘涼直追逐到了回疆。史仲俊妒恨交迸，出手尤狠，李三背上那枝長箭，就是他暗中射的。

這時李三終於喪身大漠之中，史仲俊騎馬馳來，只見上官虹孤零零的站在一片大平野上，不由得隱隱有些內疚：「我們殺了她的丈夫。從今而後，這一生中我要好好的待她。」大漠上的西風吹動着她的衣帶，就跟十年以前，在師父的練武場上看到她時一模一樣。上官虹的兵刃是一對匕首，一把金柄，一把銀柄，江湖上有個外號，叫作「金銀小劍三娘子」。這時她手中卻不拿兵刃，臉上露着淡淡的微笑。

史仲俊心中驀地升起了指望，胸口發熱，蒼白的臉上湧起了一陣紅潮。他將梅花槍往馬鞍一擱，翻身下馬，叫道：「師妹！」

上官虹道：「李三死啦！」史仲俊點了點頭，說道：「師妹，我們分別了十年，我……我天天在想你。」上官虹微笑道：「眞的嗎？你又在騙人。」史仲俊一顆心怦怦亂跳，這個笑靨，這般嬌嗔，跟十年前那個小姑娘沒半點分別。他柔聲道：「師妹，以後你跟着我，永遠不教你受半點委屈。」上官虹眼中忽然閃出了奇異的光芒，叫道：「師哥，你待我眞好！」張開雙臂，往往他懷中撲去。

史仲俊大喜，伸開手將她緊緊的摟住了。霍元龍和陳達海相視一笑，心想：「老二害了十年相思病，今日終於得償心願。」

史仲俊鼻中只聞到一陣淡淡的幽香，心裏迷迷糊糊的，又感到上官虹的雙手也還抱着自己，眞不相信這是眞的。突然之間，小腹上感到一陣劇痛，像甚麼利器揷了進來。他大叫一聲，運勁雙臂，要將上官虹推開，那知她雙臂緊緊抱着他死命不放，終於兩人一起倒在地下。

這一着變起倉卒，霍元龍和陳達海一驚之下，急忙翻身下馬，上前搶救。扳起上官虹的身子時，只見她胸口一灘鮮血，揷着一把小小的金柄匕首，另一把銀柄匕首，卻揷在史仲俊的小腹之中，原來金銀小劍三娘子決心一死殉夫，在衣衫中暗藏雙劍，一劍向外，一劍向己。史仲俊一抱着她，兩人同時中劍。

上官虹當場氣絕，史仲俊卻一時不得斃命，想到自己命喪師妹之手，心中的悲痛，比身上的創傷更是難受，叫道：「三弟快幫我了斷，免我多受痛苦。」陳達海見他傷重難治，眼望大哥。霍元龍點點頭。陳達海一咬牙，挺劍對準了史仲俊的心口刺入。

霍元龍嘆道：「想不到金銀小劍三娘子竟然這般烈性。」這時手下一名鏢頭馳馬來報：「白馬李三的屍身上又搜了一遍，沒有地圖。」霍元龍指着上官虹道：「那麼定是在她身上。」一番細細搜索，上官虹身上除了零碎銀兩、幾件替換衣服之外，再無別物。霍元龍和陳達海面面相覷，又是失望，又是奇怪。他們從甘涼道上追到回疆，始終緊緊盯着李三夫婦，地圖如在中途轉手，決不能逃過他們數十人的眼睛，何況他夫婦捨命保圖，絕無隨便交給旁人之理。陳達海再將上官虹小包裹中之物細細檢視一遍，翻到一套小女孩的衫褲時，猛地想起，說道：「大哥，快追那小女孩！」霍元龍「哦」了一聲，說道：「不用慌，諒這女娃娃在大漠上逃得到那裏？」左臂一揮，叫道：「留下兩人把史二爺安葬了，餘下的跟我來！」一提馬韁，當先馳去。蹄聲雜沓，吆喝連連，百餘匹馬追了下去。

那小女孩馳出已久，這時早在二十餘里之外。只是在平坦無垠的大漠之上，一眼望去看得到十餘里遠近，那小女孩雖已逃遠，時候一長，終能追上。果然趕到傍晚，陳達海忽然大聲歡呼：「在前面！」

只見遠遠一個黑點，正在天地交界處移動。要知那白馬雖然神駿，但自朝至晚足不停蹄的奔跑，終於也支持不住了。霍元龍和陳達海不住掉換生力坐騎，漸漸追近。

小女孩李文秀伏在白馬背上，心力交疲，早已昏昏睡去。她一整日不飲不食，在大沙漠的烈日下晒得口唇都焦了。白馬甚有靈性，知道後面追來的敵人將不利於小主人，迎着血也似紅的夕陽，奮力奔跑。突然之間，前足提起，長嘶一聲，牠嗅到了一股特異的氣息，嘶聲中隱隱有恐怖之意。

霍元龍和陳達海都是武功精湛，長途馳騁，原不在意，但這時兩人都感到胸口塞悶，氣喘難當。霍元龍道：「三弟，好像有點不對！」陳達海遊目四顧，打量週遭情景，只見西北角上血紅的夕陽之旁，升起一片黃濛濛的雲霧，黃雲中不住有紫色的光芒閃動，景色之奇麗，實是生平從所未覩。

但見那黃雲大得好快，不到一頓飯時分，已將半邊天都遮住了。這時馬隊中數十人個個汗如雨下，氣喘連連。陳達海道：「大哥，像是有大風沙。」霍元龍道：「不錯，快追，先把女娃娃捉到，再想法躲……」一句話未畢，突然一股疾風颳到，帶着一大片黃沙，只吹得他滿口滿鼻都是沙土，下半截話也說不出來了。

大漠上的風沙說來便來，霎時間大風捲地而至。七八人身子一幌，都被大風吹下馬來。霍元龍大叫：「大夥兒下馬，圍攏來！」

眾人力抗風沙，將一百多匹健馬拉了過來，圍成一個大圈子，人馬一齊臥倒。各人手挽着手，靠在馬腹之下，只覺疾風帶着黃沙吹在臉上，有如刀割一般，臉上手上，登時起了一條條血痕。

這一隊雖然人馬衆多，但在無邊無際的大沙漠之中，在那遮天鋪地的大風沙下，便如大海洋中的一葉小舟一般，只能聽天由命，全無半分自主之力。

風沙越颳越猛，人馬身上的黃沙越堆越厚……。

連霍元龍和陳達海那樣甚麼也不怕的剽悍漢子，這時在天地變色的大風暴威力之下，也只有戰慄的份兒。這兩人心底，同時閃起一個念頭：「沒來由的要找甚麼高昌迷宮，從山西巴巴的趕到這大沙漠中來，卻葬身在這兒。」

大風呼嘯着，像千千萬萬個惡鬼在同時發威。

大漠上的風暴呼嘯了一夜，直到第二天早晨，才漸漸的平靜了下來。

霍元龍和陳達海從黃沙之中爬起身來，檢點人馬，總算損失不大，死了兩名夥伴，五匹馬。但人人都已熬得筋疲力盡，更糟的是，白馬背上的小女孩不知到了何處，十九是葬身在這場大風沙中了。身負武功的粗壯漢子尚且抵不住，何況這樣嬌嫩的一個小女孩兒。

衆人在沙漠上生火做飯，休息了半天，霍元龍傳下號令：「誰發現白馬和小女孩的蹤迹，賞黃金五十兩！」跟隨他來到回疆的，個個都是晉陝甘涼一帶的江湖豪客，出門千里只為財，五十兩黃金可不是小數目。衆人歡聲呼嘯，五十多人在莽莽黃沙上散了開去，像一面大扇子般。「白馬，小女孩，五十兩黃金！」每個人心中，都是在轉着這三個念頭。

有的人一直向西，有的向西北，有的向西南，約定天黑之時，在正西六十里處會合。

兩頭蛇丁同跨上一匹健馬，縱馬向西北方衝去。他是晉威鏢局中已幹了十七年的鏢師，武功雖然算不上如何了得，但精明幹練，實是呂梁三傑手下一名極得力的助手。他一口氣馳出二十餘里，衆同伴都已影蹤不見，在茫茫的大漠中，突然起了孤寂和恐怖之感。縱馬上了一個沙丘，向前望去，只見西北角上一片青綠，高聳着七八棵大柳樹。在寸草不生的大沙漠中忽然見到這一大塊綠洲，心中當眞說不出的歡喜：「這大片綠洲中必有水泉，就算沒有人家，大隊人馬也可好好的將息一番。」他胯下的坐騎也望見了水草，陡然間精神百倍，不等丁同提韁催逼，潑刺刺放開四蹄，奔了過去。

十餘里路程片刻卽到，遠遠望去，但見一片綠洲，望不到邊際，遍野都是牛羊。極西處搭着一個個帳篷，密密層層的竟有六七百個。

丁同見到這等聲勢，不由得吃了一驚。他自入回疆以來，所見到的帳篷人家，聚在一起的最多不過三四十個，這樣的一個大部族卻是第一次見到。瞧那帳篷式樣，顯是哈薩克族人。

哈薩克人在回疆諸族中最爲勇武，不論男女，六七歲起就長於馬背之上。男子身上人人帶刀，騎射刀術，威震西陲。向來有一句話說道：「一個哈薩克人，抵得一百個懦夫；一百個哈薩克人，就可橫行回疆。」

丁同曾聽見過這句話，尋思：「在哈薩克的部族之中，可得小心在意。」

只見東北角的一座小山脚下，孤另另的有一座草棚。這棚屋土墻草頂，形式宛如內地漢人的磚屋，只是甚爲簡陋。丁同心想：「先到這小屋去瞧瞧。」於是縱馬往小屋走去。他胯下的坐騎已餓了一日一夜，忽然見到滿地青草，走一步，吃兩口，行得極是緩慢。

丁同提脚狠命在馬肚上一踢，那馬吃痛，一口氣奔向小屋。丁同一斜眼，只見小屋之後繫着一匹高頭白馬，健腿長鬣，正是白馬李三的坐騎。他忍不住叫出聲來：「白馬，白馬在這兒！」一心念一動，翻身下馬，從靴桶中抽出一柄鋒利的短刀，籠在左手衣袖之中，悄悄的掩向小屋後面，正想探頭從窗子向屋內張望，冷不防那白馬「嗚哩哩……」一聲長嘶，似是發覺了他。

丁同心中怒罵：「畜生！」定一定神，再度探頭望窗中張去時，那知窗內有一張臉同時探了上來。丁同的鼻子剛好和他的鼻子相碰，但見這人滿臉皺紋，目光炯炯。丁同大吃一驚，雙足一點，倒縱出去，喝道：「是誰？」那人冷冷的道：「你是誰？到此何幹？」說的卻是漢語。

丁同驚魂略定，滿臉笑容，說道：「在下姓丁名同，無意間到此，驚動了老丈。請問老丈高姓大名。」那老人道：「老漢姓計。」丁同陪笑道：「原來是計老丈，大沙漠中遇到鄉親，眞是見到親人了。在下斗膽要討口茶喝。」計老人道：「你有多少人同來？」丁同道：「便是在下一人在此。」計老人哼了一聲，似是不信，冷冷的眼光在他臉上來來回回的掃視。

丁同給他瞧得心神不定，只有強笑。

一個冷冷的斜視，一個笑嘻嘻地十分尷尬，僵持片刻。計老人道：「要喝茶，便走大門，不用爬窗子吧！」丁同笑道：「是，是！」轉身繞到門前，走了進去。小屋中陳設簡陋，但桌椅整潔，打掃得乾乾淨淨。丁同坐下後四下打量，只見後堂轉出一個小女孩來，手中捧着一碗茶。兩人目光相接，那女孩吃了一驚，嗆啷一響，茶碗失手掉在地下，打得粉碎。

丁同登時心花怒放。這小女孩正是霍元龍懸下重賞要追尋之人，他見到白馬後，本已有八分料到那女孩會在屋中，但斗然間見到，仍是不免喜出望外。

昨夜一晚大風沙，李文秀昏暈在馬背之上，人事不省，白馬聞到水草氣息，衝風冒沙，奔到了這綠草原上。計老人見到小女孩是漢人裝束，忙把她救了下來。半夜中李文秀醒轉，不見了父母，啼哭不止。計老人見她玉雪可愛，不禁大起憐惜之心，問她何以到這大漠來，她父母是誰。李文秀說父親叫作「白馬李三」，媽媽卻就是媽媽，只聽到追趕他們的惡人遠遠叫她「三娘子」，至於到回疆來幹甚麼，她卻說不上來了。計老人喃喃的道：「白馬李三，白馬李三，那是橫行江南的俠盜，怎地到回疆來啦？」

他給李文秀飽飽的喝了一大碗乳酪，讓她睡了。老人心中，卻翻來覆去的想起了十年來的往事，思潮起伏，再也睡不着了。

李文秀這一覺睡到次日辰時才醒，一起身，便求計爺爺帶她去尋爸爸媽媽。就在此時，兩頭蛇丁同鬼鬼祟祟的過來，在窗外探頭探腦，這一切全看在計老人的眼中。

李文秀手中的茶碗一摔下，計老人應聲走了過來。李文秀奔過去撲在他的懷裏，叫道：「爺爺，他……他就是追我的惡人。」計老人撫摸着她的頭髮，柔聲道：「不怕，不怕。他不是惡人。」李文秀道：「是的，是的。他們幾十個人追我們，打我爸爸媽媽。」計老人心想：「白馬李三跟我無親無故，不知結下了甚麼仇家，我可不必捲入這是非圈子。」

丁同側目打量計老人，但見他滿頭白髮，竟無一根是黑的，身材甚是高大，只是弓腰曲背，衰老已極，尋思：「這糟老頭沒一百歲，也有九十，屋中若無別人，將他一下子打暈，帶了女孩和白馬便走，免得夜長夢多，再生變故。」突然將手掌放在右耳旁邊，作傾聽之狀，說道：「有人來了。」跟着快步走到窗口。

計老人卻沒聽到人聲，但聽丁同說得眞切，走到窗口一望，只見原野上牛羊低頭嚼草，四下裏一片寂靜，並無生人到來，剛問了一句：「那裏有人啊？」忽聽得丁同一聲獰笑，頭頂掌風颯然，一掌猛劈下來。

那知計老人雖是老態龍鍾，身手可着實敏捷，丁同的手掌與他頭頂相距尙有數寸，他身形一側，已滑了開去，跟着反手一勾，施展大擒拿手，將他右腕勾住了。丁同變招甚是賊滑，右手一掙沒掙脫，左手向前一送，藏在衣袖中的匕首已刺了出去，白光閃處，波的一響，匕首鋒利的刃口已刺入計老人的左背。

李文秀大叫一聲：「啊喲！」她跟父母學過兩年武功，眼見計老人中刀，縱身而上，兩個小拳頭便往丁同背心腰眼裏打去。便在此時，計老人左手一個肘搥，搥中了丁同的心口，這一搥力道極猛，丁同低哼一聲，身子軟軟垂下，委頓在地，口中噴血，便沒氣了。

李文秀顫聲道：「爺爺，你……你背上的刀子……」計老人見她淚光瑩然，心想：「這女孩子心地倒好。」李文秀又道：「爺爺，你的傷……我給你把刀子拔下來吧？」說着伸手去握刀柄。計老人臉色一沉，怒道：「你別管我。」扶着桌子，身子幌了幾幌，顫巍巍走向內室，拍的一聲，關上了板門。李文秀見他突然大怒，很是害怕，又見丁同在地下蜷縮成一團，只怕他起來加害自己，越想越怕，只想飛奔出外，但想起計老人身受重傷，無人服侍，又不忍置之不理。

她想了一想，走到室門外，輕輕拍了幾下，聽得室中沒半點聲音，叫道：「爺爺，爺爺，你痛嗎？」只聽得計老人粗聲道：「走開，走開！別來吵我！」這聲音和他原來慈和的說話大不相同，李文秀嚇得不敢再說，怔怔的坐在地下，抱着頭嗚嗚咽咽的哭起來。忽然呀的一聲，室門打開，一隻手溫柔地撫摸她頭髮，低聲道：「別哭，別哭，爺爺的傷不礙事。」李文秀抬起頭來，見計老人臉帶微笑，心中一喜，登時破涕爲笑。計老人笑道：「又哭又笑，不害羞麼？」李文秀把頭藏在他懷裏。從這老人身上，她又找到了一些父母的親情溫暖。

計老人皺起眉頭，打量丁同的屍身，心想：「他跟我無冤無仇，爲甚麼忽下毒手？」李文秀關心地問：「爺爺，你背上的傷好些了麼？」這時計老人已換過了一件長袍，也不知他傷得如何。

那知他聽到李文秀重提此事，似乎適才給刺了這一刀實是奇恥大辱，臉上又現惱怒，粗聲道：「你囉唆甚麼？」只聽得屋外那白馬噓溜溜一聲長嘶，微一沉吟，到柴房中提了一桶黃色染料出來。那是牧羊人在牲口身上塗染記號所用，使得各家的牛羊不致混雜，雖經風霜，亦不脫落。他牽過白馬，用刷子自頭至尾都刷上了黃色，又到哈薩克人的帳篷之中，討了一套哈薩克男孩的舊衣服來，叫李文秀換上了。李文秀很是聰明，說道：「爺爺，你要那些惡人認不出我來，是不是？」計老人點了點頭，嘆了口氣道：「爺爺老了。唉，剛才竟給他刺了一刀。」這一次他自己提起，李文秀卻不敢接口了。

計老人埋了丁同的屍體，又將他乘來的坐騎也宰了，沒留下絲毫痕迹，然後坐在大門口，拿着一柄長刀在磨刀石上不住手的磨着。

他這一番功夫果然沒白做，就在當天晚上，霍元龍和陳達海所率領的豪客，衝進了這片綠洲之中，大肆擄掠。這一帶素來沒有盜匪，哈薩克人雖然勇武善戰，但事先絕無防備，族中精壯男子又剛好大舉在北邊獵殺爲害牛羊的狼羣，在帳篷中留守的都是老弱婦孺，竟給這批來自中原的豪客攻了個措手不及。七名哈薩克男子被殺，五個婦女被擄了去。這羣豪客也曾闖進計老人的屋裏，但誰也沒對一個老人、一個哈薩克孩子起疑。李文秀滿臉泥汚，躲在屋角落中，誰也沒留意到她眼中閃耀着的仇恨光芒。她卻看得淸淸楚楚，父親的佩劍懸在霍元龍的腰間，母親的金銀小劍插在陳達海的腰帶之中。這是她父母決不離身的兵刃，她年紀雖小，卻也猜到父母定是遭到了不幸。

第四天上，哈薩克的男子們從北方拖了一批狼屍回來了，當即組織了隊伍，去找這批漢人強盜報仇。但在茫茫的大漠之中，卻已失卻了他們的蹤迹，只找到了那五個被擄去的婦女。那是五具屍身，全身衣服被脫光了，慘死在大漠之上。他們也找到了白馬李三和金銀小劍三娘子的屍身，一起都帶了回來。

李文秀撲在父母的屍身上哀哀痛哭。一個哈薩克人提起皮靴，重重踢了她一脚，粗聲罵道：「眞主降罰的強盜漢人！」

計老人抱了李文秀回家，不去跟這個哈薩克人爭鬧。李文秀小小的心靈之中，只是想：「爲甚麼惡人這麼多？誰都來欺侮我？」

半夜裏，李文秀又從睡夢中哭醒了，一睜開眼，只見床沿上坐着一個人。她驚呼一聲，坐了起來，卻見計老人凝望着她，目光中愛憐橫溢，伸手溫柔地撫摸她的頭髮，說道：「別怕，別怕，是爺爺。」李文秀淚水如珍珠斷綫般流了下來，伏在計老人的懷裏，把他的衣襟全哭濕了。計老人道：「孩子，你沒了爹娘，就當我是你的親爺爺，跟我住在一起。爺爺會好好的照料你。」

李文秀哭着點頭，想起了那些殺害爸爸媽媽的惡人，又想起了踢了她一脚的那個兇惡的哈薩克漢子。這一脚踢得好重，使她腰裏腫起了一大塊，她不禁又問：「爲甚麼誰都來欺侮我？我又沒做壞事？」

計老人嘆口氣，說道：「這世界上給人欺侮的，總是那些沒做壞事的人。」他從瓦壺裏倒了一碗熱奶酪，瞧着她喝下了，又替她攏好被窩，說道：「秀兒，那個踢了你一脚的人，叫做蘇魯克。他是個正直的好人。」李文秀睜着圓圓的眼珠，很是奇怪，道：「他……他是好人麼？」計老人點頭道：「不錯，他是好人。他跟你一樣，在一天之中死了兩個最親愛的人，一個是他妻子，一個是他的大兒子。都是給那批惡人強盜害死的。他只道漢人都是壞人。他用哈薩克話罵你，說你是『眞主降罰的強盜漢人』。你別恨他，他心裏的悲痛，實在跟你一模一樣。不，他年紀大了，心裏感到的悲痛，可比你多得多，深得多。」

李文秀怔怔的聽着，她本來也沒怎麼恨這個滿臉鬍子的哈薩克人，只是見了他兇狠的模樣很是害怕，這時忽然想起，那個大鬍子的雙眼之中滿含着眼淚，只差沒掉下來。她不懂計老人說的，爲甚麼大人的悲痛會比小孩子更深更多，但對這個大鬍子卻不自禁的起了同情。

窗外傳進來一陣奇妙的宛轉的鳥鳴，聲音很遠，但聽得很淸楚，又是甜美，又是淒涼，像是一個少女在唱着淸脆而柔和的歌。

李文秀側耳聽着，鳴歌之聲漸漸遠去，終於低微得聽不見了。她悲痛的心靈中得到了一些安慰，呆呆的出了一會神，低聲道：「爺爺，這鳥兒唱得眞好聽。」

計老人道：「是的，唱得眞好聽！那是天鈴鳥，鳥兒的歌聲像是天上的銀鈴。這鳥兒只在晚上唱歌，白天睡覺。有人說，這是天上的星星掉下來之後變的。又有些哈薩克人說，這是草原上一個最美麗、最會唱歌的少女死了之後變的。她的情郎不愛她了，她傷心死的。」

李文秀迷惘地道：「她最美麗，又最會唱歌，爲甚麼不愛她了？」

計老人出了一會神，長長的嘆了口氣，說道：「世界上有許多事，你小孩子是不懂的。」

這時候，遠處草原上的天鈴鳥又唱起歌來了。

唱得令人心中又是甜蜜，又是淒涼。

就這樣，李文秀住在計老人的家裏，幫他牧羊煮飯，兩個人就像親爺爺、親孫女一般。晚上，李文秀有時候從夢中醒來，聽着天鈴鳥的歌唱，又在天鈴鳥的歌聲中回到夢裏。她夢中有江南的楊柳和桃花，爸爸的懷抱，媽媽的笑臉……

過了秋天，過了冬天，李文秀平平靜靜地過着日子，她學會了哈薩克話，學會了草原上的許許多多事情。

計老人會釀又香又烈的美酒，哈薩克的男人就最愛喝又香又烈的美酒。計老人會醫牛羊馬匹的疾病，哈薩克人治不好的牲口，往往就給他治好了。牛羊馬匹是哈薩克人的性命，他們雖然不喜歡漢人，卻也少他不得，只好用牛羊來換他又香又烈的美酒，請了他去給牲口治病。

哈薩克人的帳篷在草原上東西南北的遷移。計老人有時跟着他們遷移，有時就留在棚屋之中，等着他們回來。

一天晚上，李文秀又聽到了天鈴鳥的歌聲，只是牠越唱越遠，隱隱約約地，隨着風聲飄來了一些，跟着又聽不到了。李文秀悄悄穿衣起來，到屋外牽了白馬，生怕驚醒計老人，將白馬牽得遠遠地，這才跨上馬，跟着歌聲走去。

草原上的夜晚，天很高、很藍，星星很亮，青草和小花散播着芳香。

歌聲很清晰了，唱得又是婉轉，又是嬌媚。李文秀的心跟着歌聲而狂喜，輕輕跨下馬背，讓白馬自由自在的嚼着青草。她仰天躺在草地上，沉醉在歌聲之中。

那天鈴鳥唱了一會，便飛遠幾丈。李文秀在地下爬着跟隨，她聽到了鳥兒撲翅的聲音，看到了這隻淡黃色的小小鳥兒，見牠在地下啄食。牠啄了幾口，又向前飛一段路，又找到了食物。

天鈴鳥吃得很高興，突然間拍的一聲，長草中飛起黑黝黝的一件物件，將天鈴鳥罩住了。

李文秀的驚呼聲中，混和着一個男孩的歡叫，只見長草中跳出來一個哈薩克男孩，得意地叫道：「捉住了，捉住了！」他用外衣裹着天鈴鳥，鳥兒驚慌的叫聲，鬱悶地隔着外衣傳出來。

李文秀又是吃驚，又是憤怒，叫道：「你幹甚麼？」那男孩道：「我捉天鈴鳥。你也來捉麼？」李文秀道：「幹麼捉牠？讓牠快快活活的唱歌不好麼？」那男孩笑道：「捉來玩。」將右手伸到外衣之中，再伸出來時，手裏已抓着那隻淡黃色的小鳥。天鈴鳥不住撲着翅膀，但那裏飛得出男孩的掌握？

李文秀道：「放了牠吧，你瞧牠多可憐？」那男孩道：「我一路撒了麥子，引得這鳥兒過來。誰叫牠吃我的麥子啊？哈哈！」

李文秀一呆，在這世界上，她第一次懂得「陷阱」的意義。人家知道小鳥兒要吃麥子，便撒了麥子，引着牠走進了死路。她年紀還小，不知道幾千年來，人們早便在說着「人爲財死，鳥爲食亡」這兩句話。她只隱隱的感到了機謀的可怕，覺到了「引誘」的令人難以抗拒。當然，她只感到了一些極模糊的影子，想不明白中間包藏着的道理。

那男孩玩弄着天鈴鳥，使牠發出一些痛苦的聲音。李文秀道：「你把小鳥兒給了我，好不好？」那男孩道：「那你給我甚麼？」李文秀伸手到懷裏一摸，她甚麼也沒有，不禁有些發窘，想了一想，道：「趕明兒我給你縫一隻好看的荷包，給你掛在身上。」那男孩笑道：「我才不上這個當呢。明兒你便賴了。」李文秀脹紅了臉，道：「我說過給你，一定給你，爲什麼要賴呢？」那男孩搖頭道：「我不信。」月光之下，見李文秀左腕上套着一隻玉鐲，發出晶瑩柔和的光芒，隨口便道：「除非你把這個給我。」

玉鐲是媽媽給的，除了這隻玉鐲，已沒有紀念媽媽的東西了。她很捨不得，但看了那天鈴鳥可憐的樣子，終於把玉鐲褪了下來，說道：「給你！」

那男孩沒想到她居然會肯，接過玉鐲，道：「你不會再要回吧？」李文秀道：「不！」那男孩道：「好！」於是將天鈴鳥遞了給她。李文秀雙手合着鳥兒，手掌中感覺到牠柔軟的身體，感覺到牠迅速而微弱的心跳。她用右手的三根手指輕輕撫摸一下鳥兒背上的羽毛，張開雙掌，說道：「你去吧！下次要小心了，可別再給人捉住。」天鈴鳥展開翅膀，飛入了草叢之中。男孩很是奇怪，問道：「為甚麼放了鳥兒？你不是用玉鐲換了來的麼？」他緊緊抓住了鐲子，生怕李文秀又向他要還。李文秀道：「天鈴鳥又飛，又唱歌，不是很快活麼？」

男孩側着頭瞧了她一會，問道：「你是誰？」李文秀道：「我叫李文秀，你呢？」男孩道：「我叫蘇普。」說着便跳了起來，揚着喉嚨大叫了一聲。

蘇普比她大了兩歲，長得很高，站在草地上很有點威武。李文秀道：「你力氣很大，是不是？」蘇普非常高興，這小女孩隨口一句話，正說中了他最引以為傲的事。他從腰間拔出一柄短刀來，說道：「上個月，我用這把刀砍傷了一頭狼，差點兒就砍死了，可惜給逃走了。」

李文秀很是驚奇，道：「你這麼厲害？」蘇普更加得意了，道：「有兩頭狼半夜裏來咬我家的羊，爹不在家，我便提刀出去趕狼。大狼見了火把便逃了，我一刀砍中了另外一頭。」李文秀道：「你砍傷了那頭小的？」蘇普有些不好意思，點了點頭，但隨即加上一句：「那大狼倘使不逃走，我就一刀殺了牠。」他雖是這麼說，自己卻實在沒有把握。但李文秀深信不疑，道：「惡狼來咬小綿羊，那是該殺的。下次你殺到了狼，來叫我看，好不好？」蘇普大喜道：「好啊！等我殺了狼，就剝了狼皮送給你。」李文秀道：「謝謝你啦，那我就給爺爺做一條狼皮墊子。他自己那條已給了我啦。」蘇普道：「不！我送給你的，你自己用。你把爺爺的還給他便了。」李文秀點頭道：「那也好。」

在兩個小小的心靈之中，未來的還沒有實現的希望，和過去的事實沒有多大分別。他們想到要殺狼，好像那頭惡狼眞的已經殺死了。

便這樣，兩個小孩子交上了朋友。哈薩克的男性的粗獷豪邁，和漢族女性的溫柔仁善，相處得很是和諧。

過了幾天，李文秀做了一隻小小的荷包，裝滿了麥糖，拿去送給蘇普。這一件禮物使這小男孩很出乎意料之外，他用小鳥兒換了玉鐲，已經覺得佔了便宜。哈薩克人天性的正直，使他認爲應當有所補償，於是他一晚不睡，在草原上捉了兩隻天鈴鳥，第二天拿去送給李文秀。這一件慷慨的舉動未免是會錯了意。李文秀費了很多唇舌，才使這男孩明白，她所喜歡的是讓天鈴鳥自由自在，而不是要捉了來讓牠受苦。蘇普最後終於懂了，但在心底，總是覺得她的善心有些傻氣，古怪而可笑。

日子一天天的過去，在李文秀的夢裏，爸爸媽媽出現的次數漸漸稀了，她枕頭上的淚痕也漸漸少了。她臉上有了更多的笑靨，嘴裏有了更多的歌聲。當她和蘇普一起牧羊的時候，草原上常常飄來了遠處青年男女對答的情歌。李文秀覺得這些情緻纏綿的歌兒很好聽，聽得多了，隨口便能哼了出來。當然，她還不懂歌裏的意義，爲甚麼一個男人會對一個女郎這麼顚倒？爲甚麼一個女郎要對一個男人這麼傾心？爲甚麼情人的脚步聲使心房劇烈地跳動？爲甚麼窈窕的身子叫人整晚睡不着？只是她淸脆地動聽地唱了出來，聽到的人都說：「這小女孩的歌兒唱得眞好，那不像草原上的一隻天鈴鳥麼？」

到了寒冷的冬天，天鈴鳥飛到南方溫暖的地方去了，但在草原上，李文秀的歌兒仍舊響着：

「啊，親愛的牧羊少年，
請問你多大年紀？
你半夜裏在沙漠獨行，
我和你作伴願不願意？」

歌聲在這裏頓了一頓，聽到的人心中都在說：「聽着這樣美麗的歌兒，誰不願意要你作伴呢？」

跟着歌聲又響了起來：

「啊，親愛的你別生氣，
誰好誰壞一時難知。
要戈壁沙漠變爲花園，
只須一對好人聚在一起。」

聽到歌聲的人心底裏都開了一朶花，便是最冷酷最荒蕪的心底，也升起了溫暖：「倘若是一對好人聚在一起，戈壁沙漠自然成了花園，誰又會來生你的氣啊？」老年人年輕了二十歲，年輕人心中洋溢歡樂。但唱着情歌的李文秀，卻不懂得歌中的意思。

聽她歌聲最多的，是蘇普。他也不懂這些草原上情歌的含義，直到有一天，他們在雪地裏遇上了一頭惡狼。

這一頭狼來得非常突然。蘇普和李文秀正並肩坐在一個小丘上，望着散在草原上的羊羣。就像平時一樣，李文秀跟他說着故事。這些故事有些是媽媽從前說的，有些是計老人說的，另外的是她自己編的。蘇普最喜歡聽計老人那些驚險的出生入死的故事，最不欣賞李文秀自己那些孩子氣的女性故事，但一個驚險故事反來覆去的說了幾遍，便變成了不驚不險，於是他也只得耐心的聽着：白兔兒怎樣找不到媽媽，小花狗怎樣去幫牠尋找。突然之間，李文秀「啊」的一聲，向後翻倒，一頭大灰狼尖利的牙齒咬向她的咽喉。

這頭狼從背後悄無聲息的襲來，兩個小孩誰都沒有發覺。李文秀曾跟媽媽學過一些武功，自然而然的將頭一側，避開了兇狼對準着她咽喉的一咬。蘇普見這頭惡狼這般高大，嚇得腳也軟了，但他立即想起：「非救她不可！」從腰間拔出短刀，撲上去一刀刺在大灰狼的背上。灰狼的骨頭很硬，短刀從牠背脊上滑開了，只傷了一些皮肉。但灰狼也察覺了危險，放開了李文秀，張開血盆大口，突然縱起，雙足搭在蘇普的肩頭，便往他臉上咬了下去。

蘇普一驚之下，向後便倒。那灰狼來勢似電，雙足跟着按了下去，白森森的獠牙已觸到蘇普臉頰。李文秀極是害怕，但仍是鼓起勇氣，拉住灰狼尾巴用力向後拉扯。大灰狼給她一一口咬落。

拉之下，向後退了一步，但牠餓得慌了，後足牢牢據地，叫李文秀再也拉牠不動，跟着又是一拉。灰狼吃痛，張口呼號，卻把咬在蘇普肩頭的牙齒鬆了。蘇普迷迷糊糊的送出一刀，正好刺中灰狼肚腹上柔軟之處，這一刀直沒至柄。他想要拔出刀來再刺，那灰狼猛地躍起，在雪地裏打了幾個滾，仰天死了。

只聽得蘇普大叫一聲，兇狼已咬中他左肩。李文秀驚得幾乎要哭了出來，鼓起平生之力

灰狼這一翻滾，帶得李文秀也摔了幾個觔斗，可是她兀自拉住灰狼的尾巴，始終不放。

蘇普掙扎着站起身來，看見這麼巨大的一頭灰狼死在雪地之中，不禁驚得呆了，過了半晌，才歡然叫道：「我殺死了大狼，我殺死了大狼！」伸手扶起李文秀，驕傲地道：「阿秀，你瞧，我殺了大狼！」得意之下，雖是肩頭鮮血長流，一時竟也不覺疼痛。李文秀見他的羊皮襖子左襟上染滿了血，忙翻開他皮襖，從懷裏拿出手帕，按住他傷口中不住流出的鮮血，問道：「痛不痛？」蘇普若是獨自一個兒，早就痛得大哭大喊，但這時心中充滿了英雄氣概，搖搖頭說：「我不怕痛！」

忽聽得身後一人說道：「阿普，你在幹甚麼？」兩人回過頭來，只見一個滿臉虬髯的大漢，騎在馬上。

蘇普叫道：「爹，你瞧，我殺死了一頭大狼。」那大漢大喜，翻身下馬，只見兒子臉上濺滿了血，眼光又掠過李文秀的臉，問蘇普道：「你給狼咬了？」蘇普道：「我在這兒聽阿秀說故事，忽然這頭狼來咬她……」突然之間，那大漢臉上罩上了一層陰影，望着李文秀冷

冷的道：「你便是那個眞主降罰的漢人女孩兒麼？」

這時李文秀已認出他來，那便是踢過她一脚的蘇魯克。她記起了計老人的話：「他的妻子和大兒子，一夜之間都給漢人強盜殺了，因此他恨極了漢人。」她點了點頭，正想說：「我爹爹媽媽也是給那些強盜害的。」話還沒出口，突然刷的一聲，蘇普臉上腫起了一條長長的紅痕，是給父親用馬鞭重重的抽了一下。

蘇魯克喝道：「我叫你世世代代，都要憎恨漢人，你忘了我的話，偏去跟漢人的女孩兒玩，還爲漢人的女兒拚命流血！」刷的一聲，夾頭夾腦的又抽了兒子一鞭。

蘇普竟不閃避，只是呆呆的望着李文秀，問道：「她是眞主降罰的漢人麼？」蘇魯克吼道：「難道不是？」迴過馬鞭，刷的一下又抽在李文秀臉上。李文秀退了兩步，伸手按住了臉。蘇普給灰狼咬後受傷本重，跟着又被狠狠的抽了兩鞭，再也支持不住，身子一幌，摔倒在地。

蘇魯克見他雙目緊閉，暈了過去，也吃了一驚，急忙跳下馬來，抱起兒子，跟着和身縱起，落在馬背之上，一個繩圈甩出，套住死狼頭頸，雙腿一挾，縱馬便行。死狼在雪地中一路拖着跟去，雪地裏兩行蹄印之間，留着一行長長的血迹。蘇魯克馳出十餘丈，回過頭來惡毒地望了李文秀一眼，眼光中似乎在說：「下次你再撞在我的手裏，瞧我不好好的打你一頓。」

李文秀倒不害怕這個眼色，只是心中一片空虛，知道蘇普從今之後，再不會做她的朋友，再也不會來聽她唱歌、來聽她說故事了。只覺得朔風更加冷得難受，臉上的鞭傷隨着脈搏的跳動，一抽一抽地更加劇烈的疼痛。

她茫茫然的趕了羊羣回家。計老人看到她衣衫上許多鮮血，臉上又是腫起一條鞭痕，大吃一驚，忙問她甚麼事。李文秀只淡淡的道：「是我不小心摔的。」計老人當然不信。可是一再相詢，李文秀只是這樣回答，問得急了，她哇了一聲大哭起來，竟是一句話也不肯再說。

那天晚上，李文秀發着高燒，小臉蛋兒燒得血紅，說了許多胡話，甚麼「大灰狼！」「蘇普，蘇普，快救我！」甚麼「眞主降罰的漢人。」計老人猜到了幾分，心中很是焦急。幸好到黎明時，她的燒退了，沉沉睡去。

這一場病直生了一個多月，到她起床時，寒冬已經過去，天山上的白雪開始融化，一道道雪水滙成的小溪，流到草原上來。原野上已茁起了一絲絲的嫩草。

這一天，李文秀一早起來，打開大門，想趕了羊羣出去放牧，只見門外放着一張大狼皮，做成了墊子的模樣。李文秀吃了一驚，看這狼皮的毛色，正是那天在雪地中咬她的那頭大灰狼。她俯下身來，見狼皮的肚腹處有個刃孔。她心中怦怦跳着，知道蘇普並沒忘記她，也沒忘記他自己說過的話，半夜裏偷偷將這狼皮放在她的門前。她將狼皮收在自己房中，不跟計老人說起，趕了羊羣，便到慣常和蘇普相會的地方去等他。

但她一直等到日落西山，蘇普始終沒來。她認得蘇普家裏的羊羣，這一天卻由一個十七八歲的青年放牧。李文秀想：「難道蘇普的傷還沒有好？怎地他又送狼皮給我？」她很想到他帳篷裏去瞧瞧他，可是跟着便想到了蘇魯克的鞭子。

這天半夜裏，她終於鼓起了勇氣，走到蘇普的帳篷後面。她不知道爲甚麼要去，是爲了想說一句「謝謝你的狼皮」？爲了想瞧瞧他的傷好了沒有？她自己也說不上來。她躲在帳篷後面。蘇普的牧羊犬識得她，過來在她身上嗅了幾下便走開了，一聲也沒吠。帳篷中還亮着牛油燭的燭光，蘇魯克粗大的嗓子在大聲咆哮着。

「你的狼皮拿去送給了那一個姑娘？好小子，小小年紀，也懂得把第一次的獵物拿去送給心愛的姑娘。」他每呼喝一句，李文秀的心便劇烈地跳動一下。她聽得蘇普在講故事時說過哈薩克人的習俗，每一個青年最寶貴自己第一次的獵物，總是拿去送給她心愛的姑娘，以表示情意。這時她聽到蘇魯克這般喝問，小小的臉蛋兒紅了，心中感到了驕傲。他們二人年紀都還小，不知道眞正的情愛是甚麼，但隱隱約約的，也嘗到了初戀的甜蜜和苦澀。

「你定是拿去送給了那個眞主降罰的漢人姑娘，那個叫做李甚麼的賤種，是不是？好，你不說，瞧是你厲害，還是你爹爹的鞭子厲害？」

只聽得刷刷刷刷，幾下鞭子抽打在肉體上的聲音。像蘇魯克這一類的哈薩克人，素來相信只有鞭子下才能產生強悍的好漢子，管教兒子不能用溫和的法子。他祖父這樣鞭打他父親，他父親這樣鞭打他，他自己便也這樣鞭打兒子，父子之愛並不因此而減弱。男兒漢對付男兒漢，在朋友和親人是拳頭和鞭子，在敵人便是短刀和長劍。但對於李文秀，她爹爹媽媽從小連重話也不對她說一句，只要臉上少了一絲笑容，少了一些愛撫，那便是痛苦的懲罰了。這時每一鞭都如打在她的身上一般痛楚。「蘇普的爹爹一定恨極了我，自己親生的兒子都打得這麼兇狠，會不會打死了他呢？」

「好！你不回答！你回不回答？我猜到你定是拿去送給了那個漢人姑娘。」鞭子不住的往下抽打。蘇普起初咬着牙硬忍，到後來終於哭喊起來：「爹爹，別打啦，別打啦，我痛，我痛！」蘇魯克道：「那你說，是不是將狼皮送給了那個漢人姑娘？你媽死在漢人強盜手裏，你哥哥是漢人強盜殺的，你知不知道？他們叫我哈薩克第一勇士，可是我的老婆兒子卻讓漢人強盜殺了，你知不知道？爲甚麼那天我偏偏不在家？爲甚麼總是找不到這羣強盜，好讓我給你媽媽哥哥報仇雪恨？」

蘇魯克這時的鞭子早已不是管教兒子，而是在發洩心中的狂怒。他每一鞭下去，都似在鞭打敵人，「爲甚麼那狗強盜不來跟我明刀明槍的決一死戰？你說不說？難道我蘇魯克是哈薩克第一勇士，還打不過幾個漢人的毛賊……」

他被霍元龍、陳達海他們所殺死的孩子，是他最心愛的長子，被他們侮辱而死的妻子，是自幼和他一起長大的愛侶。而他自己，二十餘年來人人都稱他是哈薩克族的第一勇士，不論競力、比拳、鬥力、賽馬，他從來沒輸過給人。

李文秀只覺蘇普給父親打得很可憐，蘇魯克帶着哭聲的這般叫喊也很可憐。「他打得這樣狠，一定永遠不愛蘇普了。他沒有兒子了，蘇普也沒有爹爹了。都是我不好，都是我這個眞主降罰的漢人姑娘不好！」忽然之間，她也可憐起自己來。

她不能再聽蘇普這般哭叫，於是回到了計老人家中，從被褥底下拿出那張狼皮來，看了很久很久。她和蘇普的帳篷相隔兩里多地，但隱隱的似乎聽到了蘇普的哭聲，聽到了蘇魯克的鞭子在辟拍作響。她雖然很喜歡這張狼皮，但是她不能要。

「如果我要了這張狼皮，蘇普會給他爹爹打死的。只有哈薩克的女孩子，他們伊斯蘭的女孩子才能要了這張大狼皮。哈薩克那許多女孩子中，哪一個最美麗？我很喜歡這張狼皮，是蘇普打死的狼，他爲了救我才不顧自己性命去打死的狼。蘇普送了給我，可是……可是他爹爹要打死他的……」

第二天早晨，蘇魯克帶着滿佈紅絲的眼睛從帳篷中出來，只聽得車爾庫大聲哼着山歌，哩啦哩啦的唱了過來。他側着頭向蘇魯克望着，臉上的神色很奇怪，笑咪咪的，眼中透着親善的意思。車爾庫也是哈薩克族中出名的勇士，千里外的人都知道他馴服野馬的本領。他奔跑起來快得了不得，有人說在一里路之內，任何駿馬都追他不上，即使在一里路之外輸給了那匹馬，但也只相差一個鼻子。原野上的牧民們圍着火堆閒談時，許多人都說，如果車爾庫的鼻子不是這樣扁的話，那麼還是他勝了。

蘇魯克和車爾庫之間向來沒多大好感。蘇魯克的名聲很大，刀法和拳法都是所向無敵，車爾庫暗中很有點妒忌。他比蘇魯克要小着六歲。有一次兩人比試刀法，車爾庫輸了，肩頭上給割破長長一條傷痕。他說：「今天我輸了，但五年之後，十年之後，咱們再走着瞧。」蘇魯克道：「再過二十年，咱哥兒倆又比一次，那時我下手可不會像這樣輕了！」

今天，車爾庫的笑容之中卻絲毫沒有敵意。蘇魯克心頭的氣惱還沒有消，狠狠的瞪了他一眼。車爾庫笑道：「老蘇，你的兒子很有眼光啊！」蘇魯克道：「你說蘇普麼？」他伸手按住刀柄，眼中發出兇狠的神色來，心想：「你嘲笑我兒子將狼皮送給了漢人姑娘。」

車爾庫一句話已衝到了口邊：「倘若不是蘇普，難道你另外還有兒子？」但這句話卻沒說出口，他只微笑着道：「自然是蘇普！這孩子相貌不差，人也挺能幹，我很喜歡他。」做父親的聽到旁人稱讚他兒子，自然忍不住高興，但他和車爾庫一向口角慣了，說道：「你眼熱吧？就可惜你生不出一個兒子。」車爾庫卻不生氣，笑道：「我女兒阿曼也不錯，否則你兒子怎麼會看上了她？」

蘇魯克「呸」的一聲，道：「你別臭美啦，誰說我兒子看上了阿曼？」車爾庫伸手挽住了他膀子，笑道：「你跟我來，我給你瞧一件東西。」蘇魯克心中奇怪，便跟他並肩走着。車爾庫道：「你兒子前些時候殺死了一頭大灰狼。小小孩子，眞是了不起，將來大起來，可不跟老子一樣？父是英雄兒好漢。」蘇魯克不答腔，認定他是擺下了甚麼圈套，要自己上當，心想：「一切須得小心在意。」

在草原上走了三里多路，到了車爾庫的帳篷前面。蘇魯克遠遠便瞧見一張大狼皮掛在帳篷外邊。他奔近幾步，嘿，可不是蘇普打死的那頭灰狼的皮是甚麼？這是兒子生平打死的第一頭野獸，他是認得清清楚楚的。他心下一陣混亂，隨即又是高興，又是迷惘：「我錯怪了阿普，昨晚這麼結結實實的打了他一頓，原來他把狼皮送了給阿曼，卻不是給那漢人姑娘。該死的，怎麼他不說呢？孩子臉嫩，沒得說的。要是他媽媽在世，她就會勸我了。唉，孩子有甚麼心事，對媽媽一定肯講……」

車爾庫粗大的手掌在他肩上一拍，說道：「喝碗酒去。」

車爾庫的帳篷中收拾得很整潔，一張張織着紅花綠草的羊毛毯掛在四周。一個身材苗條的女孩子捧了酒漿出來。車爾庫微笑道：「阿曼，這是蘇普的爹。你怕不怕他？這大鬍子可兇得很呢！」阿曼羞紅了的臉顯得更美了，眼光中閃爍着笑意，好像是說：「我不怕。」蘇魯克呵呵笑了起來，笑道：「老車，我聽人家說過的，說你有個女兒，是草原上一朵會走路的花。不錯，一朵會走路的花，這話說得眞好。」

兩個爭鬧了十多年的漢子，突然間親密起來了。你敬我一碗酒，我敬你一碗酒。蘇魯克終於喝得酩酊大醉，瞇着眼伏在馬背，回到家中。

過了些日子，車爾庫送來了兩張精緻的羊毛毯子。他說：「這是阿曼織的，一張給老的，一張給小的。」

一張毛毯上織着一個大漢，手持長刀，砍翻了一頭豹子，遠處一頭豹子正挾着尾巴逃走。另一張毛毯上織着一個男孩，刺死了一頭大灰狼。那二人一大一小，都是威風凜凜，英姿颯爽。蘇魯克一見大喜，連讚：「好手藝，好手藝！」原來回疆之地本來極少豹子，那一年卻不知從那裏來了兩頭，爲害人畜。蘇魯克當年奮勇追入雪山，砍死了一頭大豹，另一頭負傷遠遁。這時見阿曼在毛毯上織了他生平最得意的英勇事蹟，自是大爲高興。

這一次，喝得大醉而伏在馬背上回家去的，卻是車爾庫了。蘇魯克叫兒子送他回去。在車爾庫的帳篷之中，蘇普見到了自己的狼皮。他正在大惑不解，阿曼已紅着臉在向他道謝。蘇普喃喃的說了幾句話，全然不知所云，他不敢追問爲甚麼這張狼皮竟會到了阿曼手中。第二天，他一早便到那個殺狼的小丘去，盼望見到李文秀問她一問。可是李文秀並沒有來。

他等了兩天，都是一場空。到第三天上，終於鼓起了勇氣走到計老人家中。李文秀出來開門，一見是他，說道：「我從此不要見你。」拍的一聲，便把板門關上了。蘇普呆了半晌，莫名其妙的回到自己家裏，心裏感到一陣悵惘：「唉，漢人的姑娘，不知她心裏在想些甚麼？」

子，說不定會給他父親打死的。

他自然不會知道，李文秀是躲在板門之後掩面哭泣。此後一直哭了很久很久。她很喜歡再和蘇普在一起玩，說故事給他聽，可是她知道只要給他父親發覺了，他又得狠狠挨一頓鞭子，說不定會給他父親打死的。

時日一天一天的過去，三個孩子給草原上的風吹得高了，給天山脚下的冰雪凍得長大了，會走路的花更加婀娜美麗，殺狼的小孩變成了英俊的青年，那草原上的天鈴鳥呢，也是唱得更加嬌柔動聽了。只是她唱得很少，只有在半夜無人的時候，獨自在蘇普殺過灰狼的小丘上唱一支歌兒。她沒一天忘記過這個兒時的遊伴，常常望到他和阿曼並騎出遊，有時，也聽到他倆互相對答，唱着情致纏綿的歌兒。

這些歌中的含意，李文秀小時候並不懂得，這時候卻嫌懂得太多了。如果她仍舊不懂，豈不是少了許多傷心？少了許多不眠的長夜？可是不明白的事情，一旦明白之後，永遠不能再回到從前幼小時那樣迷惘的心境了。

是一個春深的晚上，李文秀騎了白馬，獨自到那個殺狼的小山上去。白馬給染黃了的毛早已脫盡，全身又是像天山頂上的雪那樣白。

她立在那個小山丘上，遠遠望見哈薩克人的帳篷之間燒着一堆大火，音樂和歡鬧的聲音一陣高，一陣低的傳來。原來這天是哈薩克人的一個節日，青年男女聚在火堆之旁，跳舞唱歌，極盡歡樂。

李文秀心想：「他和她今天一定特別快樂，這麼熱鬧，這麼歡喜。」她心中的「他」，沒有第二個人，自然是蘇普，那個「她」自然是那朵會走路的花，阿曼。

但這一次李文秀卻沒猜對，蘇普和阿曼這時候並不特別快樂，卻是在特別的緊張。在火堆之旁，蘇普正在和一個瘦長的青年摔跤。這是節日中最重要的一個項目，摔跤第一的有三件獎品：一匹駿馬、一頭肥羊，還有一張美麗的毛毯。

蘇普已接連勝了四個好漢，那個瘦長的青年叫做桑斯兒。他是蘇普的好朋友，可也要分一個勝敗。何況，他心中一直在愛着那朵會走路的花。這樣美麗的臉，這樣婀娜的身材，這樣巧妙的手藝，誰不愛呢？桑斯兒明知蘇普和阿曼從小便很要好，但他是倔強的高傲的青年。草原上誰的馬快，誰的力大，誰便處處佔了上風。他心中早便在這樣想：「只要我在公開的角力中打敗了蘇普，阿曼便會喜歡我的。」他已用心的練了三年摔跤和刀法。他的師父，便是阿曼的父親車爾庫。

至於蘇普的武功，卻是父親親傳的。

兩個青年扭結在一起。突然間桑斯兒肩頭中了重重的一拳，他脚下一個踉蹌，向後便倒，但他在倒下時右足一勾，蘇普也倒下了。兩人一同躍起身來，兩對眼睛互相凝視，身子左右盤旋，找尋對方的破綻，誰也不敢先出手。

蘇魯克坐在一旁瞧着，手心中全是汗水，只是叫道：「可惜，可惜！」車爾庫的心情卻很難說得明白。他知道女兒的心意，便是桑斯兒打勝了，阿曼喜歡的還是蘇普，說不定只有更加喜歡得更厲害些。可是桑斯兒是他的徒弟，這一場角力，就如是他自己和「哈薩克第一勇士」蘇魯克的比賽。車爾庫的徒弟如果打敗了蘇魯克的兒子，那可有多光采！這件事會傳遍數千里的草原。當然，阿曼將會很久很久的鬱鬱不樂，可是這些事不去管它。他還是盼望桑斯兒打勝。雖然蘇普是個好孩子，他一直很喜歡他。

圍着火堆的人們爲兩個青年吶喊助威。這是一場勢均力敵的角鬥。蘇普身壯力大，桑斯兒卻更加靈活些，到底誰會最後獲勝，誰也說不上來。

只見桑斯兒東一閃，西一避，蘇普數次伸手扭他，都給躲開了。青年男女們吶喊助威的聲音越來越响。「蘇普，快些，快些！」「桑斯兒，反攻啊！別儘逃來逃去的。」「啊喲，蘇普摔了一交！」「不要緊，用力扳倒他。」

聲音遠遠傳了出去，李文秀隱隱聽到了大家叫着「蘇普，蘇普」。她有些奇怪：「爲甚麼大家叫蘇普？」於是騎了白馬，向着呼叫的聲音奔去。在一棵大樹的後面，她看到蘇普正在和桑斯兒搏鬥，旁觀的人興高采烈地叫嚷着。突然間，她在火光旁看到了阿曼的臉，臉上閃動着關切和興奮，淚光瑩瑩，一會兒躭憂，一會兒歡喜。李文秀從來沒這樣清楚的看過阿曼，心想：「原來她是這樣的喜歡蘇普。」

驀地裏衆人一聲大叫，蘇普和桑斯兒一齊倒了下去。隔着人牆，李文秀看不到地下兩個人搏鬥的情形。但聽着衆人的叫聲，可以想到一時是蘇普翻到了上面，一時又是給桑斯兒壓了下去。李文秀手中也是汗水，因爲瞧不見地下的兩人，她只有更加焦急些。忽然間，衆人的呼聲全部止歇，李文秀清清楚楚聽到相鬥兩人粗重的呼吸聲。只見一個人搖搖幌幌的站了起來。衆人歡聲呼叫：「蘇普，蘇普！」

阿曼衝進人圈之中，拉住了蘇普的手。

李文秀覺得又是高興，又是淒涼。她圈轉馬頭，慢慢的走了開去。衆人圍着蘇普，誰也沒注意到她。

她不再拉韁繩，任由白馬在沙漠中漫步而行。也不知走了多少時候，她驀地發覺，白馬已是走到了草原的邊緣，再過去便是戈壁沙漠了。她低聲斥道：「你帶我到這裏來幹麼？」便在這時，沙漠上出現了兩乘馬，接着又是兩乘。月光下隱約可見，馬上乘客都是漢人打扮，手中握着長刀。

李文秀吃了一驚：「莫非是漢人強盜？」只一遲疑間，只聽一人叫道：「白馬，白馬！」縱馬衝了過來，口中叫道：「站住！站住！」李文秀喝道：「快奔！」縱馬往來路馳回，但聽得蹄聲急響，迎面又有幾騎馬截了過來。這時東南北三面都有敵人，她不暇細想，只得催馬往西疾馳。

但向西是永沒盡頭的大戈壁。

她小時候曾聽蘇普說過，大戈壁中有鬼，走進了大戈壁的，沒一個人能活着出來。不，就是變成了鬼也不能出來。走進了大戈壁，就會不住的大兜圈子，在沙漠中不住的走着走着，突然之間，在沙漠中發見了一行足迹。那人當然大喜若狂，以爲找到了道路，跟着足迹而行，但走到後來，他終於發覺，這足迹原來就是自己留下的，他走來走去，只是在兜圈子。這樣死在大戈壁中的人，變成了鬼也是不得安息，他不能進天上的樂園，始終要足不停步的大兜圈子，千年萬年、日日夜夜的兜下去永遠不停。

李文秀曾問過計老人，大戈壁中是不是眞的這樣可怕，是不是走進去之後，永遠不能再出來。計老人聽到她這樣問，突然間臉上的肌肉痙攣起來，露出了非常恐怖的神色，眼睛向着窗外偷望，似乎見到了鬼怪一般。李文秀從來沒有見過他會嚇得這般模樣，不敢再問了，心想這事一定不假，說不定計爺爺還見過那些鬼呢。

她騎着白馬狂奔，眼見前面黃沙莽莽，無窮無盡的都是沙漠，想到了戈壁中永遠在兜圈子的鬼，越來越是害怕，但後面的強盜在飛馳着追來。她想起了爸爸媽媽，想起了蘇普的媽媽和哥哥，知道要是給那些強盜追上了，那是有死無生，甚至要比死還慘些。可是走進大戈壁呢，那是變成了鬼也不得安息。她眞想勒住白馬不再逃了，回過頭來，哈薩克人的帳篷和綠色的草原早已不見了，兩個強盜已落在後面，但還是有五個強盜吆喝着緊緊追來。李文秀聽到粗暴的、充滿了喜悅和興奮的叫聲：「是那匹白馬，錯不了！捉住她，捉住她！」

隱藏在胸中的多年仇恨突然間迸發了出來，她心想：「爹爹和媽媽是他們害死的。我引他們到大戈壁裏，跟他們同歸於盡。我一條性命，換了五個強盜，反正……反正……便是活在世上，也沒甚麼樂趣。」她眼中含着淚水，心中再不猶豫，催動白馬向着西方疾馳。

這些人正是霍元龍和陳達海鏢局中的下屬，他們追趕白馬李三夫婦來到回疆，雖然將李三夫婦殺了，但那小女孩卻從此不知下落。他們確知李三得到了高昌迷宮的地圖。這張地圖既然在李三夫婦身上遍尋不獲，那麼一定是在那小女孩身上。高昌迷宮中藏着數不盡的珍寶，晉威鏢局一干人誰都不死心，在這一帶到處遊蕩，找尋那小女孩。這一躭便是十年，他們不事生產，仗着有的是武藝，牛羊駝馬，自有草原上的牧民給他們牧養。他們只須拔出刀子來，殺人，放火，搶刦、姦淫……

這十年之中，大家永遠不停的在找這小女孩，草原千里，卻往那裏找去？只怕這小女孩早死了，骨頭也化了灰，但在草原上做強盜，自由自在，可比在中原走鏢逍遙快活得多，又何必回中原去？

有時候，大家談到高昌迷宮中的珍寶，談到白馬李三的女兒。這小姑娘就算不死，也長大得認不出了，只有那匹白馬才不會變。這樣高大的全身雪白的白馬甚是希有，老遠一見就認出來了。但如白馬也死了呢？馬匹的壽命可比人短得多。時候一天天過去，誰都早不存了指望。

那知道突然之間，見到了這匹白馬。那沒錯，正是這匹白馬！

那白馬這時候年齒已增，脚力已不如少年之時，但仍比常馬奔跑起來快得多，到得黎明時，竟已將五個強盜拋得影蹤不見，後面追來的蹄聲也已不再聽到。可是李文秀知道沙漠上留下馬蹄足迹，那五個強盜雖然一時追趕不上，終於還是會依循足印追來，因此竟是絲毫不敢停留。

又奔出十餘里，天已大明，過了幾個沙丘，突然之間，西北方出現了一片山陵，山上樹木蒼葱，在沙漠中突然看到，眞如見到世外仙山一般。大沙漠上沙丘起伏，幾個大沙丘將這片山陵遮住了，因此遠處完全望不見。李文秀心中一震：「莫非這是鬼山？爲甚麼沙漠上有這許多山，卻從來沒聽人說過？」一轉念一想：「是鬼山最好，正好引這五個惡賊進去。」

白馬脚步迅捷，不多時到了山前，跟着馳入山谷。只見兩山之間流出一條小溪來。白馬一聲歡嘶，直奔到溪邊。李文秀翻身下馬，伸手捧了些清水洗去臉上沙塵，再喝幾口，只覺溪水微帶甜味，甚是清涼可口。

突然之間，後腦上忽被一件硬物頂住了，只聽得一個嘶啞的聲音說道：「你是誰？到這裏幹麼？」李文秀大吃一驚，待要轉身，那聲音道：「我這杖頭對準了你的後腦，只須稍一用勁，你立時便重傷而死。」李文秀但覺那硬物微向前一送，果覺頭腦一陣暈眩，當下不敢動彈，心想：「這人會說話，想來不是鬼怪。他又問我到這裏幹麼，那麼自是住在此處之人，不是強盜了。」

那聲音又道：「我問你啊，怎地不答？」李文秀道：「有壞人追我，我逃到了這裏。」那人道：「甚麼壞人？」李文秀：「是許多強盜。」那人道：「甚麼強盜？叫甚麼名字？」李文秀道：「我不知道。他們從前是保鏢的，到了回疆，便做了強盜。」那人道：「你叫甚麼名字？父親是誰？師父是誰？」李文秀道：「我叫李文秀，我爹爹是白馬李三，媽媽是金銀小劍三娘子。我沒師父。」那人「哦」的一聲，道：「唔，原來金銀小劍三娘子嫁了白馬李三。你爹爹媽媽呢？」李文秀道：「都給那些強盜害死了。他們還要殺我。」

那人「唔」了一聲，道：「站起來！」李文秀站起身來。那人道：「轉過身來。」李文秀慢慢轉身，那人木杖的鐵尖離開了她後腦，一縮一伸，又點在她喉頭。但他杖上並不使勁，只是虛虛的點着。李文秀向他一看，心下很是詫異，聽到那嘶啞冷酷的嗓音之時，料想背後這人定是十分的兇惡可怖，那知眼前這人卻是個老翁，身形瘦弱，形容枯槁，愁眉苦臉，身上穿的是漢人裝束，衣帽都已破爛不堪。但他頭髮捲曲，卻又不大像漢人。

李文秀道：「老伯伯，你叫甚麼名字？這裏是甚麼地方？」那老人眼見李文秀容貌嬌美，也是大出意料之外，一怔之下，冷冷的道：「我沒名字，也不知道這裏是甚麼地方。」便在此時，遠處蹄聲隱隱響起。李文秀驚道：「強盜來啦，老伯伯，快躲起來。」那人道：「幹麼要躲？」李文秀道：「那些強盜惡得很，會害死你的。」那人冷冷的道：「你跟我素不相識，何必管我的死活？」這時馬蹄聲更加近了。李文秀也不理他將杖尖點在自己喉頭，一伸手便拉住他手臂，道：「老伯伯，咱們一起騎馬逃吧，再遲便來不及了。」

那人將手一甩，要掙脫李文秀的手，那知他這一甩微弱無力，竟是掙之不脫。李文秀奇道：「你有病麼？我扶你上馬。」說着雙手托住他腰，將他送上了馬鞍。這人瘦骨伶仃，雖是男子，身重卻還不及骨肉停勻的李文秀，坐在鞍上搖搖幌幌，似乎隨時都會摔下鞍來。李文秀跟着上馬，坐在他身後，縱馬向叢山之中進去。

兩人這一耽擱，只聽得五騎馬已馳進了山谷，五個強人的呼叱之聲也已隱約可聞。那人突然回過頭來，喝道：「你跟他們是一起的，是不是？你們安排了詭計，想騙我上當。」李文秀見他滿臉病容猛地轉為猙獰可怖，眼中也射出兇光，不禁大為害怕，說道：「不是的，不是的，我從來沒見過你，騙你上甚麼當？」那人厲聲道：「你要騙我帶你去高昌迷宮……」一句話沒說完，突然住口。

這「高昌迷宮」四字，李文秀幼時隨父母逃來回疆之時，曾聽父母親談話中提過幾次，但當時不解，並未注意，現在又事隔十年，這老人忽然說及，她一時想不起甚麼時候似乎曾聽到人說過，茫然道：「高昌迷宮？那是甚麼啊？」老人見她神色真誠，不似作僞，聲音緩和一些，道：「你當眞不知高昌迷宮？」

李文秀搖頭道：「不知道，啊，是了……」老人厲聲問道：「是了甚麼？」李文秀道：「我小時候跟着爹爹媽媽逃來回疆，曾聽他們說過『高昌迷宮』。那是很好玩的地方麼？」老人疾言厲色的問道：「你爹娘還說過甚麼？可不許瞞我。」李文秀淒然道：「但願我能夠多記得一些爹媽說過的話，便是多一個字，也是好的。就可惜再也聽不到他們的聲音了。老伯伯，我常常這樣傻想，只要爹爹媽媽能活過來一次，讓我再見上一眼。唉！只要爹媽活着，便是天天不停的打我罵我，我也很快活啊。當然，他們永遠不會打我的。」突然之間，她耳中似乎出現了蘇魯克狠打蘇普的鞭子聲，憤怒的斥罵聲。

那老人臉色稍轉柔和，「嗯」了一聲，突然又大聲問：「你嫁了人沒有？」李文秀紅着臉搖了搖頭。老人道：「這幾年你跟誰住在一起？」李文秀道：「跟計爺爺。」老人道：「計爺爺？他多大年紀了？相貌怎樣？」李文秀對白馬道：「好馬兒，強盜追來啦，快跑快跑。」心想：「在這緊急當兒，你老是問這些不相干的事幹麼？」但見他滿臉疑雲，終於還是說了：「計爺爺總有八十多歲了吧，他滿頭白髮，臉上全是皺紋，待我很好的。」老人道：「你在回疆又識得甚麼漢人？計爺爺家中還有甚麼？」李文秀道：「計爺爺家裏再沒別人了。我連哈薩克人也不識得，別說漢人啦。」最後這兩句話卻是憤激之言，她想起了蘇普和阿曼，心想雖是識得他們，也等於不識。

白馬背上乘了兩人，奔跑不快，後面五個強盜追得更加近了，只聽得颼颼幾聲，三枝羽箭接連從身旁掠過。那些強盜想擒活口，並不想用箭射死她，這幾箭只是威嚇，要她停馬。

李文秀心想：「橫豎我已決心和這五個惡賊同歸於盡，就讓這位伯伯獨自逃生吧！」當即躍下地來，在馬臀一拍，叫道：「白馬，白馬！快帶了伯伯先逃！」老人一怔，沒料到她心地如此仁善，竟會叫自己獨自逃開，稍一猶豫，低聲道：「接住我手裏的針，小心別碰着針尖。」李文秀低頭一看，只見他右手兩根手指間挾着一枚細針，當下伸手指拿住了，卻不明其意。老人道：「這針尖上餵有劇毒，那些強盜若是捉住你，只要輕輕一下刺在他們身上，強盜就死了。」李文秀吃了一驚，適才早見到他手中持針，當時也沒在意，看來這一番對答若是不滿他意，他已用毒針刺在自己身上了。那老人當下催馬便行。

五乘馬馳近身來，團團將李文秀圍在垓心。五個強人見到了這般年輕貌美的姑娘，誰也沒想到去追那老頭兒。

五個強盜紛紛跳下馬來，臉上都是獰笑。李文秀心中怦怦亂跳，暗想那老伯伯雖說這毒針能制人死命，但這樣小小一枚針兒，如何擋得住眼前這五個兇橫可怖的大漢，便算真能刺得死一人，卻尚有四個。還是一針刺死了自己吧，也免得遭強人的凌辱。只聽得一人叫道：「好漂亮的妞兒！」便有兩人向她撲了過來。

左首一個漢子砰的一拳，將另一個漢子打翻在地，厲聲道：「你跟我爭麼？」跟着便抱住了李文秀的腰。李文秀慌亂之中，將針在他右臂一刺，大叫：「惡強盜，放開我。」那大漢呆呆的瞪着她。突然不動。摔在地下的漢子伸出雙手，抱住李文秀的小腿，使勁一拖，將她拉倒在地。李文秀左手撐拒，右手向前一伸，一針刺入他的胸膛。那大漢正在哈哈大笑，忽然間笑聲中絕，張大了口，也是身形僵住，一動也不動了。

李文秀爬起身來，搶着躍上一匹馬的馬背，縱馬向山中逃去。餘下三個強盜見那二人突然僵住，宛似中邪，都道被李文秀點中了穴道，心想這少女武功奇高，不敢追趕。他三個人都不會點穴解穴，只有帶兩個同伴去見首領，豈知一摸二人的身子，竟是漸漸冰冷，再一探鼻息，已是氣絕身死。

三人大驚之下，半晌說不出話來。一個姓宋的較有見識，解開兩人的衣服一看，只見一人手臂上有一塊錢大黑印，黑印之中，有個細小的針孔，另一人卻是胸口有個黑印。他登時省悟：「這妞兒用針刺人，針上餵有劇毒。」一個姓全的道：「那就不怕！咱們遠遠的用暗青子打，不讓這小賤人近身便是。」另一個強人姓雲，說道：「知道了她的鬼計，便不怕再着她的道兒！」話是這麼說，三人終究不敢急追，一面商量，一面提心吊膽的追進山谷。

李文秀兩針奏功，不禁又驚又喜，但也知其餘三人必會發覺，只要有了防備，決不容自己再施毒針。縱馬正逃之間，忽聽得左首有人叫道：「到這兒來！」正是那老人的聲音。

李文秀急忙下馬，聽那聲音從一個山洞中傳出，當即奔進。那老人站在洞口，問：「怎麼樣？」李文秀道：「我……我刺中了兩個……兩個強盜，逃了出來。」老人道：「很好，咱們進去。」進洞後只見山洞很深，李文秀跟隨在老人之後，那山洞越行越是狹窄。

行了數十丈，山洞豁然開朗，竟可容得一二百人。老人道：「咱們守住狹窄的入口之處，那三個強人便不敢進來。這叫一夫當關，萬夫莫開。」李文秀愁道：「可是咱們也走不出去的。這山洞裏面另有通道麼？」老人道：「通道是有的，不過終是通不到山外去。」李文秀想起適才之事，猶是心有餘悸，問道：「伯伯，那兩個強盜給我一刺，忽然一動也不動了，難道當眞死了麼？」老人傲然道：「在我毒針之下，豈有活口留下？」李文秀伸過手去，將毒針遞給他。老人伸手欲接，突然又縮回了手，道：「放在地下。」李文秀依言放下。老人道：「你退開三步。」李文秀覺得奇怪，便退了三步。那老人這才俯身拾起毒針，放入一個針筒之中。李文秀這才明白，原來他疑心很重，防備自己突然用毒針害他。

那老人道：「我跟你素不相識，爲甚麼剛才你讓馬給我，要我獨自逃命？」李文秀道：「我也不知道啊。我見你身上有病，怕強盜害你。」那老人身子幌了幌，厲聲道：「你怎麼知道我身上……身上有……」說到這裏，突然間滿臉肌肉抽動，神情痛苦不堪，額頭不住滲出黃豆般大的汗珠來，又過一會，忽然大叫一聲，在地下滾來滾去，高聲呻吟。

李文秀只嚇得手足無措，但見他身子彎成了弓形，手足痙攣，柔聲道：「是背上痛得厲害麼？」伸手替他輕輕敲擊背心，又在他臂彎膝彎關節推拿揉拍。老人痛楚漸減，點頭示謝，過了一柱香時分，這才疼痛消失，站了起來，問道：「你知道我是誰？」李文秀道：「不知道。」老人道：「我是漢人，姓華名輝，江南人氏，江湖上人稱『一指震江南』的便是。」

李文秀道：「唔，是華老伯伯。」華輝道：「你沒聽見過我的名頭麼？」言下微感失望，心想自己「一指震江南」華輝的名頭當年轟動大江南北，武林中無人不知，但瞧李文秀的神情，竟是毫無驚異的模樣。

李文秀道：「我爹爹媽媽一定知道你的名字，我到回疆來時只有八歲，甚麼也不懂。」華輝臉色轉愉，道：「那就是了。你……」一句話沒說完，忽聽洞外山道中有人說道：「定是躲在這兒，小心她的毒針！」跟着脚步聲響，三個人一步一停的進來。

華輝忙取出毒針，將針尾揷入木杖的杖頭，交了給她，指着進口之處，低聲道：「等人進來後刺他背心，千萬不可性急而刺他前胸。」

李文秀心想：「這進口處如此狹窄，乘他進來時刺他前胸，不是易中得多麼？」華輝想她臉有遲疑之色，說道：「生死存亡，在此一刻，你敢不聽我的話麼？」說話聲音雖輕，語氣卻是十分嚴峻。便在此時，只見進口處一柄明晃晃的長刀伸了進來，急速揮動，護住了面門前胸，以防敵人偷襲，跟着便有一個黑影慢慢爬進，卻是那姓雲的強盜。

李文秀記着華輝的話，縮在一旁，絲毫不敢動彈。華輝冷冷道：「你看我手中是甚麼東西？」伸手虛揚。那姓雲的一閃身，橫刀身前，凝神瞧着他，防他發射暗器。華輝喝道：「刺他！」李文秀手起杖落，杖頭在他背心上一點，毒針已入肌膚。那姓雲的只覺背上微微一痛，似乎被蜜蜂刺了一下，大叫一聲，就此僵斃。那姓全的緊隨在後，見他又中毒針而死，只道是華輝手發毒針，只嚇得魂飛天外，不及轉身逃命，倒退着手脚齊施的爬了出去。

華輝嘆道：「倘若我武功不失，區區五個毛賊，何足道哉！」李文秀心想他外號「一指震江南」，自是武功極強，怎地見了五個小強盜，竟然一點法子也沒有，說道：「華伯伯，你因爲生病，所以武功施展不出，是麼？」華輝道：「不是的，不是的。我……我立過重誓，倘若不到生死關頭，決不輕易施展武功。」李文秀「嗯」的一聲，覺得他言不由衷，剛才明明說「武功已失」，卻又支吾掩飾，但他既不肯說，也就不便追問。

華輝也察覺自己言語中有了破綻，當即岔開話頭，說道：「我叫你刺他後心，你明白其中道理麼？他攻進洞來，全神防備的是面前敵人，你不會甚麼武功，襲擊他正面是不能得手的。我引得他凝神提防我，你在他背心一刺，自是應手而中。」李文秀點頭道：「伯伯的計策很好。」須知華輝的江湖閱歷何等豐富，要擺佈這樣一個小毛賊，自是游刃有餘。

華輝從懷中取出一大塊蜜瓜的瓜乾，遞給李文秀，道：「先吃一些。那兩個毛賊再也不敢進來了，可是咱們也不能出去。待我想個計較，須得一舉將兩人殺了。要是只殺一人，餘下那人必定逃去報訊，大隊人馬跟着趕來，可就棘手得很。」李文秀見他思慮周詳，智謀豐富，反正自己決計想不出比他更高明的法子，那也不用多傷腦筋了，於是飽餐了一頓瓜乾，靠在石壁上養神。

約莫過了半個時辰，李文秀突然聞到一陣焦臭，跟着便咳嗽起來。華輝道：「不好！毛賊用烟來薰！快堵住洞口！」李文秀捧起地下的沙土石塊，堵塞進口之處，好在洞口甚小，一堵之下，湧進洞來的烟霧便大爲減少，而且內洞甚大，烟霧吹進來之後，又從後洞散出。如此又相持良久，從後洞映進來的日光越來越亮，似乎已是正午。突然間華輝「啊」的一聲叫，摔倒在地，又是全身抽動起來。但這時比上次似乎更加痛楚，手足狂舞，竟是不可抑制。李文秀心中驚慌，忙又走近去給他推拿揉拍。華輝痛楚稍減，喘息道：「姑……姑娘，這一次我只怕是好不了啦。」李文秀安慰道：「快別這般想，今日遇到強人，不免勞神，休息一會便好了。」華輝搖頭道：「不成，不成！我反正要死了，我跟你實說，我是後心的穴道上中了……中了一枚毒針。」

李文秀道：「啊，你中了毒針，幾時中的？是今天麼？」華輝道：「不是，中了十二年啦！」李文秀駭道：「也是這麼厲害的毒針麼？」華輝道：「一般無異。只是我運功抵禦，毒性發作較慢，後來又服了解藥，這才挨了一十二年，但到今天，那是再也挨不下去了。唉！身上留着這枚鬼針，這一十二年中，每天總要大痛兩三場，早知如此，倒是當日不服解藥的好，多痛這一十二年，到頭來又有甚麼好處？」

李文秀胸口一震，這句話勾起了她的心事。十年前倘若跟着爹爹媽媽一起死在強人手中，後來也少受許多苦楚。

然而這十年之中，都是苦楚麼？不，也有過快活的時候。十七八歲的年輕姑娘，雖然寂寞傷心，花一般的年月之中，總是有不少的歡笑和甜蜜。

只見華輝咬緊牙關，竭力忍受全身的疼痛，李文秀道：「伯伯，你設法把毒針拔了出來，說不定會好些。」華輝斥道：「廢話！這誰不知道？我獨個兒在這荒山之中，有誰來跟我拔針？進山來的就沒一個安着好心，哼，哼……」李文秀滿腹疑團：「他爲甚麼不到外面去求人醫治，一個人在這荒山中一住便是十二年，有甚麼意思？」顯見他對自己還是存着極大的猜疑提防之心，但眼看他痛得實在可憐，說道：「伯伯，我來試試。你放心，我決不會害你。」

華輝凝視着她，雙眉緊鎖，心中轉過了無數念頭，似乎始終打不定主意。李文秀拔下杖頭上的毒針，遞了給他，道：「讓我瞧瞧你背上的傷痕。若是你見我心存不良，你便用毒針刺我吧！」華輝道：「好！」解開衣衫，露出背心。李文秀一看之中，忍不住低聲驚呼，但見他背上點點斑斑，不知有幾千百處傷疤。華輝道：「我千方百計要挖毒針出來，總是取不出。」

這些傷疤有的似乎是在尖石上撞破的，有的似乎是用指尖硬生生剜破的，李文秀瞧着這些傷疤，想起這十二年來他不知受盡了多少折磨，心下大是惻然，問道：「那毒針刺在那裏？」華輝道：「一共有三枚，一在『魄戶穴』，一在『志室穴』，一在『至陽穴』。」一面說，一面反手指點毒針刺入的部位，只因時日相隔已久，又是滿背傷疤，早已瞧不出針孔的所在。

李文秀驚道：「共有三枚麼？你說是中了一枚？」華輝怒道：「先前你又沒說要給我拔針，我何必跟你說實話？」李文秀知他猜忌之心極重，實則是中了三枚毒針後武功全失，生怕自己加害於他，故意說曾經發下重誓，不得輕易動武，便是所中毒針之數，也是少說了兩枚，那麼自己如有害他之意，也可多一些顧忌。她實在不喜他這些機詐疑忌的用心，但想救人救到底，這老人也實在可憐，一時也理會不得這許多，心中沉吟，盤算如何替他拔出深入肌肉中的毒針。

華輝問道：「你瞧清楚了吧？」李文秀道：「我瞧不見針尾，你說該當怎樣拔才好？」華輝道：「須得用利器剖開肌肉，方能見到。毒針深入數寸，很難尋着。」說到這裏，聲音已是發顫。李文秀道：「嗯，可惜我沒帶着小刀。」華輝道：「我也沒刀子。」忽然指着地下摔着的那柄長刀說道：「就用這柄刀好了！」那長刀青光閃閃，甚是鋒銳，橫在那姓雲的強人身旁，此時人亡刀在，但仍是令人見之生懼。

李文秀見要用這樣一柄長刀剖割他的背心，大為遲疑。華輝猜知了她的心意，語轉溫和，說道：「李姑娘，你只須助我拔出毒針，我要給你許許多多金銀珠寶。我不騙你，眞的是許許多多金銀珠寶。」李文秀道：「我不要金銀珠寶，也不用你謝。只要你身上不痛，那就好了。」華輝道：「好吧，那你快些動手。」

李文秀過去拾起長刀，在那姓雲強人衣服上割撕下十幾條布條，以備止血和裹紮傷口，說道：「伯伯，我是盡力而爲，你忍一忍痛。」咬緊牙關，以刀尖對準了他所指點的「魄戶穴」旁數分之處，輕輕一割。

刀入肌肉，鮮血迸流，華輝竟是哼也沒哼一聲，問道：「見到了嗎？」這十二年中他熬慣了痛楚，對這利刃一割，竟是絲毫不以爲意。李文秀從頭上拔下髮簪，在傷口中一探，果然探到一枚細針，牢牢的釘在骨中。

她兩根手指伸進傷口，揑住針尾，用力一拉，手指滑脫，毒針卻拔不出來，直拔到第四下，才將毒針拔出。華輝大叫一聲，痛得暈了過去。李文秀心想：「他暈了過去，倒可少受些痛楚。」剖肉取針，跟着將另外兩枚毒針拔出，用布條給他裹紮傷口。

過了好一會，華輝才悠悠醒轉，一睜開眼，便見面前放着三枚烏黑的毒針，恨恨的道：「鬼針，賊針！你們在我肉裏待了十二年，今日總出來了罷。」向李文秀道：「李姑娘，你救我性命，老夫無以爲報，便將這三枚毒針贈送於你。這三枚毒針雖在我體內潛伏一十二年，毒性依然尚在。」李文秀搖頭道：「我不要。」華輝奇道：「毒針的威力，你親眼見過了。你有此一針在手，誰都會怕你三分。」李文秀低聲道：「我不要別人怕我。」她心中卻是想說：「我只要別人喜歡我，這毒針可無能爲力。」

毒針取出後，華輝雖因流血甚多，十分虛弱，但心情暢快，精神健旺，閉目安睡了一個多時辰。睡夢中忽聽得有人大聲咒罵，他一驚而醒，只聽得那姓宋的強人在洞外污言穢語的辱罵，所說的言詞惡毒不堪。顯是他不敢進來，卻是要激敵人出去。華輝越聽越怒，站起身來，說道：「我體內毒針已去，一指震江南還懼怕區區兩個毛賊？」但一加運氣，勁力竟是提不上來，嘆道：「毒針在我體內停留過久，看來三四個月內武功難復。」耳聽那強盜「千老賊，萬老賊」的狠罵，怒道：「難道我要等你辱罵數月，再來宰你？」又想：「他們若是始終不敢進洞，再僵下去，終於回去搬了大批幫手前來，那可糟了。這便如何是好？」

突然間心念一動，說道：「李姑娘，我來教你一路武功，你出去將這兩個毛賊收拾了。」李文秀道：「要多久才能學會？沒這麼快吧。」華輝沉吟道：「若是教你獨指點穴、刀法拳法，至少也得半年才能奏功，眼前非速成不可，那只有練見功極快的旁門兵刃，必須一兩招間便能取勝。只是這山洞之中，那裏去找甚麼偏門的兵器？」一抬頭間，突然喜道：「有了，去把那邊的葫蘆摘兩個下來，要連着長藤，咱們來練流星鎚。」

李文秀見山洞透光入來之處，懸着十來個枯萎已久的葫蘆，不知是那一年生在那裏的，於是用刀連藤割了兩個下來。華輝道：「很好！你用刀在葫蘆藤上挖一個孔，灌沙進去，再用葫蘆藤塞住了小孔。」李文秀依言而為。兩個葫蘆中灌滿了沙，每個都有七八斤重，果然是一對流星鎚模樣。華輝接在手中，說道：「我先教你一招『星月爭輝』。」當下提起一對葫蘆流星鎚，慢慢的練了一個姿勢。

這一招「星月爭輝」左鎚打敵胸腹之交的「商曲穴」，右鎚先縱後收，彎過來打敵人背心的「靈台穴」，雖只一招，但其中包含着手勁眼力、盪鎚認穴的各種法門，又要提防敵人左右閃避，借勢反擊，因此李文秀足足學了一個多時辰，方始出鎚無誤。

她抹了抹額頭汗水，歉然道：「我眞笨，學了這麼久！」華輝道：「你一點也不笨，可說是聰明得很。你別小覷這一招『星月爭輝』，雖是偏門功夫，但變化奇幻，大有威力，尋常人學它十天八天，也未有你這般成就呢。以之對付武林好手，單是一招自不中用，但要打倒兩個毛賊，卻已綽綽有餘。你休息一會，便出去宰了他們吧。」

李文秀吃了一驚，道：「只是這一招便成了？」華輝笑道：「我雖只教你一招，你總算已是我的弟子，一指震江南的弟子，對付兩個小毛賊，還要用兩招麼？你也不怕損了師父的威名？」李文秀應道：「是。」華輝道：「你不想拜我爲師麼？」李文秀實在不想拜甚麼師父，不由得遲遲不答，但見他臉色極是失望，到後來更似頗爲傷心，甚感不忍，於是跪下來拜了幾拜，叫道：「師父。」

華輝又是喜歡，又是難過，愴然道：「想不到我九死之餘，還能收這樣一個聰明靈慧的弟子。」李文秀淒然一笑，心想：「我在這世上除了計爺爺外，再無一個親人。學不學武功，那也罷了。不過多了個師父，總是多了一個不會害我、肯來理睬我的人。」

華輝道：「天快黑啦，你用流星鎚開路，衝將出去，到了寬敞的所在，便收拾了這兩個賊子。」李文秀很有點害怕。華輝怒道：「你既信不過我的武功，何必拜我爲師？當年閩北雙雄便雙雙喪生在這招『星月爭輝』之下。這兩個小毛賊的本事，比起閩北雙雄卻又如何？」

李文秀那知道閩北雙雄的武功如何，見他發怒，只得硬了頭皮，搬開堵在洞口的石塊，右手拿了那對葫蘆流星鎚，左手從地下拾起一枚毒針，喝道：「該死的惡賊，毒針來了！」

那姓宋和姓全的兩個強人守在洞口，聽到「毒針來了」四字，只嚇得魂飛魄散，急忙退出。那姓宋的原也想到，她若要施放毒針，決無先行提醒一句之理，既然這般呼喝，那便是不放毒針，可是眼見三個同伴接連命喪毒針之下，卻教他如何敢於托大不理？

李文秀慢慢追出，心中的害怕實在不在兩個強人之下。三個人膽戰心驚，終於都過了那十餘丈狹窄的通道。

那姓全的一回頭，李文秀左手便是一揚，姓全的一慌，腳下一個踉蹌，摔了個觔斗。那姓宋的還道他中了毒針，腳下加快，直衝出洞。姓全的跟着也奔到了洞外。兩人長刀護身，一個道：「還是在這裏對付那丫頭！」一個道：「不錯，她發毒針時也好瞧得清楚些。」

這時夕陽在山，閃閃金光正照在宋全二人的臉上，兩人微微側頭，不令日光直射進眼，猛聽得山洞中一聲嬌喝：「毒針來啦！」兩人急忙向旁一閃，只見山洞中飛出兩個葫蘆，李文秀跟着跳了出來。兩人先是一驚，待見她手中提着的竟是兩個枯槁的葫蘆，不由得失笑，不過笑聲之中，卻也免不了戒懼之意。

李文秀心中怦怦而跳，她只學了一招武功，可不知這一招是否當眞管用，幼時雖跟父母學過一些武藝，但父母死後就拋荒了，早已忘記乾淨。她對這兩個面貌兇惡的強人實是害怕之極，若能不鬥，能夠虛張聲勢的將他們嚇跑，那是最妙不過，於是大聲喝道：「你們再不逃走，我師父一指震江南便出來啦！他老人家毒針殺人，猶如探囊取物一般，你們膽敢和他作對，當眞是好大的膽子！」

這兩個強人都是尋常角色，「一指震江南」的名頭當年倒也似乎聽見過，但跟他毫無瓜葛，向來不放在心上，相互使個眼色，心中都想：「乘早抓了這丫頭去見霍大爺、陳二爺，便是天大的功勞，管他甚麼震江南、震江北？」齊聲呼叱，分從左右撲了上來。

李文秀大吃一驚：「他二人一齊上來，這招星月爭輝卻如何用法？」也是華輝一心一意的教她如何出招打穴，竟忘了教她怎生對付兩人齊上。要知對敵過招，千變萬化，一兩個時辰之中，又教得了多少？

李文秀手忙脚亂，向右跳開三尺。那姓全的站在右首，搶先奔近，李文秀不管三七二十一，兩枚葫蘆揮出，惶急之下，這一招「星月爭輝」只使對了一半，左鎚倒是打中了他胸口的「商曲穴」，右鎚卻碰正在他的長刀口，刷的一響，葫蘆被刀鋒割開，黃沙飛濺。

那姓宋的正搶步奔到，沒料到葫蘆中竟會有大片黃沙飛出，十數粒沙子鑽入了眼中，忙伸手揉眼。李文秀又是一鎚擊出，只因右鎚破裂，少了借助之勢，只打中了他的背心，卻沒中「靈台穴」。但這二十七八斤重的飛鎚擊在身上，那姓宋的也是站不住脚，向前一撲，眼也沒睜開，便抱住了李文秀的肩頭。李文秀叫聲：「啊喲！」左手忙伸手出去推，慌亂中忘了手中還持着一枚毒針，這一推，卻是將毒針刺入了他肚腹。那姓宋的雙臂一緊，便此死去。

這強人雖死，手臂卻是抱得極緊，李文秀猛力掙扎，始終擺脫不了。華輝嘆道：「蠢丫頭，學的時候倒頭頭是道，使將起來，便亂七八糟！」提脚在那姓宋的尾閭骨上踢了一脚。那死屍鬆開雙臂，往後便倒。

李文秀驚魂未定，轉頭看那姓全的強人時，只見他直挺挺的躺在地上，雙目圓睜，一動也不動，竟已被她以灌沙葫蘆擊中要穴而死。李文秀一日之中連殺五人，雖說是報父母之仇，又是抵禦強暴，心中總是甚感不安，怔怔的望着兩具屍體，忍不住便哭了出來。

華輝微笑道：「為甚麼哭了？師父教你的這一招『星月爭輝』，可好不好？」李文秀嗚咽道：「我……我又殺了人。」華輝道：「殺幾個小毛賊算得了甚麼？我武功回復之後，就將一身功夫都傳了於你，待此間大事一了，咱們回歸中原，師徒倆縱橫天下，有誰能當？來來來，到我屋裏去歇歇，喝兩杯熱茶。」說着引導李文秀走去左首叢林之後，行得里許，經過一排白樺樹，到了一間茅屋之前。

李文秀跟着他進屋，只見屋內陳設雖然簡陋，卻頗雅潔，堂中懸着一副木板對聯，每一塊木板上刻着七個字，上聯道：「白首相知猶按劍。」下聯道：「朱門早達笑彈冠。」她自來回疆之後，從未見過對聯，也從來沒人教過她讀書，好在這十四個字均不艱深，小時候她母親都曾教過的，文義卻全然不懂，喃喃的道：「白首相知猶按劍……」華輝道：「你讀過這首詩麼？」李文秀道：「沒有。這十四個字寫的是甚麼？」

華輝文武全才，說道：「這是王維的兩句詩。上聯說的是，你如有個知己朋友，跟他相交一生，兩個人頭髮都白了，但你還是別相信他，他暗地裏仍會加害你的。他走到你面前，你還是按着劍柄的好。這兩句詩的上一句，叫做『人情翻覆似波瀾』。至於『朱門早達笑彈冠』這一句，那是說你的好朋友得意了，青雲直上，要是你盼望他來提拔你、幫助你，只不過惹得他一番恥笑罷了。」

李文秀自跟他會面以後，見他處處對自己猜疑提防，直至給他拔去體內毒針，他才相信自己並無相害之意，再看了這副對聯，想是他一生之中，曾受到旁人極大的損害，而且這人恐怕還是他的知交好友，因此才如此憤激，如此戒懼。這時也不便多問，當下自去烹水泡茶。

兩人各自喝了兩杯熱茶，精神一振。李文秀道：「師父，我得回去啦。」華輝一怔，臉上露出十分失望的神色，道：「你要走了？你不跟我學武藝了？」

李文秀道：「不！我昨晚整夜不歸，計爺爺一定很牽記我。待我跟他說過之後，再來跟你學武藝。」華輝突然發怒，脹紅了臉，大聲道：「你若是跟他說了，那就永遠別來見我。」李文秀嚇了一跳，低聲道：「不能跟計爺爺說麼？他……他很疼我的啊。」華輝道：「跟誰也不能說。你快立下一個毒誓，今日之事，對誰也不許說起，否則的話，我不許你離開此山……」他一怒之下，背上傷口突然劇痛，「啊」的一聲，暈了過去。

李文秀忙將他扶起，在他額頭潑了些清水。過了一會，華輝悠悠醒轉，奇道：「你還沒走？」李文秀卻問：「你背上很痛麼？」華輝道：「好一些啦。你說要回去，怎麼還不走？」李文秀心想：「計爺爺最多不過心中記掛，但師父重創之後，若是我不留着照料，說不定他竟會死了。」便道：「師父沒大好，讓我留着服侍你幾日。」華輝大喜。

當晚兩人便在茅屋中歇宿。李文秀找些枯草，在廳上做了個睡鋪，睡夢之中接連驚醒了幾次，不是夢到突然被強人捉住，便是見到血淋淋的惡鬼來向自己索命。

次晨起身，見華輝休息了一晚，精神已大是健旺。早飯後，華輝便指點她修習武功，從紮根基內功教起，說道：「你年紀已大，這時起始練上乘武功，原是遲了一些。但一來徒兒資質聰明，二來師父更不是泛泛之輩。明師收了高徒，還怕些甚麼？五年之後，叫你武林中罕遇敵手。」

如此練了七八日，李文秀練功的進境很快，華輝背上的創口也逐漸平復，她這才拜別師父，騎了白馬回去。華輝沒再逼着她立誓。她回去之後，卻也沒有跟計爺爺說起，只說在大漠中迷了路，越走越遠，幸好遇到一隊駱駝隊，才不致渴死在沙漠之中。

自此每過十天半月，李文秀便到華輝處居住數日。她生怕再遇到強人，出來時總是穿了哈薩克的男子服裝。這數日中華輝總是悉心教導她武功。李文秀心靈無所寄托，便一心一意的學武，果然是高徒得遇明師，進境奇快。

這般過了兩年，華輝常常讚道：「以你今日的本事，江湖上已可算得是一流好手，若是回到中原，只要一出手，立時便可揚名立萬。」但李文秀卻一點也不想回到中原去，在江湖上幹甚麼「揚名立萬」的事，但要報父母的大仇，要免得再遇上強人時受他們侵害，武功卻非練好不可。在她內心深處，另有一個念頭在激勵：「學好了武功，我能把蘇普搶回來。」只不過這個念頭從來不敢多想，每次想到，自己就會滿臉通紅。她雖不敢多想，這念頭卻深深藏在心底，於是，在計老人處的時候越來越少，在師父家中的日子越來越多。計老人問了一兩次見她不肯說，知她從小便性情執拗，打定了的主意再也不會回頭，也就不問了。

這一日李文秀騎了白馬，從師父處回家，走到半路，忽見天上彤雲密佈，大漠中天氣說變就變，但見北風越颳越緊，看來轉眼便有一場大風雪。她縱馬疾馳，只見牧人們趕着羊羣急速回家，天上的鴉雀也是一隻都沒有了。快到家時，驀地裏蹄聲得得，一乘馬快步奔來。李文秀微覺奇怪：「眼下風雪便作，怎麼還有人從家裏出來？」那乘馬一奔近，只見馬上乘者披着一件大紅羊毛披風，是個哈薩克女子。

李文秀這時的眼力和兩年前已大不相同，遠遠便望見這女子身形婀娜，面目姣好，正是阿曼。李文秀不願跟她正面相逢，轉過馬頭，到了一座小山丘之南，勒馬樹後。卻見阿曼騎着馬也向小丘奔來，她馳到丘邊，口中唿哨一聲，小丘上樹叢中竟也有一下哨聲相應。阿曼翻身下馬，一個男人向她奔了過去，兩人擁抱在一起，傳出了陣陣歡笑。那男人道：「轉眼便有大風雪，你怎地還出來？」卻是蘇普的聲音。

阿曼笑道：「小傻子，你知道有大風雪，又爲甚麼大着膽子在這裏等我？」蘇普笑道：「咱兩個天天在這兒相會，比吃飯還要緊。便是落刀落劍，我也會在這裏等你。」

他二人並肩坐在小丘之上，情話綿綿，李文秀隔着幾株大樹，不由得痴了。他倆的說話有時很響，便聽得清清楚楚，有時變成了喁喁低語，就一句也聽不見。驀地裏，兩人不知說到了甚麼好笑的事，一齊縱聲大笑起來。

但即使是很響的說話，李文秀其實也是聽而不聞，她不是在偷聽他們說情話。她眼前似乎看見一個小男孩，一個小女孩，也這麼並肩的坐着，也是坐在草地上。小男孩是蘇普，小女孩卻是她自己。他們在講故事，講甚麼故事，她早已忘記了，但十年前的情景，卻清清楚楚地出現在臉前……。

鷄毛般的大雪一片片的飄下來，落在三匹馬上，落在三人的身上。蘇普和阿曼笑語正濃，渾沒在意；李文秀卻是沒有覺得。雪花在三人的頭髮上堆積起來，三人的頭髮都白了。

幾十年之後，當三個人的頭髮眞的都白了，是不是蘇普和阿曼仍然這般言笑晏晏，李文秀仍然這般寂寞孤單？她仍是記着別人，別人的心中卻早沒了一絲她的影子？

突然之間，樹枝上刷啦啦的一陣急響，蘇普和阿曼一齊跳了起來，叫道：「落冰雹啦！快回去！」兩人翻身上了馬背。

李文秀聽到兩人的叫聲，一驚醒覺，手指大的冰雹已落在頭上、臉上、手上，感到很是疼痛，忙解下馬鞍下的毛毡，兜在頭上，這才馳馬回家。

將到家門口時，只見廊柱上繫着兩匹馬，其中一匹正是阿曼所乘。李文秀一怔：「他們到我家來幹甚麼？」這時冰雹越下越大，她牽着白馬，從後門走進屋去，只聽得蘇普爽朗的聲音說道：「老伯伯，冰雹下得這麼大，我們只好多躭一會啦。」計老人道：「平時請也請你們不到。我去沖一壺茶。」

自從晉威鏢局一干豪客在這帶草原上大施刦掠之後，哈薩克人對漢人極是憎恨，雖然計老人在當地居住已久，哈薩克人又生性好客，尚不致將他驅逐出境，但大家對他卻十分疏遠，若不是大喜慶事，誰也不向他買酒；若不是當眞要緊的牲口得病難治，誰也不會去請他來醫。蘇普和阿曼的帳篷這時又遷得遠了，倘若不是躲避風雪，只怕再過十年，也未必會到他家來。

計老人走到灶邊，只見李文秀滿臉通紅，正自怔怔的出神，說道：「啊……你回……」李文秀縱起身來，伸手按住他嘴，在他耳邊低聲說道：「別讓他們知道我在這兒。」計老人很是奇怪，點了點頭。

過了一會，計老人拿着羊乳酒、乳酪、紅茶出去招待客人。李文秀坐在火旁，隱隱聽得蘇普和阿曼的笑語聲從廳堂上傳來，她心底一個念頭竟是不可抑制：「我要去見見他，跟他說幾句話。」但跟着便想到了蘇普的父親的斥罵和鞭子，十年來，鞭子的聲音無時無刻不在她心頭響着。

計老人回到灶下，遞了一碗混和着奶油的熱茶給她，眼光中流露出慈愛的神色。兩人共居了十年，便像是親爺爺和親生的孫女一般，互相體貼關懷，可是對方的心底深處到底想着些甚麼，卻誰也不大明白。

終究，他們不是骨肉，沒有那一份與生俱來的、血肉相連的感應。

李文秀突然低聲道：「我不換衣服了，假裝是個哈薩克男子，到你這兒來避冰雪，你千萬別說穿。」也不等計老人回答，從後門出去牽了白馬，冒着漫天遍野的大風雪，悄悄走遠。

一直走出里許，才騎上馬背，兜了個圈子，馳向前門。大風之中，只覺天上的黑雲像要壓到頭頂來一般。她在回疆十二年，從未見過這般古怪的天色，心下也不自禁的害怕，忙縱馬奔到門前，伸手敲門，用哈薩克語說道：「借光，借光！」計老人開門出來，也以哈薩克語大聲問道：「兄弟，甚麼事？」李文秀道：「這場大風雪可了不得，老丈，我要在尊處躲一躲。」計老人道：「好極，好極！出門人那有把屋子隨身帶的，已先有兩位朋友在這裏躲避風雪。兄弟請進罷！」說着讓李文秀進去，又問：「兄弟要上那裏去？」李文秀道：「我要上黑石圍子，打從這裏去還有多遠？」心中卻想：「計爺爺裝得眞像，一點破綻也瞧不出來。」計老人假作驚訝，說道：「啊喲，要上黑石圍子？天氣這麼壞，今天無論如何到不了的啦，不如在這兒躭一晚，明天再走。要是迷了路，可不是玩的。」李文秀道：「這可打擾了。」

她走進廳堂，抖去了身上的雪花。只見蘇普和阿曼並肩坐着，圍着一堆火烤火。蘇普笑道：「兄弟，我們也是來躲風雪的，請過來一起烤吧。」李文秀道：「好，多謝！」走過去坐在他身旁。阿曼含笑招呼。蘇普和她八九年沒見，李文秀從小姑娘變成了少女，又改了男裝，蘇普那裏還認得出？計老人送上飲食，李文秀一面吃，一面詢問三人的姓名，自己說叫作阿斯托，是二百多里外一個哈薩克部落的牧人。

蘇普不住到窗口去觀看天色，其實，單是聽那撼動牆壁的風聲，不用看天，也知道走不了。阿曼擔心道：「你說屋子會不會給風吹倒？」蘇普道：「我倒是擔心這場雪太大，屋頂吃不住，待會我爬上屋頂去剷一剷雪。」阿曼道：「可別讓大風把你颳下來。」蘇普笑道：「地下的雪已積得這般厚，便是摔下來，也跌不死。」

李文秀拿着茶碗的手微微發顫，心中念頭雜亂，不知想些甚麼才好。兒時的朋友便坐在自己身邊。他是眞的認不出自己呢，還是認出了卻假裝不知道？他已把自己全然忘了，還是心中並沒有忘記，不過不願讓阿曼知道？

天色漸漸黑了，李文秀坐得遠了些。蘇普和阿曼手握着手，輕輕說着一些旁人聽來毫無意義、但在戀人的耳中心頭卻是甜蜜無比的情話。火光忽斜忽亮，照着兩人的臉。

李文秀坐在火光的圈子之外。

突然間，李文秀聽到了馬蹄踐踏雪地的聲音。一乘馬正向着這屋子走來。草原上積雪已深，馬足拔起來時很費力，已經跑不快了。

馬匹漸漸行近，計老人也聽見了，喃喃的道：「又是個避風雪的人。」蘇普和阿曼或者沒有聽見，或者便聽見了也不理會，兩人四手握着，偎倚着喁喁細語。

過了好一會，那乘馬到了門前，接着便砰砰砰的敲起門來。打門聲很是粗暴，不像是求宿者的禮貌。計老人皺了皺眉頭，去開了門。只見門口站着一個身穿羊皮襖的高大漢子，虬髯滿頰，腰間掛着一柄長劍，大聲道：「外邊風雪很大，馬走不了啦！」說的哈薩克語很不純正，目光炯炯，向屋中各人打量。計老人道：「請進來。先喝碗酒吧！」說着端了一碗酒給他。那人一飲而盡，坐到了火堆之旁，解開了外衣，只見他腰帶上左右各插着一柄精光閃亮的短劍。兩柄劍的劍把一柄金色，一柄銀色。

李文秀一見到這對小劍，心中一凜，喉頭便似一塊甚麼東西塞住了，眼前一陣暈眩，心道：「這是媽媽的雙劍。」金銀小劍三娘子逝世時李文秀雖還年幼，但這對小劍卻是認得清清楚楚的，決不會錯。她斜眼向這漢子一瞥，認得分明，這人正是當年指揮人衆、追殺他父母的三個首領之一，經過了十二年，她自己的相貌體態全然變了，但一個三十多歲的漢子長了十二歲年紀，卻沒多大改變。她生怕他認出自己，不敢向他多看，暗想：「倘若不是這場大風雪，我見不到蘇普，也見不到這個賊子。」

計老人道：「客人從那裏來？要去很遠的地方吧？」那人道：「嗯，嗯！」自己又倒了一碗酒喝了。

這時火堆邊圍坐了五個人，蘇普已不能再和阿曼說體己話兒，他向計老人凝視了片刻，忽道：「老伯伯，我向你打聽一個人。」計老人道：「誰啊？」蘇普道：「那是我小時候常跟她在一起玩兒的，一個漢人小姑娘……」他說到這裏，李文秀心中突的一跳，將頭轉開了，不敢瞧他。只聽蘇普續道：「她叫做阿秀，後來隔了八九年，一直沒再見到她。她是跟一位漢人老公公住在一起的。那一定就是你了？」計老人咳嗽了幾聲，想從李文秀臉上得到一些示意。但李文秀轉開了頭，他不知如何回答才好，只是「嗯、嗯」的不置可否。

蘇普又道：「她的歌唱得最好聽的了，有人說她比天鈴鳥唱得還好。但這幾年來，我一直沒聽到她唱歌。她還住在你這裏麼？」計老人很是尷尬，道：「不，不，她不……她不在了……」李文秀插口道：「你說的那個漢人姑娘，我倒也識得。她早死了好幾年啦！」

蘇普吃了一驚，道：「啊，她死了，怎麼會死的？」計老人向李文秀瞧了一眼，說道：「是生病……生病……」蘇普眼眶微濕，說道：「我小時候常和她一同去牧羊，她唱了很多歌給我聽，還說了很多故事。好幾年不見，想不到她……她竟死了。」計老人嘆道：「唉，可憐的孩子。」

蘇普望着火燄，出了一會神，又道：「她說她爹媽都給惡人害死了，孤苦伶仃的到這地方來……」阿曼道：「這姑娘很美麗吧？」蘇普道：「那時候我年紀小，也不記得了。只記得她的歌唱得好聽，故事說得好聽……」

那腰中插着小劍的漢子突然道：「你說是一個漢人小姑娘？她父母被害，獨個兒到這裏來？」蘇普道：「不錯，你也認得她麼？」那漢子不答，又問：「她騎一匹白馬，是不是？」蘇普道：「是啊，那你也見過她了。」那漢子突然站起身來，對計老人厲聲道：「她死在你這兒的？」計老人又含糊的答應了一聲。那漢子道：「她留下來的東西呢？你都好好收着麼？」

計老人向他橫了一眼，奇道：「這干你甚麼事？」那漢子道：「我有一件要緊物事，給那小姑娘偷了去。我到處找她不到，那料到她竟然死了……」蘇普霍地站起，大聲道：「你別胡說八道，阿秀怎會偷你的東西？」那漢子道：「你知道甚麼？」蘇普道：「阿秀從小跟我一起，她是個很好很好的姑娘，決不會拿人家的東西。」那漢子嘴一斜，做個輕蔑的臉色，說道：「可是她偏巧便偷了我的東西。」蘇普伸手按住腰間佩刀的刀柄，喝道：「你叫甚麼名字？我看你不是哈薩克人，說不定便是那夥漢人強盜。」

那漢子走到門邊，打開大門向外張望。門一開，一陣疾風捲着無數雪片直捲進來。但見原野上漫天風雪，人馬已無法行走。那漢子心想：「外面是不會再有人來了。這屋中一個女子，一個老人，一個瘦骨伶仃的少年，都是手一點便倒。只有這個粗豪少年，要費幾下手脚打發。」當上也不放在心上，說道：「是漢人怎樣？我姓陳，名達海，江湖上外號叫做青蟒劍，你聽過沒有？」

蘇普也不懂這些漢人的江湖規矩，搖了搖頭，道：「我沒聽見過。你是漢人強盜麼？」陳達海道：「我是鏢師，是靠打強盜吃飯的。怎麼會是強盜了？」蘇普聽說他不是強盜，臉上神色登時便緩和了，說道：「不是漢人強盜，那便好啦！我早說漢人中也有很多好人，可是我爹爹偏偏不信。你以後別再說阿秀拿你東西。」

陳達海冷笑道：「這個小姑娘人都死啦，你還記着她幹麼？」蘇普道：「她活着的時候是我朋友，死了之後仍舊是我朋友。我不許人家說她壞話。」陳達海沒心思跟他爭辯，轉頭又問計老人道：「那小姑娘的東西呢？」

李文秀聽到蘇普爲自己辯護，心中十分激動：「他沒忘了我，沒忘了我！他還是對我很好。」但聽陳達海一再查問自己留下的東西，不禁奇怪：「我沒拿過他甚麼物事啊，他要找尋些甚麼？」只聽計老人也問道：「客官失落了甚麼東西？那個小姑娘自來誠實，老漢很信得過的，她決計不會拿別人的物事。」

陳達海微一沉吟，道：「那是一張圖畫。在常人是得之無用，但因爲那是……那是先父手繪的，我定要找回那幅圖畫。這小姑娘既曾住在這裏，你可曾見過這幅圖麼？」計老人道：「是怎麼樣的圖畫，畫的是山水還是人物？」陳達海道：「是……是山水吧？」

蘇普冷笑道：「是甚麼樣的圖畫也不知道，還誣賴人家偷了你的。」陳達海大怒，刷的一聲拔出腰間長劍，喝道：「小賊，你是活得不耐煩了？老爺殺個把人還不放在心上。」蘇普也從腰間拔出短刀，冷冷的道：「要殺一個哈薩克人，只怕沒這麼容易。」阿曼道：「蘇普，別跟他一般見識。」蘇普聽了阿曼的話，把拔出的刀子緩緩放入鞘內。

陳達海一心一意要得到那張高昌迷宮的地圖，他們在沙漠上耽了十年，踏遍了數千里的沙漠草原，便是爲了找尋李文秀，眼下好容易聽到了一點音訊，他雖生性悍惡，卻也知道小不忍則亂大謀的道理，當下向蘇普狠狠的瞪了一眼，轉頭向計老人說：「那幅畫嘛，也可說是一幅地圖，繪的是大漠中一些山川地形之類。」

計老人身子微微一顫，說道：「你怎……怎知這地圖是在那姑娘的手中？」陳達海道：「此事千眞萬確。你若是將這幅圖尋出來給我，自當重重酬謝。」說着從懷中取出兩隻銀元寶來放在桌上，火光照耀之下，閃閃發亮。

計老人沉思片刻，緩緩搖頭，道：「我從來沒見過。」陳達海道：「我要瞧瞧那小姑娘的遺物。」計老人道：「這個……這個……」陳達海左手一起，拔出銀柄小劍，登的一聲，揷在木桌之上，說道：「甚麼這個那個的？我自己進去瞧瞧。」說着點燃了一根羊脂蠟燭，推門進房。他先進去的是計老人的臥房，一看陳設不似，隨手在箱籠裏翻了一下，便到李文秀的臥室中去。

他看到李文秀匆匆換下的衣服，說道：「哈，她長大了才死啊。」這一次他可搜檢得十分仔細，連李文秀幼時的衣物也都翻了出來。李文秀因這些孩子衣服都是母親的手澤，自己年紀雖然大了，不能再穿，但還是一件件好好的保存着。陳達海一見到這幾件小孩的花布衣服，依稀記得十年前在大漠中追趕她的情景，歡聲叫道：「是了，是了，便是她！」可是他將那臥室幾乎翻了一個轉身，每一件衣服的裏子都割開來細看，卻那裏找得到地圖的影子？

蘇普見他這般蹧蹋李文秀的遺物，幾次按刀欲起，每次均給阿曼阻住。計老人偶爾斜眼瞧李文秀一眼，只見她眼望火堆，對陳達海的暴行似乎視而不見。計老人心中難過：「在這暴客的刀子之前，她有甚麼法子？」

李文秀看看蘇普的神情，心中又是淒涼，又是甜蜜：「他一直記着我，他爲了保護我的遺物，竟要跟人拔刀子拚命。」但心中又很奇怪：「這惡強盜說我偷了他的地圖，到底是甚麼地圖？」當日她母親逝世之前，將一副地圖塞在她的衣內，其時危機緊迫，沒來得及稍加說明，母女倆就此分手，從此再無相見之日。晉威鏢局那一干強人十年來足迹遍及天山南北，找尋她的下落，李文秀自己卻是半點也不知情。

陳達海翻尋良久，全無頭緒，心中沮喪之極，突然厲聲問道：「她的墳葬在那裏？」計老人一呆，道：「葬得很遠，很遠。」陳達海從牆上取下一柄鐵鍫，說道：「你帶我去！」蘇普站起身來，喝道：「你要去幹麼？」陳達海道：「你管得着麼？我要去挖開她的墳來瞧瞧，說不定那幅地圖給她帶到了墳裏？」

蘇普橫刀攔在門口，喝道：「我不許你去動她墳墓。」陳達海舉起鐵鍫，劈砍打去，喝道：「閃開！」蘇普向左一讓，手中刀子遞了出去。陳達海拋開鐵鍫，從腰間拔出長劍，叮噹一聲，刀劍相交，兩人各自向後躍開一步，隨即同時攻上，鬥在一起。

這屋子的廳堂本不甚大，刀劍揮處，計老人和阿曼都退在一旁，靠壁而立，只有李文秀仍是站在窗前。阿曼搶過去拔起陳達海插在桌上的小劍，想要相助蘇普，但他二人鬥得正緊，卻插不下手去。

蘇普這時已盡得他父親蘇魯克的親傳，刀法變幻，招數極是兇悍，初時陳達海頗落下風，心中暗暗驚異：「想不到這個哈薩克小子，武功竟不在中原的好手之下。」便在此時，背後風聲微響，一柄小劍擲了過來，卻是阿曼忽施偷襲。陳達海向右一讓避開，嗤的一聲響，左臂已被蘇普的短刀劃了一道口子。陳達海大怒，刷刷刷連刺三劍，使出他成名絕技「青蟒劍法」來。蘇普但見眼前劍尖閃動，猶如蟒蛇吐信一般，不知他劍尖要刺向何處，一個擋架不及，敵人的長劍已刺到面門，急忙側頭避讓，頸旁已然中劍，鮮血長流。陳達海得理不讓人，又是一劍，刺中蘇普手腕，噹啷一聲，短刀掉在地下。

眼見他第三劍跟着刺出，蘇普無可抵禦，勢將死於非命，李文秀踏出一步，只待他刺到第三劍時，便施展「大擒拿手」抓他手臂，卻見阿曼一躍而前，攔在蘇普身前，叫道：「不能傷他！」

陳達海見阿曼容顏如花，卻滿臉是惶急的神色，心中一動，這一劍便不刺出，劍尖指在她的胸口，笑道：「你這般關心他，這小子是你的情郎麼？」阿曼臉上一紅，點了點頭。陳達海道：「好，你要我饒他性命也使得，明天風雪一止，你便得跟我走！」

蘇普大怒，吼叫一聲，從阿曼身後撲了出來。陳達海長劍一抖，已指住他咽喉，左脚又在他小腿上一掃，蘇普撲地摔倒，那長劍仍是指在他喉頭。李文秀站在一旁，看得甚準，只要陳達海眞有相害蘇普之意，她立時便出手解救。這時以她武功，要對付這人實是游刃有餘。

但阿曼怎知大援便在身旁，情急之下，只得說道：「你別刺，我答應了便是。」陳達海大喜，劍尖卻不移開，說道：「你答應明天跟着我走，可不許反悔。」阿曼咬牙道：「我不反悔，你把劍拿開。」陳達海哈哈一笑，道：「你便要反悔，也逃不了！」將長劍收入鞘中，又把蘇普的短刀撿了起來，握在手中。這麼一來，屋中便只他一人身上帶有兵刃，更加不怕各人反抗。他向窗向一望，說道：「這會兒不能出去，只好等天晴了再去掘墳。」

阿曼將蘇普扶在一旁，見他頭頸中泊泊流出鮮血，很是慌亂，便要撕下自己衣襟給他裹傷。蘇普從懷中掏出一塊大手帕來，說道：「用這手帕包住吧！」阿曼接住手帕，替他包好了傷口，想到自己落入了這強人手裏，不知是否有脫身之機，不禁掉下淚來。蘇普低聲罵道：「狗強盜，賊強盜！」這時早已打定了主意，如果這強盜眞的要帶阿曼走，便是明知要送了性命，也是決死一拚。

經過了適才這一場爭鬥，五個人圍在火堆之旁，心情都是十分緊張。陳達海一手持刀，一手拿着酒碗，時時瞧瞧阿曼，又瞧瞧蘇普。屋外北風怒號，捲起一團團雪塊，拍打在牆壁屋頂。誰都沒有說話。

李文秀心中在想：「且讓這惡賊再猖狂一會，不忙便殺他。」突然間火堆中一個柴節爆裂了起來，拍的一響，火頭暗了一暗，跟着便十分明亮，照得各人的臉色清清楚楚。李文秀看到了蘇普頭頸中裹着的手帕，心中一凜，目不轉瞬的瞧着。計老人見到她目光有異，也向那手帕望了幾眼，問道：「蘇普，你這塊手帕是那裏來的？」

蘇普一楞，手撫頭頸，道：「你說這塊手帕麼？就是那死了的阿秀給我的。小時候我們在一起牧羊，有一隻大灰狼來咬我們，我殺了那頭狼，但也給狼咬傷了。阿秀就用這手帕給我裹傷……」

李文秀聽着這些話時，看出來的東西都模糊了，原來眼中已充滿了淚水。

計老人走進內室，取了一塊白布出來，交給蘇普，說道：「你用這塊布裹傷，請你把手帕解下來給我瞧瞧。」蘇普道：「為甚麼？」陳達海當計老人說話之時，一直對蘇普頸中那塊手帕注目細看，這時突然提刀站起，喝道：「叫你解下來便解下來。」蘇普怒目不動。阿曼怕陳達海用強，替蘇普解下手帕，交給了計老人，隨即又用白布替蘇普裹傷。

計老人將那染了鮮血的手帕鋪在桌上，剔亮油燈，附身細看。陳達海瞪視了一會，突然喜呼：「是了，是了，這便是高昌迷宮的地圖！」一伸手便抓起了手帕，哈哈大笑，喜不自勝。

計老人右臂一動，似欲搶奪手帕，但終於強自忍住。

便在此時，忽聽得遠處有人叫道：「蘇普，蘇普……」又有人大聲叫道：「阿曼，阿曼哪……」蘇普和阿曼同時躍起身來，齊聲叫道：「爹爹在找咱們。」蘇普奔到門邊，待要開門，突然後頸一涼，一柄長劍架在頸中。陳達海冷冷的道：「給我坐下，不許動！」蘇普無奈，只得頹然坐下。

過了一會，兩個人的脚步聲走到了門口。只聽蘇魯克道：「這是那賊漢人的家嗎？我不進去。」車爾庫道：「不進去？卻到那裏避風雪去？我耳朵都凍得要掉下來啦。」

蘇魯克手中拿着個酒葫蘆，一直在路上喝酒以驅寒氣，這時已有八九分酒意，醉醺醺的道：「我寧可凍掉腦袋，也不進漢人的家裏。」車爾庫道：「你不進去，在風雪裏凍死了吧，我可要進去了。」蘇魯克道：「我兒子和你女兒都沒找到，怎麼就到賊漢人的家裏躲避？你……你半分英雄氣概也沒有。」車爾庫道：「一路上沒見他二人，定是在那裏躲起來了，不用擔心。別要兩個小的沒找到，兩個老的先凍死了。」

蘇普見陳達海挺起長劍躲在門邊，只待有人進來便是一劍，情勢極是危急，叫道：「不能進來！」陳達海瞪目喝道：「你再出聲，我立時殺了你。」蘇普見父親處境危險，提起櫈子便向陳達海撲將過去。陳達海側身避開，刷的一劍，正中蘇普大腿。蘇普大叫一聲，翻倒在地。他身手甚是敏捷，生怕敵人又是一劍砍下，當即一個打滾，滾出數尺。

陳達海卻不追擊，只是舉劍守在門後，心想這哈薩克小子轉眼便能料理，且讓他多活片刻，外面來的二人卻須先行砍翻。

只聽門外蘇魯克大着舌頭叫道：「你要進該死的漢人家裏，我就打你！」說着便是一拳，正好打在車爾庫的胸口。車爾庫若在平時，知他是個醉漢，雖吃了重重一拳，自也不會跟他計較，但這時肚裏的酒也湧了上來，伸足便是一勾。蘇魯克本已站立不定，給他一絆，登時摔倒，但趁勢抱住了他的小腿。兩人便在雪地中翻翻滾滾的打了起來。

驀地裏蘇魯克抓起地下一團雪，塞在車爾庫嘴裏，車爾庫急忙伸手亂抓亂挖，蘇魯克樂得哈哈大笑。車爾庫吐出了嘴裏的雪，砰的一拳，打得蘇魯克鼻子上鮮血長流。蘇魯克並不覺得痛，仍是笑聲不絕，卻揪住了車爾庫的頭髮不放。兩人都是哈薩克族中千里馳名的勇士，但酒醉之後相搏，竟如頑童打架一般。

蘇普和阿曼心中焦急異常，都盼蘇魯克打勝，便可阻止車爾庫進來。但聽得門外砰砰嘭嘭之聲不絕，你打我一拳，我打你一拳，又笑又罵，醉話連篇。突然之間，轟隆一聲大響，板門撞開，寒風夾雪撲進門來，同時蘇魯克和車爾庫互相摟抱，着地翻滾而進。板門這一下驀地撞開，卻將陳達海夾在門後，他這一劍便砍不下去。只見蘇魯克和車爾庫進了屋裏，仍是扭打不休。

車爾庫道：「你這不是進來了嗎？」蘇魯克大怒，手臂扼住他脖子，只嚷：「出去，出去！」兩人在地下亂扭，一個要拖着對方出去，另一個卻想按住對方，不讓他動彈。忽然間蘇魯克唱起歌來，又叫：「你打我不過，我是哈薩克第一勇士，蘇普第二，蘇普將來生的兒子第三……你車爾庫第五……」

陳達海見是兩個醉漢，心想那也不足為懼。其時風勢甚勁，只颳得火堆中火星亂飛，陳達海忙用力關上了門。蘇普和阿曼見自己父親滾向火堆，忙過去扶，同時叫：「爹爹，爹爹。」但兩人身軀沉重，一時那裏扶得起來？

蘇普叫道：「爹，爹！這人是漢人強盜！」

蘇魯克雖然大醉，但十年來念念不忘漢人強盜的深仇大恨，一聽「漢人強盜」四字，登時清醒了三分，一躍而起，叫道：「漢人強盜在那裏？」蘇普向陳達海一指。蘇魯克伸手便去腰間拔刀，但他和車爾庫二人亂打一陣，將刀子都掉在門外雪地之中，他摸了個空，叫道：「刀呢，刀呢？我殺了他！」

陳達海長劍一挺，指在他喉頭，喝道：「跪下！」蘇魯克大怒，和身撲上，但終是酒後乏力，沒撲到敵人身前，自己便已摔倒。陳達海一聲冷笑，揮劍砍下，登時蘇魯克肩頭血光迸現。蘇魯克大聲慘叫，要站起拚命，可是兩條腿便如爛泥相似，說甚麼也站不起來。車爾庫怒吼縱起，向陳達海奔過去。陳達海一劍刺出，正中他右腿，車爾庫立時摔倒。計老人轉頭向李文秀瞧去，只見她神色鎮定，竟無懼怕之意。

陳達海冷笑道：「你們這些哈薩克狗，今日一個個都把你們宰了。」阿曼奔上去擋在父親身前，顫聲道：「我答應跟你去，你就不能殺他們。」車爾庫怒道：「不行！不能跟這狗強盜去，讓他殺我好了。」

陳達海從牆上取下一條套羊的長索，將圈子套在阿曼的頸裏，獰笑道：「好，你是我的俘虜，是我奴隸！你立下誓來，從今不得背叛了我，那就饒了這幾個哈薩克狗子！」

阿曼淚水撲簌簌的流下，心想自己若不答應，父親和蘇普都要給他殺了，只得起誓道：

「阿拉眞主在上，從今以後，我是我主人的奴隸，聽他一切吩咐，永遠不敢逃走，不敢違背他命令！否則死後墮入火窟，萬刦不得超生。」

陳達海哈哈大笑，得意之極，今晚旣得高昌迷宮的地圖，又得了這個如此美貌少女，當眞是快活勝於登仙。他久在回疆，知道哈薩克人虔信回教，只要憑着眞主阿拉的名起誓，終生不敢背叛，於是一拉長索，說道：「過來，坐在你主人的脚邊！」阿曼心中委屈萬分，只得走到他足邊坐下。陳達海伸手撫摸她的頭髮，阿曼忍不住放聲大哭。

蘇普這時那裏還忍耐得住，縱身躍起，向陳達海撲去。陳達海長劍挺出，指住他的胸膛。蘇普只須再上前半尺，便是將自己胸口刺入了劍尖。阿曼叫道：「蘇普，退下！」蘇普雙目中如要噴出火來，咬牙切齒，站在當地，過了好一會，終於一步步的退回，頹然坐倒在地。

陳達海斟了一碗酒，喝了一口，將那塊手帕取了出來，放在膝頭細看。

計老人忽道：「你怎知道這是高昌迷宮的地圖？」說的是漢語。陳達海心想：「反正你們這些人一個個都活不過今天，跟你說了也自不妨。」他尋訪十二年，心願終於得償，滿腔歡喜，原是不吐不快，計老人就算不問，他自言自語也要說了出來，他雙手拿着手帕，說道：「我們查得千眞萬確，高昌迷宮的地圖是白馬李三夫婦得了去。他二人屍身上找不到，定是在他們女兒手裏。這塊手帕是那姓李小姑娘的，上面又有山川道路，那自然決計不會錯了。」指着手帕，說道：「你瞧，這手帕是絲的，那些山川沙漠的圖形，是用棉綫織在中間。絲是黃絲，棉綫也是黃綫，平時瞧不出來，但一染上血，棉綫吸血比絲多，那便分出來了。」

李文秀凝目向手帕看去，果如他所說，黃色的絲帕上染了鮮血，便顯出圖形，不染血之處，卻是一片黃色。當日蘇普受了狼咬，流血不多，手帕上所顯圖形只是一角，今晚中了劍傷，圖形便顯了一大半出來。她至此方才省悟，原來這手帕之中，還藏着這樣的一個大秘密。

蘇魯克和車爾庫所受的傷都並不重，兩人心裏均想：「等我酒醒了些，定要將這漢人強盜殺了。」車爾庫道：「老人，給我些水喝。」計老人道：「好！」站起來要去拿水。陳達海厲聲喝道：「給我坐着，誰都不許動。」計老人哼了一聲，坐了下來。

陳達海心下盤算：「這幾人如果合力對付我，一擁而上，那可不妙。乘着這兩條哈薩克老狗還沒醒，先行殺了，以策萬全。」慢慢走到蘇魯克身前，突然之間拔出長劍，一劍便向他頭上砍了下去。這一下拔劍揮擊，既是突如其來，行動又是快極，蘇魯克全無閃避的餘地。蘇普大叫一聲，待要撲上相救，那裏來得及？

陳達海一劍正要砍到蘇魯克頭上，驀聽得呼的一聲響，一物擲向自己面前，來勢奇急，慌亂中顧不得傷人，疾向左躍，乒乓一聲響亮，那物撞在牆上，登時粉碎，卻原來是一隻茶碗，一定神，才看清楚用茶碗擲他的卻是李文秀。

陳達海大怒，一直見這哈薩克少年瘦弱白皙，有如女子，沒去理會，那知竟敢來老虎頭上拍蒼蠅，挺劍指着她罵道：「哈薩克小狗，你活得不耐煩了？」

李文秀慢慢解開哈薩克外衣，除了下來，露出裏面的漢裝短襖，以哈薩克語說道：「我不是哈薩克人。我是漢人。」左手指着蘇魯克道：「這位哈薩克伯伯，以爲漢人都是強盜壞人。我要他知道，我們漢人並非個個都是強盜，也有好人。」

適才陳達海那一劍，人人都看得清楚，若不是李文秀擲碗相救，蘇魯克此刻早已斃命，聽得她這麼說，蘇普首先說道：「多謝你救我爹爹！」蘇魯克卻是十分倔強，大聲道：「你是漢人，我不要你救，讓這強盜殺了我好啦。」

陳達海踏上一步，問李文秀：「你是誰？你是漢人，到這裏來幹甚麼？」李文秀微微冷笑，道：「你不認得我，我卻認得你。搶刦哈薩克部落，害死不少哈薩克人的，就是你這批漢人強盜。」說到這裏，聲音變得甚是苦澀，心中在想：「如果不是你們這些強盜作了這許多壞事，蘇魯克也不會這樣憎恨我們漢人。」陳達海大聲道：「是老子便又怎樣？」

李文秀指着阿曼道：「她是你的女奴，我要奪她過來，做我的女奴！」

此言一出，人人都是大出意料之外。

陳達海一怔之下，哈哈大笑，道：「好，你有本事便來奪吧。」長劍一揚，劍刃抖動，嗡嗡作響。

李文秀轉頭對阿曼道：「你憑着眞主阿拉之名，立過了誓，一輩子跟着他做女奴。如果他打我不過，你給我奪過來，那麼你一輩子就是我的女奴了，是不是？」哈薩克人與別族人打仗，俘虜了敵人便當作奴隸，回敎的可蘭經中原有明文規定。奴隸的身分和牲口無別，全無自主之權，聽憑主人支配買賣，主人若是給人制服，他的家產、牲口、奴隸都不免屬於旁人。阿曼聽她這麼說，心想：「我反正已成了女奴，與其跟了這惡強盜去受他折磨，不如奉你爲主人。」於是點頭道：「是的。」跟着又道：「你……你打不過他的。這強盜的武功很好。」李文秀道：「那你不用擔心，我打他不過，自然會給他殺了。」雙手一拍，對陳達海道：「上吧！」

陳達海奇道：「你空手跟我鬥？」李文秀道：「殺你這惡強盜，用得着甚麼兵器？」陳達海心想：「這裏個個都是敵人，多挨時刻，便多危險，他自己托大，再好不過。」喝道：「看劍！」利劍挺出，一招「毒蛇出洞」，向李文秀當胸刺去，勢道甚是勁急。

計老人叫道：「快退下！」他料想李文秀萬難抵擋，那知李文秀身形一幌，輕輕巧巧的避過了，搶到陳達海左首，左肘後挺，撞向他的腰間。陳達海叫道：「好！」長劍圈轉，削向她手臂。李文秀飛起右足，踢他手腕，這一招「葉底飛燕」是華輝的絕招之一，李文秀苦練了七八天方才練成，輕巧迅捷，甚是了得。陳達海急忙縮手，已然不及，手腕一痛，已被踢中，總算對方脚力不甚強勁，陳達海長劍這才沒有脫手。他大聲怒吼，躍後一步。計老人「咦」的一聲，驚奇之極。

陳達海撫了撫手腕，挺劍又上，和李文秀鬥在一起。這時他心中已然毫不敢小覷了這個瘦弱少年，眼見他出手投足，功夫着實了得，當下終展「青蟒劍法」，招招狠毒，要奮力將這少年刺死。李文秀得師父華輝傳授，身手靈敏，招式精奇，只是從未與人拆招相鬥，臨陣全無經驗，初時全憑着一股仇恨之意，要殺此惡盜爲父母報仇，鬥到後來，對敵人的劍法已漸漸摸到了門路，心神慢慢寧定。

計老人這茅屋本甚狹窄，廳中又生了火堆，陳李二人在火堆旁縱躍相搏，劍鋒拳掌相去往往間不逾寸，似乎陳達海每一劍都能制李文秀的死命，可是她總是或反打、或閃避，一一拆解開去。蘇魯克等只看得張大了嘴。計老人卻越看越是害怕，全身不住的簌簌發抖。

兩人鬥到酣處，陳達海一劍「靈蛇吐信」，劍尖點向李文秀的咽喉。李文秀一低頭，從劍底下撲了上去，左臂一格敵人的右臂，將他長劍掠向外門，雙手已抓住陳達海腰間的兩柄金銀小劍，一拔一送，噗的一聲響，同時插入了他左右肩窩。

陳達海「啊」的一聲慘呼，長劍脫手，踉踉蹌蹌的接連倒退，背靠牆壁，只是喘氣。這兩柄小劍插入肩窩，直沒至柄，劍尖從背心穿了出來，他筋脈已斷，雙臂更無半分力氣，想伸右手去拔左肩的小劍，右臂卻那裏抬得起來？

只聽得屋中衆人歡呼之聲大作，大叫：「打敗了惡強盜，打敗了惡強盜！」連蘇魯克也是縱聲大叫。蘇普和阿曼擁抱在一起，喜不自勝。只有計老人卻仍是不住發抖，牙關相擊，格格有聲。

李文秀知他爲自己擔心而害怕，走過去握住他粗大的手掌，將嘴巴湊到他耳畔，低聲道：「計爺爺，別害怕，這惡強盜打我不過的。」只覺他手掌冰冷，仍是抖得十分厲害。

李文秀轉過頭來，見蘇普緊緊摟着阿曼，心中本來充溢着的勝利喜悅霎時間化爲烏有，只覺自己也在發抖，計老人的手掌也不冷了，原來自己的手掌也變成了冰涼。

她放開了計老人的手，走過去牽住仍是套在阿曼頸中的長索，冷冷的道：「你是我的女奴，得一輩子跟着我。」

蘇普和阿曼心中同時一寒，相摟相抱的四隻手臂都鬆了開來。他們知道這是哈薩克世世代代相傳的規矩，是無可違抗的命運。兩人的臉色都變成了慘白！

李文秀嘆了口氣，將索圈從阿曼頸中取了出來，說道：「蘇普喜歡你，我……我不會讓他傷心的。你是蘇普的人！」說着輕輕將阿曼一推，讓她偎倚在蘇普的懷裏。

蘇普和阿曼幾乎不相信自己的耳朵，齊聲問道：「眞的麼？」李文秀苦笑道：「自然是眞的。」蘇普和阿曼分別抓住了她一隻手，不住搖幌，道：「多謝你，多謝你！」

他們狂喜之下，全沒發覺自己的手臂上多了幾滴眼淚，是從李文秀眼中落下來的淚水。

蘇魯克掙扎着站起，大手在李文秀肩頭重重一拍，說道：「漢人之中，果然也有好人。不過……不過，恐怕只有你一個！」

車爾庫叫道：「拿酒來，拿酒來。我請大家喝酒，請哈薩克的好人喝酒，請漢人的好人喝酒，慶祝抓住了惡強盜，咦！那強盜呢？」

衆人回過頭來，卻見陳達海已然不知去向。原來各人剛才都注視着李文秀和阿曼，卻給這強盜乘機從後門中逃走了。

蘇魯克大怒，叫道：「咱們快追！」打開板門，一陣大風颳進來，他脚下兀自無力，身子一幌，摔倒在地。

寒風夾雪，猛惡難當，人人都覺得氣也透不過來。阿曼道：「這般大風雪中，諒他也走不遠，勉強掙扎，非死在雪地中不可。待天明後風小了，咱們到雪地中找這惡賊的屍首便了。」

蘇普點點頭，關上了門。

蘇魯克瞪視着李文秀，過了半晌，說道：「小兄弟，你是哈薩克人，是不是？」李文秀搖頭道：「不，我是漢人！」蘇魯克道：「不可能的，你是漢人，爲甚麼反而打倒那個漢人強盜，救我們哈薩克人？」李文秀道：「漢人中有壞人，也有好人。我……我不是壞人。」

蘇魯克喃喃的道：「漢人中也有好人？」緩緩搖了搖頭。可是他的性命，他兒子的性命，明明是這個少年漢人救的，卻不由得他不信。

他一生憎恨漢人，現在這信念在動搖了。他惱怒自己，爲甚麼偏偏昨晚喝醉了酒，不能跟漢人強盜拚鬥一場，卻要另一個漢人來救了自己的性命？

他一生之中，甚麼事情到了緊要關頭，總是那麼不巧，總是運氣不好。然而，剛才那強盜的長劍已砍到了自己頭頂，幸好那少年及時相救，難道這也是不巧嗎？也是運氣不好麼？

到得黎明時，大風雪終於止歇了。

蘇魯克和車爾庫立即出發去召集族人追蹤那漢人強盜。雪地裏足印十分清楚，何況他受了重傷，一定逃不遠。最好是他去和其餘的漢人強盜相會，十二年來的大仇，這次就可得報了。

哈薩克人的精壯男子三百多人立即組成了第一批追蹤隊，其餘第二、第三批的陸續追來。單是捉拿陳達海一人，當然用不着這許多人，然而主旨是在一鼓殲滅爲禍大草原的漢人強盜。

蘇魯克和車爾庫作先鋒。他們要其餘族人遠遠的相隔十幾里路，在後慢慢跟來，免得給陳達海發覺了，就此不去和同夥相會。蘇普昨晚受了傷，但傷勢不重，要跟着父親。阿曼堅持也要跟着父親，但誰都知道，她是不願離開蘇普。車爾庫挑了兩個徒弟相隨，一個是敏捷的桑斯兒；一個是力大如駱駝的青年，綽號就叫作「駱駝」，人人都叫他駱駝，他的本名反而給人忘記了。

李文秀也要參加先鋒隊，蘇普首先歡迎。經過了昨晚的事後，李文秀已成爲衆所尊敬的英雄。車爾庫並不反對她參加。蘇魯克有些不願，但反對的話卻說不出口。

計老人似乎給昨晚的事嚇壞了，早晨喝羊奶時，失手打碎了奶碗。李文秀斟茶給他，他雙手發抖，接過茶碗時將茶濺潑在衣襟上。李文秀問他怎樣，他眼光中露出又恐懼又氣惱的神色，突然回身進房，重重關上了房門。

遍地積雪甚深，難以乘馬，先鋒隊七人都是步行，沿着雪地裏的足印一路追蹤。眼見陳達海的足印筆直向西，似乎一直通往戈壁沙漠。料是他雙臂雖然受傷，脚下功夫仍然十分了得。六個哈薩克人想起自來相傳戈壁沙漠中多有惡鬼，都不禁心下嘀咕。

蘇魯克大聲道：「今日便是明知要撞到惡鬼，也非去把強盜捉住不可。蘇普，你替不替你媽和哥哥報仇！」蘇普道：「我自是跟爹爹同去。阿曼，你還是回去吧！」阿曼道：「你去得，我也去得。」她心中卻是在說：「要是你死了，難道我一個人還能活麼？」蘇魯克道：「阿曼，你還是跟你爹爹回家的好。車爾庫膽小得很，最怕鬼！」車爾庫狠狠瞪了他一眼，搶先便走。

戈壁沙漠中最教人害怕的事是千里無水，只要携帶的清水一喝乾，便非渴死不可，但這場大雪一下，俯身即是冰雪，少了主要的顧慮。雖然不能乘坐牲口，卻也少了黃沙撲面之苦。越向西行，眼見陳達海留下的足迹越是明顯，到後來他足印之上已無白雪掩蓋，那自是風雪停止之後所留下來的了。車爾庫喃喃的道：「這惡賊倒也厲害，這場大風雪竟然困他不死。」蘇魯克忽然叫道：「咦，又有一個人的脚印！」他指着足印道：「這人每一步都踏在那強盜的脚印之中，不留心就瞧不出來。」衆人仔細一瞧，果見每個足印中都有深淺兩層。

大家紛紛猜測，不知是甚麼緣故。駱駝忽然道：「難道是鬼？」這是人人心裏早就想說的話，給他突然說了出來，各人忍不住都打了個寒噤。

一行人鼓勇續向西行。大雪深沒及脛，行走甚是緩慢，當晚便在雪地中露宿。掃開積雪，挖掘沙坑，以毛毯裹身，臥在坑中，便不如何寒冷。

李文秀的沙坑是駱駝給掘的。他膂力很大，心中敬重這位漢人英雄，便給她掘了沙坑，那是在駱駝和蘇普的沙坑之間，七個沙坑圍成一個圓圈，中間生着一堆大火。

頭頂的天很藍，明亮的星星眨着眼睛。一陣風颳來，捲起了地下的白雪，在風中飛舞。李文秀望着兩片上下飛舞的白雪，自言自語：「眞像一對玉蝴蝶。」

蘇普接口道：「是，眞像！很久以前，有一個漢人小姑娘，曾跟我說了個蝴蝶的故事。說有個漢人少年，有個漢人姑娘，兩個兒很要好，可是那姑娘的爸爸不許那少年娶他女兒。那少年很傷心，生了一場病便死了。有一天，那姑娘經過情郎的墳墓，就伏在墳上痛哭。」

說到這裏，在蘇普和李文秀心底，都出現了八九年前的情景：在小山丘上，一個男孩和一個女孩並肩坐着照顧羊羣。女孩說着故事，男孩悠然神往地聽着，說到那漢人姑娘伏在情郎的墳上哭泣，女孩的眼中充滿了眼淚，男孩也感到傷心難受。

只是，李文秀知道那男孩便是眼前的蘇普，蘇普卻以爲那個小女孩已經死了。

蘇普繼續道：「那個姑娘伏在墳上哭得很悲傷，突然之間，墳墓裂開了一條大縫，那個美麗的姑娘就跳了進去。後來這對情人變成了一雙蝴蝶，總是飛在一起，永遠不再分離。」

阿曼插口道：「這故事很好。說這故事的，就是給你地圖手帕的小姑娘麼？她死了麼？」蘇普黯然道：「不錯，就是她。那老漢人說她已經死了。」李文秀道：「你還記得她麼？」蘇普道：「自然記得。那怎麼會忘記？」李文秀道：「你怎麼不去瞧瞧她的墳墓？」蘇普道：「對！等我們殺了那批強盜，我要那賣酒的老漢人帶我去瞧瞧。」李文秀道：「要是那墓上也裂開了一條大縫，你會不會跳進去？」

蘇普笑道：「那是故事中說的，不會眞的是這樣。」李文秀道：「如果那小姑娘很是想念你，日日夜夜的盼望你去陪她，因此墳上眞的裂開了一條大縫，你肯跳進墳去，永遠陪她麼？」蘇普嘆了口氣道：「不。那個小姑娘只是我小時的好朋友。這一生一世，我是要陪阿曼的。」說着伸出手去，和阿曼雙手相握。

李文秀不再問了。這幾句話她本來不想問的，她其實早已知道了答案，可是忍不住還是要問。現下聽到答案，徒然增添了傷心。

忽然間，遠處有一隻天鈴鳥輕輕的唱起來，唱得那麼宛轉動聽，那麼淒涼哀怨。

蘇普道：「從前，我常常去捉天鈴鳥來玩，玩完之後就弄死了。但那個小女孩很喜歡天鈴鳥，送了一隻玉鐲子給我，叫我放了鳥兒。從此我不再捉了，只聽天鈴鳥在半夜裏唱歌。你們聽，唱得多好！」李文秀「嗯」了一聲，問道：「那隻玉鐲子呢，你帶在身邊麼？」蘇普道：「那是很久很久以前的事了，早就打碎了，不見了。」

李文秀幽幽的道：「唔，那是很久很久以前的事了，早就打碎了，不見了。」

天鈴鳥不斷的在唱歌。在寒冷的冬天夜晚，天鈴鳥本來不唱歌的，不知道它有甚麼傷心的事，忍不住要傾吐？

蘇魯克、車爾庫、駱駝他們的鼾聲，可比天鈴鳥的歌聲響得多。

第二日天一亮，七人起身吃了乾糧，跟着足印又追。陽光淡淡的，照在身上只微有暖氣。但有了太陽光，誰也不怕惡鬼了。

追到下午，沙漠中的一道足印變成了兩道。那第二個人顯然不耐煩再踏在前人的脚印之中走路。蘇魯克都歡呼起來。這是人，不是鬼。然而那是誰？

七人這時所走的方向，早已不是李文秀平日去師父居所的途徑。她忽然想起：「這強盜恐怕不是去和盜夥相會，而是照着手帕上所織的地圖，獨自尋高昌迷宮去了。」她說出了心中的推測，蘇魯克等呆了一陣，齊聲稱是。桑斯兒道：「這一帶沙漠平日半滴水都沒有，漢人強盜不會到這裏來的。」蘇魯克大聲道：「他逃去迷宮，咱們就追到迷宮。就是追到天邊，也要捉到這惡強盜。」

部族中世代相傳，大戈壁中有一座迷宮，宮裏有數不盡的珍寶，只是誰也不認識去迷宮的道路，在大戈壁中迷了路可不是玩的，因此從來沒有人敢冒險尋訪。但現在有了地圖，沙漠中的冰雪二三十天也不會消盡，後面又有大隊人馬接應，那還怕甚麼？

何況，蘇魯克向來自負是大草原上的第一勇士。他只盼車爾庫示弱，退縮了不敢再追。可是車爾庫絲毫沒有害怕的模樣。

李文秀道：「對，我們一起去瞧瞧，到底世上是不是眞有一座高昌迷宮。」她想父母爲此喪身，如果自己能找到迷宮，也算是完成了父母的遺志。

阿曼道：「族裏的老人們都說，高昌迷宮中的寶物，能讓天山南北千千萬萬人永遠過快活日子。千百年來這樣傳說，可是誰也找不到。」蘇普喜道：「要是我們找到了，大家都過快活日子，那可眞好！」阿曼道：「難道我們現在的日子不快活麼？」蘇普搔搔頭，笑道：「快活得很，快活得很。」他實在想不出，世上還有甚麼東西，能令他過的日子比現在還快活。

李文秀卻在想：「不論高昌迷宮中有多少珍奇的寶物，也決不能讓我的日子過得快活。」

在第八天上，七人依着足迹，進入了叢山。山石嶙峋，越行越是難走，好在雪地裏足迹極是明顯，只是山勢險惡，道路崎嶇，其實根本就沒有路，只有跟着前人的足印在山坡山谷間穿行而已，眼見面前路程無窮無盡，雪地裏的兩行足迹似乎直通到地獄中去。

蘇魯克和車爾庫見四週情勢凶險，心中也早自發毛，但兩人你一句我一句兀自鬥口。蘇魯克說：「車爾庫，你在渾身發抖，嚇破了膽子可不是玩的。不如就在這裏等我吧，倘若找到財寶，一定分給你一份。」車爾庫說：「這會兒逞英雄好漢，待會兒惡鬼出來，瞧是你先逃呢，還是你兒子先逃？」蘇魯克道：「不錯，咱爺兒倆見了惡鬼還有力氣逃走，總不像你那樣，嚇得跪在地下發抖。」

兩個說來說去，總是離不開沙漠的惡鬼，再走一會，四下裏已是黑漆漆一片。蘇普道：「爹，便在這裏歇宿，明天再走罷！」蘇魯克還沒回答，車爾庫笑道：「很好，你爺兒倆在這裏歇着，以免危險。阿曼，你跟爹爹來，駱駝，桑斯兒，咱們不怕鬼，走！」蘇魯克「呸」的一聲，在地下吐口唾液，當先邁步便行。李文秀眼見他們二人鬥氣逞強，誰也不肯示弱，只得也跟隨在後，阿曼卻累得要支持不住了。蘇普、桑斯兒撿了些枯枝，做成火把。七人在森林之中，尋覓足印而行。黑夜裏走在這般鬼氣森森的所在，誰都心驚肉跳，偶爾夜鳥一聲啼叫，或是樹枝上掉下一塊積雪，都使人嚇一大跳。奇怪的是，森林中竟有道路，雖然長草沒徑，但古道的痕迹還是依稀可辨。

七人在森林中走了良久，阿曼忽然叫道：「啊喲，不好。」蘇普忙問：「怎麼？」阿曼指着前面路旁的一隻閃閃發光的銀鐲，說道：「你瞧！這是我先前掉下的鐲子。」那鐲子在七人之前兩三丈處，卻不知何以忽然會在這裏出現。阿曼道：「我掉了鐲子，心想只得回來時再找，怎麼又會到了這裏？」車爾庫道：「你瞧瞧清楚，到底是不是你的。」阿曼不敢去拾，蘇普上前拾了起來，不等阿曼辨認，他早已認出，說道：「沒錯，是她的！」說着將鐲子遞給她。

阿曼不敢去接，顫聲道：「你……你丟在地下，我不要了。」蘇普道：「難道眞是惡鬼玩的把戲？」火光之下，七人的臉色都是十分古怪。

隔了半晌，李文秀道：「說不定比惡鬼還要糟，咱們走上老路來啦。這條路咱們先前走過的。」霎時之間，人人都想起了那著名的傳說：沙漠中的旅人迷了路，走啊走啊，突然發見了足迹，他大喜若狂，跟着足迹走去，卻不知那便是他自己的足迹，循着舊路兜了一個圈子又是一個圈子，直走到死。

大家都不願相信李文秀的話，可是明明阿曼掉下鐲子已經很久，走了半天，忽然在前面路上見到鐲子，那自然是兜了一個圈子，重又走上老路。黑暗之中，疲累之際，誰也沒辨明剛才路上的足印到底只是兩個人的，還是已加上了七個人的。駱駝走上幾步，拿火把一照雪地裏的脚印，叫道：「好多人的脚印，是咱們自己的！」聲音中充滿了懼意。七個人面面相覷。蘇魯克和車爾庫再也不能自吹自擂、譏笑對方了。

李文秀道：「咱們是跟着那強盜和另外一個人的足迹走的，倘若他們也在兜圈子，那麼過了一會，他們還會走到這裏。咱們就在這裏歇宿，且瞧他們來是不來。」到這地步，人人都同意了她的話。當下掃開路上積雪，打開毛毯，坐了下來。駱駝和桑斯兒生了一堆火，七個人團團坐着。誰也睡不着，誰也不想說話。他們等候陳達海和另外一個人走來，可是又害怕他們眞的出現，倘若他們兜了一個圈子又回到舊路上來，只怕自己的命運和他們也會一樣。

等了良久良久，忽然，聽到了脚步聲。

七人聽到脚步聲，一齊躍起身來，卻聽那脚步聲突然停頓。在這短短的一忽兒之間，七個人連自己的心跳都聽見了。突然間，脚步聲又響了起來，卻是向北西北方逐漸遠去。便在此時，一陣疾風吹來，颳起地下一大片白雪，都打在火堆之中，那火登時熄了，四下裏黑漆一團。

只聽得刷刷刷幾響，蘇魯克、李文秀等六人刀劍一齊出鞘。阿曼「啊」的一聲驚呼，撲在蘇普懷裏。白雪映照之下，刀劍的刃鋒發出一閃閃的光芒。那脚步聲越去越遠，終於聽不見了。

直到天明，森林中沒再有何異狀。早晨第一縷陽光從樹葉之間射進來，衆人精神爲之一振，於是又再覓路前行。走了一會，阿曼發覺左首的灌木壓折了幾根，叫道：「瞧這裏！」

蘇普撥開樹木，見地下有兩行脚印，歡呼道：「他們從這裏去了！」阿曼道：「那強盜定是看錯了地圖，兜了個圈子，再從這裏走去，累得咱們驚嚇了一晚。」蘇魯克哈哈大笑，道：「是啊，車爾庫家的膽小鬼嚇了一晚。蘇魯克家的兩個勇士卻只盼惡鬼出現，好揪住惡鬼的耳朵來瞧個明白。」車爾庫一眼也沒瞧他，似乎沒有聽見，突然之間，反過手來掀住了他的耳朵。蘇魯克大叫一聲，砰的便是一拳，打在他背心。車爾庫身子一幌，揪住蘇魯克耳朵的手卻沒放開，只拉得他耳朵上鮮血長流，再一使力，只怕耳朵也拉脫了。

李文秀見這兩人都已四十來歲年紀，兀自和頑童一般爭鬧不休，一半是眞，一和是假，當眞令人好笑。只見蘇魯克和車爾庫砰砰砰的互毆數拳，這才分開。一個鼻青，一個眼腫。兩人一路爭吵，一路前行。這時道路高低曲折，十分難行，一時繞過山坷，一時鑽進山洞，若不是有雪地中的足迹領路，萬難辨認。李文秀心想：「這迷宮果是隱秘之極，若無地圖指引，怎能找尋得到？」

行到中午，各人一晚沒睡，都已疲累之極，只有李文秀此時內功修爲已頗有根基，仍是神采奕奕。蘇普道：「爹，阿曼走不動啦，咱們歇一歇吧！」蘇魯克還未回答，只聽得走在最前的車爾庫大叫一聲：「啊！」蘇魯克搶上前去，轉過了一排樹木，只見對面一座石山上嵌着兩扇鐵鑄的大門。門上鐵銹斑駁，顯是歷時已久的舊物。

七人齊聲歡呼：「高昌迷宮！」快步奔近。蘇魯克伸手用力一推鐵門，兩扇門竟是紋絲不動，車爾庫道：「那惡賊在裏面上了門。」阿曼細看鐵門周圍有無機括，但見那門宛如天生在石山中一般，竟無半點縫隙。阿曼拉住門環，向左一轉，轉之不動，這迷宮建成已不知有幾百年，雖然大漠之中十分乾燥，但鐵門也必生銹，就算有機括也該轉不動了，那知她再向右轉，居然甚是鬆動。她轉了幾轉，蘇魯克和車爾庫本在大力推門，突然鐵門向裏打開，兩人出其不意，一齊摔了進去。兩人一驚之下，大笑着爬起身來。

門內是條黑沉沉的長甬道，蘇普點燃火把，一手執了，另外一手拿着長刀，當先領路。走完甬道，眼前出現了三條岔路。迷宮之內並無雪地足迹指引，不知那兩人向那一條路走去。各人俯身細看，見左首和右首兩條路上都有淡淡的足印。

蘇魯克道：「四個走左邊的，三個走右邊的，待會兒再在這裏會合。」李文秀道：「那不好！這地方既然叫作迷宮，道路一定曲折，咱們還是一起的好。」蘇魯克搖頭道：「諒這山洞之中，能有多大地方？漢人生來膽小，眞沒法子。」他話是這麼說，但七個人還是一齊走了，見右首一條路寬些，便都向右行。

只走出十餘丈遠，蘇魯克便想：「這漢人的話倒是不錯。」只見前面又出現了岔路。七個人細細辨認脚印，一路跟蹤而進，有時岔路上兩邊都有脚印，只得任意選一條路。走了好半天，山洞中岔路不知凡幾，每到一處岔路，阿曼便在山壁上用刀劃下記號，以免回出來時找不到原路。突然之間，眼前豁然開朗，出現一大片空地，盡頭處又有兩扇鐵門，嵌在大山巖中。

七個人走過空地，來到門前。蘇魯克又去轉門環，不料這扇門卻是虛掩的，輕輕一碰，便「呀」的一聲開了。七人走了進去，只見裏面是一間殿堂，四壁供的都是泥塑木彫的佛像，從這殿堂進去，連綿不斷的是一列房舍。每一間房中大都供有佛像。偶然在壁上見到幾個漢文，寫的是「高昌國國王」、「文泰」、「大唐貞觀十三年」等等字樣。有一座殿堂中供的都是漢人塑像，中間一個老人，匾上寫的是「大成至聖先師孔子位」，左右各有數十人，寫着「顏回」、「子路」、「子貢」、「子夏」、「子張」等名字。蘇魯克一見到這許多漢人塑像，眉頭一皺，轉頭便走。

李文秀心想：「這裏的人都信回教，怎麼迷宮裏供的既有佛像，又有漢人？壁上寫的又都是漢字，眞是奇怪之極。」

七人過了一室，又是一室，只見大半宮室已然毀圮，有些殿堂中堆滿了黃沙，連門戶也有堵塞的。迷宮中的道路本已異常繁複曲折，再加上牆倒沙阻，更是令人暈頭轉向。有時通道上出現幾具白骨骷髏，宮中的器物用具卻都不是回疆所有，李文秀依稀記得，這些都是中土漢人的物事。只把各人看得眼花繚亂，稱異不止。但傳說中的甚麼金銀珠寶卻半件也沒有。

七人沿着一條黑沉沉的甬道向前走去，突然之間，前面一個陰森森的聲音喝道：「我在這裏已安安靜靜的住了一千年，誰也不敢來打擾我。那一個大膽過來，立刻就死！」說的是哈薩克語，音調十分純正，聲音並不甚響，卻是聽得清清楚楚。

阿曼驚道：「是惡鬼！他……他說在這裏已住了一千年。」一拉着蘇普的手，向後退了幾步。駱駝叫道：「這是人，不是鬼！」高舉火把，向前走去。桑斯兒不干示弱，搶上幾步，和他並肩而行，剛走到一個彎角上，驀地裏兩人齊聲大叫，身子向後摔了出來。衆人大吃一驚，蘇魯克和車爾庫拋去手中火把，搶上扶起。只聽得前面傳來一陣桀桀怪笑，那聲音道：

「我在這裏已住了一千年，住了一千年。進來的一個個都死。」

車爾庫更不多想，抱着駱駝急奔而出，蘇魯克抱了桑斯兒，和餘人跟着出去，但聽得怪笑之聲充塞了甬道。來到天井中，看駱駝和桑斯兒時，兩人口角流出鮮血，竟已一齊斃命。五人面面相覷，又是難過，又是驚恐。

阿曼道：「這惡鬼不許人去……去打擾，咱們快走吧！」

到這地步，蘇魯克和車爾庫那裏還敢逞甚麼剛勇？抱着兩具屍體，循着先前所劃的記號，回到了迷宮之外。

車爾庫死了兩名心愛的弟子，心裏十分難過，不住的拭淚。蘇魯克再也不譏諷他了，反而出言安慰，又道：「那兩個漢人強盜進了迷宮之後影蹤全無，定是也給宮裏的惡鬼弄死了，那也好，叫這兩個強盜沒好下場。」阿曼道：「咱們從原路回去吧，以後……以後永遠別來這地方了。」車爾庫道：「咱們族人大隊人馬就快到來，可得告訴他們，別讓兄弟們闖進宮去，一個個的死於非命。」蘇魯克道：「對！只要是在迷宮之外，那……那就沒有干係。」

是不是眞的沒有干係，那可誰也不知道。爲了穩妥起見，五個人直退出六七里地，到了一大片曠地上，這才停住。蘇魯克道：「惡鬼怕太陽，要走過這片曠地，非晒到太陽不可。」阿曼道：「晚上呢？」蘇魯克搔了搔頭皮，無法回答。

幸好沒到晚上，第一隊人馬已經趕到。蘇魯克等忙將發見迷宮、宮中有惡鬼害人的事說了。

雖然人多膽壯，但誰也沒有提議前去探險。過得兩個時辰，第二隊、第三隊先後到來，數百人便在曠地上露宿。每隔得十餘人，便點起了一堆大火，料想惡鬼再兇，也必怕了這許多火堆。

李文秀倚在一塊岩石之旁，心裏在想：「我爹爹媽媽萬里迢迢的從中原來到回疆，爲的是找高昌迷宮。他們沒找到迷宮，就送了性命。其實就算找到了，多半也會給宮裏的惡鬼害死，除非他們一聽到惡鬼的聲音立刻就退出。可是爹爹媽媽一身武功，一定不肯聽惡鬼的話。唉，人的武功再高，又那裏鬥得過鬼怪？」忽然背後脚步聲輕響，一人走了過來，低聲叫道：「阿秀。」

李文秀大喜，跳起身來，叫道：「計爺爺，你也來了。」計老人道：「我不放心你，跟着大夥兒來瞧着你。」李文秀心中感激，拉住他手，說道：「道上很難走，你年紀這麼大了，辛苦得很，快坐下歇歇。」

計老人剛在她身邊坐下，忽聽得西方響起幾下尖銳的梟鳴之聲，異常刺耳難聽。衆人不禁齊向鳴聲來處望去，只見白晃晃的一團物事，從黑暗中迅速異常的衝來，衝到離衆人約莫四丈之處，猛地直立不動，看上去依稀是個人形，火光映照下，只見這鬼怪身披白色罩袍，滿臉都是鮮血，白袍上也是血迹淋漓，身形高大之極，至少比常人高了五尺。靜夜看來，恐怖無比，那鬼怪陡然間雙手前伸，十根指甲比手指還長，滿手也都是鮮血。

衆人屏息凝氣，寂無聲息的望着他。

那鬼怪桀桀怪笑，尖聲道：「我在迷宮裏已住了一千年，不許誰來打擾，誰叫你們這樣大膽？」說的是哈薩克語，正是李文秀日間在迷宮中聽到的聲音。那鬼怪慢慢轉身，雙手對着三丈外的一匹馬，叫道：「給我死！」突然間回過身來，疾馳而去，片刻間走得無影無蹤。

這鬼怪突然而來，突然而去，氣勢懾人，直等他走了好一會，衆人方才驚呼出來。只見他雙手指過的那匹馬四膝跪倒，翻身斃命。衆人擁過去看時，但見那馬周身沒半點傷痕，口鼻亦不流血，卻不知如何，竟是中了魔法而死。

衆人都說：「是鬼，是鬼。」有人道：「我早說大戈壁中有鬼。」有人道：「那迷宮千年無人進去，自然有鬼怪看守。」又有人道：「聽說鬼怪無脚，瞧瞧那鬼有沒脚印。」當下衆人拿了火把，順着那鬼怪的去路瞧去，但見沙地之上每隔五尺便是一個小小的圓洞，人的脚印既不會這樣細細一點，而兩點之間，相距又不會這樣遠。

這樣一來，各人再無疑義，都認定是迷宮中的鬼怪作祟，大家都說：「不論迷宮中有甚麼東西，那也不能要了。明天一早，大家快快回去。」

整晚人人心驚膽戰，但第二天太陽一出來，忽然之間，每個人心裏都不怎麼怕了。有些年輕人商量着要去迷宮瞧瞧。蘇魯克和車爾庫厲聲喝阻，說道便是要去迷宮，也得商議出一個好法子來。

可是商議了一整天，又有甚麼好法子？唯一的結果，是大家同意在這裏住一晚，明天再從長計議。

將近亥時，便是昨晚鬼怪出現的時刻，只聽得西方又響起了三下尖銳的梟鳴，衆人毛骨悚然。但見那白衣長腿、滿身血污的鬼怪又飛馳而來，在數丈外遠遠站定，尖聲說道：「你們還不回去？哼，再在這裏附近逗留一晚，一個一個，叫他都不得好死，我在宮裏住了一千年，誰都不敢進來，你們這樣大膽！」說到這裏，慢慢轉身，雙手指着遠處一個青年，叫道：「給我死！」說了這三個字，猛地裏回過身來，疾馳而去，月光下但見他越走越遠，終於不見。

只見那青年慢慢委頓，一句話也不說，就此斃命，身上仍是沒半點傷痕。昨晚還不過害死一匹馬，今日卻害死了一個壯健的青年。

這樣一來，還有誰敢再逗留？何況聽得蘇魯克他們說，迷宮中根本沒有甚麼珍寶，連一塊金子銀子也沒有。若不是天黑，大家早就往來路疾奔了。次日天色微明，衆人就亂鬨鬨的快步回去。

李文秀昨天已去仔細看過了那匹馬的屍體，這時再去看那青年的屍體，心下更無懷疑，自言自語的道：「這不是惡鬼！」忽然身後有人顫聲道：「是惡鬼，是惡鬼！阿秀，這比惡鬼還要可怕，咱們快走。」原來不知甚麼時候，計老人已到了她的身後。

李文秀嘆了口氣，道：「好，咱們走吧！」

忽然間聽得蘇普長聲大叫：「阿曼，阿曼，你在那裏？」車爾庫驚道：「阿曼沒跟你在一起嗎？」他也縱聲大叫：「阿曼，阿曼！咱們回去啦。」來回奔跑尋找女兒。

蘇普一面大叫「阿曼！」一面奔上小丘，四下瞭望，忽然望見西邊路上有一塊花頭巾，似是阿曼之物，急忙奔將過去，拾起一看，正是阿曼的頭巾。他一急非同小可，叫道：「阿曼給惡鬼捉去了！」

這時衆族人早已遠去，連駱駝、桑斯兒、以及另一個青年的屍身都已抬去，當地只賸下蘇魯克、車爾庫、蘇普、李文秀、計老人五人。蘇魯克等聽得蘇普的驚呼之聲，忙奔過去詢問。

蘇普拿着那個花頭巾，氣急敗壞的道：「這是阿曼的。她……她……她給惡鬼捉去了。」李文秀問道：「甚麼時候捉去的？」蘇普道：「我不知道。一定是昨晚半夜裏。她……她跟女伴們睡在一起的，今早我就找她不到了。」他呆了一陣，忽然向着迷宮的方向發足狂奔，叫道：「我要去跟阿曼死在一起。」

阿曼既給惡鬼捉去了，他自然沒本事救她回來。但阿曼既然死了，他也不想活了。

蘇魯克叫道：「蘇普，蘇普，傻小子，快回來，你不怕死嗎？」見兒子越奔越遠，愛子之情終於勝過了對惡鬼的恐懼，於是隨後追去。車爾庫一呆，叫道：「阿曼，阿曼！」也跟了去。

計老人搖搖頭，道：「阿秀，咱們回去吧。」李文秀道：「不，計爺爺，我得去救他們。」計老人道：「你鬥不過惡鬼的。」李文秀道：「不是惡鬼，是人。」計老人忽然伸出左手，緊緊握住了李文秀的手臂，顫聲道：「阿秀，就算是人，他也比惡鬼還要可怕。你聽我話，咱們回去吧，走得遠遠的。咱們是漢人，別在回疆住了，你和我一起回中原去。」

李文秀眼見蘇普等三人越奔越遠，心中焦急，用力一掙，那知計老人雖然年邁，手勁竟是大得異乎尋常，接連使勁，都是沒能掙脫。她叫道：「快放開我！蘇普，蘇普會給他害死的！」

計老人見她脹紅了臉，神情緊迫，不由得嘆了口氣，放鬆了她手臂，輕聲道：「為了這個哈薩克少年，你甚麼都不顧了！」

李文秀手臂上一鬆，立即轉身飛奔，也沒聽見計老人的說話。一口氣奔到迷宮之前，只見蘇普手舞長刀，正在大叫大嚷：「該死的惡鬼，你害死了阿曼，連我也一起害死吧。阿曼死了，我也不要活了！我是蘇普，你出來，我跟你決鬥！你怕了我嗎？」他伸手去轉門環，但心神混亂之下，轉來轉去都推不開門。

蘇魯克在一旁叫道：「蘇普，傻小子，別進去！」蘇普卻那裏肯聽？

李文秀見到他這般痴情的模樣，心中又是一酸，大聲道：「阿曼沒有死！阿曼沒有死！」

蘇普陡然間聽到這句話，腦筋登時清醒了，轉身問道：「阿曼沒有死？你怎……怎麼知道？」李文秀道：「迷宮裏的不是惡鬼，是人！」蘇普、蘇魯克、車爾庫三人齊聲道：「明明是惡鬼，怎麼是人？」

李文秀道：「這是人扮的。他用一種極微細的劇毒暗器射死了馬匹和人，傷痕不容易看出來。他脚下踩了高蹺，外面用長袍罩住了，所以在沙地中行走沒有脚印，身材又這麼高，走起來這麼快。」她另外有兩句話卻沒有說：「我知道這人是誰，因為我認得他放暗器的手法。在死馬和那青年的屍體上，我也已找到了暗器的傷痕。」

這些解釋合情合理，可是蘇魯克等一時卻也難以相信。這時計老人也已到了，他緩緩的道：「我知道是厲害的惡鬼，大家別進迷宮，免得送了性命。我是老人，說話一定不錯的。」

蘇普道：「是惡鬼也罷、是人也罷，我總是要去……要去救阿曼。」他盼望這惡鬼果真如李文秀所說是人扮的，那麼便有了搭救阿曼的指望。他又去旋轉門環，這一次卻轉開了。

李文秀道：「我跟你一起去。」蘇普轉過頭來，心中說不出的感激，說道：「李英雄，你別進去了，很危險的。」李文秀道：「不要緊，我陪着你，就不會危險。」蘇普熱淚盈眶，顫聲道：「多謝，謝謝你。」李文秀心想：「你這樣感激我，只不過是爲了阿曼。」轉頭對計老人道：「計爺爺，你在這裏等我。」計老人道：「不！我跟你一起進去，那……那人很兇惡的。」李文秀道：「你年紀這麼大了，又不會武功，在外面等着我好了。我不會有危險的。」計老人道：「你不知道，非常非常危險的。我要照顧你。」

李文秀拗不過他，心想：「你能照顧我甚麼？反而要我來照顧你才是。」當下五個人點起了火把，循着舊路又向迷宮裏進去。

五人曲曲折折的走了良久。蘇普一路上大叫：「阿曼，阿曼，你在那裏？」始終不聽見甚麼聲音。李文秀心想：「還是把他嚇走了的好。」說道：「咱們一起大叫，說大隊人馬來救人啦，說不定能將那惡人嚇走。」蘇魯克、車爾庫和蘇普依計大叫：「阿曼，阿曼，你別怕，咱們大隊人馬來救你啦。」迷宮中殿堂空廓，一陣陣回聲四下震盪。

又走了一陣，忽聽得一個女子尖聲大叫，依稀正是阿曼。蘇普循聲奔去，推開一扇門，只見阿曼縮在屋角之中，雙手被反綁在背後。兩人驚喜交集，齊聲叫了出來。

蘇普搶上去鬆開了她的綁縛，問：「那惡鬼呢？」阿曼道：「他不是鬼，是人。剛才他還在這裏，聽到你們的聲音，便想抱了我逃走，我拚命掙扎，他聽得你們人多，就匆匆忙忙的逃走了。」

蘇普舒了口氣，又問：「那……那是怎麼樣一個人？他怎麼會將你捉了來？」阿曼道：「一路上他綁住了我眼睛，到了迷宮，黑沉沉的，始終沒能見到他的相貌。」蘇普轉頭瞧着李文秀，眼光中帶是感激之情。

阿曼轉向車爾庫，說道：「爹，這人說他名叫瓦耳拉齊，你認……」他一言未畢，車爾庫和蘇魯克齊聲叫了出來：「瓦耳拉齊！」這兩人一聲叫喚，含意非常明白，他們不但知道瓦耳拉齊，而且還對他十分熟悉。

車爾庫道：「這人是瓦耳拉齊？決計不會的。他自己說叫做瓦耳拉齊？你沒聽錯？」

阿曼道：「他說他認得我媽。」

蘇魯克道：「那就是了，是眞的瓦耳拉齊。」車爾庫喃喃的道：「他認得你媽？是瓦耳拉齊？怎……怎麼會變成了迷宮裏的惡鬼？」阿曼道：「他不是鬼，是人。他說他從小就喜歡我媽，可是我媽不生眼珠子，嫁了我爹爹這個大混蛋……啊喲，爹，你別生氣，是這壞人說的。」蘇魯克哈哈大笑，說道：「瓦耳拉齊是壞人，可是這句話倒沒說錯，你爹果然是個大混……」車爾庫一拳打去。蘇魯克一笑避開，又道：「瓦耳拉齊從前跟你爹爹爭你媽，瓦耳拉齊輸了。這人不是好漢子，半夜裏拿了刀子去殺你爹爹。你瞧，他耳朶邊這個刀疤，就是給瓦耳拉齊砍的。」衆人一齊望向車爾庫，果見他左耳邊有個長長的刀疤。這疤痕大家以前早就見到了，不過不知其來歷而已。

阿曼拉着父親的手，柔聲道：「爹，那時你傷得很厲害麼？」車爾庫道：「你爹雖然中了他的暗算，但還是打倒了他，把他掀在地下，綁了起來。」說這幾句話時，語氣中頗有自豪之意，又道：「第二天族長聚集族人，宣布將這壞蛋逐出本族，永遠不許回來，倘若偷偷回來，便即處死。這些年來一直就沒見他。這傢伙躲在這迷宮裏幹甚麼？你怎麼會給他捉去的？」

阿曼道：「今朝天快亮時，我起來到樹林中解手，那知道這壞人躲在後面，突然撲了過來，按住我嘴巴，一直抱着我到了這裏。他說他得不到我媽，就要我來代替我媽。我求他放我回去，我說我媽不喜歡他，我也決計不會喜歡他的。他說：『你喜歡也好，不喜歡也好，總之你是我的人了。那些哈薩克膽小鬼，沒一個敢進迷宮來救你的。』他的話不對，爹，蘇魯克伯伯，你們都是英雄，還有李英雄，蘇普，計爺爺也來了，幸虧你們來救我。」車爾庫恨恨的道：「他害死了駱駝，桑斯兒，咱們快追，捉到他來處死。」

李文秀本已料到這假扮惡鬼之人是誰，那知道自己的猜想竟完全錯了，不禁暗暗慚愧，實不該冤枉了好人，幸好心裏的話沒說出口來，又想：「怎麼這個哈薩克人也會發毒針？發針的手法又一模一樣？難道他也是跟我師父學的？」

蘇魯克等既知惡鬼是瓦耳拉齊假扮，那裏還有甚麼懼怕？何況素知這人武功平平，一見面，還不手到擒來？車爾庫爲了要報殺徒之仇，高舉火把，當先而行。

計老人一拉李文秀的衣袖，低聲道：「這是他們哈薩克人自己族裏的事，咱們不用理會，在外面等着他們吧。」李文秀聽他語音發顫，顯是害怕之極，柔聲道：「計爺爺，你坐在那邊天井裏等我，好不好？那個哈薩克壞人武功很強的，只怕蘇……蘇魯克他們打不過，我得幫着他們。」計老人嘆了口氣，道：「那麼我也一起去。」李文秀向他溫柔一笑，道：「這件事快完結了，你不用擔心。」計老人和她並肩而行，道：「這件事快完結了，完結之後，我要回中原去了。阿秀，你和我一起回去嗎？」

李文秀心裏一陣難過，中原故鄉的情形，在她心裏早不過是一片模糊的影子，她在這大草原上住了十二年，只愛這裏的烈風、大雪、黃沙、無邊無際的平野、牛羊，半夜裏天鈴鳥的歌聲……

計老人見她不答，又道：「我們漢人在中原，可比這裏好得多了，穿得好，吃得好。你計爺爺已積了些錢，回去咱們可以舒舒服服的。中原的花花世界，比這裏繁華百倍，那才是人過的日子。」李文秀道：「中原這麼好，你怎麼一直不回去？」

計老人一怔，走了幾步，才緩緩的道：「我在中原有個仇家對頭，我到回疆來，是爲了避禍。隔了這麼多年，那仇家一定死了。阿秀，咱們在外面等他們吧。」李文秀道：「不，計爺爺，咱們得走快些，別離得他們太遠。」計老人「嗯、嗯」連聲，腳下卻絲毫沒有加快。李文秀見他年邁，不忍催促。

計老人道：「回到了中原，咱們去江南住。咱們買一座莊子，四周種滿了楊柳桃花，一株間着一株，一到春天，紅的桃花，綠的楊柳，黑色的燕子在柳枝底下穿來穿去。阿秀，咱們再起一個大魚池，養滿了金魚，金色的、紅色的、白色的、黃色的，你一定會非常開心……可比這兒好得多了……」

李文秀緩緩搖了搖頭，心裏在說：「不管江南多麼好，我還是喜歡住在這裏，可是……

這件事就要完結了，蘇普就會和阿曼結婚，那時候他們會有盛大的刁羊大會、摔跤比賽、火堆旁的歌舞……」她抬起頭來，說道：「好的，計爺爺，咱們回家之後，第二天就動身回中原去。」計老人眼中突然閃出了光輝，那是喜悅無比的光芒，大聲道：「好極了！咱們回家之後，第二天就動身回中原去。」

忽然之間，李文秀有些可憐那個瓦耳拉齊起來。他得不到自己心愛的人，又給逐出了本族，一直孤零零的住在這迷宮裏。阿曼是十八歲，他在這迷宮裏已住了二十年吧？或許還更長久些。

「瓦耳拉齊！站住！」

突然前面傳來了車爾庫的怒喝。李文秀顧不得再等計老人，急步循聲奔去。走到一座大殿門口，只見殿堂之中，一人竄高伏低，正在和手舞長刀的車爾庫惡鬥。那人空着雙手，身披白色長袍，頭上套着白布罩子，只露出了兩個眼孔，頭罩和長袍上都染滿了血漬，正是前兩晚假扮惡鬼那人的衣服，自便是擄刦阿曼的瓦耳拉齊了，只是這時候他腳下不踩高蹺，長袍的下襬便翻了上來纏在腰間。

蘇魯克、蘇普父子見車爾庫手中有刀而對方只是空手，料想必勝，便不上前相助，兩人高舉火把，口中吆喝着助威。

李文秀只看得數招，便知不妙，叫道：「小心！」正欲出手，只聽得砰的一聲，車爾庫右胸已中了一掌，口噴鮮血，直摔出來。蘇魯克父子大驚，一齊抛去手中火把，挺刀上前，合攻敵人。兩根火把掉在地下兀自燃燒，殿中卻已黑沉沉地僅可辨物。

李文秀提着流星鎚，叫道：「蘇普，退開，退開！蘇魯克伯伯，退開，我來鬥他。」蘇魯克怒道：「你退開，別大呼小叫的。」一柄長刀使將開來，呼呼生風。他哈薩克的刀法另成一路，卻也是剛猛狠辣。只是瓦耳拉齊身手靈活之極，驀地裏飛出一腿，將蘇普手中的長刀踢飛了。

李文秀忙將流星鎚往地下一擲，縱身而上，接住半空中落下的長刀，刷刷兩刀，向瓦耳拉齊砍去。她跟師父學的是拳脚和流星鎚，刀法並未學過，只是此刻四人纏鬥，她鎚法未臻一流之境，一使流星鎚，非誤傷了蘇魯克父子不可，只得在拳脚中夾上刀砍，凝神接戰。蘇魯克失了兵刃，出拳揮擊。瓦耳拉齊以一敵三，仍佔上風。

鬥得十餘合，瓦耳拉齊大喝一聲，左拳揮出，正中蘇普鼻樑，跟着一腿，踢中了蘇魯克的小腹。蘇魯克父子先後摔倒，再也爬不起來。原來瓦耳拉齊的拳脚中內力深厚，擊中後極難抵擋，蘇魯克雖然悍勇，又是皮粗肉厚，卻也經受不起。

這一來，變成了李文秀獨鬥強敵的局面，左支右絀，登時便落在下風。瓦耳拉齊喝道：「快出去，就饒你的小命。」李文秀眼見自己若撤退一逃，最多是拉了計老人同走，蘇普等三人非遭毒手不可，當下奮不顧身，拚力抵禦。瓦耳拉齊左手一揚，李文秀向右一閃，那知他這一下卻是虛招，右掌跟着疾劈而下，噗的一聲，正中她左肩。李文秀一個踉蹌，險些摔倒，心中便如電光般閃過一個念頭：「這一招『聲東擊西』，師父教過我的，怎地忘了？」瓦耳拉齊喝道：「你再不走，我要殺你了！」

李文秀忽然間起了自暴自棄的念頭，叫道：「你殺死我好了！」縱身又上，不數招，腰間中了一拳，痛得拋下長刀蹲下身來，心中正叫：「我要死了！」忽然身旁呼的一聲，有人撲向瓦耳拉齊。

李文秀在地下一個打滾，回頭看時，幾乎不相信自己的眼睛，卻原來計老人右手拿着一柄匕首，展開身法，已和瓦耳拉齊鬥在一起。但見計老人身手矯捷，出招如風，竟是絲毫沒有龍鍾老態。

更奇的是，計老人舉手出足，招數和瓦耳拉齊全無分別，也便是她師父華輝所授的那些武功。李文秀隨即省悟：「是了，中原的武功都是這樣的。計爺爺和這哈薩克惡人都學過中原的武功，計爺爺原來會武功的，我可一直不知道。」

眼見二人越鬥越緊，瓦耳拉齊忽然尖聲叫道：「馬家駿，你好！」計老人身子一顫，向後退了一步，瓦耳拉齊左手一揚，使的正是半招「聲東擊西」。計老人卻不上他當，匕首向右戳出，那知瓦耳拉齊卻不使全這下半招「聲東擊西」，左手疾掠而下，一把抓住計老人的臉，硬生生將他的一張面皮揭了下來。

李文秀、蘇魯克、阿曼三人齊聲驚呼。李文秀更是險些便暈了過去。

只見瓦耳拉齊跳起身來，左一腿，右一腿，雙腿鴛鴦連環，都踢中在計老人身上，便在這時，白光一閃，計老人匕首脫手激射而出，插入了敵人的小腹。

瓦耳拉齊慘呼一聲，雙拳一招「五雷轟頂」，往計老人天靈蓋猛擊下去。李文秀知道這兩拳一擊下去，計老人再難活命，當下奮起生平之力，躍過去舉臂一格，喀喇一聲，雙臂只震得如欲斷折。霎時之間，兩人勢成僵持，瓦耳拉齊雙拳擊不下來，李文秀也無法將他格開。

蘇魯克這時已可動彈，跳起身來，奮起平生之力，一拳打在瓦耳拉齊下頦。瓦耳拉齊向後摜出，在牆上一撞，軟倒在地。

李文秀叫道：「計爺爺，計爺爺。」扶起計老人，她不敢睜眼，料想他臉上定是血肉模糊，可怖之極，那知眼開一綫，看到的竟是一張壯年男子的臉孔。她吃了一驚，眼睛睜大了些，只見這張臉鬍子剃得精光，面目頗爲英俊，在時明時暗的火把光芒下，看來一片慘白，全無血色，這人不過三十多歲，只有一雙眼睛的眼神，卻是向來所熟悉的，但配在這張全然陌生的臉上，反而顯得說不出的詭異。

李文秀呆了半晌，這才「啊」的一聲驚呼，將計老人的身子一推，向後躍開。她身上受了拳脚之傷，落下來時站立不穩，坐倒在地，說道：「你……你……」

計老人道：「我……我不是你計爺爺，我……我……」忽然哇的一聲，噴出一大口鮮血來，說道：「不錯，我是馬家駿，一直扮作了個老頭兒。阿秀，你不怪我嗎？」這一句「阿秀」，仍是和十年來一般的充滿了親切關懷之意。李文秀道：「我不怪你，當然不怪你。你一直待我是很好很好的。」她瞧瞧馬家駿，瞧瞧靠在牆上的瓦耳拉齊，心中充滿了疑團。

這時阿曼已扶起了父親，替他推拿胸口的傷處。蘇魯克、蘇普父子拾起了長刀，兩人一跛一拐的走到瓦耳拉齊身前。

瓦耳拉齊道：「阿秀，剛才我叫你快走，你爲甚麼不走？」

他說的是漢語，聲調又和她師父華輝完全相同，李文秀想也沒想，當即脫口而出：「師父！」

瓦耳拉齊道：「你終於認我了。」伸手緩緩取下白布頭罩，果然便是華輝。

李文秀又是驚訝，又是難過，搶過去伏在他的脚邊，叫道：「師父，師父，我眞的不知道是你。我……我起初猜到是你，但他們說你是哈薩克人瓦耳拉齊，你自己又認了。」瓦耳拉齊澀然道：「我是哈薩克人，我是瓦耳拉齊！」李文秀奇道：「你……你不是漢人？」瓦耳拉齊道：「我是哈薩克人，族裏趕了我出來，永遠不許我回去。我到了中原，漢人的地方，學了漢人的武功，嘿嘿，收了漢人做徒弟，馬家駿，你好，你好！」

馬家駿道：「師父，你雖於我有恩，可是……」李文秀又是大吃了一驚，道：「計爺爺，你……他……他也是你師父？」

馬家駿道：「你別叫我計爺爺。我是馬家駿。他是我師父，教了我一身武功，同我一起來到回疆，半夜裏帶我到哈薩克的鐵延路來，他用毒針害死了阿曼的媽媽……」他說的是漢語。李文秀越聽越奇，用哈薩克語問阿曼道：「你媽是給他用毒針害死的？」

阿曼還沒回答，車爾庫跳起身來，叫道：「是了，是了。阿曼的媽，我親愛的雅麗仙，一天晚上忽然全身烏黑，得急病死了，原來是你瓦耳拉齊，你這惡棍，是你害死她的。」他要撲過去和瓦耳拉齊拚命，但重傷之餘，稍一動彈便傷口劇痛，又倒了下來。

瓦耳拉齊道：「不錯。雅麗仙是我殺死的，誰教她沒生眼珠，嫁了你這大混蛋，又不肯跟我逃走？」車爾庫大叫：「你這惡賊，你這惡賊！」

馬家駿以哈薩克語道：「他本來要想殺死車爾庫，但這天晚上車爾庫不知到那裏去了，到處找他不到，我師父自己去找尋車爾庫，要我在水井裏下毒，把全族的人一起毒死。可是我們在一家哈薩克人家裏借宿，主人待我很好，盡他們所有的欵待，我想來想去，總是下不了手。我師父回來，說找不到車爾庫，一問之下，知道我沒聽命在水井裏下毒，他就大發脾氣，說我一定會洩漏他的秘密，定要殺了我滅口。他逼得實在狠了，於是我先下手為強，出其不意的在他背心上射了三枚毒針。」瓦耳拉齊恨恨的道：「你這忘恩負義的狗賊，今日總教你死在我的手裏。」

馬家駿對李文秀道：「阿秀，那天晚上你跟陳達海那強盜動手，一顯示武功，我就知道你是跟我師父學的，就知道那三枚毒針沒射死他。」瓦耳拉齊道：「哼，憑你這點兒臭功夫，也射得死我？」馬家駿不去理他，對李文秀道：「這十多年來我躲在回疆，躲在鐵延部裏，裝作了一個老人，就是怕師父沒死。只有這個地方，他是不敢回來的。我一知道他就在附近，我第一個念頭，就是要逃回中原去。」

李文秀見他氣息漸漸微弱，知他給瓦耳拉齊以重脚法接連踢中兩下，內臟震裂，已然難以活命，回過頭來看瓦耳拉齊時，他小腹上那把匕首直沒至柄，也是已無活理。自己在回疆十年，只有這兩人是眞正照顧自己、關懷自己的，那知他兩人恩怨牽纏，竟致自相殘殺，兩敗俱傷。她眼眶中充滿了淚水，問馬家駿道：「計……馬大叔，你……你既然知道他沒死，而且就在附近，為甚麼不立刻回中原去？」

馬家駿嘴角邊露出淒然的苦笑，輕輕的道：「江南的楊柳，已抽出嫩芽了，阿秀，你獨自回去吧，以後……以後可得小心，計爺爺，計爺爺不能照顧你了……」聲音越說越低，終於沒了聲息。

李文秀撲在他身上，叫道：「計爺爺，計爺爺，你別死。」

馬家駿沒回答她的問話就死了，可是李文秀心中卻已明白得很。馬家駿非常非常的怕他的師父，可是非但不立即逃回中原，反而跟着她來到迷宮；只要他始終扮作老人，瓦耳拉齊永遠不會認出他來，可是他終於出手，去和自己最懼怕的人動手。那全是爲了她！

這十年之中，他始終如爺爺般愛護自己，其實他是個壯年人。世界上親祖父對自己的孫女，也有這般好嗎？或許有，或許沒有，她不知道。

殿上地下的兩根火把，一根早已熄滅了，另一根也快燒到盡頭。

蘇魯克忽道：「眞是奇怪，剛才兩個漢人跟一個哈薩克人相打，我想也不想，過去一拳就打在那個哈薩克人的臉上。」李文秀問道：「那爲甚麼？爲甚麼你忽然幫漢人打哈薩克人？」

蘇魯克搔了搔頭，道：「我不知道。」隔了一會，說道：「你是好人，他是壞人！」

他終於承認：漢人中有做強盜的壞人，也有李英雄那樣的好人，（那個假扮老頭兒的漢人，不肯在水井中下毒，也該算好人吧？）哈薩克人中有自己那樣的好人，也有瓦耳拉齊那樣的壞人。

李文秀心想：「如果當年你知道了，就不會那樣狠狠的鞭打蘇普，一切就會不同了。可是，眞的會不同嗎？就算蘇普小時候跟我做好朋友，他年紀大了之後，見到了阿曼，還是會愛上她的。人的心，眞太奇怪了，我不懂。」

蘇魯克大聲道：「瓦耳拉齊，我瞧你也活不成了，我們也不用殺你，再見了！」瓦耳拉齊突然目露凶光，右手一提。李文秀知他要發射毒針，叫道：「師父，別——」

就在這時，一個火星爆了開來，最後一個火把也熄滅了，殿堂中伸手不見五指。瓦耳拉齊就是想發毒針害人，也已取不到準頭。李文秀叫道：「你們快出去，誰也別發出聲響。」蘇魯克、蘇普、車爾庫和阿曼四人互相扶持，悄悄的退了出去。大家知道瓦耳拉齊的毒針厲害，他雖命在頃刻，卻還能發針害人。四人退出殿堂，見李文秀沒有出來，蘇普叫道：「李英雄，李英雄，快出來。」李文秀答應了一聲。

瓦耳拉齊道：「阿秀，你……你也要去了嗎？」聲音甚是淒涼。李文秀心中不忍，暗想他雖然做了許多壞事，對自己可畢竟是很好的，讓他一個人在這黑暗中等死，實在是太殘忍了，於是坐了下來，說道：「師父，我在這裏陪你。」

蘇普在外面又叫了幾聲。李文秀大聲道：「你們先出去吧，我等一會出來。」蘇普叫道：「這人很凶惡的，李英雄，你可得小心了。」李文秀不再回答。

阿曼道：「你怎麼老是叫她李英雄，不叫李姑娘？」蘇普奇道：「李姑娘，她是女子嗎？」阿曼道：「你是裝傻，還是眞的看不出來？」蘇普道：「我裝甚麼傻，他……他武功這樣好，怎麼會是女子？」

阿曼道：「那天大風雪的晚上，在計老人的家裏，她奪了我做女奴，後來又放了我。那時候我就知道她是女子了。」蘇普拍手道：「啊，是了。如果她是男人，怎肯放了像你這樣美麗的女奴？」阿曼臉上微微一紅，道：「不是的。那時候我見到了她瞧着你的眼色，就知道她是姑娘。天下那會有一個男子，用這樣的眼光痴痴的瞧着你！」

蘇普搔了搔頭，傻笑道：「我可一點也沒瞧出來。」阿曼歡暢地笑了，笑得眞像一朵花。

她知道蘇普的眼光一直停在自己身上，便有一萬個姑娘痴情地瞧着他，他也永不會知道。

殿堂中一片漆黑，李文秀和瓦耳拉齊誰也見不到誰。李文秀坐在師父身畔，在萬籟俱寂之中，聽到蘇普和阿曼的嬉笑聲漸漸遠去，聽到四個人的脚步聲漸漸遠去。

殿堂裏只賸下了李文秀，陪着垂死的瓦耳拉齊，還有，「計爺爺」的屍身。

瓦耳拉齊又問：「剛才我叫你出去，你爲甚麼不聽話？要是你出去了……唉。」

李文秀輕輕的道：「師父，你得不到心愛的人，就將她殺死。我得不到心愛的人，卻不忍心讓他給人殺了。」

瓦耳拉齊冷笑了一聲，道：「原來是這樣。」沉默半晌，嘆道：「你們漢人眞是奇怪。有馬家駿那樣忘恩負義、殺害師父的惡棍，有霍元龍、陳達海他們那樣殺人不眨眼的強盜，也有你這樣心地仁善的姑娘。」

李文秀問道：「師父，陳達海那強盜怎樣了？我們一路追蹤他，卻在雪地裏看到了兩個人的脚印。另一個是你的嗎？」瓦耳拉齊道：「不錯，是我的。自從我給馬家駿這逆徒打了毒針之後，身子衰弱，十多年來在山洞裏養傷，只道這一生就此完了，想不到竟會有你來救我，給我拔去了毒針。我傷愈之後，半夜裏時常去鐵延部的帳篷外窺探，我要殺了車爾庫，殺了驅逐我的族長。只是爲了你，我才沒在水井裏下毒。那天大風雪的晚上，我守在你屋子外，見到你拿住了陳達海，聽到你們發現了迷宮的地圖。陳達海一逃走，我就跟在他後面，一直跟進了迷宮。我在他後腦上一拳，打暈了他，把他關在迷宮裏，前天下午，我從他懷裏拿了那幅手帕地圖出來，抽去了十來根毛綫，放回他懷裏，再蒙了他眼睛，綁他在馬背之上，趕他遠遠的去了。」

李文秀想不到這個性子殘酷的人居然肯饒人性命，問道：「你爲甚麼要抽去地圖上的毛綫？」瓦耳拉齊乾笑數聲，十分得意：「他不知道我抽去了毛綫的。地圖中少了十幾根綫，這迷宮再也找不到了。這惡強盜，他定要去會齊了其餘的盜夥，憑着地圖又來找尋迷宮。他們就要在大戈壁中兜來兜去，永遠回不到草原去。這批惡強盜一個個的要在沙漠中渴死，一直到死，還是想來迷宮發財，哈哈，嘿嘿，有趣，有趣！」

想到一羣人在烈日烤炙之下，在數百里內沒一滴水的大沙漠上不斷兜圈子的可怖情景，李文秀忍不住低低的呼了一聲。這羣強盜是殺害她父母的大仇人，但如此遭受酷報，卻不由得爲他們難受。要是她能有機會遇上了，會不會對他們說：「這張地圖是不對的？」

她多半會說的。只不過，霍元龍、陳達海他們決計不會相信。他們一定要滿懷着發財的念頭，在沙漠裏大兜圈子，直到一個個的渴死。他們還是相信在走向迷宮，因爲陳達海曾憑着這幅地圖，親身到過迷宮，那是決計不會錯的。迷宮裏有數不盡的珍珠寶貝，大家都這麼說的，那還能假麼？

瓦耳拉齊吃吃的笑個不停，說道：「其實，迷宮裏一塊手指大的黃金也沒有，迷宮裏所藏的每一件東西，中原都是多得不得了。桌子、椅子、床、帳子，許許多多的書本，圍棋啦、七絃琴啦、灶頭、碗碟、鑊子……甚麼都有，就是沒有珍寶。在漢人的地方，這些東西遍地都是，那些漢人卻拚了性命來找尋，嘿嘿，眞是笑死人了。」

李文秀兩次進入迷宮，見到了無數日常用具，回疆氣候乾燥，歷時雖久，諸物並未腐朽，遍歷殿堂房舍，果然沒見到過絲毫金銀珠寶，說道：「人家的傳說，大都靠不住的，這座迷宮雖大，卻沒有寶物。唉，連我的爹爹媽媽，也因此而枉送了性命。」

瓦耳拉齊道：「你可知道這迷宮的來歷？」李文秀道：「不知道。師父，你知道麼？」瓦耳拉齊道：「我在迷宮裏見到了兩座石碑，上面刻明了建造迷宮的經過，原來是唐太宗時候建造的。」李文秀也不知道唐太宗是甚麼人，於是瓦耳拉齊斷斷續續的給她說了迷宮的來歷。

原來這地方在唐朝時是高昌國的所在。

那時高昌是西域大國，物產豐盛，國勢強盛。唐太宗貞觀年間，高昌國的國王叫做鞠文泰，臣服於唐。唐朝派使者到高昌，要他們遵守許多漢人的規矩。鞠文泰對使者說：「鷹飛於天，雉伏於蒿，貓遊於堂，鼠噍於穴，各得其所，豈不能自生邪？」意思說，雖然你們是猛鷹，在天上飛，但我們是野鷄，躲在草叢之中，雖然你們是貓，在廳堂上走來走去，但我們是小鼠，躲在洞裏啾啾的叫，你們也奈何我們不得。大家各過各的日子，爲甚麼一定要強迫我們遵守你們漢人的規矩習俗呢？唐太宗聽了這話，很是憤怒，認爲他們野蠻，不服王化，於是派出了大將侯君集去討伐。

鞠文泰得到消息，對百官道：「大唐離我們七千里，中間二千里是大沙漠，地無水草，寒風如刀，熱風如燒，怎能派大軍到來？他來打我們，如果兵派得很多，糧運便接濟不上。要是派兵在三萬以下，便不用怕。咱們以逸待勞，堅守都城，只須守到二十日，唐兵食盡，便會退走。」他知道唐兵厲害，定下了只守不戰的計策，於是大集人夫，在極隱秘之處，造下了一座迷宮，萬一都城不守，還有可以退避的地方。當時高昌國力殷富，西域巧匠，多集於彼。這座迷宮建造的曲折奇幻之極，國內的珍奇寶物，盡數藏在宮中。鞠文泰心想，便算唐軍攻進了迷宮，也未必能找到我的所在。

侯君集曾跟李靖學習兵法，善能用兵，一路上勢如破竹，渡過了大沙漠。鞠文泰聽得唐朝大軍到來，憂懼不知所爲，就此嚇死。他兒子鞠智盛繼立爲國王。侯君集率領大軍，攻到城下，連打幾仗，高昌軍都是大敗。唐軍有一種攻城高車，高十丈，因爲高得像鳥巢一般，所以名爲巢車。這巢車推到城邊，軍士居高臨下，投石射箭，高昌軍難以抵禦。鞠智盛來不及逃進迷宮，都城已被攻破，只得投降。高昌國自鞠嘉立國，傳九世，共一百三十四年，至唐貞觀十四年而亡。當時國土東西八百里，南北五百里，實是西域的大國。

侯君集俘虜了國王鞠智盛及其文武百官，大族豪傑，回到長安，將迷宮中所有的珍寶也都搜了去。唐太宗說，高昌國不服漢化，不知中華上國文物衣冠的好處，於是賜了大批漢人的書籍、衣服、用具、樂器等給高昌。高昌人私下說：「野鷄不能學鷹飛，小鼠不能學貓叫，你們中華漢人的東西再好，我們高昌野人也是不喜歡。」將唐太宗所賜的書籍文物、諸般用具、以及佛像、孔子像、道教的老君像等等都放在迷宮之中，誰也不去多瞧上一眼。

千餘年來，沙漠變遷，樹木叢生，這本來已是十分隱秘的古宮，更加隱秘了。若不是有地圖指引，誰也找尋不到。現在當地所居的哈薩克人，和古時的高昌人也是毫不相干。

瓦耳拉齊在中原時學文學武，多讀漢人的書籍，所以熟知唐代史事。李文秀雖是漢人，反而半點也不知道，也不感興趣。她聽瓦耳拉齊氣息漸弱，說道：「師父，你歇歇吧，別說了。這個漢人皇帝也眞多事，人家喜歡怎樣過日子，就由他們去，何必勉強？唉，你心裏眞正喜歡的，常常得不到。別人硬要給你的，就算好得不得了，我不喜歡，終究是不喜歡。」

瓦耳拉齊道：「阿秀，我……我孤單得很，從來沒人陪我說過這麼久的話，你肯……肯陪着我麼？」李文秀道：「師父，我在這裏陪着你。」瓦耳拉齊道：「我快死了，我死了後，你就要走了，永遠不會回來了。」李文秀無言可答，只感到一陣淒涼傷心，伸出右手去，輕輕握住了師父的左手，只覺他的手掌在慢慢冷下去。

瓦耳拉齊道：「我要你永遠在這裏陪我，永遠不離開我……」

他一面說，右手慢慢的提起，拇指和食指之間握着兩枚毒針，心道：「這兩枚毒針在你身上輕輕一刺，你就永遠在迷宮裏陪着我，也不會離開我了。」輕聲道：「阿秀，你又美麗又溫柔，眞是個好女孩，你永遠在我身邊陪着。我一生寂寞孤單得很，誰也不來理我……阿秀，你眞乖，眞是個好孩子……」

兩枚毒針慢慢向李文秀移近，黑暗之中，她甚麼也看不見。

瓦耳拉齊心想：「我手上半點力氣也沒有了，得慢慢的刺她，出手快了，她只要一推，我就再也刺她不到了。」毒針一寸一寸的向着她的面頰移近，相距只有兩尺，只有一尺了……

李文秀絲毫不知道毒針離開自己已不過七八寸了，說道：「師父，阿曼的媽媽，很美麗嗎？」

瓦耳拉齊心頭一震，說道：「阿曼的媽媽……雅麗仙……」突然間全身的力氣消失得無影無蹤，提起了的右手垂了下來，他一生之中，再也沒有力氣將右手提起來了。

李文秀道：「師父，你一直待我很好，我會永遠記着你。」

在通向玉門關的沙漠之中，一個姑娘騎着一匹白馬，向東緩緩而行。

她心中在想着和哈薩克鐵延部族人分別時他們所說的話：

蘇魯克道：「李姑娘，你別走，在我們這裏住下來。我們這裏有很好的小夥子，我們給你挑一個最好的做丈夫。我們要送你很多牛，很多羊，給你搭最好的帳篷。」

李文秀紅着臉，搖了搖頭。

蘇魯克道：「你是漢人，那不要緊，漢人之中也有好人的。漢人可以跟哈薩克人結婚嗎？嗯。」他搔了搔頭，說道：「咱們去問長老哈卜拉姆。」

哈卜拉姆是鐵延部中精通「可蘭經」、最聰明最有學問的老人。

他低頭沉思了一會，道：「我是個卑微的人，甚麼也不懂。」蘇魯克道：「如果有學問的哈卜拉姆也說不懂，那麼別人是更加不懂了。」哈卜拉姆道：「可蘭經第四十九章上說：『衆人啊，我確已從一男一女創造你們，我使你們成爲許多民族和宗族，以便你們互相認識。在阿拉看來，你們之中最尊貴的，便是你們之中最善良的。』世界上各個民族和宗族，都是眞神阿拉創造的。他只說凡是最善良的，便是最尊貴的。可蘭經第四章上說：『你們當親愛近鄰、遠鄰、伴侶，當欵待旅客。』漢人是我們的遠鄰，如果他們不來侵犯我們，我們要對他們親愛，欵待他們。」

蘇魯克道：「你說得很對。我們的女兒能嫁給漢人麼？我們的小夥子，能娶漢人的姑娘嗎？」哈卜拉姆道：「眞經第二章第二百廿一節說：『你們不要娶崇拜多神的婦女，直到她們信道。你們不要把自己的女兒，嫁給崇拜多神的男子，直到他們信道。』眞經第四章第廿三節中，嚴禁娶有丈夫的婦女，不許娶自己的直系親屬，除此之外，都是合法的。便是娶奴婢和俘虜也可以，爲甚麼不能和漢人婚嫁呢？」

當哈卜拉姆背誦可蘭經的經文之時，衆族人都是恭恭敬敬的肅立傾聽。經文替他們解決疑難，大家心中明白了，都說：「穆聖的指示，那是再也不會錯的。」有人便稱讚哈卜拉姆聰明有學問：「我們有甚麼事情不明白，只要去問哈卜拉姆，他總是能好好的教導我們。」

可是哈卜拉姆再聰明、再有學問，有一件事卻是他不能解答的，因爲包羅萬有的「可蘭經」上也沒有答案：如果你深深愛着的人，卻深深的愛上了別人，有甚麼法子？

白馬帶着她一步步的回到中原。白馬已經老了，只能慢慢的走，但終是能回到中原的。江南有楊柳、桃花，有燕子、金魚……漢人中有的是英俊勇武的少年，倜儻瀟洒的少年……但這個美麗的姑娘就像古高昌國人那樣固執：「那都是很好很好的，可是我偏不喜歡。」

（完）

雪山飛狐=Fiying fox of the snowy mountain
／金庸著. -- 三版. -- 台北市：遠流，
1996 [民 85]
冊； 公分.--(金庸作品集；13)
ISBN 957-32-2922-6(平裝)

857.9 85008892